MARIONETE

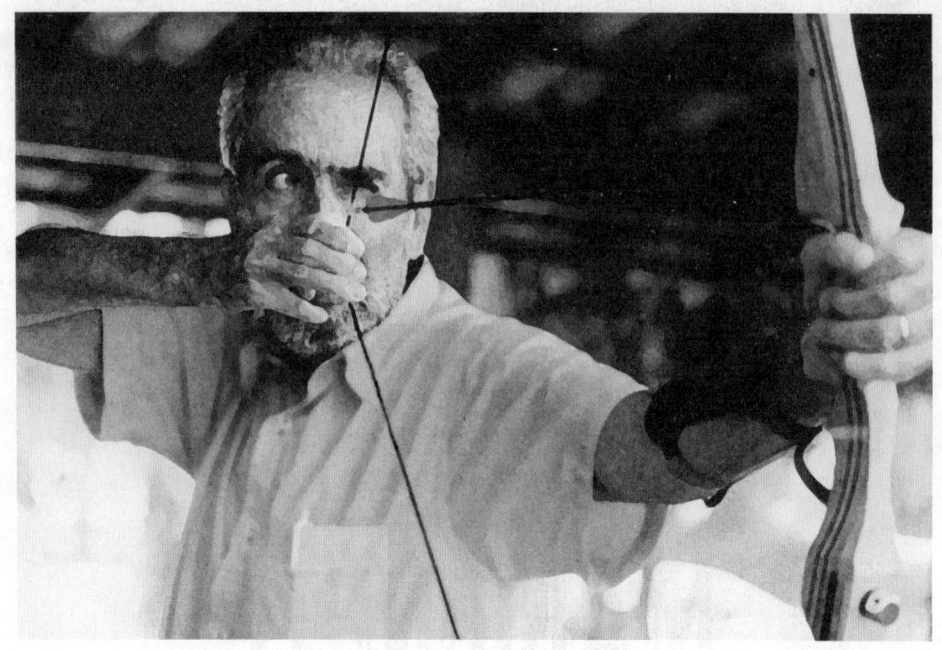

O Arqueiro

GERALDO JORDÃO PEREIRA (1938-2008) começou sua carreira aos 17 anos, quando foi trabalhar com seu pai, o célebre editor José Olympio, publicando obras marcantes como *O menino do dedo verde*, de Maurice Druon, e *Minha vida*, de Charles Chaplin.

Em 1976, fundou a Editora Salamandra com o propósito de formar uma nova geração de leitores e acabou criando um dos catálogos infantis mais premiados do Brasil. Em 1992, fugindo de sua linha editorial, lançou *Muitas vidas, muitos mestres*, de Brian Weiss, livro que deu origem à Editora Sextante.

Fã de histórias de suspense, Geraldo descobriu *O Código Da Vinci* antes mesmo de ele ser lançado nos Estados Unidos. A aposta em ficção, que não era o foco da Sextante, foi certeira: o título se transformou em um dos maiores fenômenos editoriais de todos os tempos.

Mas não foi só aos livros que se dedicou. Com seu desejo de ajudar o próximo, Geraldo desenvolveu diversos projetos sociais que se tornaram sua grande paixão.

Com a missão de publicar histórias empolgantes, tornar os livros cada vez mais acessíveis e despertar o amor pela leitura, a Editora Arqueiro é uma homenagem a esta figura extraordinária, capaz de enxergar mais além, mirar nas coisas verdadeiramente importantes e não perder o idealismo e a esperança diante dos desafios e contratempos da vida.

MARIONETE

DANIEL COLE

Título original: *Hangman*

Copyright © 2018 por Daniel Cole
Copyright da tradução © 2019 por Editora Arqueiro Ltda.

Todos os direitos reservados. Nenhuma parte deste livro pode ser utilizada ou reproduzida sob quaisquer meios existentes sem autorização por escrito dos editores.

tradução: Ana Rodrigues

preparo de originais: Cindy Leopoldo

revisão: Jean Marcel Montassier, Rafaella Lemos e Suelen Lopes

diagramação: Abreu's System

capa: Daniel Rembert

adaptação de capa: Ana Paula Daudt Brandão e Gustavo Cardozo

imagem de capa: Urfinguss/ iStock/ Getty Images

impressão e acabamento: Lis Gráfica e Editora Ltda.

CIP-BRASIL. CATALOGAÇÃO NA PUBLICAÇÃO
SINDICATO NACIONAL DOS EDITORES DE LIVROS, RJ

C655d   Cole, Daniel

Marionete / Daniel Cole; tradução de Ana Rodrigues. São Paulo: Arqueiro, 2019.

352 p.; 16 x 23 cm.

Tradução de: Hangman
ISBN: 978-85-8041-961-0

1. Ficção inglesa. I. Rodrigues, Ana. II. Título.

19-55909   CDD: 823
                                                          CDU: 82-3(410.1)

Todos os direitos reservados, no Brasil, por
Editora Arqueiro Ltda.
Rua Funchal, 538 – conjuntos 52 e 54 – Vila Olímpia
04551-060 – São Paulo – SP
Tel.: (11) 3868-4492 – Fax: (11) 3862-5818
E-mail: atendimento@editoraarqueiro.com.br
www.editoraarqueiro.com.br

E *se* houver Deus?
E *se* houver paraíso?
E *se* houver inferno?
E *se...* e *se... todos nós* já estivermos lá?

Prólogo

Quarta-feira, 6 de janeiro de 2016
9h52

— Deus não existe. É um fato.

A inspetora-chefe Emily Baxter observou seu reflexo na janela espelhada da sala de interrogatório, esperando ouvir da plateia que bisbilhotava atrás do vidro qualquer reação àquela verdade tão impopular.

Nada.

Ela estava com uma péssima aparência: parecia ter 50 anos, e não 35. Pontos pretos e grossos mantinham seu lábio superior no lugar, repuxando cada vez que Emily falava e a fazendo se lembrar de coisas antigas e recentes que ela preferiria esquecer. A pele esfolada de sua testa se recusava a cicatrizar, uma bandagem mantinha os dedos fraturados juntos e muitos outros machucados estavam fora de vista, escondidos pelas roupas úmidas.

Com uma expressão deliberadamente entediada, Baxter se voltou para encarar os dois homens sentados do outro lado da mesa. Nenhum deles falou nada. Ela bocejou e começou a brincar com os longos cabelos castanhos, correndo os poucos dedos que ainda estavam bons por uma mecha empoada com o equivalente a três dias de xampu a seco. Baxter não se importava nem um pouco que sua última resposta claramente tivesse ofendido o agente especial Sinclair, o americano autoritário e calvo que agora rabiscava em um bloco timbrado.

Atkins, o contato da Polícia Metropolitana, não impressionava ao lado do estrangeiro elegantemente vestido. Baxter havia passado a maior parte dos últimos cinquenta minutos tentando descobrir qual era a cor original da camisa bege desbotada que ele estava usando. A gravata pendia frouxa ao redor do pescoço como se um carrasco caridoso a houvesse colocado ali, a ponta oscilante sem conseguir esconder uma mancha recente de ketchup.

Atkins acabou entendendo o silêncio como sua deixa para se manifestar.

– Isso deve ter levado a algumas conversas bem *interessantes* com o agente especial Rouche.

O suor escorria pela lateral da cabeça quase raspada, cortesia da iluminação acima deles e do aquecedor no canto, que soprava ondas de ar quente e havia derretido a neve presa no sapato das quatro pessoas transformando-a em uma poça suja no piso.

– Como assim? – perguntou Baxter.

– De acordo com a ficha dele...

– Dane-se a ficha dele! – interrompeu Sinclair. – Eu trabalhava com Rouche e *com certeza* ele é um cristão devoto.

O americano folheou a pasta muito bem organizada a sua esquerda e pegou um documento escrito com a letra de Baxter.

– Assim como você, de acordo com seu formulário de inscrição para o cargo que ocupa atualmente.

Ele sustentou o olhar de Baxter, saboreando o gostinho de ver a mulher belicosa se contradizer, como se o equilíbrio do mundo tivesse sido restaurado agora que ele provara que de fato compartilhavam crenças e que ela estivera apenas tentando provocá-lo. Baxter, no entanto, parecia entediada como sempre.

– Cheguei à conclusão de que, de modo geral, as pessoas são idiotas – começou ela –, e que muitas delas têm a noção equivocada de que fé cega e uma conduta moral rigorosa estão de algum modo conectadas. Basicamente, eu queria um aumento de salário.

Sinclair balançou a cabeça, decepcionado, como se não conseguisse acreditar no que ouvia.

– Então você mentiu? Isso não sustenta muito bem seu ponto de vista sobre uma conduta moral rigorosa, não é? – Ele deu um sorrisinho e fez mais algumas anotações.

Baxter deu de ombros.

– Mas mostra *bem* o que é a fé cega.

O sorriso de Sinclair se apagou.

– Há alguma razão para você estar tentando me converter? – perguntou ela, incapaz de conter seu desejo de irritar o interrogador.

Isso fez com que ele levantasse rapidamente e se inclinasse sobre ela.

– Um homem morreu, inspetora-chefe! – berrou Sinclair.

Baxter não se alterou.

– Muitas pessoas estão mortas... depois do que aconteceu – murmurou ela, e então adotou um tom malicioso –, e, por alguma razão, o *seu* pessoal parece estar determinado a fazer todo mundo perder tempo se preocupando com a única pessoa lá fora que merece estar morta!

– Estamos perguntando porque... – interveio Atkins, tentando acalmar os ânimos – foram encontradas algumas evidências perto do corpo. De natureza religiosa.

– Que qualquer um pode ter deixado cair ali – retrucou Baxter.

Os homens trocaram um olhar que revelou que eles não estavam lhe contando tudo.

– Você tem alguma informação do paradeiro do agente especial Rouche? – perguntou Sinclair.

Baxter bufou.

– Até onde sei, o agente Rouche está morto.

– *Realmente* quer conduzir a situação dessa forma?

– Até onde sei, o agente Rouche está morto – repetiu Baxter.

– Então, você viu o corp...

A Dra. Preston-Hall, psiquiatra que prestava serviços para a Polícia Metropolitana e a quarta pessoa sentada diante da pequena mesa de metal, pigarreou alto. Sinclair se calou, compreendendo o alerta. Ele voltou a se sentar e fez um gesto na direção do vidro espelhado. Atkins rabiscou alguma coisa em seu caderno e o passou à Dra. Preston-Hall.

A psiquiatra era uma mulher bonita, na casa dos 60 anos, que usava seu perfume caro como purificador de ar, na tentativa malsucedida de disfarçar o cheiro forte dos sapatos úmidos. A Dra. Preston-Hall tinha um ar de uma autoridade natural e deixara bem claro que encerraria o interrogatório a qualquer momento se julgasse que o rumo das perguntas poderia ser prejudicial para a recuperação da sua paciente. Ela pegou lentamente o caderno manchado de café e leu a mensagem com a expressão de uma professora que havia interceptado um bilhete secreto na sala de aula.

A psiquiatra tinha se mantido em silêncio por quase uma hora e claramente não via necessidade de mudar isso. Ela apenas balançou a cabeça em resposta ao que Atkins havia escrito.

– O que estava escrito? – perguntou Baxter.

A Dra. Preston-Hall a ignorou.

– O que estava escrito? – voltou a perguntar. Então virou-se para Sinclair. – Faça a sua pergunta.

Sinclair pareceu dividido.

– Faça a sua pergunta – insistiu Baxter.

– Emily! – repreendeu a psiquiatra. – Não diga uma palavra, Sr. Sinclair.

– Pode falar – gritou Baxter, a voz dominando o pequeno espaço. – A estação? Quer me perguntar sobre a estação?

– O interrogatório está encerrado – anunciou a Dra. Preston-Hall, se levantando.

– Pergunte! – gritou novamente, acima da voz da psiquiatra.

Sinclair sentiu que sua última chance de obter respostas se esvaía e optou por insistir. Lidaria com as consequências mais tarde.

– De acordo com o seu depoimento, você acredita que o agente especial Rouche está entre os mortos.

A Dra. Preston-Hall ergueu as mãos, irritada.

– Isso não foi uma pergunta – falou Baxter.

– Você viu o corpo dele?

Pela primeira vez, Sinclair viu Baxter vacilar, mas, em vez de saborear o desconforto dela, sentiu-se culpado. Os olhos dela ficaram vidrados. A pergunta a levou de volta à estação de metrô e a prendeu momentaneamente no passado.

A voz de Baxter estava abalada quando ela finalmente sussurrou a resposta:

– Se tivesse visto, eu não teria como saber que era ele, não é?

Houve outro longo momento de silêncio em que todos refletiram sobre quão perturbadora era aquela simples frase.

– Como ele estava? – Atkins soltou a pergunta malformulada quando o silêncio se tornou insuportável.

– Quem?

– Rouche.

– Em que sentido? – perguntou Baxter.

– O estado emocional dele.

– Quando?

– Na última vez em que você o viu.

Ela pensou por um instante na resposta que daria, então abriu um sorriso sincero.

– Aliviado.

– Aliviado?

Baxter assentiu.

– Você parece gostar dele – continuou Atkins.

– Nem tanto. Rouche era inteligente, um parceiro competente... apesar de seus *óbvios* defeitos – acrescentou ela.

Os enormes olhos castanhos de Baxter, realçados pela maquiagem escura, observavam Sinclair, esperando uma reação. Ele mordeu o lábio e voltou os olhos para o vidro espelhado, como se repreendesse alguém ali atrás por lhe passar uma missão tão desagradável.

Atkins assumiu a missão de encerrar o interrogatório. Sua camisa agora tinha manchas escuras de suor nas axilas, e só então ele percebeu que as duas mulheres haviam sutilmente arrastado as cadeiras alguns centímetros para trás para se afastar de seu cheiro.

– Você chamou uma equipe de busca para a casa do agente Rouche – disse ele.

– Chamei.

– Então não confiava nele?

– Não.

– E não tem mais nenhum vestígio de lealdade a ele agora?

– Absolutamente nenhum.

– Lembra-se de qual foi a última coisa que ele lhe disse?

Baxter pareceu inquieta.

– Já terminamos?

– Quase. Responda à pergunta, por favor.

Ele permaneceu sentado, a caneta pousada em cima do caderno.

– Eu gostaria de ir agora – disse Baxter à psiquiatra.

– É claro – respondeu a Dra. Preston-Hall em tom ríspido.

– Há algum motivo para você não responder a essa simples pergunta antes de ir?

As palavras de Sinclair atravessaram a sala como uma acusação.

– Muito bem. – Baxter parecia furiosa. – Vou responder. – Ela pensou, então se inclinou por cima da mesa para encontrar o olhar do americano.

– Deus... não... existe.

E sorriu com desprezo.

Atkins jogou a caneta do outro lado da mesa, enquanto Sinclair saía da sala intempestivamente, fazendo a cadeira de metal cair no chão.

– Bom trabalho – disse Atkins com um suspiro cansado. – Obrigado por sua *cooperação*, inspetora-chefe. Agora terminamos.

Cinco semanas antes...

Capítulo 1

Quarta-feira, 2 de dezembro de 2015
6h56

O rio congelado estalou e rachou como se estivesse se espreguiçando sob a metrópole cintilante. Vários barcos, presos no gelo e esquecidos, afundavam pouco a pouco na neve enquanto a terra firme se mantinha temporariamente unida à cidade insular.

À medida que o o sol aparecia no horizonte abarrotado e sobre a ponte banhada por uma luz alaranjada, uma acentuada sombra era projetada no gelo logo abaixo: entre os arcos imponentes, uma moldura de fios ziguezagueava na neve como uma teia que houvesse capturado algo durante a noite.

Pendurado ali, emaranhado e retorcido, como uma mosca que se destroçara no desespero de se soltar, o corpo de William Fawkes eclipsava o sol.

Capítulo 2

Terça-feira, 8 de dezembro de 2015
18h39

A noite aparecia pelas janelas da Nova Scotland Yard, as luzes da cidade embaçadas pela camada de condensação.

Com a exceção de duas breves idas ao banheiro e de uma visita ao armário de suprimentos de papelaria do Departamento de Homicídios e Crimes Hediondos, Baxter não deixara seu minúsculo escritório desde que chegara naquela manhã. Ela encarou a pilha de papéis na beirada da mesa, uma torre se inclinando na direção da lata de lixo, e teve que conter seus instintos para não ceder à tentação de dar um empurrãozinho.

Aos 34 anos, se tornara uma das inspetoras-chefes mais jovens a assumir o cargo na Polícia Metropolitana, embora aquela rápida ascensão não fosse esperada, nem exatamente bem-vinda. Tanto a vaga de chefia quanto a subsequente promoção para ocupá-la só podiam ser atribuídas ao caso Boneco de Pano e ao fato de ela ter prendido o abominável serial killer no verão anterior.

O último inspetor-chefe, Terrence Simmons, havia sido forçado a se aposentar por conta de problemas de saúde, que todos desconfiavam que haviam ficado mais graves pela ameaça do comissário de demiti-lo se ele se recusasse a se afastar voluntariamente – a consequência natural de uma opinião pública decepcionada, como o sacrifício de um inocente para aplacar os deuses sempre furiosos.

Baxter compartilhava o sentimento do restante de seus colegas: nojo ao ver seu predecessor sendo usado como bode expiatório, mas, no fim, alívio por não ter sido ela. Nem sequer considerara se candidatar ao cargo que ficara vago até o comissário lhe dizer que o posto era dela se quisesse.

Baxter olhou ao redor de seu cubículo de compensado, com o carpete sujo e o velho arquivo de pastas suspensas (quem poderia saber quais documentos importantes estavam sepultados na gaveta de baixo que ela nunca conseguira abrir?), e se perguntou por que diabo tinha aceitado aquilo.

Aplausos ecoaram no escritório principal, mas Baxter não percebeu. Ela estava concentrada em uma carta de reclamação sobre um detetive chamado Saunders. Ele tinha sido acusado de usar uma expressão obscena para descrever o filho do remetente. A única dúvida de Baxter em relação à reclamação era a relativa brandura da palavra usada. Ela começou a digitar uma resposta oficial, perdeu a vontade no meio do caminho, amassou a reclamação e jogou-a na lata de lixo.

Então, ouviu uma tímida batida na porta, antes de uma oficial rapidamente se esgueirar para dentro. Ela recolheu as folhas que Baxter lançara perto (e não tão perto) da lata de lixo e jogou-as fora antes de exibir seu famoso talento de empilhar papéis e deixar outro documento em cima da pilha já instável sobre a mesa.

– Lamento incomodá-la – disse a mulher –, mas o detetive Shaw está prestes a fazer o discurso. Achei que gostaria de saber.

Baxter xingou alto e apoiou a cabeça na mesa.

– Presente! – grunhiu, lembrando-se do evento.

A jovem oficial esperava, nervosa e constrangida, que Baxter lhe dissesse o que fazer. Depois de algum tempo, e sem saber se ela ainda estava acordada, saiu de fininho da sala.

Baxter se arrastou até ficar de pé e foi para o escritório principal, onde uma multidão havia se reunido ao redor da mesa do sargento-detetive Finlay Shaw. Um cartaz que fora comprado 21 anos antes pelo próprio Finlay para um colega que ele nem lembrava mais quem era havia sido colado com fita adesiva na parede:

QUE PENA QUE VOCÊ ESTÁ INDO EMBORA!

Havia uma variedade de rosquinhas velhas na mesa ao lado dele e vários adesivos de remarcação de preço documentavam a jornada de três dias dos doces, que iam desde não atraente até não comestível.

Risadas educadas acompanharam a ameaça exagerada do detetive escocês abrutalhado de dar um último soco na cara de Saunders antes de se aposentar. Estavam todos rindo disso agora, mas o último incidente resultara em um nariz reconstruído, duas audiências disciplinares e, para Baxter, em horas de preenchimento de formulários.

Ela detestava aquele tipo de coisa: era tão constrangedor, tão falso... era uma despedida frustrante depois de décadas de trabalho, de ter tantas vezes ficado com a vida por um fio e das inúmeras lembranças horrorosas para Finlay levar para casa como suvenires. Baxter ficou parada no fundo da sala, sorrindo em apoio ao amigo, observando-o com carinho. Era o último aliado de verdade que tinha naquele lugar, o único rosto amigo que restava, e agora estava partindo. E ela não comprara nem um cartão para ele.

O telefone do escritório dela começou a tocar.

Baxter ignorou o toque e ficou vendo Finlay fingir terrivelmente mal que a garrafa de uísque que haviam feito uma vaquinha para lhe dar era de sua marca favorita.

A marca de uísque favorita dele era Jameson – a mesma de Wolf.

A mente de Baxter divagou. Ela se lembrou de que tinha pagado um drinque para Finlay na última vez em que haviam se encontrado socialmente. Quase um ano se passara desde então. Finlay tinha dito a Baxter que nunca se arrependera da própria falta de ambição. E a avisara de que o papel de inspetora-chefe não era para ela, que se sentiria entediada, frustrada. Baxter não dera ouvidos, porque o que Finlay não conseguiria entender era que, mais do que uma promoção, ela estava procurando uma distração, uma mudança, uma fuga.

O telefone no escritório dela começou a tocar novamente e Baxter olhou irritada para a própria mesa. Finlay estava lendo as muitas variações de "Que pena que você vai embora" que tinham sido escritas em um cartão dos Minions, de quem alguém equivocadamente acreditava que ele era fã.

Baxter checou o relógio. Precisava sair do trabalho em uma hora decente ao menos uma vez.

Finlay deixou o cartão de lado com uma risadinha e começou seu discurso comovido de despedida. Ele planejava ser o mais breve possível, já que nunca apreciara muito a ideia de falar em público.

– Mas, falando sério, muito obrigado. Circulo por este lugar desde que a Scotland Yard ainda era novinha em folha...

Finlay fez uma pausa, esperando que ao menos uma pessoa desse risada. Seu *timing* fora péssimo e ele acabara de estragar sua melhor piada. Mas continuou mesmo assim, sabendo que dali para a frente seria ladeira abaixo.

– Este lugar e as pessoas que trabalham aqui se tornaram mais do que um trabalho, mais do que colegas... vocês se tornaram uma segunda família para mim.

Uma mulher que estava bem perto dele passou a mão pelos olhos marejados. Finlay tentou sorrir para ela de um modo que insinuava que o sentimento era mútuo e que tinha alguma ideia de quem ela era. Ele levantou os olhos para a plateia, buscando a única pessoa para quem aquela mensagem de despedida realmente se dirigia.

– Tive o prazer de ver alguns de vocês crescerem junto de mim, transformando-se de recrutazinhos arrogantes em... – agora ele sentiu os próprios olhos marejados – jovens mulheres... e homens, fortes, belos, corajosos e independentes. – "Homens" foi acrescentado de última hora, porque ele ficou com receio de revelar a quem se referia. – Quero reafirmar o prazer que tem sido trabalhar com vocês e dizer que me sinto *sinceramente* orgulhoso de todos. Obrigado.

Ele pigarreou e sorriu para os colegas que aplaudiam, enfim localizando Baxter. Ela estava no escritório dela com a porta fechada gesticulando amplamente enquanto falava com alguém ao telefone. Finlay sorriu de novo, um sorriso triste dessa vez, e a aglomeração de pessoas se dispersou, deixando-o sozinho para recolher suas coisas e liberar de vez o lugar que ocupava.

As lembranças tornaram essa tarefa mais lenta enquanto ele recolhia as fotografias que haviam decorado seu espaço de trabalho por anos. Uma imagem em particular, cheia de marcas e descolorida pelo tempo, capturou seus pensamentos: uma festa de Natal no escritório. Uma coroa de papel-crepom cobria a cabeça careca de Finlay, para grande diversão do amigo dele, Benjamin Chambers, e seu braço enlaçava Baxter, naquela que devia ser a única foto em que ela aparecia sorrindo. E, mais para o fundo, enquanto fracassava terrivelmente na missão de ganhar a aposta de que era capaz de erguer Finlay do chão, estava Will... Wolf. Finlay enfiou a fotografia no bolso do paletó com cuidado e terminou de guardar o restante de suas coisas.

Quando já saía do escritório, hesitou. Tinha a sensação de que a carta esquecida que havia encontrado no fundo da gaveta não pertencia a ele. Considerou a possibilidade de deixá-la para trás, pensou também em rasgá-la, mas acabou jogando-a no fundo da caixa que levava consigo e seguiu na direção dos elevadores.

Supôs que aquele era mais um dos segredos que teria de guardar.

Às 19h49, Baxter ainda estava sentada diante da mesa de trabalho. Ela havia mandado mensagens de texto a cada vinte minutos se desculpando por estar atrasada e prometendo sair o mais rápido que conseguisse. A comandante dela não só a fizera perder completamente o discurso de aposentadoria de Finlay, mas também estava sabotando seu primeiro compromisso social em meses. Ela exigira que Baxter permanecesse onde estava até sua chegada.

Não havia qualquer traço de ternura entre as duas mulheres. Vanita, o rosto da Polícia Metropolitana na mídia, havia se oposto abertamente à promoção de Baxter. Como trabalharam juntas nos assassinatos do Boneco de Pano, Vanita havia dito ao comissário que Baxter gostava de bater boca, era teimosa e não tinha qualquer respeito pela autoridade, sem mencionar que ainda a considerava responsável pela morte de uma das vítimas. Baxter via Vanita como uma cobra das relações públicas que não tinha pensado duas vezes antes de jogar Simmons aos lobos ao primeiro sinal de problema.

Para tornar tudo pior, acabara de abrir um e-mail automático do Departamento de Registros, lembrando a ela, pela enésima vez, que Wolf ainda precisava devolver vários arquivos importantes. Baxter examinou a longa lista e reconheceu dois casos...

Bennett, Sarah: a mulher que havia afogado o marido na piscina de casa. Baxter tinha quase certeza de que ela mesma havia perdido aquele arquivo deixando-o cair atrás de um aquecedor na sala de reunião.

Dubois, Léo: o simples ataque a faca que evoluíra gradualmente para um dos casos mais complicados em anos, com a participação de múltiplas agências, envolvendo tráfico de drogas, venda de armas no mercado negro e tráfico humano.

Ela e Wolf se divertiram muito com aquele caso.

Baxter viu Vanita entrar no escritório com duas outras pessoas a reboque, o que não era um bom presságio para o plano dela de sair até as oito da noite. Baxter não se deu ao trabalho de levantar quando Vanita entrou, e cumprimentou a comandante com uma espontaneidade tão ensaiada que quase conseguiu acreditar nela.

– Detetive e inspetora-chefe Emily Baxter, agente especial Elliot Curtis, do FBI – falou Vanita, jogando os cabelos escuros para trás.

– É uma honra, senhora – disse a mulher negra e alta, estendendo a mão para Baxter.

Curtis usava um terninho de aparência masculina, prendera os cabelos para trás tão apertados que parecia ter a cabeça raspada e havia aplicado o mínimo de maquiagem. Embora parecesse já ter entrado na casa dos 30 anos, Baxter desconfiava que ela era mais nova.

Baxter apertou a mão de Curtis sem se levantar da cadeira, enquanto Vanita a apresentava ao outro convidado, que parecia mais interessado no arquivo de metal amassado do que nas apresentações.

– E esse é o agente especial...

– Fico me perguntando como eles podem ser *especiais* – interrompeu Baxter, irônica – se estão os dois neste meu triste arremedo de escritório.

Vanita a ignorou.

– Como eu estava dizendo, esse é o agente especial Damien Rouche, da CIA.

– Rooze? – perguntou Baxter.

– Rouch? – tentou Vanita, agora duvidando da própria pronúncia.

– Acredito que seja Rouche, com som de "xi" no final – disse Curtis, tentando ajudar e se virando para Rouche em busca de confirmação.

Baxter olhou confusa enquanto o homem distraído sorria educadamente, erguia o punho para a colega em um gesto de vitória e se sentava sem dizer uma palavra sequer. Ela imaginou que ele tivesse quase 40 anos. Tinha o rosto pálido e bem barbeado e cabelos grisalhos com um topete um pouco exagerado. Rouche olhou para a pilha de papel entre eles, então para a lata de lixo esperando ansiosa logo abaixo, e sorriu. Ele usava uma camisa branca com os dois botões de cima abertos e um paletó cinza que parecia gasto, mas era bem cortado.

Baxter se virou para Vanita e esperou.

– Os agentes Curtis e Rouche chegaram hoje à noite dos Estados Unidos – disse Vanita.

– Faz sentido – retrucou Baxter com mais paciência do que pretendera. – Estou com um pouco de pressa, assim que...

– Se me permite, comandante? – disse Curtis a Vanita educadamente, antes de se virar para Baxter. – Inspetora-chefe, acredito que tenha ouvido, é claro, sobre o corpo que foi descoberto há quase uma semana. Bem...

Baxter pareceu não entender e deu de ombros, interrompendo Curtis antes mesmo que ela começasse.

– Nova York? Na Ponte do Brooklyn? – tentou Curtis, surpresa. – Pendurado? Foi notícia no mundo inteiro?

Baxter precisou disfarçar um bocejo.

Rouche procurou alguma coisa no bolso do paletó. Curtis esperou que ele fosse apresentar algo importante, mas pegou foi um pacote tamanho família de balas Jelly Babies, que abriu apressadamente. Sem reparar na expressão furiosa da colega, ele lhe ofereceu uma bala.

Curtis ignorou-o, abriu a bolsa e pegou uma pasta. Nela havia uma série de fotografias ampliadas que a agente pousou sobre a mesa.

Subitamente, Baxter compreendeu por que aquelas pessoas haviam se dado ao trabalho de vir de tão longe para vê-la. A primeira foto fora tirada de baixo para cima. Recortado contra a luz da cidade estava um corpo, pendurado entre cabos, cerca de 30 metros acima do chão. As extremidades do corpo estavam retorcidas em uma posição pouco natural.

– Ainda não tornamos pública essa informação, mas o nome da vítima era William Fawkes.

Por um momento, Baxter parou de respirar. Já estava se sentindo fraca de fome, mas agora achou que fosse realmente desmaiar. Sua mão tremia quando ela tocou a imagem da figura retorcida emoldurada pela famosa ponte. Podia sentir os olhos dos outros fixos nela, observando-a, talvez ressuscitando as dúvidas gerais sobre a versão vaga dela sobre os eventos que cercavam a dramática conclusão dos assassinatos do Boneco de Pano.

Com uma expressão curiosa, Curtis continuou:

– Não *aquele* William Fawkes – disse ela lentamente e estendeu a mão para afastar a fotografia que estava no topo da pilha e revelar outra, em um ângulo mais próximo, da vítima nua, acima do peso e desconhecida.

Baxter levou a mão à boca, ainda abalada demais para ter qualquer reação.

– Ele trabalhava no P. J. Henderson's, o banco de investimentos. Casado, dois filhos... Mas parece claro que alguém está nos mandando uma mensagem.

Baxter havia recuperado o mínimo de compostura necessário para examinar as fotografias restantes, que expunham o cadáver sob vários ângulos. Um corpo inteiro, sem costuras. Um homem na casa dos 50 anos, completamente nu. O braço esquerdo dele pendia solto e a palavra "isca" havia sido entalhada profundamente em seu peito. Baxter checou as outras fotografias, então estendeu-as de volta para Curtis.

– Isca? – perguntou, olhando de um agente para o outro.

– Talvez agora consiga perceber por que achamos que deveria ser alertada – falou Curtis.

– Não exatamente – retrucou Baxter, que estava retornando rapidamente ao seu modo de ser habitual.

Curtis pareceu surpresa e se virou para Vanita.

– Imaginei que o seu departamento, acima de qualquer outro, iria querer...

– Sabe quantos crimes imitando o Boneco de Pano tivemos no Reino Unido no ano passado? – interrompeu Baxter. – Que eu saiba, sete, e venho ativamente tentando *evitar* saber a respeito.

– E isso não a preocupa nem um pouco? – perguntou Curtis.

Baxter não via por que deveria gastar mais tempo com aquele horror do que com os outros cinco que haviam aterrissado em sua mesa naquela manhã.

Ela deu de ombros.

– Doidos sendo doidos.

Rouche quase engasgou com uma Jelly Baby de laranja.

– Escute, Lethaniel Masse foi um serial killer engenhoso e muito inteligente que atacou diversas vítimas. Esses outros não passam de malucos praticando vandalismo antes que o hospício local os leve.

Baxter desligou o computador e arrumou a bolsa, preparando-se para partir.

– Há seis semanas entreguei um pacote de M&M's a uma versão de um metro de altura do Boneco de Pano que bateu na minha porta dizendo "Gostosuras ou travessuras?". Uns almofadinhas de boina resolveram costurar partes de um animal morto e o resultado se tornou a mais nova aquisição do acervo da Tate Modern. Sendo apreciado por um número recorde de visitantes igualmente almofadinhas e de boina.

Rouche riu.

– Algum desgraçado pervertido está até fazendo um programa de TV a respeito. O Boneco de Pano está na moda, e vamos todos ter que aprender a conviver com isso – concluiu Baxter.

Ela se virou para Rouche, que estava encarando o saco de balas.

– Ele não fala? – perguntou a Curtis.

– Ele prefere ouvir – respondeu ela em um tom amargo, parecendo já ter se cansado do colega excêntrico depois de apenas uma semana trabalhando juntos.

Baxter voltou a olhar para Rouche.

– Estão diferentes – afirmou ele, finalmente, ao perceber que as três mulheres esperavam que ele contribuísse de alguma forma para a reunião.

Baxter ficou surpresa ao descobrir que o agente da CIA falava com um impecável sotaque inglês.

– O que está diferente? – perguntou ela, ouvindo com cuidado para o caso de ele estar fingindo o sotaque para debochar dela.

– As Jelly Babies – disse ele, mastigando. – Não têm o mesmo gosto de antes.

Curtis estava esfregando a testa, envergonhada e frustrada. Baxter ergueu as mãos e olhou para Vanita, impaciente.

– Tenho um compromisso – disse.

– Temos motivos para acreditar que esse não é apenas outro crime sem sentido inspirado no Boneco de Pano, inspetora-chefe – insistiu Curtis, apontando para as fotografias em uma tentativa de colocar a reunião de volta nos eixos.

– Está certa – disse Baxter. – Não é *nem mesmo* isso. Não há costuras.

– Houve um segundo assassinato – retrucou Curtis elevando o tom de voz, nitidamente irritada, antes de voltar ao tom profissional. – Há dois dias. O lugar foi... *favorável*, no sentido de que conseguimos manter a mídia afastada, ao menos por um tempo. Mas, sendo realistas, não esperamos conseguir evitar a divulgação de um incidente dessa... – ela olhou para Rouche em busca de uma ajuda que não veio – ... *natureza* do resto do mundo por mais de um dia.

– Do *mundo*? – perguntou Baxter em tom cético.

– Temos um pequeno pedido a fazer – disse Curtis.

– E um grande – acrescentou Rouche, com um sotaque ainda mais perfeito agora que havia engolido as balas.

Baxter franziu o cenho para Rouche, Curtis fez o mesmo, então Vanita olhou irritada para a inspetora-chefe antes que ela tivesse tempo de protestar. Rouche olhou irritado para Vanita, só para manter o jogo empatado, enquanto Curtis se dirigia a Baxter.

– Gostaríamos de interrogar Lethaniel Masse.

– Então é por isso que o FBI e a CIA estão envolvidos – concluiu Baxter. – Assassinato nos Estados Unidos, suspeito na Grã-Bretanha. Ora, fiquem à vontade – disse, dando de ombros.

– Com a sua presença, é claro.

– De forma nenhuma. Não há *nenhuma razão* para precisarem de mim lá. Vocês mesmos podem ler as perguntas de uma ficha. Acredito em vocês.

Rouche sorriu do sarcasmo.

– É claro que ficaremos encantados em auxiliá-los de todas as formas que pudermos, não é mesmo, inspetora-chefe? – disse Vanita, os olhos arregalados de raiva. – Nossa relação amistosa com o FBI e com a CIA é importante e nós...

– Meu Deus! – disse Baxter, irritada. – Está certo. Eu vou. Seguro a mão de vocês. E qual é o pedido pequeno?

Rouche e Curtis trocaram um olhar e até mesmo Vanita se remexeu desconfortavelmente na cadeira antes que qualquer um deles ousasse falar.

– *Esse*... foi o pedido pequeno – disse Curtis baixinho.

Baxter pareceu prestes a explodir.

– Gostaríamos que examinasse a cena do crime conosco – continuou Curtis.

– As fotografias? – perguntou Baxter em um sussurro tenso.

Rouche esticou o lábio inferior e balançou a cabeça.

– Já acertei sua transferência temporária para Nova York com o comissário e assumirei o seu cargo enquanto você estiver fora – informou Vanita.

– É uma missão e tanto para assumir – retrucou Baxter, lentamente.

– Conseguirei... *dar um jeito* – disse Vanita, deixando a fachada profissional de lado por um raro momento.

– Isso é um absurdo! De que forma vocês acham que eu vou poder contribuir para um caso completamente diferente do Boneco de Pano do outro lado do mundo?

– De forma nenhuma – respondeu Rouche honestamente, desarmando Baxter. – É uma *completa* perda de tempo...

Curtis assumiu a condução da conversa.

– Acho que o que meu colega está *tentando* dizer é que o público norte-americano não verá esse caso como nós. Eles verão assassinatos do caso Boneco de Pano, ou ao menos assassinatos do mesmo estilo, e vão querer ver a pessoa que capturou o assassino desse caso caçando esses novos monstros.

– Monstros? – perguntou Baxter.

Foi a vez de Rouche revirar os olhos para a colega. Ela claramente havia dito mais do que pretendera naquele estágio inicial. No entanto, o silêncio que se seguiu revelou a Baxter que a mulher havia erguido a guarda mais uma vez.

– Então isso tudo é um exercício de relações públicas? – perguntou Baxter.

– E não é assim com tudo o que fazemos, *inspetora-chefe*? – disse Rouche com um sorriso.

Capítulo 3

Terça-feira, 8 de dezembro de 2015
20h53

— Oi? Desculpem o atraso! – gritou Baxter do hall, enquanto tirava as botas e entrava na sala.

Uma variedade de cheiros deliciosos vinha da cozinha e pairou na brisa fria, enquanto o som inofensivo do cantor mais badalado da semana soava do alto-falante ligado ao iPod.

Havia quatro lugares postos à mesa e a luz bruxuleante das velas decorativas dava à sala um tom alaranjado que destacava os cabelos ruivos bagunçados de Alex Edmunds. O ex-colega magro e alto de Baxter entrou na sala andando desajeitado com uma garrafa de cerveja vazia na mão.

Embora também fosse alta, Baxter teve que ficar na ponta dos pés para abraçá-lo.

– Onde está Tia? – perguntou ao amigo.

– No telefone com a babá... de novo – respondeu ele.

– Emily? É você? – chamou uma voz vinda da cozinha.

Baxter permaneceu quieta. Estava exausta demais para ajudar com o jantar.

– Tenho vinho aqui! – acrescentou a voz em um tom brincalhão.

Aquilo convenceu Baxter a entrar na cozinha perfeita como a de um mostruário de loja, onde várias panelas sofisticadas borbulhavam sob uma iluminação aconchegante. Um homem usando uma camisa elegante e um avental comprido por cima comandava as panelas, mexendo uma aqui, aumentando o fogo de outra ali. Baxter foi até ele e lhe deu um beijo na boca.

– Estava com saudade – disse Thomas.

– Você mencionou algo sobre vinho? – lembrou ela.

Ele riu e lhe serviu uma taça de uma garrafa aberta.

– Obrigada. Estou mesmo precisando – confessou Baxter.

– Não me agradeça. O vinho é cortesia de Alex e Tia.

Os dois ergueram as taças para Edmunds, que estava parado na porta. Baxter se sentou na bancada e ficou vendo Thomas cozinhar.

Eles haviam se conhecido na hora do rush, oito meses antes, durante uma das recorrentes, mas sempre irritantes, greves do metrô de Londres. Thomas intervira quando Baxter, furiosa, fizera uma tentativa nada razoável de prender um dos grevistas que reivindicavam melhores salários e condições mais seguras de trabalho. Ele argumentara que ela estaria tecnicamente cometendo um sequestro se continuasse detendo o grevista e o obrigasse a caminhar os 10 quilômetros de volta a Wimbledon com ela. Nesse ponto, ela havia mudado de ideia e prendido Thomas no lugar do grevista.

Thomas era gentil e honesto. Bonito de um modo tão genérico quanto seu gosto musical, era dez anos mais velho do que Baxter. Era uma opção segura. Ele sabia quem era e o que queria: uma vida organizada, confortável e tranquila. E também era advogado. Baxter sempre sorria quando pensava em como Wolf o odiaria. E ela se perguntava com frequência se fora isso o que a atraíra nele.

A casa geminada elegante que abrigava o jantar entre amigos pertencia a Thomas. Ele pedira várias vezes ao longo dos dois meses anteriores que Baxter fosse morar com ele. Embora ela aos poucos tivesse começado a deixar algumas coisas na casa e os dois até tivessem redecorado o quarto principal juntos, ela se recusara terminantemente a deixar o apartamento que ocupava na Wimbledon High Street. Inclusive mantinha seu gato, Echo, no apartamento como uma desculpa constante para voltar para casa.

Os quatro amigos se sentaram para aproveitar o jantar, contando histórias que foram ficando cada vez menos precisas, porém mais divertidas com o passar do tempo. Expressavam profundo interesse nas respostas às perguntas mais banais relacionadas ao trabalho, ao modo correto de cozinhar salmão, à criação de filhos. De mãos dadas com Tia, Edmunds falou animadamente sobre sua promoção para o Departamento de Fraudes e reiterou várias vezes como era ótimo agora poder passar mais tempo com a família que crescia. Quando perguntada a respeito do trabalho, Baxter preferiu não mencionar a visita dos colegas estrangeiros ou a tarefa nada invejável que a aguardava pela manhã.

Às 22h17, Tia havia adormecido no sofá e Thomas deixara Baxter e Edmunds conversando, enquanto arrumava a cozinha. Edmunds havia voltado a encher sua taça e a de Baxter enquanto os dois conversavam sob a luz agora sombria das velas decorativas.

– Então, como estão as coisas no Departamento de Fraudes? – perguntou Baxter baixinho, voltando os olhos para o sofá, para se certificar de que Tia estava realmente dormindo.

– Já lhe disse... está ótimo – falou Edmunds.

Baxter esperou pacientemente.

– O que foi? As coisas estão ótimas – insistiu ele, cruzando os braços em uma atitude defensiva.

Baxter continuou em silêncio.

– Eles são legais. O que você quer que eu diga?

Como ela se recusou a aceitar a resposta, Edmunds finalmente sorriu. Baxter o conhecia bem demais.

– Estou *tão* entediado... Não é que eu... Não me arrependo de ter deixado a Homicídios.

– Parece que se arrepende, sim – sugeriu Baxter.

Ela tentava convencê-lo a voltar toda vez que se viam.

– Consigo viver minha vida agora. E *realmente* consigo ver a minha filha.

– É um desperdício, só isso – disse Baxter, e falava sério.

Oficialmente, fora ela que capturara o assassino do famoso caso Boneco de Pano. Extraoficialmente, tinha sido Edmunds quem resolvera o caso. Sozinho, ele conseguira ver através da nuvem de mentiras e engodos que havia cegado Baxter e o resto de sua equipe.

– Vou lhe dizer uma coisa: me dê um trabalho de detetive de nove às cinco e eu assino o contrato agora mesmo – desafiou Edmunds, sorrindo, ciente de que aquilo encerrava a conversa.

Baxter se rendeu e deu um gole no vinho enquanto Thomas continuava a arrumar a cozinha.

– Vou ter que visitar Masse amanhã – deixou escapar ela, como se fosse um acontecimento rotineiro fazer visitas a serial killers.

– O quê? – Edmunds cuspiu o Sauvignon Blanc. – Por quê?

Ele era a única pessoa a quem Baxter confiara a verdade sobre o que tinha acontecido no dia em que havia capturado Lethaniel Masse. Nenhum dos dois tinha como saber de quanto Masse se lembrava. Ele apanhara muito e quase morrera, mas Baxter sempre temera o que ele pudesse recordar porque sabia que ele poderia arruiná-la facilmente caso sua mente psicótica assim decidisse.

Baxter contou a Edmunds sobre a conversa com Vanita e com os dois agentes "especiais", explicando que fora convocada a acompanhá-los até a cena do crime em Nova York.

Edmunds escutou em silêncio, a expressão em seu rosto se tornando cada vez mais desconfortável à medida que ela continuava.

– Pensei que isso estivesse encerrado – disse ele, quando Baxter terminou.

– Está. É só outro imitador, como os outros.

Edmunds não pareceu tão convencido disso.

– O que foi? – perguntou Baxter.

– Você disse que a vítima tinha a palavra "isca" entalhada no peito.

– E...?

– Isca para quem? Fico me perguntando...

– Você acha que era dirigido a mim? – perguntou Baxter, e bufou, interpretando corretamente o tom de Edmunds.

– O cara tem o mesmo nome de Wolf e, agora, veja só, você está sendo arrastada para o caso.

Baxter abriu um sorriso carinhoso para o amigo.

– É só outro imitador. Você não precisa se preocupar comigo.

– Sempre me preocupo.

– Café? – perguntou Thomas, surpreendendo ambos.

Ele estava parado na porta da cozinha, secando as mãos em um pano de prato.

– Puro, por favor – disse Edmunds.

Baxter recusou, e Thomas voltou a desaparecer na cozinha.

– Você tem alguma coisa para mim? – sussurrou ela.

Edmunds pareceu desconfortável. Ele olhou rapidamente na direção da porta aberta da cozinha e pegou com relutância um envelope no bolso do paletó que estava na cadeira atrás dele.

Edmunds manteve o envelope junto ao corpo enquanto tentava, pela enésima vez, convencer Baxter a não pegá-lo.

– Você não precisa disso.

Baxter estendeu a mão para o envelope e Edmunds o afastou dela.

Ela bufou.

– Thomas é um bom homem – disse ele baixinho. – Você pode confiar nele.

– *Você* é a única pessoa em quem eu confio.

– Você nunca vai ter um relacionamento de verdade com Thomas se continuar agindo assim.

Os dois olharam para a porta quando ouviram o barulho das xícaras na cozinha. Baxter ficou de pé, arrancou o envelope da mão de Edmunds e voltou a se sentar no momento em que Thomas entrava na sala com os cafés.

Pouco depois das onze horas, Edmunds delicadamente acordou Tia e ela ficou terrivelmente constrangida ao perceber que tinha dormido. Já à porta, enquanto Thomas desejava boa noite para Tia, Edmunds abraçou Baxter.

– Faça um favor a si mesma... não abra o envelope – sussurrou no ouvido dela.

Baxter retribuiu o abraço com carinho, mas não respondeu.

Depois que eles foram embora, ela terminou o vinho e vestiu o casaco.

– Você vai embora? – perguntou Thomas. – Nós mal nos vimos.

– Echo deve estar com fome – retrucou Baxter, calçando as botas.

– Não posso levar você de carro. Bebi demais.

– Pego um táxi.

– Fique.

Ela se inclinou o máximo que pôde na direção dele, mantendo as botas úmidas plantadas com firmeza no capacho da porta. Thomas lhe deu um beijo e a encarou com um sorriso decepcionado no rosto.

– Boa noite.

Um pouco depois da meia-noite, Baxter abriu a porta do apartamento. Como não se sentia nada cansada, afundou no sofá com uma garrafa de vinho tinto. Ligou a televisão, ficou mudando de canal distraidamente e resolveu ver os filmes de Natal que vinha guardando.

Optou por *Esqueceram de Mim 2* porque não se incomodaria se dormisse no meio do filme. O primeiro *Esqueceram de Mim* era, secretamente, um de seus favoritos de todos os tempos, mas achava o segundo uma imitação nada inspirada, que caía na velha armadilha de acreditar que, ao realocar a mesma história na cidade de Nova York, seria uma sequência melhor.

Baxter serviu o restante do vinho na taça, enquanto assistia sem prestar muita atenção às tentativas nada sérias de assassinato de Macaulay Culkin. Ela se lembrou do envelope enfiado no bolso do casaco e tirou o papel dobrado de dentro dele enquanto ouvia sem parar na mente o pedido de Edmunds para que não o abrisse.

Havia oito meses, Edmunds vinha colocando a própria carreira em risco, abusando de seus recursos de investigação no Departamento de Fraudes. Mais ou menos toda semana, ele entregava a Baxter um relatório detalhado das finanças de Thomas, cujas várias contas bancárias eram submetidas secretamente à verificação-padrão contra atividade suspeita e fraudulenta.

Ela sabia que estava pedindo demais de Edmunds. Sabia que ele considerava Thomas um amigo e que estava traindo a confiança dele. Mas também sabia por que Edmunds fazia aquilo para ela e por que continuaria a fazer: ele queria que ela fosse feliz. Baxter ficara tão arrasada no que se referia a confiar nos outros desde que permitira que Wolf saísse de sua vida que Edmunds sabia que a amiga abandonaria qualquer promessa de futuro com Thomas se não fosse constantemente assegurada de que podia confiar nele.

Ela pousou o envelope fechado na mesa de centro, ao lado dos pés, e tentou se concentrar enquanto um dos Bandidos Molhados tinha a cabeça incendiada por um maçarico. Ela podia sentir o cheiro da carne queimada. Baxter se lembrou da rapidez com que a pele era reduzida a carvão e dos gritos de dor enquanto as terminações nervosas se extinguiam.

O homem na televisão tirou a cabeça machucada de dentro do vaso sanitário antes de seguir em frente como se nada houvesse acontecido.

Era tudo mentira; na verdade, não se podia realmente confiar em ninguém.

Baxter terminou o vinho em três goles demorados e abriu o envelope.

Capítulo 4

Quarta-feira, 9 de dezembro de 2015
8h19

Londres congelara durante a noite.

O sol fraco de inverno parecia distante, uma luz fria e indireta que não conseguira degelar a manhã. Os dedos de Baxter ficaram dormentes enquanto ela esperava pela carona na Wimbledon High Street. Checou a hora: vinte minutos de atraso, tempo que poderia ter sido gasto na companhia de um café quentinho dentro do apartamento aconchegante.

Baxter ficou dando pulinhos para se aquecer enquanto o ar gelado queimava seu rosto. Chegara ao ponto de usar o ridículo gorro de pompom com luvas combinando que Thomas havia comprado para ela em Camden.

A calçada agora exibia uma cor prateada cintilante e as pessoas tentavam se equilibrar sobre ela, desconfiadas que o chão tivesse a intenção de fazê-las escorregar e cair, se bobeassem. Do outro lado da rua movimentada, Baxter viu dois homens brigarem e a névoa que saía de suas bocas se erguia acima de suas cabeças como balões de falas de histórias em quadrinhos.

Quando um ônibus de dois andares parou no sinal vermelho, Baxter viu seu reflexo nas janelas embaçadas. Constrangida, arrancou o gorro laranja da cabeça e enfiou-o no bolso. Acima da própria imagem lamentável, havia uma propaganda familiar na lateral do veículo:

Andrea Hall, O ato do ventríloquo: mensagens de um assassino

Ao que parecia, não contente com a fama e a fortuna alcançadas através da infelicidade dos outros, agindo como a fonte oficial das notícias do caso Boneco de Pano, a ex-mulher de Wolf era *mesmo* egoísta o suficiente para lançar uma autobiografia contando a experiência.

Conforme o ônibus se afastava, a enorme fotografia de Andrea que dominava a parte de trás sorria para Baxter. A repórter parecia mais jovem e mais atraente do que nunca, tendo cortado os cabelos ruivos deslumbrantes em um estilo mais curto, que estava na moda, e que Baxter jamais ousaria usar. Antes que o rosto convencido da mulher ficasse fora de alcance, ela abriu a bolsa, pegou a marmita e tirou o ingrediente principal de seu sanduíche de tomate, que explodiu lindamente na cara gigante e idiota da mulher gigante e idiota.

– Inspetora-chefe?

Baxter sentiu vontade de se esconder.

Não reparara na ampla minivan preta parando no ponto de ônibus atrás dela. Deixou cair a marmita dentro da bolsa de novo e se virou para ver a agente especial observando-a com uma expressão preocupada.

– O que estava fazendo? – perguntou Curtis em um tom cauteloso.

– Ah, eu estava só...

Baxter se interrompeu, torcendo para que aquela impecável e profissionalíssima jovem americana se satisfizesse com essa explicação genérica para o seu comportamento fora do comum.

– Jogando comida nos ônibus? – completou Curtis.

– Sim.

Quando Baxter se aproximou do veículo, Curtis abriu a porta deslizante, revelando um espaço interno que as janelas escuras escondiam.

– *Americanos* – sussurrou ela com desprezo.

– Como vão as coisas esta manhã? – perguntou Curtis em um tom educado.

– As coisas, não sei, mas *eu* estou morrendo de frio.

– Sim, peço desculpas pelo atraso. Não havíamos imaginado que o trânsito estaria tão ruim.

– É Londres – falou Baxter secamente.

– Entre.

– Tem certeza de que tem espaço para mim? – perguntou Baxter com sarcasmo enquanto se arrastava sem a menor graciosidade para dentro do carro.

O couro creme guinchou quando ela deixou o corpo afundar no assento. E cogitou se deveria deixar claro que quem fizera barulho fora o couro, não ela, mas concluiu que aquilo devia acontecer com todo mundo que sentava ali.

Ela sorriu para Curtis, que estava sentada à sua frente.

– Fique à vontade – disse a americana.

Ela fechou a porta e gritou para o motorista que estavam prontos para partir.

– Sem Rouche hoje? – perguntou Baxter.

– Vamos pegá-lo no caminho.

Baxter tremia enquanto o calor do aquecedor da van apenas começava a envolvê-la, e se perguntava por que os agentes não haviam se hospedado no mesmo hotel.

– Lamento informar, mas vai ter que se acostumar com o frio. Nova York está embaixo de meio metro de neve. – Curtis procurou na bolsa e pegou um gorrinho preto elegante semelhante ao que estava usando. – Toma.

Ela passou o gorro para Baxter, que pareceu momentaneamente animada, até notar as letras "F", "B" e "I" impressas em amarelo na frente. Sem dúvida um belo alvo para um atirador.

Baxter jogou o gorro de volta para Curtis.

– Obrigada, mas tenho o meu – disse, e pegou o gorro laranja horroroso no bolso e o enfiou na cabeça.

Curtis deu de ombros e passou algum tempo só observando a cidade passar.

– Você já o viu depois do que aconteceu? – perguntou por fim. – Masse?

– Só no tribunal – retrucou Baxter, tentando deduzir para onde estavam indo.

– Estou um pouco nervosa – disse Curtis, sorrindo.

Por um instante, Baxter ficou hipnotizada pelo sorriso perfeito, de estrela de cinema, da jovem agente. Então reparou em sua pele escura sem máculas e foi incapaz de dizer se ela estava usando maquiagem para conseguir aquele efeito. Sentindo-se um pouco constrangida, brincou com os cabelos e olhou para fora da janela.

– Quer dizer, Masse é *mesmo* uma lenda viva – continuou Curtis. – Ouvi dizer que já o estão estudando na Academia de Polícia. Tenho certeza de que um dia o nome dele será mencionado junto ao de Bundy e John Wayne Gacy. É... uma honra, na verdade, não é? Na falta de uma palavra melhor.

Baxter virou-se para ela com os olhos arregalados e furiosos.

– *Sugiro* que você encontre uma palavra melhor – disse, irritada. – Aquele saco de merda assassinou e mutilou um dos meus amigos. Acha isso divertido? Acha que vai conseguir um autógrafo?

– Não tive a intenção de ofend...

– Está perdendo o seu tempo. Está perdendo o *meu* tempo. Está perdendo o tempo *desse* camarada – disse Baxter, gesticulando para o homem no assento do motorista. – Masse nem sequer consegue falar. Pelo que sei, seu maxilar ainda está pendurado.

Curtis pigarreou e se endireitou no assento.

– Gostaria de me desculpar pelo meu...

– Pode se desculpar ficando quieta – falou Baxter, encerrando a conversa.

As duas mulheres permaneceram sentadas em silêncio pelo resto do trajeto. Baxter observou o reflexo do rosto de Curtis na janela. A mulher não parecia brava ou indignada, apenas frustrada consigo mesma pela gafe. Baxter podia ver os lábios dela se movendo silenciosamente enquanto ensaiava o pedido de desculpas ou avaliava o próximo assunto da inevitável interação entre as duas.

Baxter começou a se sentir culpada pelo ataque de raiva e se lembrou da própria empolgação, apenas um ano e meio antes, quando havia colocado os olhos pela primeira vez no Boneco de Pano e se dera conta de que estava em meio a alguma coisa importante, fantasiando sobre os efeitos decisivos que aquilo poderia ter em sua carreira. Estava prestes a dizer alguma coisa quando o carro dobrou uma esquina e parou diante de uma casa geminada grande em um bairro residencial arborizado. Baxter não tinha a menor ideia de onde estavam.

Ela encarou confusa a casa, uma imitação do estilo Tudor, que conseguia parecer ao mesmo tempo aconchegante e abandonada. Ervas daninhas altas irrompiam das rachaduras profundas no calçamento da entrada de carros. As cores opacas das luzes de Natal apagadas se agarravam desesperadamente à tinta descascada dos batentes das janelas, enquanto a fumaça saía preguiçosamente pela chaminé coberta por um ninho de passarinho.

– Que aparência engraçada a desse hotel – comentou ela.

– A família de Rouche ainda mora aí – explicou Curtis. – Acho que eles vão aos Estados Unidos visitá-lo de vez em quando e ele volta para cá quando pode. Rouche me disse que mora em quartos de hotel nos Estados Unidos. Mas imagino que seja apenas por causa do trabalho. Nunca podemos nos acomodar em um lugar por muito tempo.

Rouche saiu da casa comendo uma torrada. Ele pareceu se mesclar à manhã gelada: a camisa branca e o terno azul se misturavam às nuvens espalhadas pelo céu e as mechas grisalhas nos cabelos cintilavam como o concreto gelado.

Curtis desceu do carro para cumprimentá-lo no momento em que ele escorregava pela entrada de carros da casa e colidia com ela, a torrada na frente.

– Meu Deus, Rouche! – reclamou Curtis.

– Você não poderia ter conseguido um carro maior? – Baxter o ouviu perguntar sarcasticamente antes de os dois agentes entrarem.

Ele se acomodou no assento da janela em frente a Baxter e ofereceu um pedaço do pão, sorrindo ao reparar no gorro laranja embolado no alto da cabeça dela.

O motorista partiu e eles estavam novamente a caminho. Curtis se ocupou com alguns documentos enquanto Baxter e Rouche observavam os prédios passarem e se dissolverem em uma forma única e indecifrável com o zumbido do motor.

– Deus, *odeio* esta cidade – deixou escapar Rouche enquanto eles atravessavam o rio, os olhos fixos na vista imponente. – O trânsito, o barulho, a desordem, as multidões se aglomerando nas vias estreitas como um ataque cardíaco prestes a acontecer, o grafite decorando qualquer lugar infeliz ao nosso alcance.

Curtis sorriu com uma expressão de quem pedia desculpas para Baxter e Rouche continuou:

– Isso meio que me lembra da escola: *aquela* festa na casa do colega rico, sabe? Os pais dele não estão e, na ausência deles, todo o esplendor artístico e arquitetônico é atropelado, desfigurado e ignorado para acomodar as vidas triviais dos que jamais apreciariam essas características.

Eles ficaram em um silêncio tenso enquanto a van seguia lentamente na direção de um cruzamento.

– Bem, eu *adoro* o lugar onde você mora – declarou Curtis, entusiasmada. – Há tanta história por toda parte.

– *Na verdade*, estou com Rouche nessa – disse Baxter. – Como você disse, há história por toda parte. *Você* vê Trafalgar Square, *eu* vejo o beco em frente, onde recolhemos o corpo de uma prostituta de dentro das caçambas de lixo. *Você* vê a Casa do Parlamento, *eu* vejo a perseguição de barco rio abaixo que me fez perder... algo que eu não deveria ter perdido. Londres é o que é, mas é o meu lar.

Pela primeira vez desde que se sentara, Rouche afastou os olhos da janela para lançar um olhar longo e inquisitivo a Baxter.

– E quando você foi embora de Londres, Rouche? – perguntou Curtis, que evidentemente não achava o silêncio tão confortável quanto os outros.

– Em 2005 – respondeu ele.

– Deve ser difícil ficar tão longe de seus familiares o tempo todo.

Rouche parecia não estar com vontade de falar a respeito, mas respondeu com relutância:

– É. Mas contanto que eu escute a voz deles todo dia, nunca estamos realmente longe.

Baxter se mexeu no assento, sentindo-se desconfortável e um tanto constrangida pela demonstração de emoção do homem. E a situação ficou ainda pior quando Curtis fez um comentário desnecessário e nada sincero:

– Owwwnnn!

Eles foram deixados no estacionamento para visitantes da penitenciária de Belmarsh e seguiram até a entrada principal. Os dois agentes entregaram as armas enquanto suas impressões digitais eram coletadas e os faziam passar por portas pressurizadas, máquinas de raio X, detectores de metal e revistas manuais antes de ouvir que deveriam aguardar o diretor-geral do presídio.

Rouche parecia tenso enquanto olhava ao redor e Curtis pediu licença para ir ao toalete. Depois de alguns instantes, Baxter não pôde mais ignorar o fato de que Rouche estava cantando baixinho "Hollaback Girl," de Gwen Stefani.

– Você está bem? – perguntou ela.

– Desculpe.

Baxter o encarou com desconfiança por um instante.

– Canto quando estou nervoso – explicou ele.

– Nervoso?

– Não gosto de espaços confinados.

– Ora, quem gosta? – retrucou Baxter. – Isso é como não gostar de ser cutucado no olho... é óbvio. Não precisa verbalizar porque ninguém deseja ficar encarcerado em algum lugar.

– Obrigado pela sua preocupação – disse ele com um sorriso. – Já que estamos falando sobre parecer nervoso, *você* está bem?

Ela ficou surpresa por Rouche ter notado sua apreensão.

– Afinal, Masse teve mesmo uma *bela* possibilidade de...

– De me matar? – Baxter o ajudou. – Sim, eu me lembro disso. Mas não tem nada a ver com Masse. Só estou torcendo para o diretor-geral Davies não trabalhar mais aqui. Ele não gosta muito de mim.

– De *você*? – indagou Rouche, no que ele esperava que tivesse sido (mas não foi) um tom de perplexidade horrorizada.

– Sim, de *mim* – respondeu Baxter, um pouco ofendida.

Era mentira, é claro. O nervosismo de Baxter se devia na verdade à iminência de voltar a estar cara a cara com Masse, não por ele ser quem era, mas pelo que poderia saber e o que poderia contar.

Só quatro pessoas sabiam a verdade sobre o que ocorrera dentro do tribunal Old Bailey. Baxter havia esperado que Masse contradissesse a versão que ela dera para os eventos. No entanto, nenhuma oposição jamais foi feita ao depoimento dela. E, à medida que o tempo passava, Baxter começou a se permitir ter esperança de Masse haver perdido a memória, de estar ferido demais durante o embate com Wolf para ter noção do vergonhoso segredo que ela carregava. Todo dia se perguntava se o passado voltaria para acertar as contas com ela e agora tinha a sensação de estar abusando da sorte sentando-se diante da única pessoa que poderia facilmente arruiná-la.

Naquele momento, o diretor-geral Davies surgiu no corredor. A expressão dele foi de mais puro desânimo ao reconhecer Baxter.

– Vou chamar Curtis – sussurrou ela para Rouche.

Baxter parou na porta que dava para os banheiros ao ouvir a voz de Curtis vindo lá de dentro e achou muito estranho, já que eles haviam deixado os celulares com a segurança. Ela se inclinou suavemente, apoiando-se na porta pesada até conseguir perceber que a jovem agente americana estava falando consigo mesma diante do espelho:

– ... Sem mais comentários *idiotas*. *Pense* antes de falar. Você *não pode* cometer um erro como esse diante de Masse. "Confiança em si mesma garante a confiança dos outros."

Baxter bateu bem alto na porta e abriu-a, fazendo Curtis dar um salto.

– O diretor-geral está nos esperando.

– Estarei lá em um instante.

O diretor-geral acompanhou o grupo na direção da unidade de segurança máxima.

– Estou certo de que vocês sabem que Lethaniel Masse guarda algumas sequelas físicas de sua apreensão pela detetive Baxter – disse ele, se esforçando para ser agradável.

– Inspetora-chefe, agora – retrucou Baxter, arruinando o momento.

– Ele passou por várias cirurgias reconstrutoras na mandíbula, mas nunca irá recuperar seu uso pleno.

– Ele vai conseguir responder às nossas perguntas? – quis saber Curtis.

– Não de forma que possam entendê-lo. Por isso, chamei um intérprete para acompanhar o interrogatório de vocês.

– Especializado em traduzir... grunhidos? – perguntou Baxter, incapaz de se conter.

– Linguagem de sinais – disse o diretor-geral. – Masse aprendeu em poucas semanas depois de chegar aqui.

O grupo saiu por outra porta de segurança, onde as áreas de recreação se encontravam sinistramente vazias enquanto uma mensagem em código era anunciada por um sistema de alto-falantes.

– Como é Masse como detento? – perguntou Curtis, o interesse evidente na voz.

– Exemplar – respondeu o diretor-geral. – Quisera eu que todos fossem tão bem-comportados. Rosenthal! – gritou ele, chamando um rapaz que estava no outro extremo de uma quadra de futebol de salão e que quase escorregou no gelo enquanto corria até eles. – O que está acontecendo?

– Outra briga nas celas do Bloco 3, senhor – explicou o rapaz, arfando.

Um dos cadarços dos seus sapatos estava desamarrado e se arrastava pelo chão atrás dele. O diretor-geral suspirou.

– Sinto muito, mas vão ter que me dar licença – disse ele se dirigindo ao grupo. – Tivemos um influxo de novos detentos esta semana e sempre há problemas de adaptação enquanto eles avaliam uns aos outros e se ajustam às regras do ecossistema. Rosenthal vai levá-los para ver Masse.

– Masse, senhor? – O rapaz não pareceu nada entusiasmado com a ordem. – É claro.

O diretor-geral se afastou apressado enquanto Rosenthal entrava com o grupo em uma prisão dentro da prisão, cercada por seus próprios muros e cercas. Quando eles chegaram ao primeiro portão de segurança, o policial bateu freneticamente nos bolsos em busca de alguma coisa e começou a voltar.

Rouche deu um tapinha no ombro do homem para chamá-lo e lhe entregou um cartão de identificação.

– Você deixou cair lá atrás – disse com gentileza.

– Obrigado. O chefe *literalmente* me mataria se eu perdesse isso... de novo.

– Não se um dos assassinos em massa por quem você é responsável fugisse e o pegasse primeiro – lembrou Baxter, fazendo o policial ficar vermelho de vergonha.

– Desculpe – disse ele antes de fazê-los passar pelo portão que os levava apenas para mais uma série de procedimentos de segurança e revistas.

Rosenthal explicou que a unidade de segurança máxima era dividida em "círculos" de doze celas individuais e que os carcereiros só tinham permissão para trabalhar ali por três anos seguidos. Depois eram transferidos de volta para o presídio principal.

Dentro, paredes e portas bege cercavam os pisos e a moldura de escadas, portões e grades cor de ferrugem. Acima da cabeça deles, grandes redes se estendiam entre as passagens, onde lixo e outros objetos mais aerodinâmicos haviam se acumulado.

O prédio estava surpreendentemente silencioso, já que todos os detentos ainda estavam confinados em suas celas. Outro guarda lhes mostrou uma sala no térreo, onde uma mulher de meia-idade de aparência desleixada esperava por eles. Ela foi apresentada como a especialista em linguagem de sinais e o guarda passou a explicar a eles as regras insuportavelmente óbvias antes de enfim destrancar a porta.

– Se precisarem de alguma coisa, estarei bem perto, do lado de fora – enfatizou ele, duas vezes, então abriu a porta, deixando à vista a figura marcante de costas para eles.

Baxter podia sentir o desconforto dos guardas na presença do detento mais famoso do lugar. Uma longa corrente ligava as algemas de Masse ao tampo da mesa de metal e descia por toda a extensão do macacão azul-escuro de presidiário até se ligar aos grilhões que prendiam os pés dele ao chão de concreto.

Embora Masse não olhasse ao redor, mantendo a nuca com cicatrizes profundas voltada para eles, ele inclinou a cabeça para trás e farejou o ar, curioso com o cheiro deles.

As duas mulheres se entreolharam, instantaneamente nervosas, enquanto Rouche se sentava na cadeira mais próxima de Masse, em um gesto abnegado.

Apesar das correntes prendendo o homem à sala, foi Baxter que se sentiu presa quando a porta pesada se fechou atrás deles. Ela se sentou lentamente na cadeira oposta ao homem que, embora encarcerado, ainda representava uma ameaça a ela.

Enquanto Masse observava Baxter olhar ao redor da sala, fazendo de tudo para evitar os olhos dele, um sorriso torto se abriu em seu rosto arruinado.

Capítulo 5

Quarta-feira, 9 de dezembro de 2015
11h22

– Nossa, que completa perda de tempo – comentou Baxter com um suspiro enquanto voltavam para o átrio principal, no centro dos círculos de celas.

Masse nem sequer tentara responder a uma única pergunta durante o monólogo de meia hora de Curtis. Fora como visitar um animal enjaulado no zoológico, Masse apenas uma presença muda – uma sombra abatida e derrotada do monstro sádico que ainda mantinha Baxter acordada durante a noite, vivendo dos fragmentos de uma reputação que não correspondia mais à realidade.

Wolf havia acabado com ele completamente, corpo e alma.

Baxter não conseguiu saber se a atenção de Masse voltava sempre para ela porque ele sabia o que ela fizera ou simplesmente porque ficara famosa por tê-lo prendido. De qualquer modo, estava feliz por ter terminado.

Rosenthal ficara esperando por eles na "bolha", a área de segurança para os funcionários daquela unidade, no extremo do átrio, e já se adiantava na direção do grupo.

– Vamos precisar fazer uma revista completa na cela de Masse – avisou Curtis a ele.

O guarda inexperiente pareceu inseguro em relação àquilo.

– Eu... hã... O diretor-geral sabe disso?

– Você não está falando sério, não é? – perguntou Baxter a Curtis, irritada.

– Tenho que concordar com Baxter – disse Rouche –, mas de uma forma mais educada, é claro. Masse não está envolvido. Essa não é a melhor forma de usarmos nossos recursos.

– Pelo que vimos até agora, estou inclinada a concordar – começou a dizer Curtis, diplomaticamente –, mas temos um protocolo rígido a seguir e não posso deixar a área até excluirmos, sem sombra de dúvida, qualquer possibilidade de envolvimento de Masse.

Ela se virou novamente para Rosenthal:
– A cela de Masse... por favor.

Dominic Burrell, ou "o Leão de Chácara", como ficara conhecido pelos colegas e pelos guardas, fora preso por espancar um desconhecido até a morte, apenas porque o homem cometera o erro de olhar para ele de um jeito "esquisito". Burrell passara a maior parte da sua pena no Bloco 1, mas tinha sido transferido recentemente para a unidade de segurança máxima depois de dois ataques semelhantes a carcereiros, sem que houvesse tido qualquer tipo de provocação. Ele costumava ser evitado sempre que possível, graças à sua reputação e à obsessão com levantamento de pesos, apesar da altura bastante inexpressiva de 1,67 metro.

Burrell observou de sua cela, enquanto o grupo no térreo era escoltado até a cela vazia de Masse, que ficava logo em frente à dele. Quando os visitantes começaram a revista ao cômodo de 2 por 3 metros, ele perdeu o interesse e continuou rasgando em longas faixas o tecido que cobria o colchão, com a ajuda de um pedaço de plástico afiado, feito de uma embalagem de comida derretida.

Quando ouviu os guardas destrancando a primeira porta das celas para que os detentos se enfileirassem para o almoço, Burrell virou o colchão do avesso e enrolou a longa peça de tecido ao redor da cintura, para disfarçá-la por baixo da roupa. Ele foi encaminhado para a passagem e percebeu que Masse estava apenas duas pessoas à sua frente, na fila. Depois que o guarda se afastou, Burrell empurrou o homem entre eles para passar – o colega detento, que obviamente sabia da reputação dele, se afastou sem discutir.

Burrell ficou na ponta dos pés para sussurrar no ouvido de Masse:
– Lethaniel Masse?

Masse assentiu e manteve os olhos fixos à frente, para disfarçar a conversa.

– Estou aqui para lhe entregar uma mensagem.
– Qa men-age? – perguntou Masse em um esforço indistinto e doloroso.

Burrell se virou para checar onde estava o carcereiro, pousou uma mão firme no ombro de Masse e o puxou delicadamente mais para perto, até seus lábios roçarem nos pelos finos da orelha do outro.

– Você...

Quando Masse virou a cabeça, Burrell travou o braço enorme ao redor do pescoço dele e o arrastou para a cela vazia atrás dos dois. Seguindo as regras tácitas do presídio, os homens na frente e atrás deles reassumiram seus lugares na fila, sem interferir ou alertar os guardas em relação à briga.

Através da porta aberta, Masse fez contato visual com um dos homens na fila, que ficou parado, impassível, vendo-o sufocar. Masse tentou gritar, mas os poucos murmúrios incoerentes que conseguiu emitir pelo maxilar deformado não conseguiram atrair a atenção de ninguém que pudesse ajudá-lo.

Ele se perguntou por um momento se o homem musculoso tinha a intenção de estuprá-lo ao ver que o outro rasgava a parte de cima do seu macacão, mas então sentiu a dor da lâmina rasgando seu tórax e percebeu que ia morrer.

Masse só sentira aquilo uma vez antes – a sensação nada familiar de medo misturada a um fascínio perverso, enquanto finalmente experimentava o que cada uma das suas incontáveis vítimas havia sentido em seus momentos finais: a impotência.

Curtis, Baxter e Rouche tinham sido aconselhados a encerrar a revista na cela de Masse e partir antes que começasse a movimentação para o almoço dos detentos. Quando as portas do primeiro piso foram abertas, Rosenthal os escoltou até o térreo e através do átrio. Eles estavam quase chegando ao portão de ferro vermelho quando o primeiro apito soou, interrompendo a aparente calma acima deles.

Foi difícil saber o que estava acontecendo enquanto três carcereiros se esforçavam para alcançar o que quer que os detentos agitados estivessem bloqueando. Mais sons de apito se juntaram aos pedidos apavorados de ajuda, à medida que os gritos ficavam mais nervosos, ecoando o som ensurdecedor ao redor do prédio de metal vazio, enquanto os detentos que ocupavam as celas no térreo se juntavam à cacofonia.

– Vamos tirar vocês daqui – disse Rosenthal no tom mais corajoso que conseguiu.

Ele se virou e inseriu o cartão de identificação no leitor preso à parede. A resposta foi uma luz vermelha piscando. Ele tentou de novo.

– Merda!

– Algum problema? – perguntou Baxter, a atenção fixa no que acontecia acima.

– Estamos em confinamento – explicou ele, que estava claramente começando a entrar em pânico.

– Muito bem. Então, o que temos que fazer em uma situação de confinamento? – perguntou Rouche calmamente ao rapaz.

– Eu n-não... – disse ele, gaguejando.

O som dos apitos ficava cada vez mais desesperado, e os gritos se tornavam cada vez mais altos.

– Ir para a bolha, talvez? – sugeriu Baxter.

Rosenthal a encarou com os olhos arregalados e assentiu.

O barulho aumentou muito quando alguém foi erguido sobre as grades da passagem acima e jogado no espaço vazio do centro do átrio. O corpo seminu rasgou a rede de proteção, soltando-a de um dos lados da parede, e aterrissou de bruços a apenas alguns metros de distância do grupo.

Curtis gritou, atraindo a atenção dos homens acima.

– Precisamos ir. Agora! – disse Baxter, mas permaneceu imóvel enquanto o cadáver fazia um movimento súbito e pouco natural na direção deles.

Ela demorou um instante para perceber que a longa extensão de tecidos unidos com nós que descia pela rede de proteção destruída tinha sido amarrada ao redor do pescoço ensanguentado da vítima. E, naquele exato momento, a corda improvisada foi puxada, arrastando o cadáver para cima, ao mesmo tempo que um segundo corpo, mais musculoso, caía ao lado dele.

– Ele ainda está vivo! – gritou Rosenthal em um arquejo horrorizado, vendo o contrapeso se debater desesperadamente enquanto o nó de tecido já gasto o sufocava.

– Vamos! Vamos! Vamos! – ordenou Baxter, empurrando Curtis e Rosenthal para que seguissem Rouche, que já quase alcançara a porta da bolha.

– Abram a porta! – gritou ele.

Os apitos foram ficando em silêncio, um após o outro, enquanto o motim se instalava. Eles ouviram um grito aterrorizante de algum lugar acima, então um colchão em chamas foi jogado no meio do átrio, o caos incitando o entusiasmo dos detentos como sangue fresco em águas infestadas de tubarões.

Um dos presos descia pela rede de proteção rasgada quando o grupo alcançou Rouche e a porta de segurança da bolha.

– Abram! – gritou Rouche, sacudindo freneticamente o metal.

– Onde está seu cartão de identificação? – perguntou Baxter a Rosenthal.

– Não vai funcionar. Eles precisam abrir por dentro – respondeu o guarda, ainda ofegante.

Mais detentos fizeram a perigosa descida até o térreo enquanto o primeiro homem abria caridosamente celas aleatórias com um cartão de segurança ensanguentado.

Rouche deu a volta correndo até a frente, onde conseguia ver um carcereiro através do vidro de proteção.

– Somos oficiais da polícia! – gritou ele através da janela inquebrável. – Abra a porta!

O homem apavorado balançou a cabeça e sua boca formou as palavras:

– Não posso. Sinto muito.

Ele gesticulou para o grupo que se aproximava, formado pelos homens mais perigosos do país.

– Abra a porta! – tornou a gritar Rouche.

Baxter se juntou a ele diante da janela.

– E agora? – perguntou ela, o mais calmamente que conseguiu.

Não havia para onde irem.

Um detento enorme desceu do primeiro piso pela rede de proteção. Usava um uniforme de guarda do presídio que parecia absurdamente pequeno nele. A calça só chegava ao meio da canela e sua barriga estava à mostra abaixo da barra da camisa. A visão teria sido quase cômica se não fosse pelos arranhões frescos que rasgavam o rosto dele.

Curtis batia na porta da bolha, implorando desesperadamente para entrar.

– Ele não vai abrir – afirmou Rosenthal, abaixando-se no chão. – Não pode arriscar que eles entrem.

Os amotinados estavam correndo na direção deles, olhando para Rouche e Rosenthal com um ódio ardente e para as mulheres com expressões famintas. Rouche agarrou Baxter pelo braço e a empurrou para o canto atrás dele.

– Ei! – gritou ela, tentando se livrar dele.

– Fiquem atrás de nós! – gritou Rouche para as mulheres.

Rosenthal pareceu confuso com a palavra "nós" até Rouche agarrá-lo e colocá-lo de pé.

– Mire nos olhos deles! – gritou Rouche para o jovem petrificado, segundos antes de o grupo de criminosos engolfá-los.

Baxter chutou como uma louca. Havia mãos e rostos por toda parte. Uma mão forte agarrou um punhado dos cabelos delas e a arrastou por alguns metros, mas a soltou quando começou a brigar com outro preso.

Ela rastejou de volta para a parede procurando por Curtis, mas o braço forte voltou para agarrá-la. Nesse momento, Rosenthal apareceu do nada, saltou nas costas do homem e enfiou os dedos no fundo de um dos olhos do detento tatuado.

De repente, as luzes se apagaram.

Restou apenas a luz assustadora do fogo no centro do átrio, com duas silhuetas penduradas acima das chamas que começavam a se apagar. Como o rescaldo de uma caça às bruxas.

Eles ouviram um barulho alto e o espaço se encheu de fumaça. Então outro barulho.

Homens usando equipamento tático completo entraram pelo portão de ferro no outro extremo do pátio, enquanto os detentos cobriam o rosto e corriam para se proteger, dispersando-se em todas as direções, como hienas abandonando uma presa.

Baxter viu Curtis deitada inconsciente a poucos metros de distância e se arrastou até lá.

Ela envolveu a agente do FBI com a camisa rasgada. Havia uma protuberância grande na cabeça de Curtis, mas, a não ser por isso, ela parecia ilesa.

Baxter sentiu o nariz e a boca ardendo e conseguiu sentir o gosto do gás lacrimogêneo que se infiltrava na parte em que ela estava do térreo. Através da visão embaçada, observou as sombras espectrais se espalharem na fumaça que cercava o fogo e agradeceu a dor abrasadora em suas vias respiratórias, porque isso significava que ainda estava viva.

Depois de quarenta minutos lavando os olhos no centro médico, Baxter finalmente recebeu permissão para se juntar a Rouche e ao diretor-geral Davies. Como se recuperara mais rápido do que as duas, Rouche a mantivera informada das últimas notícias.

Eles haviam descoberto que um dos prisioneiros mortos era um homem chamado Dominic Burrell. Mais perturbador, no entanto, era que a outra vítima era Masse. Pelas imagens das câmeras de segurança, eles haviam confirmado que Burrell havia assassinado Masse antes de tirar a própria vida.

Curtis estava acordada, mas ainda abalada pela experiência traumática, e Rosenthal quebrara a clavícula, mas estava de bom humor.

Agora que conseguia ver, Baxter desconfiava que Rouche estava mais machucado do que deixava transparecer. Ele mancava e sua respiração parecia entrecortada. Ela o viu apertando o tórax com uma expressão de dor quando achava que ninguém estava olhando.

O diretor-geral havia garantido que, depois que todos os detentos voltaram às suas celas, a cena fora deixada intocada. Ele explicou, então, o mais educadamente possível, que não havia nenhum outro lugar para onde os detentos pudessem ir. Dessa forma, a unidade de segurança máxima estava operando normalmente, exceto pelos dois corpos pendurados nas vigas. Portanto, quanto antes eles pudessem fazer o que tinham que fazer, melhor.

– Estou pronta quando vocês estiverem – disse Baxter, que tinha uma aparência meio enlouquecida por causa dos olhos injetados e inflamados.
– Vamos esperar Curtis?
– Curtis disse para irmos sem ela.

Baxter ficou um pouco surpresa com a decisão da agente do FBI de se afastar voluntariamente da cena do crime de sua própria investigação, mas decidiu não alongar o assunto.

– Então vamos.

Baxter e Rouche examinaram os dois corpos pendurados quase 2 metros acima de suas cabeças. Ela percebeu que Rouche segurava novamente o peito. Eles haviam conseguido persuadir o detetive responsável a lhes dar cinco minutos sozinhos na cena antes que a equipe dele assumisse.

Totalmente protegidos pelas várias portas de segurança e pela sensata ausência de janelas abertas, os corpos pendurados permaneciam surrealmente imóveis suspensos em extremidades opostas da mesma peça de tecido unida por nós, que fora enrolada nas grades do primeiro piso.

Baxter estava perturbada demais pela cena macabra para sentir o peso que saíra de seus ombros: caso Masse soubesse de alguma coisa, não era relevante agora.

Ela estava a salvo.

– Pois bem, apesar de termos dito a Curtis que o caso de vocês e o meu não tinham relação, na verdade, parece que eles estão, sim, bastante relacionados – comentou Baxter em um tom impertinente. – "Isca" – leu ela em voz alta. As letras horrivelmente entalhadas no tórax de Masse agora pareciam pretas com o sangue coagulado. – Exatamente como o outro.

Baxter se adiantou para examinar o corpo musculoso de Dominic Burrell, que também apresentava uma mensagem no peito.

– "Marionete" – leu. – Isso é novo, certo?

Rouche deu de ombros, sem se comprometer.

– *Certo*? – perguntou Baxter de novo.

– Acho que é melhor falarmos com Curtis.

Baxter e Rouche voltaram ao centro médico e descobriram que Curtis estava se sentindo muito melhor. Na verdade, já estava em meio a uma conversa com um belo homem de cerca de 40 anos que vestia roupas de civil e usava os cabelos castanho-escuros num comprimento médio, caindo soltos em um estilo que parecia um pouco jovem demais para ele.

Sem querer interromper, Rouche foi fazer outro café para eles. Sem hesitar em interromper, Baxter perguntou a Curtis:

– Você está bem?

Curtis pareceu um tanto irritada por ter que se deter em meio a uma frase.

– Sim, obrigada – respondeu ela, dispensando Baxter o mais educadamente possível.

Baxter fez um gesto inquiridor na direção do homem atraente e teve a sensação de estar entre dois supermodelos. O espaço de 3 metros que os separara quando ela estava na porta não fizera justiça ao homem.

– Esse é... – começou a dizer Curtis com relutância.

– Alexei Green – completou o homem com um sorriso. Ele ficou de pé e apertou a mão de Baxter com firmeza. – E você, é claro, é a famosa Emily Baxter. É uma honra conhecê-la.

– Igualmente – respondeu Baxter sem pensar, os incríveis malares dele tirando-a do eixo.

Ela enrubesceu, pediu licença rapidamente e saiu apressada para procurar Rouche.

Cinco minutos depois, Curtis ainda estava concentrada na conversa. Na verdade, a não ser que Baxter estivesse enganada, a agente tão rígida parecia estar flertando.

– Sabe de uma coisa? – disse Rouche. – Chega de esperar. Precisamos colocar você a par de tudo agora. Vamos conversar lá fora.

Eles saíram para a tarde fria, mas ensolarada. Baxter voltou a colocar o gorro.

– Por onde começo? – tentou Rouche, meio inseguro. – O banqueiro William Fawkes, que foi pendurado na Ponte do Brooklyn...

– Se incomoda se o chamarmos só de "o banqueiro" de agora em diante? – perguntou Baxter.

– Sem problema... Acreditamos que ele estava com um dos braços solto porque o assassino não terminou o serviço. Relatos de testemunhas descrevem alguém ou alguma coisa caindo da ponte no East River.

– É possível que alguém tenha sobrevivido à queda? – perguntou Baxter, puxando o gorro para baixo para proteger melhor o rosto gelado.

– Não – respondeu Rouche sem titubear. – Em primeiro lugar, é uma queda de 45 metros. Além disso, Nova York estava com a temperatura negativa naquela noite: o rio estava congelado. E, o mais importante, um corpo foi encontrado afogado na manhã seguinte e vocês não imaginam o que estava gravado em seu peito...

– "Marionete" – disseram em uníssono.

– Então, temos duas vítimas com a mesma palavra entalhada no corpo, dois assassinos mortos com *outra* palavra entalhada *neles*, em casos que aconteceram em lados opostos do Atlântico? – resumiu Baxter.

– Não – disse Rouche, enfiando as mãos frias embaixo das axilas. – Você está se esquecendo do caso que Curtis mencionou ontem, que mantivemos abafado até agora, o que viemos pegar você para nos ajudar a investigar.

– Fazendo dessa vítima e do assassino os terceiros.

– Todos são assassinatos seguidos de suicídio, exatamente como hoje – acrescentou Rouche.

Baxter pareceu surpresa.

– Alguma teoria a respeito?

– Só que as coisas provavelmente ficarão *muito* piores antes de melhorarem. Afinal, estamos caçando fantasmas, não é mesmo?

Rouche jogou o resto do café sem gosto no chão. O líquido borbulhou como ácido. Ele fechou os olhos e levantou a cabeça para o sol antes de pensar alto:

– Como se pega um assassino que já está morto?

Capítulo 6

Quarta-feira, 9 de dezembro de 2015
19h34

Baxter conseguiu abrir a porta da frente da casa de Thomas usando só o queixo e cambaleou para dentro do hall de entrada segurando uma caixa de transporte para gatos em uma das mãos e uma sacola de supermercado na outra.

– Sou eu! – disse em voz alta, sem obter resposta.

Como as luzes do andar de baixo estavam acesas, Baxter sabia que Thomas estava em casa. A televisão tagarelava baixinho quando ela atravessou a cozinha deixando pegadas enlameadas no chão. Baxter pousou a sacola de compras e o gato em cima da mesa e serviu-se de uma grande taça de vinho.

Afundou em uma das cadeiras, chutou as botas longe e massageou os pés doloridos enquanto olhava para o jardim escuro. A casa estava agradavelmente silenciosa, a não ser pelo zumbido reconfortante do aquecedor ligado e o barulho abafado do chuveiro, que ela ouvia através das tábuas do piso do andar de cima.

Baxter tirou os sacos tamanho família de salgadinhos e de chocolates da sacola de compras, mas se distraiu com a própria imagem fantasmagórica refletida nas janelas escuras. Percebeu que era a primeira vez que via a própria imagem desde a experiência desagradável que vivera mais cedo. Tocou delicadamente os vários arranhões que cobriam seu rosto e seu pescoço, o longo corte que atravessava sua testa. Baxter estremeceu ao se lembrar das mãos agarrando-a, arrastando-a pelo chão, de como se sentira impotente quando chutara um rosto cruel só para logo vê-lo substituído por outro.

Ela havia tomado dois banhos antes de sair de casa e ainda se sentia suja. Esfregou o rosto em um gesto cansado e passou as mãos pelos cabelos úmidos antes de encher uma taça de vinho.

Dez minutos depois, Thomas entrou na cozinha de roupão.

– Oi. Não achei que você viria hoje... – Ao ver os cortes no rosto dela, ele se interrompeu, atravessou a cozinha correndo e se sentou ao lado de Baxter. – Meu Deus! Você está bem?

Thomas pegou as mãos dela, sujas de salgadinho, e apertou-as com gentileza. Baxter se forçou a colocar um sorriso de gratidão no rosto e se soltou das mãos dele para pegar a taça de vinho, um gesto que disfarçava o fato de não querer ser tocada.

– O que aconteceu? – perguntou Thomas.

Ele era um homem sempre tranquilo, exceto por seu instinto de proteção doentio em relação a Baxter. Na última vez em que ela voltara para casa com um lábio cortado, Thomas havia usado toda a sua influência como advogado para tornar o tempo do agressor dela sob custódia o pior possível e para garantir que ele fosse sentenciado à pena máxima para esse tipo de crime.

Por um momento, Baxter realmente considerou a possibilidade de contar tudo a ele.

– Não foi nada – disse ela, com um sorrisinho fraco. – Acabei me envolvendo em uma briga no escritório. Não deveria ter me metido.

Baxter viu Thomas relaxar um pouco, satisfeito em ouvir que ninguém havia tentado machucá-la de propósito.

Estava louco para saber mais sobre o que acontecera, mas, percebendo a relutância de Baxter, apenas se serviu de um salgadinho.

– Entrada, prato principal ou sobremesa? – perguntou, indicando o saco.

Ela apontou para a garrafa aberta de vinho.

– Entrada.

Então apontou para o saco enorme de salgadinhos.

– Prato principal.

Em seguida para o saco de chocolates.

– Sobremesa.

Thomas sorriu.

– Vou preparar alguma coisa para você.

– Não, estou bem. Sinceramente, não estou com fome.

– Só um omelete. Leva apenas cinco minutos para ficar pronto – disse ele, já começando a trabalhar no jantar de improviso.

Thomas olhou de relance para a caixa de transporte do gato em cima da mesa da cozinha.

– O que tem na caixa?

– O gato – respondeu Baxter torcendo para estar certa: Echo estava estranhamente quieto desde que tinham chegado ali.

De repente, ocorreu a ela que teria sido educado perguntar a Thomas se ele estava disposto a tomar conta de seu animal de estimação enquanto ela estivesse fora antes de aparecer ali com ele. Então Baxter se deu conta de que, na verdade, não dissera a ele, com todas as letras, que *ia* viajar.

Não conseguiu se convencer a entrar em uma discussão.

– Por mais que seja sempre um prazer ver Echo – começou a dizer Thomas, o tom já diferente –, por que ele decidiu atravessar a cidade em uma noite tão fria?

Baxter percebeu que talvez fosse melhor terminar logo com aquele assunto.

– Fui emprestada indefinidamente para trabalhar com o FBI e a CIA em um caso importante de assassinato. Vou viajar para Nova York amanhã de manhã e não tenho ideia de quando voltarei.

Ela deixou as palavras serem assimiladas por algum tempo.

Thomas ficara muito quieto.

– Mais alguma coisa? – perguntou ele.

– Sim. Esqueci a comida do Echo, então você vai ter que comprar. Ah, e não se esqueça de dar os comprimidos a ele. – Baxter procurou na bolsa, então balançou o frasco que estava em sua mão esquerda: – Na boca. – E o que estava na mão direita: – No traseiro.

Ela percebeu que Thomas cerrava os dentes enquanto batia com a panela no fogão. O azeite espirrou e chiou, escapando da panela antiaderente da marca de Jamie Oliver.

Baxter se levantou.

– Preciso fazer uma ligação.

– Estou preparando seu jantar! – disse Thomas irritado, enquanto jogava queijo ralado na frigideira.

– Não quero seu *maldito* omelete feito com raiva – devolveu ela com a mesma irritação, antes de subir as escadas para falar com Edmunds em particular.

Edmunds acabara de receber um belo jato de cocô da filha.

Tia assumira seu lugar na tarefa de trocar a fralda, enquanto o marido trocava a camisa. Ele estava levando a peça de roupa imunda para a máquina de lavar quando seu celular tocou.

– Baxter? – falou Edmunds, enquanto lavava as mãos.
– Oi – disse ela casualmente. – Tem um minuto?
– Claro.
– Então... tive um dia interessante.

Edmunds ouviu atentamente enquanto ela contava em detalhes o tempo que passara no presídio. Baxter também passou a ele a informação confidencial que Rouche compartilhara no lado de fora do complexo prisional.

– Uma seita? – sugeriu ele em um raciocínio sensato depois que Baxter terminou.

– Com certeza parece a explicação mais provável, mas, segundo me consta, os americanos têm equipes inteiras investigando as atividades de cultos e seitas religiosas. E disseram que os assassinatos não se encaixam com os hábitos de nenhum dos que estão monitorando.

– Não gosto dessa história de "isca". Uma coisa é matar alguém com o mesmo nome de Wolf, mas agora conseguiram pegar Masse. Parece que a mensagem é dirigida a você e, se for, agora você está envolvida. Está dando a eles exatamente o que querem.

– Concordo que é uma possibilidade, mas o que mais posso fazer?
– Alex! – chamou Tia do quarto.
– Só um minuto! – gritou Edmunds.

O vizinho da casa ao lado socou a parede.

– Agora ela também fez cocô em mim! – gritou Tia.
– Está bem! – gritou Edmunds de volta, frustrado.

O vizinho voltou a bater na parede, derrubando uma foto de família de uma prateleira.

– Desculpe por isso – disse ele a Baxter.
– Posso ligar depois, quando tiver mais informações? – perguntou ela.
– É claro. Mas tenha muito, muito cuidado lá.
– Não se preocupe... estarei atenta 24 horas às marionetes – garantiu ela.
– Na verdade – disse Edmunds muito sério –, acho que precisamos nos preocupar mais com quem quer que as esteja manipulando.

No instante em que Baxter chegou ao pé da escada, percebeu que seria inevitável uma discussão com Thomas. A televisão fora pausada. A imagem de Andrea estava congelada no meio de uma reportagem e a legenda na parte de baixo da tela dizia:

Assassino do caso Boneco de Pano é morto
durante visita de inspetora-chefe

Baxter *realmente* odiava aquela mulher.

– Você foi ver Lethaniel Masse hoje? – perguntou Thomas com uma voz tranquila.

Baxter bufou e entrou na sala. Thomas estava sentado na sua poltrona preferida com o que restava da garrafa de vinho.

– Ahã – assentiu Baxter, como se aquilo não tivesse qualquer importância.

– Você não me contou.

– Não vejo por que deveria ter contado – retrucou ela, dando de ombros.

– Não. Por que deveria? Por que deveria?! – gritou Thomas, ficando de pé. – E por que você me diria que houve uma rebelião lá hoje?

– Eu não estive envolvida nisso – disse Baxter, mentindo.

– Duvido que não!

Baxter ficou um pouco chocada. Thomas raramente gritava.

– Você apareceu aqui machucada e sangrando...

– São só uns arranhões.

– ... arriscando a vida no meio de presidiários fora de controle porque estava visitando o homem mais perigoso do país!

– Não tenho tempo para isso – disse Baxter, pegando o casaco.

– Ora, é claro que não tem – continuou a gritar Thomas, frustrado, enquanto a seguia até a cozinha. – Você tem que pegar um voo para Nova York pela manhã, o que *também* não se deu ao trabalho de me contar. – Ele fez uma pausa. – Emily, não entendo por que você acha que não pode dividir essas coisas comigo – disse, agora mais calmo.

– Podemos conversar sobre isso quando eu voltar? – perguntou ela, o tom calmo como o dele.

Thomas a encarou por um longo momento, então assentiu, derrotado, enquanto Baxter tornava a calçar as botas.

– Tome conta do Echo para mim – disse ela.

Baxter se levantou e foi em direção ao hall de entrada. Thomas sorriu quando a viu colocar o gorro e as luvas combinando, que ele havia comprado de brincadeira para ela. Ele ficava estupefato que aquela mulher, que tentava assoprar os cabelos para longe dos olhos enquanto um pompom balançava acima de sua cabeça, pudesse ter ganhado uma reputação tão formidável entre os poucos colegas que ela o permitira conhecer.

Baxter abriu a porta.

– Que diabo de caso é esse em que você foi chamada para ajudar? – perguntou ele em um rompante.

Os dois sabiam que aquilo era mais do que uma pergunta sem importância: era um apelo para que ela se abrisse com ele antes de ir embora, uma oportunidade para que Baxter provasse que as coisas seriam diferentes dali em diante. Thomas estava perguntando a ela se eles algum dia poderiam ter um futuro juntos.

Baxter deu um beijinho no rosto dele.

E a porta se fechou quando ela saiu.

Rouche foi acordado pelo som de "Air Hostess", da banda Busted, zumbindo em seu celular. Ele atendeu o mais rapidamente possível para calar o toque irritante.

– Rouche – disse ele em um sussurro rouco.

– Rouche, é Curtis.

– Está tudo bem? – perguntou ele, preocupado.

– Sim. Tudo. Eu não acordei a sua família não, né?

– Não – disse ele, bocejando enquanto seguia até a cozinha. – Não se preocupe... eles não acordariam por nada. O que houve?

– Não consigo me lembrar se combinamos de pegar você às seis e meia ou às sete, amanhã de manhã.

– Às sete – respondeu Rouche em um tom simpático, e chegou a hora. Eram 2h52.

– Ah, certo – falou Curtis. – Achei que talvez fosse às seis e meia.

Rouche desconfiou que aquele não tinha sido o verdadeiro motivo para uma ligação àquela hora tão inconveniente. Quando Curtis permaneceu em silêncio, ele se sentou no chão frio, em uma posição confortável.

– Dia assustador – comentou Rouche. – É bom voltar para casa e conversar com alguém.

Ele permitiu que o silêncio se prolongasse, dando à colega a oportunidade de aproveitar a deixa, se quisesse.

– Eu... ahn... na verdade não tenho ninguém com quem falar – admitiu ela, falando tão baixo que Rouche mal ouviu.

– Você está muito longe de casa – argumentou ele.

– Na verdade não é isso... mesmo lá, eu não teria com quem falar.

Rouche esperou que ela continuasse.

– O trabalho simplesmente tem prioridade acima de todo o resto. Eu não teria o tempo necessário para cultivar um relacionamento. Perdi quase todos os meus amigos.

– O que sua família acha disso? – perguntou ele, torcendo para não estar sendo invasivo.

– Eles dizem que tenho a ética de trabalho certa. Só estou no emprego errado.

Rouche se ajeitou para se proteger do frio e acabou derrubando uma porta de armário quebrada que, por sua vez, derrubou uma pilha de azulejos pelo piso empoeirado.

– Merda.

– O que foi isso? – perguntou Curtis.

– Desculpe. Estamos reformando a cozinha e está uma bagunça aqui – disse ele. – Conte-me sobre a sua família.

Eles conversaram sobre nada em particular até as respostas murmuradas de Curtis se transformarem em silêncio. Rouche ficou ouvindo o ressonar e os roncos baixinhos por algum tempo, achando que aquele som era um modo surreal e tranquilo de encerrar um dia tão traumático.

Depois de algum tempo, desligou o celular.

Cansado demais para fazer a árdua jornada de volta ao andar de cima, apoiou a cabeça no armário, fechou os olhos e cochilou em meio às peças quebradas e ao concreto exposto no meio da casa.

Capítulo 7

Quinta-feira, 10 de dezembro de 2015
14h16

14h16 10/12/2015 -5°C/23°F

Baxter observou os números piscando em alerta no painel do veículo. Ela estava sentada no banco traseiro do carro do FBI quando percebeu que seu relógio ainda marcava o horário de Londres, 19h16. Provavelmente não escutara o aviso de mudança de fuso horário. Os três haviam dormido durante todo o voo de sete horas e meia, depois da noite de sono interrompido.

Havia sido um trajeto dolorosamente lento do aeroporto até Manhattan. O trânsito da cidade estava limitado à velocidade de uma caminhada, enquanto os carros derrapavam sobre o equivalente a uma semana de gelo compacto e neve suja derretida.

Baxter tinha visitado Nova York duas vezes quando era mais nova. Havia batido ponto em todas as armadilhas usuais para turistas, maravilhada com a linha do horizonte digna do cenário de um filme. Experimentara a sensação de estar no centro do mundo, enquanto pessoas de todos os cantos da Terra brigavam por um lugar na ilha de menos de quatro quilômetros de largura. Agora sentia-se apenas cansada e com vontade de voltar para casa.

Rouche estava sentado em silêncio ao lado dela. Ele havia sugerido ao motorista que pegasse o caminho que passava pela Ponte do Brooklyn. À medida que se aproximavam da enorme torre de pedra, Rouche apontou para onde o corpo do banqueiro tinha sido pendurado.

– Os pulsos e tornozelos dele foram amarrados e seu corpo foi suspenso entre aqueles dois cabos de cada lado da rua, à vista das pessoas que passavam embaixo. Era como uma premonição pendurada acima do portão de entrada da cidade para o mundo todo ver, um exemplo dos horrores que podem se abater sobre aqueles que ousam ultrapassar aquele ponto.

O carro entrou na penumbra quando eles passaram sob o arco da ponte.

– Poderíamos nos ater aos fatos de que temos certeza, por favor? – pediu Curtis, no assento do passageiro. – Você está me assustando.

– De qualquer modo, como você sabe, ele não chegou a terminar. O assassino estava prendendo o braço esquerdo ao cabo quando pisou em falso, caiu no rio congelado e se afogou – explicou Rouche. – O que deve ter sido irritante para ele.

A irreverência com que Rouche tinha apresentado a queda que levara à morte do assassino pegou Baxter de surpresa e, apesar do mau humor em que estava, ela deu um sorrisinho.

Rouche não pôde evitar sorrir de volta.

– O que foi?

– Nada – disse Baxter, virando-se para olhar pela janela enquanto eles entravam na cidade congelada. – Você apenas me lembrou alguém, só isso.

A condição das pistas se deteriorou pouco a pouco depois que eles passaram de Midtown. Quando entraram em Washington Heights, enormes montes de neve ladeavam as pistas, funcionando como *bumpers* em uma pista de boliche, enquanto empurravam suavemente os veículos de volta ao curso.

Baxter nunca estivera no norte do Central Park. As mesmas pistas largas ziguezagueavam a intervalos regulares, mas as construções se erguiam despretensiosamente uma ao lado da outra, permitindo que o sol fraco de inverno se refletisse nas ruas, em vez de ter que se espremer entre os arranha-céus que o obscureciam. Aquilo a fez lembrar a maquete de uma cidade que os pais a haviam levado para ver quando criança: uma versão de brinquedo da cidade de Nova York.

No instante em que o motorista estacionou, deslizando suavemente em uma vaga, aquela comparação nostálgica se estilhaçou.

Um toldo grande e branco havia sido erguido acima da entrada da 33ª Delegacia de Polícia, onde um policial com os cabelos cobertos de neve fazia as vezes de segurança e guarda de trânsito. Quando Baxter e os dois agentes desceram do carro, o policial estava orientando inutilmente os motoristas teimosos dos automóveis que passavam para que se afastassem do cordão de isolamento que se estendia por uma das raras ruas sinuosas da cidade.

– Como mencionei quando fomos apresentadas, devido ao local onde aconteceu esse crime, conseguimos mantê-lo em sigilo – explicou Curtis a Baxter, enquanto o grupo entrava pelo pórtico agora coberto do prédio.

Logo abaixo do toldo, a placa azul do Departamento de Polícia de Nova York se destacava na fachada da frente, acima do conjunto de portas duplas. A poucos metros da entrada, a metade traseira de um Dodge 4x4 saltava para fora do prédio. Atrás dele, os 15 centímetros restantes de um pilar de concreto derrubado faziam lembrar um dente quebrado. Mesmo sem se aproximar do veículo, Baxter conseguiu ver o sangue seco e escuro que havia espirrado generosamente pelo estofamento creme.

Dois policiais saíram pelas portas duplas, passaram pela cena de destruição incrustada em seu local de trabalho como se não fosse mais do que uma peça de decoração de mau gosto e saíram pelo toldo de lona.

– Deixe eu lhe passar o que sabemos – disse Curtis, e abaixou a fita amarela que circundava o veículo.

– Se importa se eu fizer uma ligação? – perguntou Rouche.

Ela pareceu um pouco surpresa.

– Sei tudo a respeito disso – disse Rouche, apontando para o carro.

Curtis assentiu, dispensando-o, e ele se afastou, deixando as duas mulheres sozinhas.

– Ei, antes de entrarmos neste assunto, queria lhe perguntar se você está bem.

– Se estou bem? – perguntou Baxter na defensiva.

– Sim. Depois de ontem.

– Estou ótima – respondeu Baxter dando de ombros, como se nem conseguisse se lembrar do incidente a que Curtis se referia. – Então... a caminhonete na parede... – lembrou ela, desviando a conversa de perguntas pessoais.

– Nossa vítima é Robert Kennedy, 32 anos, casado. Estava na polícia havia nove anos, era detetive havia quatro.

– E o assassino?

– Eduardo Medina. Imigrante mexicano. Trabalhava na cozinha do hotel Park-Stamford, no Upper East Side. E, antes que você pergunte, não, nós não encontramos qualquer ligação entre ele e Kennedy ou dos outros assassinos com as outras vítimas.

Baxter estava prestes a fazer uma pergunta quando Curtis voltou a falar, não lhe dando nenhuma chance.

– Ou com os assassinatos do caso Boneco de Pano... *ainda* – completou a agente do FBI, suspirando.

Rouche guardou novamente o celular no bolso do paletó e voltou para perto delas. Ele se juntou a Baxter, enquanto Curtis parava no meio da rua coberta.

– Conseguimos imagens da câmera de segurança...

– Da escola em frente – adiantou-se Rouche, interrompendo-a. – Perdão. Continue.

– Então. Conseguimos imagens da câmera de Medina estacionando na 168th West e arrastando o corpo inconsciente de Kennedy para fora do banco de trás do carro. O ângulo da câmera não era favorável, mas podemos afirmar com segurança que, durante aquele período de cinco minutos, Kennedy já estava com a palavra gravada no tórax e envolto em um lençol. Medina o carregou até o capô do veículo e o deitou ali em cima. Uma corda presa em cada membro, exatamente como no corpo na ponte.

Baxter voltou os olhos para o carro destroçado. Uma corda grossa e longa se estendia sobre o cascalho, terminando junto do pneu traseiro.

– Medina ficou nu, com a palavra "Marionete" já entalhada no próprio peito, e tirou o lençol de cima de Kennedy. Ele partiu em direção a Jumel Place, e aí é que devemos ficar gratos pelo clima, porque Medina fez a curva rápido demais – Curtis caminhou pelas marcas da trajetória do carro –, e perdeu o controle da direção. Assim, em vez de avançar direto pela entrada principal, enfiou o carro nessa parede, matando Kennedy e a si mesmo no impacto.

– Mais ninguém se feriu – acrescentou Rouche.

Eles seguiram Curtis para dentro, espremendo-se para passar pela caminhonete e entrando em um escritório através da parede quebrada.

A parte da frente do veículo estava compactada até a altura do para-brisa quebrado. Entulho e poeira haviam sido lançados para dentro da sala, em todas as direções, mas, a não ser por isso, o resto do escritório não parecia afetado pela pequena área de destruição no canto.

Baxter baixou os olhos para a linha no chão que delineava o espaço onde estivera um corpo.

– Está de *sacanagem*? – sussurrou, sem acreditar. – Ora, esse é um belo modo de contaminar uma cena de crime. Não estamos em um filme de *Corra que a polícia vem aí*.

As pernas e o torso haviam sido delineados no chão, enquanto o desenho dos braços e da cabeça subia pela grade achatada na frente da caminhonete.

– Dê um desconto aos caras – falou Rouche. – Eles fizeram isso sob circunstâncias especiais.

– Provavelmente não devemos nos ater demais ao posicionamento do corpo – falou Curtis. – Estou certa de que consegue compreender que Kennedy era um deles, ou seja, os policiais o retiraram dessa coisa o mais rápido que puderam e fizeram os procedimentos de reanimação cardiorrespiratória. Um dos novatos fez *isso* enquanto tentavam reanimá-lo.

– E temos certeza de que nem Medina, nem qualquer pessoa da família dele, tinha alguma rixa com a polícia? – perguntou Baxter em um tom cético.

– Não que tenhamos descoberto – respondeu Curtis. – Eu sei. Não faz sentido, já que ele obviamente estava pretendendo aniquilar todo o Departamento de Polícia de Nova York. Todo mundo sabe que quando se mata um policial, toda a corporação cai em cima do assassino com força total. Seja isso algum tipo de seita, um grupo na internet em busca de fama ou fã-clube do Boneco de Pano, ter um policial como alvo provavelmente foi a jogada mais estúpida que poderiam ter feito, e, seja o que for que essas pessoas estão tentando conseguir, acabaram tornando tudo mais difícil para si mesmas.

Baxter lembrou-se de algo que Edmunds lhe dissera na noite anterior.

– Alguém está manipulando as cordas – disse ela –, coordenando esses assassinatos, usando essas marionetes em benefício próprio. Sabemos que as vítimas não são escolhidas ao acaso porque as outras duas são relacionadas ao caso do Boneco de Pano. Agora já são três assassinatos. Não temos absolutamente nenhuma ideia de quem são, onde estão ou mesmo o que querem. Essas pessoas não são *nada* burras.

– Então por que declarar guerra à polícia? – perguntou Rouche, fascinado.

– É verdade, por quê?

Várias vozes altas soaram sob o toldo.

– Agente especial Curtis? – chamou alguém.

Baxter e Rouche seguiram Curtis de volta pelo buraco na parede. Uma equipe de reportagem estava montando seus equipamentos, examinando a cena com cobiça cada vez que levantavam a cabeça. Curtis se afastou para falar com um grupo de pessoas de terno preto.

– Parece que você está em alta – sussurrou Rouche para Baxter. Ele tirou uma gravata reserva do bolso e passou-a ao redor do pescoço. – Qual é a sensação de ser a garota propaganda de uma campanha de marketing?

– Fique quieto. Eles podem me filmar fazendo meu trabalho, mas podem dar o fora se acham que...

– Rouche? – chamou um homem acima do peso, abandonando o grupo de Curtis. Ele usava um enorme casaco de inverno acolchoado que não ajudava a afinar sua silhueta já bem larga. – Damien Rouche? – chamou de novo, abrindo um grande sorriso e estendendo uma mão com dedos da grossura de salsichas.

Rouche terminou rapidamente de dar o nó na gravata e se virou, parecendo bem mais apresentável do que o normal.

– George McFarlen – sentenciou Rouche também sorrindo antes de lançar um olhar acusador para o distintivo do FBI pendurado no pescoço do homem. – Seu maldito vira-casaca!

– Diz o agente britânico da CIA! – retrucou o homem, rindo. – Então, era você no meio de toda aquela confusão desagradável no presídio, não era?

– Infelizmente. Mas alguém lá em cima deve estar olhando por mim.

– Amém a isso – assentiu McFarlen.

Baxter revirou os olhos.

– Ei, você ainda atira? – perguntou o homem a Rouche.

– Na verdade, não.

– Não! Ah, mas é uma pena, *de verdade*. – McFarlen pareceu sinceramente desapontado quando se virou para se dirigir a Baxter. – Esse cara aqui até hoje é o recordista da agência nos 50 metros!

Baxter assentiu e complementou com um som qualquer não comprometedor.

McFarlen percebeu que o interesse dela não era genuíno e voltou a atenção para Rouche.

– A família ainda está na Inglaterra? – O homem falante nem esperou por uma resposta. – Quantos anos sua filha tem agora? Ela tem a mesma idade da minha Clara: 16 anos?

Rouche abriu a boca.

– Que idade. – McFarlen balançou a cabeça. – Só querem saber de garotos e de aprontar por aí. Sugiro que você sossegue por aqui e só volte quando ela estiver com 20 anos!

Uma risada totalmente inapropriada encheu a cena do crime quando o homem por algum motivo encontrou alguma graça oculta no próprio comentário. Rouche sorriu educadamente e logo recebeu um tapa bem-intencionado – mas de tirar o fôlego – nas costas, antes de McFarlen se afastar.

Baxter se encolheu ao ver Rouche levar a mão ao tórax dolorido.

– Tenho certeza de que isso pode ser qualificado como agressão – disse ela, brincando.

Curtis apareceu para pegá-la e a apresentou à agente especial encarregada Rose-Marie Lennox. A mulher de aparência desagradável era o equivalente do FBI a Vanita: uma burocrata disfarçada de agente operacional com a arma sempre a postos para o caso de alguém tentar roubar a copiadora da sala dela.

– Estamos todos *muito* gratos pela sua ajuda – disse Lennox a Baxter em tom de bajulação.

– Muito bem – disse a repórter assumindo sua posição diante da câmera. – No ar em três, dois, um...

– Espere aí. O quê? – perguntou Baxter.

Ela ameaçou se afastar, mas Lennox segurou-a delicadamente pelo braço enquanto a repórter descrevia uma versão dos eventos que era apropriada à imprensa.

Por fim, a repórter apresentou Lennox, que começou a recitar as respostas bem ensaiadas.

– ... um ataque doentio e cruel a um dos nossos. Acredito que falo por todos os meus colegas quando digo que não vamos descansar até... Posso confirmar que estamos investigando ligações entre esse assassinato, o incidente na Ponte do Brooklyn há uma semana e a morte de Lethaniel Masse ontem... Estaremos trabalhando junto à Polícia Metropolitana da Inglaterra, que teve a gentileza de nos ajudar com a experiência da inspetora-chefe Emily Baxter, que, como todos sabem, capturou...

Baxter perdeu o interesse e se virou para olhar Rouche e Curtis, que examinavam os destroços do carro. Ela viu Curtis chamar Rouche para olhar alguma coisa na porta do motorista e então esqueceu completamente a repórter.

– O quê?

– Inspetora-chefe – repetiu a mulher com o sorriso menos sincero que

Baxter já tivera o desprazer de testemunhar. – O que pode nos dizer sobre a cena do crime? Em que estão trabalhando agora? – Ela apontou na direção do veículo destruído com uma expressão triste ainda menos convincente do que o sorriso falso.

O cinegrafista virou a câmera para Baxter.

– Bem – começou Baxter com um suspiro, sem fazer qualquer esforço para disfarçar o desdém que sentia –, eu *estava* investigando a morte de um policial, mas *agora*, por razões que desconheço, estou parada aqui feito uma idiota falando com você.

Seguiu-se uma pausa desconfortável.

Lennox pareceu furiosa e a inesperada resposta a fez vacilar, sem lhe dar tempo para formular o que dizer.

– Por que não a deixamos voltar para o trabalho então, inspetora-chefe? Obrigada. – Lennox deu um sorriso tranquilizador e pousou a mão com gentileza no braço de Baxter, que se esquivou e deu as costas. – Como pode ver – disse a agente especial encarregada à repórter –, nós *todos* ficamos muito abalados com essa perda e tudo o que queremos é descobrir quem é o responsável.

Lennox viu a equipe de reportagem ir embora e chamou Curtis à parte. Elas atravessaram a rua e se recostaram na mureta do Highbridge Park, perto do meio-fio, onde a neve compacta da calçada se transformara em neve solta, intacta.

Lennox acendeu um cigarro.

– Ouvi o que aconteceu no presídio. Você está bem? Seu pai pediria a minha cabeça se alguma coisa acontecesse com você.

– Obrigada pela preocupação, mas estou bem – mentiu Curtis.

Ela se sentia irritada. Apesar de tudo o que fizera para provar o próprio talento, ainda recebia tratamento especial por causa de seus contatos familiares.

Lennox aparentemente percebera o tom de irritação, porque resolveu não se ater ao assunto.

– Essa Baxter é bem nervosinha, hein?

– Ela só não tem paciência com idiotas – retrucou Curtis, antes de se dar conta de que, sem querer, insultara sua superior. – Não que a senhora seja idiota, é claro. Só quis...

Lennox descartou o comentário com um aceno de mão, carregado de fumaça de cigarro.

– Ela é forte e inteligente – disse Curtis.

– Sim... É disso que tenho medo.

Curtis não entendeu bem o que ela queria dizer.

Embora ela nunca houvesse colocado um cigarro na boca, o brilho quente do tabaco dançando pelo ar congelado subitamente pareceu mais tentador do que nunca.

Lennox virou-se para encarar o campo de beisebol no topo da colina coberta de neve.

– Ela é uma turista aqui – disse. – Nada mais. Vamos empurrá-la para a frente das câmeras mais algumas vezes, tirar algumas fotos para tranquilizar o povo, então a colocaremos em um avião de volta para casa.

– Acho sinceramente que ela pode nos ajudar.

– Sei que você acha, mas sempre há mais coisas envolvidas do que parece. Assim como o assassinato do agente Kennedy é uma ofensa direta ao Departamento de Polícia de Nova York, uma provocação com o objetivo de fazer o povo questionar a autoridade onipresente que os governa, a presença de Baxter aqui representa uma ameaça.

– Desculpe... mas não estou acompanhando – falou Curtis.

– Temos o Departamento de Polícia de Nova York, o FBI e a CIA trabalhando nisso e ainda não chegamos a lugar nenhum. Precisamos de Baxter aqui para mostrar que estamos fazendo tudo o que podemos, mas, ao mesmo tempo, temos que nos livrar dela antes que a Polícia Metropolitana alegue ter algum crédito na solução desses crimes. Quando estamos sob ataque, é necessário mostrar força. Precisamos provar ao mundo que *nós* podemos lidar com nossos próprios problemas. Faz sentido?

– Sim, senhora.

– Ótimo.

Um grupo de estudantes começou a perambular pelo parque, deixando pegadas profundas na neve. Outro grupo começou um ataque com bolas de neve um pouco perto demais delas para que se sentissem confortáveis.

– Aja normalmente – disse Lennox. – Deixe Baxter ir aonde você for, mas, se chegar a alguma pista significativa, não quero que ela tenha acesso.

– Isso pode ser difícil.

– Ordens às vezes podem ser difíceis de seguir – disse Lennox dando de ombros. – Mas será só por alguns poucos dias. Vamos mandá-la de volta depois do fim de semana.

Um dos policiais levara xícaras de café para Baxter e Rouche enquanto eles esperavam que Curtis retornasse. Junto com as xícaras lascadas, o homem também os brindou com palavras de incentivo breves, mas ainda assim não solicitadas.
– Vocês vão pegar os desgraçados que estão por trás disso.
Baxter e Rouche simplesmente assentiram até o homem parecer satisfeito e se afastar. Embora o toldo os protegesse do vento, a temperatura ainda estava abaixo de zero e eles começavam a sentir seus efeitos.
– Se tivermos tempo, você quer jantar comigo e com Curtis hoje à noite? – perguntou Rouche.
– Eu... ahn... não sei. Preciso fazer umas ligações.
– Conheço uma pizzaria ótima e pouco conhecida no West Village. Sempre vou lá quando estou em Nova York. É uma tradição.
– Eu...
– Vamos! À noite, nós três vamos estar exaustos e famintos. Você vai precisar comer alguma coisa – insistiu Rouche, sorrindo.
– Está bem.
– Ótimo. Vou reservar uma mesa para nós.
Ele pegou o celular e examinou a lista de contatos.
– Ah, esqueci de perguntar – disse Baxter. – O que você e Curtis encontraram na porta do motorista?
– Hã?
Rouche estava com o celular no ouvido.
– Quando eu estava acabando com aquela entrevista, pareceu que vocês haviam encontrado alguma coisa.
– Ah, *aquilo*? Não foi nada – respondeu ele.
Alguém na pizzaria atendeu e ele se afastou.

Capítulo 8

Quinta-feira, 10 de dezembro de 2015
23h13

Curtis estava encurralada.

Ela examinou o quarto bagunçado de hotel, arma em punho, em busca de algum sinal de movimento. Queria gritar por Rouche, mas tinha dúvidas se ele a ouviria e, além disso, não queria alertar o invasor de sua localização precisa. Podia sentir a pulsação latejando em sua cabeça no ritmo do coração disparado enquanto encarava a porta que, apesar de estar a poucos metros de distância, mantinha-se totalmente fora de alcance.

Mas sabia que teria que correr para lá em algum momento.

Já havia vestido a roupa de dormir: uma camiseta retrô de Meu Pequeno Pônei, short verde-bandeira e meias grossas de lã. Muito lentamente, Curtis se arrastou por cima da cama e estendeu a mão para o paletó do terninho que estava jogado nas costas de uma cadeira.

Ela respirou fundo para se preparar, então saltou da cama e jogou para trás o chinelo que brandia. Abriu a tranca com dificuldade e caiu para o corredor enquanto a porta se fechava às suas costas.

Recompondo-se, Curtis se pôs de pé e bateu suavemente à porta do quarto ao lado. Rouche se materializou, parecendo também um pouco desgrenhado: a camisa branca para fora da calça e descalço. A combinação do jet-lag com vinho demais no jantar acabara com todos eles.

Rouche ficou encarando a visitante por um instante e esfregou os olhos cansados, tentando focá-los.

– Você está usando uma camiseta de Meu Pequeno Pônei?

– Estou – respondeu Curtis, arfante.

Ele assentiu.

– *Muito bem*. Quer entrar?

– Não. Obrigada. Na verdade, vim perguntar se você é bom com aranhas.

– Aranhas? – Rouche deu de ombros. – Sim, claro.

– Não quero nenhuma daquelas besteiras tipo pegar o bicho com um pedaço de papel para jogá-lo fora. Isso só serve para dar chance àquele monstro horrível de subir de novo para o meu quarto. Preciso dele morto... destruído – instruiu Curtis.

– Entendo – disse Rouche, enquanto pegava um sapato e a chave do quarto.

– Aquele negócio é grande *demais* para ficar aprontando por aí – continuou ela, satisfeita com a disposição dele.

Rouche de repente pareceu um pouco inquieto.

– De que tamanho estamos falando?

Baxter conseguira colocar a blusa do pijama xadrez do lado do avesso, um engano que não cometeu com a parte de baixo, que estava apenas com a parte de trás virada para a frente.

Ela tomou outro copo grande daquela água de gosto esquisito que saía da bica enquanto escutava o barulho que hóspedes irritantes faziam no corredor, batendo portas. Baxter se deixou cair na cama e o teto pareceu girar ligeiramente, o que a deixou nauseada. Os sons da cidade entravam pela janela quando ela tateou cegamente em busca do celular. Quando achou, selecionou o nome de Edmunds e fez a ligação.

– O que houve? – gritou Edmunds, sentando-se rapidamente na cama.

Leila começou a chorar no berço que ficava no canto do quarto.

– Que horas são? – disse Tia, que havia acabado de voltar a dormir.

À medida que o momento de desorientação passava, Edmunds percebeu que o celular dele estava tocando no andar de baixo. Ele conseguiu descer as escadas, viu o nome de Baxter no visor e atendeu:

– Baxter? Está tudo bem?

– Sim, tudo... Está tudo ótimo – respondeu ela com a voz arrastada.

– É a Emily? – perguntou Tia do andar de cima, enquanto Leila uivava.

– É – sussurrou alto Edmunds, lembrando do vizinho desgraçado.

– Acho que seu bebê está chorando – informou Baxter, prestativa.

– Sim, nós sabemos, obrigado. O telefone a acordou – disse ele. – Acordou todos nós.

– Às 18h20? – perguntou ela, antes de ficar muito quieta. – *Ah*, você sabe o que eu fiz, não sabe?

– Errou a conta do fuso horário? – sugeriu Edmunds.

– Errei a conta.

– Sim.

– No relógio, quero dizer.

– Sim! Eu sei. Baxter, você está bêbada?

– Não. Definitivamente, não. Só bebi um pouco demais.

Tia desceu as escadas na ponta dos pés com Leila finalmente calma no colo.

– Venha para a cama – disse ela a Edmunds só com o movimento dos lábios.

– Um minuto – sussurrou ele de volta.

– Sinto muito mesmo – falou Baxter em um tom culpado. – Eu só queria repassar com você a cena do crime em que eu estive hoje.

– Qual delas? – perguntou Edmunds.

Tia parecia bem brava agora.

– Um detetive amarrado ainda vivo no capô de uma caminhonete, que arrebentou a parede de uma delegacia de polícia.

Edmunds estava dividido.

– Ligo para você de manhã – disse Baxter. – Quando for manhã para você... Não! Quando for manhã para mim... Espere...

– Não, está tudo certo. – Edmunds deu um sorriso de desculpas para Tia. – Me conte agora.

– Onde você a viu pela última vez? – perguntou Rouche, ciente de que ao segurar o sapato como uma arma tinha deixado os pés preocupantemente expostos.

– Ela pulou para debaixo do guarda-roupa, eu acho – disse Curtis, em segurança na cama.

– Pulou?

– Bem, meio que saltou.

– Saltou?

Ele estava perdendo a confiança.

– Não, mais como... Qual é o equivalente a galopar para uma aranha?

– Galopar mesmo, eu acho! – disse Rouche, a voz mais aguda conforme se aproximava do guarda-roupa, checando o chão ao redor para evitar um ataque surpresa.

– Talvez seja melhor pedir a Baxter para fazer isso – sugeriu Curtis.

– Estou fazendo isso! – retrucou Rouche irritado. – Não precisamos de Baxter. Estou só garantindo que não vou errar.

Curtis deu de ombros.

– Não tive a chance de lhe agradecer como devia hoje – disse ela, obviamente um pouco constrangida.

– Me agradecer?

– Pela noite passada.

– Estou sempre às ordens – respondeu Rouche com sinceridade, voltando-se para olhar para Curtis.

Encontrou-a com os olhos arregalados de medo.

Rouche seguiu lentamente o olhar dela na direção do chão. Uma aranha enorme, do tamanho de um pires, estava parada no carpete, na frente dele.

Rouche ficou paralisado.

– Chame Baxter – sussurrou ele.

– O quê?

De repente, o bicho correu direto na direção dele. Rouche deu um gritinho, jogou o sapato longe e disparou em direção à porta.

– Chame Baxter! – gritou ele, enquanto os dois voltavam correndo para o corredor.

Para não atrapalhar o sono de Tia e Leila, Edmunds encarou a chuva gelada e correu descalço pela lama escorregadia do jardim até o galpão, onde acendeu a luz fraca e ligou o notebook.

O sinal de Wi-Fi era forte o bastante para que ele abrisse o site de notícias e um mapa de Manhattan. Baxter começou a fazer um relatório do que acontecera ainda com a voz arrastada, mas sem esquecer os detalhes.

– Não entendo – disse Edmunds com um suspiro.

Baxter ficou desapontada. Havia se acostumado a esperar o impossível do melhor amigo.

– Estou me agarrando à teoria de uma seita. Não consigo ver outra explicação – disse ele.

Eles ouviram uma batida à porta do quarto de Baxter.

– Desculpe. Espere um instante.

Edmunds ouviu vozes distantes enquanto abria um pouco mais de espaço ao seu redor.

– Ei. Ah, você está ao telefone.

– Sim.

– Tivemos um probleminha no quarto de Curtis. Nada urgente, mas... Sabe de uma coisa? Tenho certeza de que podemos resolver...

– Sem problema. Posso terminar minha ligação primeiro?

– Claro. Obrigado.

– Só um minutinho.

Uma porta foi fechada. Houve um farfalhar alto, então a voz de Baxter voltou ao celular mais alta do que nunca.

– Desculpe a interrupção... Continuando. A única ligação que temos até agora são as duas vítimas relacionadas ao caso Boneco de Pano.

– E isso mal é uma ligação – disse Edmunds. – Um deles era só um cara qualquer que, por acaso, tinha o mesmo nome de Wolf. A outra vítima era o próprio assassino do caso Boneco de Pano. Não há nenhuma consistência aí.

– Nesse caso, é melhor nos concentrarmos nos assassinos. Sabemos que deve haver uma ligação em algum lugar.

– As marionetes – disse Edmunds. – Concordo. Não temos absolutamente nenhuma esperança de prever quem pode ser o próximo alvo sem saber o que estão pretendendo. E nunca conseguiremos saber isso se não acharmos a ligação entre elas.

– Por que chamar toda essa atenção da imprensa, fazer todo mundo escutá-los para, no fim, não dizerem nada?

– Meu palpite é que eles não querem apenas ser ouvidos, querem a atenção integral do mundo. Ou seja, vai ficar pior.

– Corrija-me se eu estiver errada, mas você não parece particularmente chateado com isso – comentou Baxter, reparando no tom entusiasmado de Edmunds.

– Pela manhã, mande-me tudo o que você tiver sobre os assassinos e vou começar a investigar. E, Baxter... por favor, tenha cuidado. Lembre-se: *isca*.

– Vou tomar.

– Você falou com Thomas?

– Não.

– Por que não?

– Tivemos uma discussão antes de eu vir para cá.

– Sobre o quê?

– Bobagens.

– Não estrague tudo sendo teimosa – disse Edmunds.
– Obrigada pelo conselho. Você daria um ótimo conselheiro matrimonial.
Ele não estava certo de que Tia concordaria com isso.
– Boa noite.
– Boa noite.
Edmunds desligou. Eram 4h26, mas ele estava completamente desperto e morrendo de frio. Olhou para aquele lugar desarrumado e começou a guardar as ferramentas. Desconfiava que talvez fosse precisar usar o galpão de novo antes da solução daquele caso.

Baxter estava dormindo profundamente na cama de Curtis.
A agente do FBI e Rouche estavam um de cada lado dela, sentados e alertas, preparados para atacar com o armamento improvisado que haviam reunido. Embora Rouche tivesse se recusado a deixá-la usar a Bíblia pesada que havia no quarto como um projétil, eles estavam armados com dois pares de sapato, um chinelo, uma lata de spray de cabelo e as duas armas de fogo dos dois, cedidas pelo governo federal (caso as coisas realmente saíssem do controle).
Baxter não fora de qualquer utilidade. Ela chegara ao quarto de Curtis pisando firme, impaciente, mas logo mergulhara na "zona de segurança" quando lhe explicaram a situação. Chutara as botas longe e adormecera em poucos minutos.
– Outra? – perguntou Rouche, acrescentando a garrafa em miniatura vazia à pilha que se amontoava sobre a cama.
– Por que não? – retrucou Curtis, bebendo o resto do conteúdo da própria garrafa.
Rouche se arrastou por cima de uma cadeira, abriu o minibar e escolheu uma garrafa para cada um deles.
– Saúde – disse.
Eles brindaram e tomaram um gole.
– Nunca se cansa disso? – perguntou Curtis, depois de algum tempo.
– *Disso*? – disse Rouche, com o sapato na mão.
– Não *isso* em particular, só isso de um modo geral: quartos de hotel de quinta, camisas amassadas... ficar sozinho.
– Você está dividindo a cama com duas outras pessoas – argumentou ele.
Ela deu um sorriso triste.

– Não – disse Rouche. – Mas se algum dia eu *ficasse* cansado disso, acho que não conseguiria continuar a fazer o que faço por muito tempo.

– Deve ser difícil ficar longe da sua esposa e da sua filha.

– E mesmo assim estou aqui. Se você que não tem esses laços já está incomodada...

– Não estou incomodada! – retrucou Curtis irritada.

– Desculpe, escolha ruim de palavras.

– Eu só... é assim que a vida vai ser para sempre?

– Sim, se você não mudá-la... – disse Rouche.

Curtis jogou um sapato por cima da cabeça dele, que bateu na parede fina e perturbou o sono de Baxter.

– Vi uma sombra... desculpe – explicou ela, dando de ombros.

– Não é da minha conta mesmo, por isso sinta-se à vontade para jogar outro sapato em mim se eu falar o que não devo, mas arruinar a sua vida só para provar que tomou a decisão certa, na verdade, não prova nada.

Curtis assentiu, pensativa.

– A calça do pijama de Baxter está com a frente virada para trás – disse ela depois de algum tempo.

– Sim, está – concordou Rouche, sem nem mesmo precisar olhar.

Baxter agora roncava suavemente. Curtis olhou para ela um instante antes de dizer baixinho:

– Minha chefe me disse para não contar nada de importante que descobrirmos a Baxter.

– Por quê?

Curtis deu de ombros.

– Ela só vai ficar aqui por alguns dias, de qualquer forma.

– Uma pena. Gosto dela.

– Sim. Eu também.

– Descanse um pouco – disse Rouche. – Ficarei de guarda.

– Tem certeza?

Rouche assentiu. Em cinco minutos, Curtis estava adormecida ao lado dele e, em dez minutos, o próprio Rouche havia adormecido também.

O alarme de Curtis tocou às seis da manhã. Depois de passarem a noite inteira na cama dela, os três pareciam um pouco confusos quando abriram os olhos.

– Bom dia – grasnou Rouche.

– Bom dia – disse Curtis, espreguiçando-se.

Baxter não tinha ideia do que estava acontecendo.

– Vou tomar um banho – anunciou Rouche.

Ele se levantou e seguiu em direção à porta. Parou de repente, encarou o chão e gemeu.

– O que foi? – perguntou Curtis.

Ela caminhou cautelosamente e se juntou a ele ao lado de algo esmagado no carpete.

– Baxter deve ter pisado nela quando entrou – disse Rouche, com uma risadinha, exausto.

Ele pegou um pedaço de papel higiênico, recolheu a evidência e jogou no vaso sanitário o primeiro caso de sucesso deles como equipe.

As coisas estavam melhorando.

Capítulo 9

Sexta-feira, 11 de dezembro de 2015
9h07

Lennox bateu sutilmente com o dedo nos três cartões de resposta que havia colocado na frente de Baxter quando elas assumiram seus lugares:

Não posso especular a respeito.
Posso confirmar que está correto.
Não há nada que indique isso.

Baxter se inclinou um pouco mais para perto do pequeno microfone que aguardava ansiosamente sobre o tecido preto que alguém tinha jogado em cima de uma fileira de mesas aleatórias para fazer o cenário parecer mais oficial.

– Temo que não possa especular a respeito.

Quando voltou a se recostar na cadeira, ouviu o som quase inaudível de irritação que Lennox deixara escapar. Nesse momento, outro repórter fez uma pergunta ao homem sentado ao lado dela. Lennox rabiscou um bilhete rápido e empurrou-o na direção de Baxter, todo o tempo parecendo absolutamente encantada com a pergunta feita e com a resposta dada pelo vice-diretor adjunto.

Baxter demorou um instante para decifrar a letra:

Nunca diga "temo..."

Normalmente, aquilo teria sido o bastante para fazê-la sair intempestivamente da mesa, mesmo a sala estando cheia de jornalistas e de câmeras gravando cada um de seus movimentos. No entanto, por respeito, se conteve e permaneceu sentada.

O objetivo daquela entrevista coletiva era confirmar a identidade do detetive morto e, em resposta à especulação desenfreada na internet e às teorias de conspiração, confirmar oficialmente que os assassinatos do "banqueiro", de Lethaniel Masse e do detetive Robert Kennedy estavam relacionados.

Baxter não estava concentrada. Ainda estava com o bilhete rabiscado na mente, decidida a dar o troco em Lennox, que se aproximava lentamente do fim da própria resposta vaga:

– ... e nossos colegas do outro lado do oceano, como a inspetora-chefe Baxter, que está aqui conosco.

No momento em que ela terminou de falar, um rapaz de terno barato foi recompensado por estar prestando atenção ao conseguir levantar a mão antes de todos os outros.

Lennox apontou para ele.

– Então, inspetora-chefe, qual *a senhora* acredita ser a motivação por trás desses assassinatos? – perguntou o rapaz.

A sala aguardou a resposta de Baxter.

Lennox bateu desnecessariamente nos cartões com as dicas de resposta.

– Não posso especular a respeito – leu Baxter.

– Uma fonte no presídio revelou que os dois corpos tinham palavras entalhadas neles: "marionete" e "isca" – continuou o jornalista, nem um pouco disposto a desistir depois de uma resposta vaga de cinco palavras.
– Fotografias da Ponte do Brooklyn sugerem que talvez houvesse marcas semelhantes no cadáver. Pode confirmar se essa afirmação é consistente em todos os corpos descobertos até agora?

Lennox hesitou por um momento, então pousou o dedo sobre um cartão diferente. Embora surpresa, Baxter obedeceu à ordem silenciosa.

– Posso confirmar que está correto – respondeu roboticamente.

A sala se agitou em um burburinho de conversas murmuradas e sussurros apressados. Baxter viu Curtis e Rouche parados na parede dos fundos, e a presença deles a tranquilizou. Curtis assentiu em um movimento profissional, enquanto Rouche levantava os dois polegares alegremente, fazendo-a sorrir.

– E, inspetora-chefe! Inspetora-chefe! – chamou o homem, sobrepondo-se à comoção contida, abusando da sorte ao fazer uma terceira pergunta. – Considerando que as três vítimas até agora foram um policial, um homem chamado William Fawkes e o próprio assassino do caso Boneco de Pano, com a palavra "isca" entalhada no corpo de cada um deles, é possível presumir que a senhora e os seus colegas têm considerado a possibilidade de essas mensagens serem, na verdade, dirigidas à senhora?

Seguiu-se um silêncio mortal enquanto a sala cheia de jornalistas impacientes esperava pela resposta de Baxter para aquela que era, justiça seja feita, uma ótima pergunta.

Lennox empurrou o cartão "não posso especular a respeito" para a frente de Baxter. É claro que a mulher faria isso, pensou Baxter com amargura. Lennox dificilmente iria admitir que a arrastara do outro lado do oceano apenas para colocá-la no caminho do perigo.

– Essa é apenas uma das várias possibilidades que nós estamos investigando no momento – disse Baxter.

Por "nós" ela estava se referindo a Edmunds, é claro.

Lennox pareceu um pouco irritada por Baxter não se ater ao cartão, mas se deu por satisfeita com a resposta contida e profissional.

– Inspetora-chefe Baxter! – chamou alguém da fileira da frente.

Baxter olhou automaticamente na direção da mulher, que entendeu isso como um convite para se levantar e fazer sua desconcertante pergunta.

– Haverá mais assassinatos?

Baxter se lembrou da conversa que tivera com Edmunds na noite da véspera. Lennox passou os dedos mais uma vez pelo cartão de "não posso especular a respeito."

– Eu... – hesitou Baxter.

Lennox se virou para Baxter e bateu no cartão com mais urgência. Nos fundos da sala, Curtis pareceu preocupada e balançou a cabeça. Mesmo sem ver o cartão, Rouche repetiu as palavras que estavam escritas nele, apenas mexendo a boca, sem emitir som: "Não posso especular a respeito."

– Inspetora-chefe? Haverá mais assassinatos? – perguntou de novo a mulher, enquanto o público permanecia em silêncio.

Baxter pensou no comunicado oficial à imprensa que acompanhara a prisão de Masse: a história que tivera que contar para se salvar, a explicação diluída do envolvimento de Wolf.

Eram apenas corpos e mentiras intermináveis...

– Acredito que a situação vá se agravar... Sim.

Enquanto a sala toda ficava de pé, todos atirando perguntas para as câmeras que espocavam, Baxter sentiu as cabeças dos dois lados se virando em sua direção. Aparentemente ela cometera um erro ao achar que o público iria querer a verdade ao menos uma vez.

Foi deprimente perceber que eles se deleitavam com aquelas promessas vazias e garantias pouco sinceras. No fim das contas, talvez as cobras responsáveis pelas relações públicas estivessem certas: as pessoas preferiam ser apunhaladas pelas costas a ver o que estava prestes a acontecer.

– Então, isso é o que temos até aqui. – O agente especial Kyle Hoppus apontou para um dos dez quadros brancos caóticos presos às paredes. – Esses são nossos assassinos.

MARCUS TOWNSEND	EDUARDO MEDINA	DOMINIC "O LEÃO DE CHÁCARA" BURRELL
Ponte do Brooklyn	33ª Delegacia de Polícia	Presídio de Belmarsh
39 anos/Branco americano	46 anos/Latino	28 anos/Branco britânico
Ex-banqueiro	Chef no hotel Park-Stamford	Preso em 2011 por assassinato
Faliu na quebra da bolsa de 2008	Problemas com a Imigração: metade da família ainda vive no México	Encarcerado nos últimos 4 anos
Períodos de vida difíceis	Rixa com as autoridades?	Como teria se relacionado aos assassinatos do caso Boneco de Pano sem ter sido contatado dentro do presídio?
Ligação financeira com a vítima?		Os registros de visitas mostram encontros com o psiquiatra uma vez por semana e com a família nos aniversários
Investigado por uso de informações privilegiadas em 2007		Óbvia rixa com a polícia
Rixa com a polícia?		

O escritório do FBI em Nova York estava localizado no 23º andar de um prédio desanimadoramente comum nos arredores da Broadway. Com exceção dos tijolos aparentes típicos de Nova York, Baxter poderia estar num edifício da Nova Scotland Yard: pé-direito alto pintado de branco, o mesmo material felpudo azul decorando as divisórias entre as mesas e um carpete resistente, mas não o bastante, quase idêntico.

Hoppus deu a todos um minuto para lerem as informações que não tivessem sido rabiscadas ou sobrescritas. Baxter achou-o de uma amabilidade suspeita, levando em consideração a posição de chefia que exerce.

– Como devem ter percebido, tendo exaurido todas as possíveis conexões entre os assassinos, entre as vítimas, entre os assassinos e as vítimas e entre todos eles e os assassinatos do caso Boneco de Pano, no momento estamos nos concentrando no fato de que cada um dos nossos assassinos tinha uma boa razão para se ressentir da polícia – explicou Hoppus.

– Temos ainda uma equipe examinando a situação financeira deles e outra passando um pente-fino nos dados de computadores e celulares... obviamente. Mas, verdade seja dita, estamos com dificuldades. Nenhuma visão política ou religiosa exacerbada até aqui, com possível exceção de Medina, que era católico e um forte apoiador do Partido Democrata, como a maior parte dos imigrantes mexicanos. Nenhuma história pregressa de violência, a não ser no caso de Burrell. Basicamente, até onde sabemos, essas pessoas não se conheciam, nunca tiveram contato umas com as outras – concluiu.

– Ainda assim, cometeram três assassinatos obviamente coordenados com poucos dias de diferença entre um e outro – ponderou Rouche em voz alta. – *Bizarro*.

Hoppus não respondeu, mas lançou um olhar confuso a Curtis, como se perguntasse por que ela havia levado aquele homem estranho para a reunião.

– Seria possível conseguir uma cópia das fichas deles? – perguntou Baxter a Hoppus.

Ela resolveu não mencionar que planejava mandá-las para o outro lado do Atlântico, para um Departamento de Fraudes que não tinha qualquer envolvimento no caso.

– É claro – respondeu Hoppus, um pouco bruscamente.

Estava óbvio que considerava um insulto que Baxter acreditasse poder encontrar alguma coisa que toda a equipe dele não encontrara.

Rouche chegou mais perto do quadro para examinar as três pequenas fotografias que haviam sido afixadas acima dos nomes. A de Burrell era a foto da ficha dele de quando fora preso. Townsend estava usando uma camiseta com uma logomarca conhecida bordada.

– Townsend fazia parte do programa social "Das ruas para o sucesso"? – perguntou Rouche.

– Fazia – respondeu Hoppus, que estava falando com Curtis e Baxter.

– Ainda? – perguntou Rouche.

Hoppus pareceu confuso.

– Ele está morto.

– Quero dizer... até o momento de sua morte. Ele não abandonou o programa nem nada?

– Não. Ainda estava inscrito. – Hoppus não conseguiu disfarçar certa irritação na voz.

– Hummm.

Rouche voltou a atenção para o quadro.

Ele descobrira em um caso anterior que o "Das ruas para o sucesso" tinha como objetivo levar o número crescente de pessoas em situação de rua da cidade de Nova York de volta para o mercado de trabalho e para certo nível de autossuficiência. O programa garantia mentoria, hospedagem, ensino, orientação no que fosse necessário e oportunidades de trabalho para pessoas de quem o mundo havia desistido. Uma empreitada admirável. No entanto, era difícil imaginar aquele homem da foto, magro e de aparência fantasmagórica, algum dia encontrando seu lugar na sociedade outra vez.

Rouche já havia visto muitos viciados para saber quando uma pessoa era mais viciada em uma droga do que na vida.

Ele passou para a fotografia de Eduardo Medina. A foto tinha sido toscamente cortada e a cabeça de alguém permanecia no canto inferior da imagem. Pela posição de Medina, Rouche podia dizer que os braços dele deviam estar ao redor dessa pessoa. O homem tinha uma aparência feliz.

– O que vai acontecer com a família dele agora? – perguntou Rouche, interrompendo novamente Hoppus.

– Dele quem?

– De Medina.

– Bem, considerando que o babaca matou um policial a sangue-frio, eu ficaria surpreso se fizessem menos que deportar o filho e quem estiver nos

Estados Unidos com ele, além de impedir que o resto da família e os parentes *algum dia* retornem ao país.

– Ele *realmente* ferrou com a família, então – concluiu Rouche.

– Eu diria que isso é um fato – concordou Hoppus, virando-se de novo para Curtis.

– Mas ele estava fazendo o melhor que podia para cuidar deles até o assassinato?

Hoppus visivelmente se contorceu de irritação e se virou de novo para encarar Rouche.

– Imagino que sim. Ele fazia longos turnos no hotel, mandava dinheiro para a família. Estava no processo de conseguir trazer a filha para cá.

– Não me parece uma pessoa ruim – comentou Rouche.

O normalmente elegante Hoppus ficou vermelho de raiva.

– Meu Deus – sussurrou Curtis para si mesma, constrangida.

– Uma "pessoa ruim"? – quase cuspiu Hoppus, agora voltando toda a sua atenção para o agente da CIA, que ainda estava concentrado na fotografia. – Esse homem prendeu um *policial* à frente da caminhonete dele e atravessou uma parede com o carro!

– O senhor me entendeu mal – retrucou Rouche em um tom agradável. – Eu não disse que ele não havia feito uma coisa terrível. Só não estou convencido de que fosse um cara do mal.

O escritório ficara assustadoramente silencioso enquanto os colegas de Hoppus assimilavam o ataque de fúria tão pouco característico do chefe.

– Concordo com Rouche – disse Baxter, dando de ombros e ignorando o olhar ressentido de Curtis. – Medina é a melhor aposta de vocês para descobrir o que está acontecendo. Burrell era um bosta. Townsend estava todo ferrado e em contato com Deus sabe quem nas ruas. Medina era um cara que trabalhava duro e vinha tentando fazer a coisa certa pela família. Uma mudança abrupta em sua vida será muito mais óbvia do que na dos outros.

– Foi isso o que *eu* disse – resmungou Rouche.

– Entendido – disse Hoppus, de má vontade, ainda não parecendo nada satisfeito com nenhum dos dois.

– O agente Hoppus estava acabando de nos explicar o outro ramo da investigação – disse Curtis a Rouche, tentando colocá-los de volta no mesmo lado.

Rouche se afastou da parede onde estava o quadro para se juntar aos outros.

– Eu estava acabando de dizer que a equipe técnica rastreou o tráfego recente de buscas na internet por palavras como "marionete", "Masse", "Boneco de Pano" e "isca" até o momento da coletiva de imprensa esta manhã. Depois disso os mecanismos de busca ficaram saturados. Eles também investigaram fóruns e sites onde as pessoas já estão tentando descobrir como se envolver no caso.

– Doentes desgraçados – declarou Baxter.

– Não poderia concordar mais – disse Hoppus. – Estamos registrando os endereços IP de todos que visitarem essas páginas e vamos continuar a monitorá-los para o caso de atraírem alguém que esteja realmente envolvido.

– Por mais terrível que possa parecer – falou Curtis –, estamos basicamente esperando por outro corpo, não estamos?

– Eu não sugeriria que anunciássemos isso ao público... mas, sim, por ora estamos completamente no escuro – concordou Hoppus no momento em que um de seus agentes novatos vinha na direção deles.

– Desculpe interromper, senhor. A agente especial encarregada Lennox está lá embaixo com alguns repórteres. Ela solicitou a presença da inspetora-chefe Baxter.

– Me deixem em paz! – disse Baxter com um suspiro de frustração.

Por um instante, o agente novato pareceu temer que tivesse que levar essa mensagem para Lennox.

– Vendo pelo lado bom, você só pode melhorar em relação à última vez – disse Rouche, em um tom animado.

Curtis acenou, encorajando Baxter.

– Como foi mesmo? "Estamos basicamente esperando por outro corpo"? – perguntou Baxter. E se virou para o rapaz: – Muito bem, vá na frente.

– Ela está brincando... Certo? – perguntou Hoppus, nervoso, enquanto observavam Baxter deixar o escritório.

Baxter podia sentir o celular vibrando junto às costelas enquanto recitava as mesmas respostas genéricas para as mesmas perguntas genéricas que lhe haviam feito mais cedo, naquele mesmo dia. Embora não fosse nada fã da ex-esposa de Wolf, não tinha dúvidas de que os jornalistas insossos e sem imaginação que havia encontrado até ali naquela viagem poderiam aprender um truque ou dois na escola Andrea Hall de como fazer sensacionalismo sem-vergonha.

Apesar de sua irritação por ser arrastada para mais um exercício de relações públicas, Baxter percebeu que estava ansiosa para se juntar de novo a Rouche e Curtis no andar de cima. O caso Boneco de Pano tinha durado pouco mais de quinze dias e, ainda assim, por mais razões do que ela gostaria de admitir, havia deixado nela uma sensação de vazio: de falta de conclusão. A inesperada continuação do caso já a revigorara como detetive. Ela se sentia útil, parte de uma equipe. Mais do que isso, havia percebido quanto se arrependia de ter aceitado o cargo de inspetora-chefe.

O mesmo rapaz que levara Baxter até ali tentava interromper a entrevista ao vivo.

– Agente especial encarregada – sussurrou, nervoso.

Lennox continuou seu longo discurso.

– Agente Lennox – tentou ele de novo.

Baxter podia ver que o rapaz parecia dividido em relação ao que fazer enquanto sua supervisora continuava a dar a resposta perfeitamente ensaiada.

– Lennox – bradou Baxter enquanto as câmeras continuavam a gravar. – Acho que esse camarada precisa falar com você.

– E com a senhora também, inspetora-chefe – acrescentou ele com uma expressão grata.

– O dever chama – disse Lennox sorrindo para as câmeras.

Eles se afastaram dos repórteres, que os observavam com atenção.

– Era *impossível* esperar eu terminar? – sussurrou Lennox furiosa para o rapaz.

– Achei que não cairia bem vocês saberem o que está acontecendo depois de o resto do mundo já saber – explicou ele.

– E o que *está* acontecendo?

– Houve outro assassinato... um segundo policial.

Capítulo 10

Sexta-feira, 11 de dezembro de 2015
17h34

Em meio ao caos, o detetive Aaron Blake acabara se separando de seu parceiro. Mas haviam conseguido fechar metade de Londres com alterações de tráfego, desviando seis pistas que seguiriam pela The Mall Avenue com a esperança de que os veículos coubessem miraculosamente na Marlborough Road, muito mais estreita. A situação conseguiu ficar pior ainda com a neblina congelante que descera sobre a cidade. Ao menos, Blake havia conseguido ver o Palácio de Buckingham aceso contra o céu escuro quando eles chegaram ao local. Agora não conseguia ver nem um metro e meio à frente.

O ar opaco estava tingido pelo azul sobrenatural das luzes de emergência dos veículos. A neblina havia ensopado os cabelos escuros de Blake e se infiltrado por suas quatro camadas de roupas. E abafava o som dos motoristas parados enquanto ele voltava tateando cegamente na direção da cena do crime guiado pelo refletor aceso na traseira do caminhão de bombeiro.

– Blake! – chamou Saunders quando o colega se materializou saindo da bruma como um mágico brega faria.

Ele também estava encharcado, os cabelos com mechas louras agora exibiam um tom laranja nada natural nos pontos em que se colava ao seu rosto irreverente.

A primeira decisão de Baxter depois de se tornar chefe havia sido juntar em uma dupla os dois detetives com quem ninguém queria trabalhar. Nenhum dos dois gostara da novidade. Saunders era conhecido por ser o homem mais machista, grosseiro e tagarela que ainda conseguia se agarrar, de algum modo, ao Departamento de Homicídios e Crimes Hediondos, enquanto Blake ganhara a reputação de ser um merda traiçoeiro e covarde.

– Não esbarrou nos caras da perícia em suas andanças? – perguntou Saunders em seu sotaque do East End.

– Você está de sacanagem – retrucou Blake. – Me perdi na estrada ali atrás por alguns minutos.

– Cacete, isso está uma merda mesmo.

Blake se distraiu quando uma forma dourada pairou alguns metros acima da cabeça de Saunders, acompanhada pelo som de passos no concreto.

– O que é agora? – bufou Saunders, pegando o celular que estava tocando. – Chefe?

Baxter tinha ligado para Vanita no trajeto de volta para o escritório do FBI. Ela ficara surpresa ao ouvir a comandante parecendo tão calma e decidida, agora que estava a caminho de assumir o controle de uma cena de crime *de verdade,* e não se escondendo atrás de uma mesa. Vanita havia repassado os poucos detalhes imprecisos que tinha e informado a Baxter sobre o pessoal que já estava na cena do crime, o que não acalmara em nada as preocupações da inspetora-chefe.

– Saunders, pode me dar um relatório da situação? – pediu Baxter.

Uma sirene aguda zumbiu no celular dela.

– Desculpe, espere... – A voz de Saunders se tornou distante. – Ah, fantástico! Outro carro de polícia! E o que vocês acham que vão conseguir fazer que as outras vinte unidades não conseguiram?... Sim, já volto a falar com vocês.

– Saunders!

– Sim, desculpe.

– Você isolou a cena do crime?

– Bem, os bombeiros foram os primeiros a chegar aqui e fizeram a parte deles. Mas, sim, estendemos algumas fitas que ninguém consegue ver.

– Que recursos de apoio você tem aí?

– Todos os filhos da puta. O bando todo: dois caminhões de bombeiro, pelo menos três ambulâncias. Perdi a conta do número de carros de polícia quando já estavam nos dois dígitos. Falei com alguns caras do MI5, com o pessoal da cavalaria real... e até uns camaradas da Sociedade Protetora dos Animais andaram por aqui durante algum tempo. Os peritos aparentemente estão em algum lugar, mas ainda não os encontramos.

– Preocupe-se basicamente em manter a cena segura. Vanita logo vai chegar aí – disse Baxter. – Blake está com você?

Ela desgostava igualmente de ambos os homens, mas, de um modo geral, Blake tendia a ter mais juízo.

– Sim, nos dê um segundo... Blake! A chefe quer falar com você... Sim, *você*. Por que está arrumando os cabelos? Ela não pode vê-lo... nem eu consigo ver você, Blake!

Houve um estalo do outro lado a linha.

– Chefe? – disse Blake, sentindo a umidade da tela fria pressionada ao rosto enquanto levantava os olhos para o céu claro da noite.

Ele se sentia dominado por uma sensação surreal, como se estivesse pairando acima da confusão e tivesse enfiado a cabeça no topo de uma nuvem.

– Preciso que você vá até a cena do crime e me diga *exatamente* o que vê.

Com a ilusão da nuvem arruinada, Blake seguiu as instruções e passou por baixo do cordão de isolamento que eles haviam esticado ao redor da carcaça queimada do carro. Ele acendeu a lanterna e o facho de luz difusa enfatizou a fumaça escura que ainda escapava dos destroços e se misturava às faixas de neblina branca ao se erguer para poluir a noite gélida.

– Muito bem. Estou na The Mall, na extremidade do palácio. Há um carro de polícia completamente queimado bem no meio da avenida. – Cacos de vidro e pedaços de plástico estalaram e se partiram sob os pés de Blake conforme ele se aproximava mais. – Temos dois corpos, um no assento do motorista e outro no do passageiro. Testemunhas viram fumaça saindo de dentro do carro quando ele saiu de Trafalgar Square. Segundos mais tarde, foi um inferno.

Naquele ponto, Blake normalmente teria feito alguma piada de mau gosto ou algum comentário inapropriado, mas a combinação da atmosfera assustadora com o significado daquele quarto assassinato por uma entidade desconhecida e a cena grotesca diante dele haviam encorajado um raro momento de profissionalismo. Ele só queria fazer bem o trabalho que tinha para fazer.

– Foi a que distância do palácio? – perguntou Baxter.

– Não perto demais. Eu diria que estamos no segundo terço da avenida, mas ela é bem grande. De toda forma, acho que podemos presumir que a intenção deles era se aproximar mais se o fogo não houvesse se espalhado tão rápido.

– Conte-me sobre os corpos.

Ele imaginara que aquela seria uma das próximas perguntas. Todas as portas haviam sido deixadas escancaradas pelos bombeiros quando procuravam por mais alguém lá dentro. Blake cobriu o nariz e se ajoelhou ao lado dos restos mortais enegrecidos.

– Eles estão, ahn... estão em mau estado. – Ele fez que ia vomitar, mas não saiu nada. – Meu Deus! O cheiro é... – Blake sentiu vontade de vomitar mais uma vez.

– Eu sei – disse Baxter em um tom solidário. – O que você vê?

Água suja de ferrugem ainda pingava do chassi exposto e congelava em poças que pareciam piche ao redor dos pés dele. Blake iluminou o interior do carro com a lanterna.

– Com certeza sinto cheiro de combustível, muito combustível. Poderia ser apenas o tanque, mas ainda me baseando no que as testemunhas disseram, meu palpite é que o interior estava ensopado de gasolina. Um homem no assento do motorista. Meu Deus, não posso nem dizer qual era a cor da pele dele.

Ele correu a luz de cima a baixo pelo corpo carbonizado, o facho da lanterna pairando nervosamente sobre o tórax antes de iluminar o rosto que agora era de um esqueleto.

– Um pouco menos de 1,80 metro, magro, nu da cintura para cima. O corpo todo está completamente queimado, exceto a área do peito, que parece quase intacta.

– Marionete? – perguntou Baxter, já certa da resposta.

– Deve ter usado um verniz para retardar a ação das chamas, ou alguma outra coisa em cima das cicatrizes – voltou a falar Blake, virando o facho de luz para o pouco que restava do outro corpo. – O mesmo vale para a mulher no assento do passageiro: nua da cintura para cima, a palavra "isca" ainda visível. Parece recente. Ela está usando um dos nossos cintos de equipamentos e botas pretas, portanto temos quase certeza de que é a detetive Kerry Coleman. É o carro de patrulha dela e registraram que Coleman já não estava respondendo às chamadas de rádio havia pelo menos uma hora.

Blake ouviu o som de passos esmagando destroços atrás dele. Olhou para trás e viu Saunders levantando a fita para que os legistas passassem.

– Os peritos acabaram de chegar – disse ele a Baxter. Blake se levantou e se afastou do carro. – Quer que eu a avise sobre o que eles encontrarem?

– Não. Vanita vai chegar a qualquer momento. Passe as informações para ela. Voltarei amanhã.

– Certo.

– E, Blake...

– Sim?

– Bom trabalho.

Ele escolheu se concentrar mais no elogio do que no tom surpreso da voz dela.

– Obrigado.

Baxter arrancou do caderno a página em que fizera anotações e foi se juntar ao restante da equipe no escritório de Lennox. Ela passou para eles a avaliação que Blake fizera da cena do crime e eles debateram o padrão que estava começando a emergir. Os assassinatos do Reino Unido agora se espelhavam nos dos Estados Unidos, apenas um pouco atrasados: os dois lados do Atlântico tinham uma vítima relacionada ao caso Boneco de Pano e agora cada lado também tinha um policial morto.

– Preciso voltar para lá – disse Baxter a Lennox. – Não posso ficar aqui quando tenho pessoas matando colegas meus na minha porta.

– Compreendo perfeitamente – disse Lennox com gentileza, feliz demais por ter uma desculpa válida para mandar Baxter de volta para casa mais cedo.

– É o mesmo caso – argumentou Rouche –, não importa se você o investigue daqui ou de lá.

– Não posso ficar.

– Vou pedir para alguém marcar seu voo – disse Lennox antes que mais alguém pudesse tentar dissuadir Baxter de partir.

– Hoje à noite?

– Farei o possível.

– Obrigada.

– Não, inspetora-chefe – voltou a falar Lennox, estendendo a mão para Baxter –, obrigada a *você*.

Baxter tinha um voo de volta agendado para o Reino Unido na manhã seguinte. Ela tinha falado várias vezes com Vanita ao longo da tarde e duas vezes com Edmunds. Também deixara uma mensagem de voz para Thomas para dizer a ele que estava voltando para casa, o que a fez se sentir uma namorada incrivelmente aberta e atenciosa.

Apesar das dificuldades em identificar os restos carbonizados, não demorou para que a equipe em Londres ligasse um nome ao assassino da detetive Coleman: Patrick Peter Fergus, cujo celular intacto havia sido recuperado de uma mochila de camping descartada.

O sistema de rastreamento em tempo real, pelo qual os agentes de polícia responsáveis pela triagem dos casos localizam as equipes para as encaminharem a eventuais incidentes, havia mostrado o veículo de Coleman fazendo uma parada não agendada em Spring Gardens. Munidos de um horário e de uma localização, a sempre tão controversa natureza vigilante da capital havia sido uma vantagem para eles. Nove câmeras de segurança haviam capturado imagens nada surpreendentes do assassinato.

Um cavalheiro de cabelos brancos, carregando uma bolsa, vestindo jeans e uma camisa polo, estava caminhando em Whitehall. Enquanto esperava para atravessar, o carro de patrulha da detetive Coleman parou no sinal vermelho. Em vez de atravessar a rua, ele se aproximou do carro e bateu na janela dela, apontando na direção tranquila da rua com um sorriso agradável no rosto.

Prédios de escritórios de cada lado da rua haviam reduzido o tráfego de pedestres, o que significava que ninguém testemunhou o homem se abaixando calmamente para pegar um tijolo. Então, quando a detetive Coleman saiu do carro, ele a acertou com o tijolo na testa antes de carregá-la para o assento do passageiro. Pelas imagens das câmeras, eles conseguiram entender o que aconteceu dentro do carro: a faca, o verniz à prova de fogo, a garrafa de combustível – tudo enfiado dentro da bolsa que até pouco antes ele carregava inocentemente em meio aos transeuntes.

Baxter estremeceu quando encerrou a ligação com um dos detetives do turno da noite. Vanita havia agendado uma entrevista coletiva já no início da manhã seguinte para anunciar a identidade do assassino da colega deles, mas, a não ser por isso, não houvera qualquer avanço nas investigações. A equipe técnica havia examinado o conteúdo do celular recuperado e não descobrira nada significativo. A escolha claramente aleatória da vítima, como ficara claro pelas câmeras de segurança, negava a necessidade de procurar por alguma ligação do assassino com a detetive Coleman. Ela apenas estivera no lugar errado, na hora errada – esbarrara em um homem com a intenção de matar um policial que, por sua vez, vira nela a oportunidade de fazer isso.

Baxter estava parada do lado de fora do pub Reade Street, em Tribeca. O bar antiquado e aconchegante era conhecido como o ponto de encontro dos agentes do FBI e, por isso, era um dos lugares mais bem-comportados da cidade. Os colegas de Curtis a haviam persuadido a se juntar a eles para um drinque no fim do turno. Ela, por sua vez, havia convencido Baxter e Rouche a irem também.

Baxter sabia que talvez fosse melhor voltar para dentro do bar, mas achara estranhamente relaxante assistir à noite engolfar o fim da tarde, as janelas da cidade se acendendo uma a uma como luzes de Natal. Um suspiro gelado escapou de seus pulmões antes que uma onda de calor, música e risadas estridentes a recepcionasse de volta no pub.

Rouche e Curtis estavam parados junto a um grupo grande perto do bar. O agente com a voz mais alta do grupo estava contando uma história envolvendo sua colega certinha, enquanto Curtis acompanhava o relato com um sorriso constrangido.

– ... então, ela saiu em disparada daquele prédio de merda *literalmente* coberta de pó branco. Com um dos braços, ela arrastava o traficante pelo pescoço e, com o outro, carregava um cachorrinho Terrier escocês. – Todos deram as risadas esperadas enquanto o homem dava um gole na garrafa que segurava. – Havia câmeras de TV no lugar e toda a vizinhança empunhava seus celulares. Havia até um helicóptero pairando sobre nossa cabeça. E o que ela fez?

O homem olhou para Rouche como se estivesse realmente esperando que ele adivinhasse qual das infinitas possibilidades disponíveis Curtis teria escolhido.

Rouche deu de ombros.

– Ela caminhou direto para quem, hoje, é o nosso vice-diretor, colocou o pobre bichinho no colo dele, cobrindo-o de pó, e falou: "Vou ficar com o cachorro!"

Todos os colegas de Curtis caíram na gargalhada.

– Rá! Rá-rá! – Rouche deu uma risada forçada, parecendo incomodado.

– Entendam, o desgraçado nojento tinha tentado fazer o cachorro comer os dois quilos de pó quando ouviu as sirenes se aproximando. O chefe teve que passar a noite toda sentado na clínica veterinária esperando que o bicho cagasse alguma evidência! – Ele encarou Rouche nos olhos: – Adivinhe como ela batizou o cachorro?

Uma pausa. O homem estava fazendo a mesma coisa de novo. Rouche sentiu-se muito tentado a explicar que não havia como ele ter ideia, já que não era paranormal – pois, se fosse, certamente teria evitado toda aquela conversa constrangedora.

– Coca... Cocaína... Hummm... Co-canino? – arriscou.

E recebeu um silêncio desconfortável em resposta.

– Branquinho – disse o homem, como se Rouche houvesse acabado de lhe dar um tapa na cara. – Ela o chamou de Branquinho.

Rouche viu Baxter se aproximando, pediu licença e correu para interceptá-la.

– Vou lhe pagar um drinque – disse e guiou-a para o outro extremo do bar.

Ela não iria discutir.

– Vinho tinto.

– Pequeno? Grande?

– Grande.

Rouche pediu para os dois.

– Sabe, as imagens das câmeras do assassinato daquela policial mexeram de verdade comigo – disse ele, enquanto esperavam que o barman voltasse. – Quase posso dizer que senti ainda mais repulsa por ter sido tão pouco violento... Não que eu quisesse que ela sofresse – acrescentou rapidamente. – É só que...

– Foi fácil demais – concluiu Baxter para ele. Ela sentira exatamente a mesma coisa. – Apenas escolha uma pessoa na rua, qualquer uma, bata na cabeça dela com muita força com o que quer que esteja disponível perto de você, e pronto.

– Isso mesmo – assentiu Rouche e entregou o cartão de crédito ao barman. – Ela não teve chance, não é? Foi aleatório demais... oportunista.

Cada um deu um gole em seu drinque.

– Curtis e eu vamos levar você ao aeroporto amanhã – disse ele.

– Não precisa.

– Nós insistimos.

– Bem, se vocês insistem.

– Saúde – disse Rouche, erguendo a taça.

– Saúde – retrucou Baxter, sentindo a tensão diminuir com a acidez do vinho.

Foram necessárias algumas tentativas até Baxter conseguir enfiar direito o cartão que abria a porta do quarto do hotel. Já lá dentro, ela chutou longe os sapatos, jogou a bolsa em cima da cama, ligou a luminária na cabeceira e foi cambaleando abrir a janela minúscula.

Estava desesperada para se despir das roupas de trabalho e já foi tirando a calça elegante a caminho do banheiro. Quando já havia desabotoado metade da blusa, o celular tocou. Ela subiu na cama para pegá-lo na bolsa e paralisou ao ver que era uma mensagem de texto de Thomas.

– Que diabo *você* ainda está fazendo acordado? – perguntou-se em voz alta, antes de se dar conta de como já estava tarde e de que ela mesma deveria estar dormindo há horas.

> Mal posso esperar para ver você. Acho que Echo está com pulgas bjs

— Quem tem pulgas é você — resmungou ela, irritada.

Não ocorreu a Baxter que Thomas talvez gostasse de receber uma resposta, mas a mensagem a fez lembrar que ainda precisava encaminhar para Edmunds os arquivos sobre os assassinos que Hoppus lhe dera. Ela digitou um e-mail pouco coerente para Edmunds, cometeu onze erros de ortografia em apenas dezesseis palavras, anexou os documentos e pressionou "enviar".

Baxter jogou o celular longe e seus olhos pousaram na cicatriz feia que enfeitava a parte interna de sua coxa direita, uma última lembrança do caso Boneco de Pano, de Masse... de Wolf. A visão daquela cicatriz sempre a pegava desprevenida.

Ela deu de ombros enquanto corria os dedos distraidamente sobre a pele marcada. E sentiu o corpo todo arrepiado quando se lembrou do frio. Não como o vento frio que soprava do inverno do lado de fora, mas um frio de verdade, que congelava a alma. Uma sensação que ela nunca havia experimentado. Baxter imaginou o sangue escorrendo de dentro dela, a temperatura do seu corpo caindo à medida que o líquido quente se esvaía.

Ela voltou a se levantar para fechar a janela e vestiu a calça do pijama o mais depressa possível, torcendo para esquecer que aquela parte dela, que tanto desprezava, estava novamente ali.

Capítulo 11

Sábado, 12 de dezembro de 2015
7h02

Baxter apertara cinco vezes o botão "soneca" do despertador antes de conseguir se arrastar para fora da cama. Ela pulou o banho em favor de escovar os dentes, enfiou tudo o que levara dentro da mala e aplicou rapidamente uma maquiagem leve. Conseguiu estar fora do quarto, no corredor, com apenas dois minutos de atraso, parecendo razoavelmente apresentável, antes de descobrir que tinha sido a primeira a ficar pronta.

Menos de um minuto depois, um gemido débil emanou do quarto de Rouche. A tranca da porta fez um clique alto e ele cambaleou para o corredor, decididamente um trapo. Baxter desconfiou que o colega havia dormido com o terno amassado. Ele obviamente tentara exercer alguma influência sobre os cabelos desgrenhados, que obviamente ignoraram a tentativa e, apesar de estar usando óculos escuros, ainda precisou proteger os olhos da luz do corredor.

– Bom dia – grasnou, cheirando embaixo do braço do paletó.

A julgar pela careta que fez, Rouche não receberia um abraço de despedida.

– Como você consegue parecer tão...? – Rouche parou, sem querer dizer nada que pudesse parecer inapropriado.

– Tão...? – sussurrou Baxter, ciente de que as pessoas nos outros quartos do corredor ainda deviam estar dormindo.

Ela se perguntou se ele teria cochilado por trás dos óculos escuros.

– ... bem – completou ele, por fim.

Aqueles seminários sobre assédio sexual que todo o departamento tinha sido forçado a assistir não tinham sido uma completa perda de tempo, no fim das contas.

– Prática – respondeu Baxter. – Muita prática. Óculos escuros são um belo toque... *sutil*.

– Foi o que achei – concordou Rouche assentindo com a cabeça e percebendo rapidamente que aquele era um movimento a não ser repetido pelo resto do dia.

– Por que você está de óculos escuros? Está cinco graus negativos lá fora.

– Por causa do reflexo – respondeu Rouche, na defensiva. – Quando estamos dirigindo, os óculos protegem do brilho furioso.

– Brilho furioso? – Baxter pareceu não acreditar na expressão.

Naquele momento, a porta do quarto de Curtis se abriu e a agente saiu para o corredor com a aparência impecável de sempre e o celular no ouvido. Sempre profissional, Curtis tinha tomado uma única garrafa de cerveja a noite toda e deixado o pub às nove da noite. Depois de pedir licença aos colegas, ela encontrara Baxter e Rouche escondidos em uma mesinha perto da janela. Infelizmente, àquela altura os dois estavam no terceiro drinque, haviam acabado de pedir comida e não tinham a menor pressa de partir.

Ela assentiu para Baxter, no corredor, então cravou um olhar longo, crítico e furioso para o estado de desalinho do colega. Curtis balançou a cabeça e saiu andando na direção do elevador.

Rouche virou-se para Baxter com uma expressão inocente.

– Os óculos ajudaram a protegê-lo agora? – perguntou ela, com um sorrisinho sacana, enquanto passava por ele.

Ficou decidido que provavelmente era melhor que Curtis dirigisse. Baxter sentou-se no banco de trás, enquanto Rouche abria a janela do lado do passageiro e virava em sua direção o máximo possível de saídas de calefação. Pouco tempo depois de deixar o hotel, o veículo preto do FBI já tinha sido engolido por um mar de táxis e foi desacelerando até parar completamente, como uma maratona de tintas amarelas que iam secando.

O rádio da polícia tagarelava ao fundo, um tom animado preenchendo cada resposta entre o despachante de polícia e os policiais na rua. A cidade que nunca dormia havia se mostrado especialmente inquieta na noite anterior, pelo que Baxter conseguiu perceber, embora tivesse dificuldade para compreender as entrelinhas, já que não estava familiarizada com os códigos de incidentes do Departamento de Polícia de Nova York. Porém, Curtis fora gentil o bastante para traduzir para ela as chamadas mais interessantes.

Já era a hora do almoço em Londres e a equipe tivera uma manhã produtiva. Baxter recebera detalhes atualizados do assassino Patrick Peter Fergus e lera o relatório para Curtis e Rouche:

– Tinha 61 anos. Trabalhou como faxineiro pelos últimos dois anos e meio para uma empresa pouco conhecida, a Consumer Care Solutions Limited. Problemas anteriores com a polícia: só uma briga em um pub trinta anos atrás. Sua única família era uma mãe com demência na cidade de Woking... Meu Deus!

– O que foi?

– Ele tinha um emprego de meio-período à noite como Papai Noel. Era para lá que estava indo quando decidiu se desviar do caminho, em um impulso, para assassinar uma policial inocente.

Rouche pareceu ficar sóbrio no mesmo instante e se voltou para olhar para Baxter.

– Está falando sério? – perguntou.

– Por favor, não deixe Andrea saber disso – gemeu ela, sem falar com ninguém em particular. – "Papai Noel assassino". Já consigo ver.

Ela olhou pela janela enquanto eles se adiantavam poucos metros de cada vez e passavam pelo City Hall Park. O céu cinza-escuro acima ainda não colocara em prática sua ameaça de neve. Uma placa verde disse a Baxter que eles estavam seguindo pouco a pouco para a Ponte do Brooklyn.

Ela recebeu uma mensagem de texto de Thomas e resmungou para si mesma:

– O que é agora?

A que horas você volta?
Comprei ingredientes para um jantar tardio! bjs

Baxter estava pensando no que responder quando foi distraída por uma transmissão no rádio que estivera em silêncio nos últimos minutos. Não foi a mensagem que chamou sua atenção – ela não havia entendido nada do que fora dito –, foi o tom da policial responsável pelas triagens.

Nos trinta minutos que Baxter estivera escutando sem prestar muita atenção, tinha ouvido a mulher falando sempre em um tom profissional, dirigindo as unidades mais próximas para um caso sério de abuso doméstico, um viciado em heroína morto e um homem que estava ameaçando se matar. Em nenhum momento o tom calmo e contido da policial vacilara... até ali.

– Então, qual é o plano para quando você... – começou a dizer Rouche, que não ouvira o que as duas mulheres no carro tinham ouvido.

– Shhh – fez Curtis, irritada, e aumentou o rádio, enquanto eles dobravam uma esquina e começavam a subir a rampa para a ponte.

– 10-5 – disse uma voz masculina ligeiramente distorcida.

– Ele está pedindo a ela para repetir – traduziu Curtis para que Baxter entendesse.

O mesmo tom animado soou, contrastando com a preocupação mal disfarçada na voz da policial no rádio.

– 42 Charlie. 10-10F...

– Possível disparo com arma de fogo – sussurrou Curtis.

– ... esplanada principal, no Grand Central Terminal. Relatos de um suspeito armado carregando um refém... que parece estar morto.

– Que diabo é isso? – falou Rouche.

– 10-5 – respondeu um dos policiais, expressando o mesmo sentimento, só que em forma de dígitos.

– Um refém morto não é um refém – disse Rouche. – É uma pessoa morta.

A mensagem não estava fazendo nenhum sentido. Estava claro que a mulher queria dar mais detalhes aos policiais, mas não podia fazer isso pelo canal aberto do rádio, ao qual qualquer um com um rastreador de trinta dólares podia acessar e ouvir.

– 10-6... Grand Central Terminal. 10-39Q... 10-10F... 10-13Z... 10-11C...

– Alarmes disparando agora – falou Curtis. – Apoio de um oficial à paisana.

– Um criminoso armado. Tiros disparados! – repassou desnecessariamente a policial da triagem.

O transmissor dela havia captado e transmitido a todos que ouviam o som agudo que entrara pelos fones de ouvido, enquanto ela ouvia o relato do local.

– Confirmado: 10-10S. O criminoso está preso a um corpo.

Rouche se virou para Curtis:

– Preso? Esse é um dos nossos, não é?

Curtis ligou a sirene.

– Desculpe, Baxter, parece que você vai ter que nos aguentar por mais algum tempo – disse Rouche antes de se virar de novo para Curtis. – Vamos ter que atravessar a ponte e... O que está fazendo?!

Curtis estava manobrando o carro e eles agora encaravam as três pistas de veículos vindo em sua direção. Ela ziguezagueou entre os veículos passando por espaços que pareciam impossivelmente pequenos e subiu na área reservada para pedestres do lado de fora do City Hall Park, fazendo os ambulantes e turistas gesticularem e saltarem para fora do caminho. Os pneus guincharam quando eles dobraram primeiro à esquerda e então à direita em uma nuvem de borracha queimada e entraram na Broadway.

Até Baxter checou para confirmar se o cinto de segurança estava preso. Ela desligou o celular sem responder à mensagem de Thomas e colocou o aparelho de lado enquanto a cidade passava rápido pelas janelas escuras que lhe davam um tom azulado. Mais tarde contaria a Thomas que não estava mais voltando para casa.

Curtis foi forçada a deixar o carro a duzentos metros da estação por causa da multidão interminável que saía pela entrada principal. Eles correram entre o trânsito engarrafado da 42nd Street na direção do som do anúncio mecanizado de evacuação. Passaram por três carros de polícia abandonados a distâncias variadas do Grand Central Terminal e entraram na estação pela avenida Vanderbilt.

Rouche foi na frente, abrindo caminho por entre rostos assustados. Nesse momento, teve a inquietante percepção de que ninguém estava se falando. Ele viu um policial do Departamento de Polícia de Nova York guardando a entrada da esplanada principal e forçou passagem para chegar a ele.

– Rouche, CIA – disse, mostrando o distintivo.

O jovem levou o dedo aos lábios e gesticulou através do arco, antes de sussurrar de forma quase inaudível:

– Ele está bem ali.

Rouche assentiu e sussurrou no mesmo volume:

– Quem está no comando da operação?

– Plant. – Ele apontou, abaixo, no corredor. – Balcão Leste.

O grupo deu a volta até a extremidade oposta do átrio e encontrou um policial agitado, falando no rádio com a sala de controle. O bigode grisalho do homem se movia no ritmo da fala irritada.

– Mantenha-me informado – disse ele, encerrando bruscamente a transmissão, antes de levantar os olhos para os recém-chegados.

– Plant? – perguntou Rouche.

O homem assentiu.

– Agente especial Rouche, da CIA. – E gesticulou para as colegas: – Curtis, FBI. Baxter... não tenho tempo para explicar. O que temos?

Baxter olhou de relance para o grande salão principal, o teto azul, com o céu artificial pintado, acima da vasta extensão de mármore deserto abaixo. Ela examinou o que era possível ver do nível superior, onde as escadas que levavam à Galeria Oeste emergiam antes da subida final na direção das três enormes janelas em arco.

Os olhos dela foram atraídos para o icônico relógio de bronze acima do balcão de informações no centro. De repente, ela teve um vislumbre de pele humana, distorcida pelas janelas de vidro do balcão, que sumiu com a mesma rapidez com que apareceu. Baxter recuou para trás da parede, o coração agora disparado, os olhos arregalados e alertas, porque o que vira a assustara.

— Quatro tiros disparados — informou o oficial Plant a eles —, nenhum em nós, todos na direção do teto. Ele está... — Plant encarou o nada por um momento. — Está com alguém, um homem, que está... Há alguém costurado nele.

Uma pausa.

— Pode explicar melhor? — pediu Rouche sem mostrar qualquer reação, agindo como se eles estivessem pegando a descrição de um suspeito qualquer.

— Ele tem um homem branco, morto, costurado às costas.

— Com "isca" gravado no peito?

Plant assentiu.

Rouche se voltou inconscientemente para Baxter.

— Ele disse alguma coisa para vocês? — perguntou ao oficial.

— Ele estava muito nervoso, chorando e gaguejando quando cheguei, mas tivemos que nos afastar quando começou a girar e atirar para o teto.

— E sabemos como ele chegou aqui nessa... condição?

— Testemunhas o viram descendo de uma van em frente à entrada principal. Passei os detalhes para a policial responsável pela triagem.

Rouche assentiu.

— Ótimo. Onde estão seus homens?

— Um na Galeria Oeste, um no andar de cima, dois nas plataformas mantendo as pessoas dentro dos trens.

— Muito bem — disse Rouche em um tom decidido, depois de pensar por um momento. Ele tirou o paletó amassado e a arma que estava presa ao corpo. — Vou dizer o que vamos fazer: avise aos seus homens para não atirarem no suspeito sob nenhuma circunstância.

— Mas e se... — começou Plant.

— Sob *nenhuma* circunstância. Entendeu? — reiterou Rouche. — Ele é importante *demais*.

— Rouche, que *diabo* acha que está fazendo? — perguntou Curtis.

Ela pareceu horrorizada quando ele pegou as algemas e prendeu os pulsos juntos.

– Faça isso agora – Rouche instruiu Plant, ignorando-a.

– Não vou deixar você entrar lá – disse Curtis.

– Escute – sussurrou Rouche –, acredite em mim, gosto ainda menos desse plano do que você, mas não podemos capturar mortos. Essa pode ser a nossa única chance de descobrir o que está acontecendo. Alguém precisa ir até lá. Alguém precisa falar com ele.

Curtis olhou para Baxter em busca de apoio.

– Ele pode simplesmente lhe dar um tiro antes mesmo de você abrir a boca – disse Baxter.

– Bom argumento – falou Rouche.

Ele considerou suas opções por um momento. Então tirou o celular desajeitadamente do bolso e ligou para o número de Curtis. Depois de colocar no viva-voz, deixou o aparelho cair no bolso da camisa.

– Fique na linha.

– Vá em frente – disse Plant, e respondeu à voz em seu ouvido. – 10-4. – Ele se virou para Rouche: – O esquadrão de emergência está a três minutos daqui, a equipe tática completa.

– O que significa que ele estará morto em quatro minutos – falou Rouche. – Vou até lá.

– Não! – sussurrou Curtis.

Ela estendeu a mão para ele, mas agarrou apenas o ar. Rouche já havia entrado no salão cavernoso.

Ele ergueu as mãos algemadas acima da cabeça e começou a se aproximar muito lentamente do relógio no centro. Com exceção do anúncio de evacuação que se repetia a cada trinta segundos, o eco solitário dos passos de Rouche era o único som discernível.

Eram apenas eles.

Como não queria assustar o homem de quem precisava tanto para conseguir respostas, começou a assoviar a primeira música que lhe veio à cabeça.

Curtis estava com o celular erguido para que todos ouvissem e o ruído da sola do sapato de Rouche contra o piso de mármore era transmitido através do alto-falante minúsculo. Ela temia ouvir o estrondo de um tiro depois de cada passo.

– Ele está assoviando aquela música da Shakira? – perguntou Plant, agora questionando seriamente a sanidade do homem cujas ordens estava seguindo.

Curtis e Baxter preferiram não responder.

Rouche estava a meio caminho do relógio. A extensão de mármore cintilante que o cercava se abria em todas as direções como se ele estivesse flutuando no mar. Rouche percebeu que a distância em relação à segurança nunca parecera tão longa, a julgar do ponto de vista que tinha no momento. Ele viu um dos policiais observando-o espantado da lateral, o que não serviu de nada para acalmar seus nervos, conforme se aproximava do horror que com certeza o aguardava.

Quando já estava quase na altura do balcão de informações, Rouche parou de assoviar e seu passo vacilou... porque havia um homem morto encarando-o. A vinte passos de distância. Ele fora completamente despido, a palavra "isca" ainda sangrava em seu peito e a cabeça estava caída para a frente, como se ele estivesse tentando decifrar a tatuagem cuidadosamente gravada. Fora do alcance de visão de Rouche, o homem atrás dele começou a chorar, animando o corpo mutilado à sua frente, os ombros movendo-se no ritmo do choro.

Era, sem sombra de dúvida, a coisa mais terrível que Rouche já vira.

– Sim... Não, obrigado – murmurou Rouche, mudando subitamente de ideia.

Ele se virou depressa no ponto onde estava e começou o caminho de volta, quando uma voz perturbada finalmente se dirigiu a ele:

– Quem é você?

Rouche se encolheu por dentro. Ele suspirou pesadamente e se virou bem devagar para voltar a encarar o homem morto.

– Damien – respondeu Rouche e deu alguns passos hesitantes para a frente.

– Você é da polícia?

– De certo modo, sim. Estou desarmado e algemado.

Rouche continuou a se aproximar, um passo de cada vez, sem entender por que seu interlocutor não se virava para confirmar o que ele dissera. Mas o homem estava olhando para cima, parecendo hipnotizado pelo céu noturno quase 40 metros acima. Rouche seguiu o olhar dele até o incrível teto cintilante com estrelas, as constelações interpretadas com entidades plenamente formadas pintadas em ouro: Órion, Touro, Peixes... Gêmeos.

Os gêmeos haviam sido pintados sentados um ao lado do outro, quase entrelaçados. Quatro pernas estendidas de forma confusa sem que se soubesse quais eram de qual irmão: uma entidade única, inseparável.

Distraído, Rouche percebeu que agora estava a apenas poucos passos da imitação celestial. Ele sentiu a bile subindo pela garganta quando ouviu o homem "morto" gemer entre respirações sibiladas.

– Meu Deus... o refém está vivo – sussurrou Rouche, o mais alto que ousou, rezando para que os colegas o ouvissem. – Repito: o refém ainda está vivo!

A mão de Curtis tremia quando ela se virou para Plant.

– Precisamos de ambulâncias. E certifique-se de que o esquadrão de emergência tenha conhecimento da situação antes de entrar intempestivamente aqui.

Plant se afastou para fazer o que fora pedido.

– Estamos longe demais – comentou Baxter, sentindo-se tão abalada quanto Curtis parecia estar. – Se alguma coisa der errado... Precisamos chegar mais perto.

Curtis assentiu.

– Siga-me.

Rouche estava diante do homem duplo. Uma fina camada de sangue escuro parecia colar os falsos gêmeos tanto quanto os enormes pontos negros de costura que uniam suas peles repuxadas. Ele se forçou a imprimir uma expressão de naturalidade no rosto antes de finalmente encarar a pessoa responsável por aquela atrocidade.

A pele dele era pálida e emaciada, as lágrimas se misturavam com o suor, apesar do frio. O homem estava um pouco acima do peso, devia ter no máximo 18 anos, tinha os cabelos infantis e sujos, como os dos gêmeos da constelação acima. A palavra gravada no tórax dele parecia cicatrizada, como se fizesse parte dele. Os olhos injetados de sono desceram lentamente do céu para pousarem em Rouche, com um sorriso agradável no rosto, apesar da arma carregada na mão.

– Se incomoda se eu me sentar? – perguntou Rouche tentando parecer o menos ameaçador possível.

Quando o homem não respondeu, Rouche se sentou lentamente no chão frio e cruzou as pernas.

– Por que fazer uma pergunta e não esperar uma resposta?

Rouche instintivamente olhou de relance para o revólver na mão direita do homem.

– Não posso conversar com você. Eu... não devo – continuou o rapaz, subitamente agitado.

Ele levou uma das mãos ao ouvido e olhou ao redor, para a esplanada vazia, como se tivesse ouvido alguma coisa.

– Estou me sentindo grosseiro – disse Rouche, com um sorriso de desculpas. – Você foi educado e perguntou meu nome e eu ainda não tenho ideia do seu.

Ele esperou pacientemente. O homem parecia devastado e colocou a mão na testa como se estivesse em profundo sofrimento.

– Glenn – disse o homem, e caiu no choro.

Rouche continuou a esperar.

– Arnolds.

– Glenn Arnolds – repetiu Rouche para que os colegas pudessem ouvir. Ele não tinha ideia se eles estavam conseguindo ouvir bem a conversa. – Constelação de Gêmeos – falou, em tom de conversa, levantando os olhos para o teto.

Rouche sabia que estava assumindo um risco enorme levantando o assunto, mas sentiu que estavam ficando sem tempo.

– Sim – disse Glenn, sorrindo por entre as lágrimas, enquanto se permitia outro olhar para as estrelas. – É sempre noite para mim.

– O que a constelação de Gêmeos significa para você?

– Tudo.

– De que modo? – perguntou Rouche, com interesse. – O que... você deseja ser?

– O que eu sou. O que ele me tornou.

O homem "morto" que estava de frente para o átrio vazio deixou escapar um gemido angustiado. Rouche desejou que ele não recuperasse a consciência, já que não conseguia imaginar ninguém se recuperando do trauma de acordar costurado a outra pessoa.

– Ele? – perguntou Rouche. – Quem é *ele*?

Glenn começou a balançar violentamente a cabeça e a respirar depressa. Ele cerrou os dentes e pressionou a mão contra a testa.

– Não consegue ouvir? – gritou para Rouche, que permaneceu quieto, sem saber qual seria a resposta correta aos olhos do homem. Algum tempo depois, o desconforto pareceu diminuir. – Não... eu não posso falar com você sobre isso. *Principalmente* não sobre ele. Sou *tão* idiota! Por isso ele me disse para simplesmente entrar aqui e fazer o que precisava ser feito.

– Está certo. Está certo. Esqueça que eu perguntei – disse Rouche em um tom tranquilizador.

Estava tão tentadoramente próximo do nome da pessoa que estava manipulando as cordas e, ao mesmo tempo, a uma palavra errada de distância de tomar um tiro na testa. Membros do esquadrão de emergência passaram rapidamente pelas entradas, à medida que cercavam o átrio.

– Ele queria que você simplesmente entrasse e fizesse o quê?

Glenn nem sequer ouviu a pergunta. Chorava de soluçar, inconscientemente levantando e abaixando o revólver enquanto se repreendia por ser tão fraco.

Rouche o estava perdendo.

– Esse é o seu irmão? – Rouche ergueu a voz, desesperado, gesticulando para a vítima que estava se tornando cada vez mais desperta.

– Não. Ainda não – respondeu Glenn. – Mas será.

– Quando?

– Quando os policiais nos libertarem.

– Libertarem vocês? – perguntou Rouche. – Está querendo dizer quando eles *matarem* vocês?

Glenn assentiu. Um ponto vermelho foi projetado em seu tórax nu. Os olhos de Rouche acompanharam o ponto até ele parar na testa do homem.

– Ninguém quer você morto, Glenn – mentiu.

– Mas eles vão me matar. Ele disse que iriam. Terão que nos matar... depois de matarmos um de vocês.

Mais uma vez, o olhar de Rouche foi atraído para o revólver.

– Não acredito que você queira machucar ninguém – disse Rouche ao homem perturbado. – Sabe por quê? Porque você já poderia ter matado um de nós e não fez isso. Você começou a atirar para o ar, para assustar as pessoas, para que elas fugissem... para salvá-las. Não foi isso?

Glenn assentiu e desatou a chorar de novo.

– Está tudo certo. Vou garantir que nada lhe aconteça. Coloque a arma no chão.

Glenn pensou por um momento, então se inclinou para a frente e caiu de joelhos. Mas, ao fazer isso, gritou de dor, porque arrebentou um dos pontos enfiados fundo na sua pele. O homem às costas dele também gritou, horrorizado, quando a dor o fez voltar à consciência. Ele começou a se debater, esticando os pontos que restavam, o ponto vermelho dançando pelos corpos deles conforme se debatiam.

Rouche viu a expressão traída nos olhos de Glenn enquanto ele observava a luz do laser dançar em seu peito.

Ele percebeu o que estava prestes a acontecer.

– Não atirem! Não atirem! – gritou Rouche, pondo-se novamente de pé.

Ele se aproximou mais um passo dos gêmeos-forçados, o ponto vermelho agora refletido na pele do próprio braço erguido, bloqueando o tiro do policial.

Glenn levantou os olhos uma última vez para o que estava prestes a se tornar, e ergueu o revólver na direção de Rouche.

– Não atirem nele! – gritou Rouche de novo.

A informação valia muito mais do que a vida dele.

Enquanto Glenn se desequilibrava por causa do homem torturado às suas costas, um estalo agudo transformou o ponto vermelho projetado em um buraco ensanguentado que atravessou a garganta dele. Como o atirador errara o alvo, Rouche ouviu o clique do fuzil sendo recarregado tarde demais. O homem moribundo mirava nele.

Rouche fechou os olhos, prendeu a respiração, e deixou o vislumbre de um sorriso se abrir em seu rosto.

O tiro foi ensurdecedor.

Capítulo 12

Sábado, 12 de dezembro de 2015
11h23

O café aguado da máquina automática que Curtis segurava havia esfriado vinte minutos antes. Seu olhar se perdia na direção da televisão sem som, que não era capaz de distrair a audiência das dores e misérias que os haviam levado à sala de emergência do Centro Médico Langone, de Nova York. Baxter estava sentada ao lado dela, ainda tentando compor a breve mensagem de texto em que vinha trabalhando havia meia hora. Acabou desistindo e deixando o celular de lado.

– Acho que não consigo fazer mais isso – murmurou Curtis. – Se ele morrer...

Baxter tinha a sensação de que deveria responder alguma coisa, mas não sabia bem o quê. Ela nunca fora muito do tipo de oferecer o ombro para outro chorar. Então tentou dar um sorriso solidário quando Curtis olhou para ela, o que pareceu funcionar.

– Eu nunca deveria ter deixado Rouche ir até lá – continuou Curtis.

– Não era uma decisão sua – argumentou Baxter. – Era dele. Rouche tomou a decisão, para o bem ou para o mal.

– Para o mal... com certeza para o mal.

Baxter deu de ombros.

– Esse é o nosso trabalho. Nos vemos nessas situações desgraçadas e tudo o que podemos fazer é tomar uma decisão.

– Sim, bem, eu também tomei uma decisão – disse Curtis. – Você parece falar por experiência própria. Já se arrependeu de alguma decisão?

Baxter não estava preparada para aquela pergunta intrusiva. Se estivesse, teria se forçado a não invocar o cheiro de madeira encerada; a sensação do tecido ensopado de sangue colado à sua pele; a vibração no chão à medida que a Unidade Armada se aproximava... os olhos azuis brilhantes de Wolf...

– Baxter? – perguntou Curtis, arrancando a outra das lembranças.

Baxter não sabia bem quanto tempo ficara perdida naquele momento em que se imaginou fazendo uma escolha diferente, torturando a si mesma como fazia com tanta frequência ao visualizar aqueles outros cenários hipotéticos trazendo soluções muito mais favoráveis... trazendo finais felizes.

Ela riu de si mesma por ser tão ingênua. Não havia finais felizes.

– Tomei decisões que não sei se foram certas e que provavelmente nunca saberei – falou. – Simplesmente temos que viver com as decisões que tomamos.

– Para o bem ou para o mal – disse Curtis.

Baxter assentiu.

– Para o bem ou para o mal.

Uma mulher na recepção estava indicando as duas para um médico. Elas se levantaram e o seguiram até uma sala privada.

– Não conseguimos salvá-lo – foi a frase de abertura esmagadora do homem agitado.

Curtis saiu da sala, deixando Baxter ali para encerrar a conversa. Quando Baxter voltou à sala de espera não viu Curtis em parte alguma. Ela pegou o celular e o levou ao ouvido.

– Rouche? É Baxter. Ele não resistiu. Precisamos conversar.

Era quase impossível se perder em Manhattan. No entanto, enquanto descia sem rumo a Primeira Avenida, Curtis não conseguia decidir qual seria o melhor caminho para voltar ao escritório do FBI. O conhecimento enciclopédico dela de ruas, vielas e pontos de referência que se espalhavam por uma enorme área ao redor de Midtown não se estendia tanto aos limites da ilha.

O céu indeciso ainda resistia à urgência de nevar, mas o vento gélido estava tornando a vida de todo mundo desagradável o bastante mesmo na ausência da neve. Curtis se preparou para enfrentar o frio e seguiu em frente, certa de que vomitaria a qualquer momento. Podia sentir a culpa devorando as suas entranhas, um peso tóxico e tangível que ela só desejava arrancar e jogar no fundo do rio que reaparecia em sua visão periférica a cada cruzamento.

Matara um homem inocente.

Seu estômago se revirou quando ela admitiu aquilo para si mesma pela primeira vez. Curtis correu para dentro da entrada escura de um estacionamento subterrâneo e vomitou.

Como se aquele já não houvesse sido o pior dia de sua vida, ela e Rouche haviam tido uma enorme discussão apenas minutos depois de ela puxar o gatilho, embora houvesse sido ele a forçar sua mão. *Ele* escolhera confrontar Glenn Arnolds desarmado e desprotegido. *Ele* havia inexplicavelmente permanecido onde estava em vez de recuar para um lugar seguro quando a situação se deteriora. Era culpa *dele* que ela houvesse sido deixada em um impasse impossível: assistir ao colega morrer ou se arriscar a matar uma pessoa inocente.

Ela tomara uma decisão.

Fora a primeira vez que Curtis disparava sua arma em uma ação. Como sempre fora exageradamente competente em tudo o que fazia, havia dado um único tiro, uma única bala que tirara a vida de duas pessoas. A bala que havia passado pela base do crânio de Glenn Arnolds o matou na hora, mas também se alojara nas costas da vítima dele.

Se ao menos houvesse mirado alguns milímetros mais alto...

E, no momento em que precisara tão desesperadamente de amizade e solidariedade, Rouche tinha dito que ela havia tomado a decisão errada, que havia matado a investigação deles, que simplesmente devia tê-lo deixado morrer. Por alguma razão, a reação dele a aborrecera mais do que qualquer coisa.

Com lágrimas ardendo nos olhos, ela pegou o celular e ligou para o contato a que qualquer outra pessoa teria nomeado de "Casa". As palavras "Residência dos Curtis" acenderam na tela.

– Que seja a mamãe, por favor – sussurrou ela.

– Senador Tobias Curtis – atendeu uma voz grave e brusca.

Curtis permaneceu em silêncio. E considerou a hipótese de desligar.

– Elliot? É você? – perguntou o senador. – Elliot?

– Sim, senhor. Na verdade, estava querendo falar com a mamãe.

– Então, você não quer falar comigo? – perguntou ele.

– Não... quero. Eu só...

– E então? Ou você quer falar comigo ou não.

Lágrimas escapavam dos olhos de Curtis agora. Ela só precisava de alguém para conversar.

– E então?

– Gostaria de falar com a mamãe, por favor – disse Curtis.

– Bem, você não pode falar com ela. Não quero a sua mãe envolvida. Acha que não sei o que aconteceu? Lennox me ligou no instante em que descobriu. Como *você* deveria ter feito.

Curtis sentiu um breve momento de alívio: o pai já sabia. Ela dobrou uma esquina que realmente reconhecia e trocou de ouvido para dar à mão gelada um descanso do frio.

– Eu matei uma pessoa, papai... Desculpe, quero dizer, senhor.

– A vítima morreu? – perguntou o senador em voz baixa.

– Sim.

Ela desabou em lágrimas.

– Meu Deus, Elliot! – berrou ele. – Como você pôde ser tão descuidada? Tem *alguma* ideia das consequências que isso terá para mim quando a imprensa souber?

– Eu-eu... – gaguejou Curtis.

Até ela ficou chocada pela absoluta negligência do pai com o bem-estar da própria filha.

– Já consigo ver as manchetes: "Filha idiota de senador dos Estados Unidos mata inocente a tiros." Estou acabado. Você sabe disso, não sabe? Você acabou comigo.

Curtis ficou tão abalada com as palavras dele que mal conseguiu falar. Ela tropeçou em um bloco de gelo e continuou a chorar.

– Recomponha-se, pelo amor de Deus – bradou ele antes de suspirar e adotar o tom mais gentil que conseguiu: – Desculpe. Elliot?

– Sim?

– Peço perdão. Tudo isso foi um choque para mim e talvez eu tenha exagerado na reação.

– Está tudo bem. Perdão se eu o desapontei.

– Não vamos nos preocupar com isso. Temos que nos concentrar no que fazer a seguir. Lennox vai orientar você em relação ao que exatamente deve dizer para minimizar o dano ao FBI, a mim e ao que quer que reste de sua carreira.

– E quanto ao homem que eu matei?

– Ora, em relação a isso, o estrago está feito – disse o senador em um tom despreocupado, como se tivesse apenas retirando o infeliz morto da lista de cartões de Natal. – Faça e diga o que Lennox lhe disser para dizer e fazer. E, se sua equipe fizer qualquer progresso ou prisão ligados a essa bobagem de "Marionete", precisa ser *você* a assumir o crédito por isso, precisa sair como heroína. Está me entendendo?

– Sim, senhor.

– Ótimo.

– Amo o senhor.

A ligação foi encerrada. Ele provavelmente não a ouvira.

Era aniversário de alguém. Era *sempre* aniversário de alguém. O dia em que alguém se tornava uma celebridade temporária no departamento, pressionado pela etiqueta social a gastar a maior parte do salário de um dia em rosquinhas.

Edmunds voltou a se sentar diante de sua mesa, a rosquinha de praxe na mão. Ao dar a primeira mordida, fez explodir o que quer que estivesse escondido dentro do doce por cima do teclado. Podia sentir a camisa repuxando desconfortavelmente quando estendeu a mão para a lata de lixo. Ganhara mais de 5 quilos desde que fora transferido para o Departamento de Fraudes. Embora seu corpo desengonçado nunca fosse aparentar o peso extra, ele podia sentir os quilos a mais em tudo o que fazia.

Edmunds ficou encarando a conta de um banco estrangeiro na tela do computador até seus olhos ficarem vidrados. Não fizera nada no trabalho havia quase uma hora, enquanto observava a noite cair cedo sobre a cidade do lado de fora. Estava distraído. Sabia que Baxter lhe mandara naquela manhã os arquivos dos primeiros três assassinatos, mas, graças a uma garotinha de 1 ano com os dentes nascendo e a uma esposa sofrendo com a privação de sono e as exigências sempre inconvenientes de um emprego de tempo integral, nem tivera a chance de examiná-los. Edmunds se pegou desejando poder adiantar as horas até estar de volta ao seu galpão, livre para se concentrar na investigação.

Depois de olhar rapidamente ao redor do escritório para localizar onde estava o chefe, ele abriu o site da BBC News, que estava atualizando as informações sobre o ocorrido no Grand Central Terminal. Ele deu outra olhada rápida no celular, surpreso por não ter recebido notícias de Baxter. Quando leu os relatos terríveis das testemunhas, teve que lembrar a si mesmo como a imprensa aumentava aquelas histórias, exagerando e inventando a seu bel-prazer. Dito isso, mesmo se houvesse apenas um elemento de verdade em tudo aquilo, sem dúvida, ainda era uma das coisas mais perturbadoras que já ouvira.

Incapaz de resistir mais tempo, Edmunds abriu sua caixa de e-mail, fez download dos arquivos anexados à mensagem mal escrita de Baxter e se pôs a trabalhar.

Rouche havia ficado para trás no Grand Central Terminal, enquanto Curtis e Baxter acompanhavam a vítima presa ao cadáver de Glenn Arnolds na traseira da ambulância. Depois da experiência de quase-morte pela qual passara, tudo o que queria era ouvir a voz da esposa. Ele sabia que havia se comportado muito mal em relação a Curtis, em sua pressa de deixar a cena do crime e fazer a ligação. Devia mais do que um pedido de desculpas a ela.

Ele fora a pé até o hospital e encontrara Baxter do lado de fora da entrada principal. Em poucos minutos, os dois já haviam atravessado a autoestrada FDR Drive e encontrado um banco com vista para o East River.

– Se quer falar sobre o modo como eu agi com Curtis, eu sei – começou Rouche. – Sou um babaca. Vou levá-la para jantar hoje à noite, para me desculpar.

– Não é sobre isso.

– Então é sobre eu entrar lá desarmado para falar com ele?

– Você quer morrer, Rouche? – perguntou Baxter em um rompante.

– Como é?

Ele riu. Parecia estupefato.

– Estou falando sério.

– O quê? Não! Escute, alguém tinha que ir lá e...

– Não estou falando disso.

– Está se referindo então a eu ter dito a eles para não atirarem em Glenn? Precisávamos dele vivo. Estive *tão* perto de conseguir um nome...

– Também não estou falando disso – interceptou Baxter.

A conversa foi interrompida quando um sem-teto, empurrando um carrinho, passou por eles.

– Eu não estava com Curtis quando ela se adiantou para salvá-lo. Estava junto à parede lateral, atrás do homem-marionete... encarando você.

Rouche esperou que ela elaborasse melhor.

– Vi você sorrir.

– Sorrir?

– Quando aquele primeiro tiro derrubou o homem e ele ergueu a arma na sua direção. Você fechou os olhos... e sorriu.

– Gases? – tentou Rouche.

– Eu sei o que vi.

Ela ficou encarando-o esperando uma explicação.

– Não sei o que lhe dizer. Não me lembro de sorrir. E sinceramente não vejo que motivo eu teria para isso. Mas, não. Eu lhe asseguro que *não* quero morrer... Juro.

– Está certo – disse Baxter. – Mas, por experiência pessoal, quando alguém começa a ser descuidado com a própria vida, acaba fazendo com que todos ao seu redor saiam machucados.

Depois de um momento de silêncio, um pombo abandonou o galho em que estava na árvore monocromática atrás deles. Os dois observaram o pássaro voar na direção da Roosevelt Island e da Ponte do Queensboro.

– Fiz merda hoje – disse Rouche, ainda olhando para o rio. – Deveria ter percebido antes que aquele homem estava vivo. Mais alguns segundos poderiam ter feito toda a diferença.

– E como você *poderia* saber disso? – perguntou Baxter.

– Ele estava sangrando.

– Sangrando?

– Sangue vermelho intenso escorria pelo corpo dele. – Rouche balançou a cabeça, frustrado consigo mesmo. E se virou para encará-la. – Os mortos não sangram.

– Vou fazer de tudo para me lembrar disso – assegurou Baxter ao colega complicado.

– Vamos – disse Rouche. – Temos trabalho a fazer.

– Que trabalho? Arnolds não revelou nada.

– Com certeza ele revelou. Ele nos disse que não escolheu fazer aquilo, que tinha sido instruído a isso, manipulado. Isso levanta algumas questões sobre nossos outros assassinos, não é? Talvez nenhum deles seja membro devoto de alguma seita secreta imaginária... talvez todos estejam apenas sendo manipulados por uma única pessoa para fazer essas coisas.

– *Ele* – disse Baxter, lembrando-se do que ouvira pelo minúsculo alto-falante do celular de Curtis, enquanto Rouche conversava com Glenn Arnolds.

– Sim, ele – assentiu Rouche. – Estávamos interpretando tudo errado. Acho que *há* uma ligação entre os nossos assassinos: todos têm alguma vulnerabilidade, algo que possa vir a ser usado em uma chantagem, alguém a ser ameaçado. Se conseguirmos descobrir que vulnerabilidades são essas, talvez consigamos descobrir quem pode estar em posição de explorá-las.

– Então por onde começamos?

– A equipe que revistou o apartamento de Arnolds encontrou um cartão de consultas. Ele estava indo a um psiquiatra.

– O garoto realmente parecia ter algumas... *questões* – disse Baxter, com tato.

– E quem melhor do que o psiquiatra dele para nos dizer que questões eram essas?

Capítulo 13

Sábado, 12 de dezembro de 2015
14h15

Curtis não estava no escritório do FBI quando Baxter e Rouche chegaram lá. Também não retornara nenhuma ligação deles. Sem saber se ela simplesmente tirara um tempo maior no horário de almoço para clarear a mente ou, o que era mais compreensível ainda, o resto do dia de folga, eles decidiram continuar a investigar sem ela.

O endereço do consultório, anotado nas costas da mão de Rouche, levara os dois a um prédio grande na 20th East Street, de frente para o Gramercy Park. Eles subiram os degraus entre as colunas imponentes do pórtico excessivamente ornamentado.

Enquanto eles atravessavam a área da recepção e eram instruídos a sentar e esperar, Baxter sentiu que sua roupa estava um pouco simples demais para o local. Vencida pelo número de botões da cafeteira, ela se serviu de um copo d'água e sentou-se em frente a Rouche. Ao fundo, a música clássica suavizava o silêncio.

– Vamos colocar Curtis a par de tudo no hotel – disse Rouche praticamente falando sozinho, já que Baxter não dissera uma palavra havia mais de cinco minutos. – Ela provavelmente precisa de um pouco mais de tempo.

– Ela talvez precise de mais do que isso – falou Baxter, olhando significativamente ao redor de onde estavam.

– Hummm.

– O que foi? Pode ajudar.

– Vão sugerir isso a ela, sem dúvida.

– Você tem algum problema com isso? – perguntou Baxter, um pouco na defensiva.

Depois que a poeira baixou no caso Boneco de Pano e ela fora capaz de parar pelo tempo necessário para realmente processar o que havia acontecido, tinha ido conversar com alguém. Sempre havia considerado a terapia um recurso para os mais fracos do que ela, para pessoas incapazes de lidar com os desafios do cotidiano, mas estava errada. Fora muito mais fácil expressar seus sentimentos para uma completa estranha do que para alguém que a conhecia, que poderia julgá-la, que esperava mais dela. Depois de várias sessões, ela havia pouco a pouco se conformado com a morte de um de seus amigos mais próximos: Benjamin Chambers, um homem que fora mais uma figura paterna para ela do que um colega.

– Não vejo problema em outras pessoas recorrerem a ajuda psicológica – respondeu Rouche –, mas com certeza não é uma opção que eu consideraria.

– Sim, você é uma pessoa forte demais para ter algum problema, não é mesmo? – comentou Baxter, irritada, ciente de que estava revelando algo profundamente pessoal com seu destempero. – Você é *perfeito*.

– Estou *longe* de ser perfeito – respondeu Rouche com calma.

– Acha mesmo? Ordenando a seus colegas que o deixem morrer. Gritando com a amiga que matou um inocente para salvar você. Sorrindo quando um louco de pedra aponta uma arma para você.

– Isso de novo não.

– Estou só falando que se alguém precisa conversar sobre as próprias merdas... é você.

– Acabou? – perguntou Rouche.

Baxter se calou, achando que talvez houvesse passado dos limites. Eles ficaram sentados em silêncio por um momento até a recepcionista que os olhava de cara feia perder o interesse.

– Eu rezo – disse Rouche voltando ao seu modo simpático. – Foi isso o que eu fui fazer, enquanto vocês estavam no hospital. É rezando que *eu* resolvo as minhas "merdas" *todo santo dia* porque tenho medo de ter mais merdas para resolver do que qualquer outra pessoa.

Algo no tom de Rouche disse a Baxter que ele falava sério.

– Você entendeu mal as minhas reservas – continuou ele. – Não julgo as pessoas que buscam ajuda, *todos* buscamos. É na pessoa que é paga para ouvir que não confio. Porque a ideia de existir alguém por aí sabendo tudo que eu tento *tanto* esconder sobre mim me aterroriza... como deveria aterrorizar a todo mundo. *Ninguém* deveria ter *tanto* poder sobre você.

Baxter nunca vira o tema sob aquela ótica, projetando certo distanciamento profissional na autoridade médica. Será que estivera se enganando ao acreditar que alguém em uma profissão daquelas seguia um conjunto de leis e decoro mais rígido do que ela mesma se gabava tão regularmente de seguir? Será que havia tentado ignorar que a mulher com quem fizera terapia tinha uma boca localizada poucos centímetros abaixo das orelhas ávidas, como qualquer outra pessoa?

Baxter estava começando a dissecar cada conversa que tivera com a terapeuta que a atendera quando eles foram chamados a seguir para a sala do Dr. Arun. O consultório luxuoso era uma versão mais informal da recepção. Tinha até mesmo uma árvore ao lado da janela. O Dr. Arun os convidou a se sentarem diante de sua mesa bem-arrumada. Havia uma pasta grossa sobre a mesa com uma etiqueta onde se lia o nome de Glenn Arnolds.

– Posso ver alguma identificação de vocês antes de começarmos? – pediu o médico em um tom firme, mas educado.

Ele ergueu as sobrancelhas ao ler o distintivo da Polícia Metropolitana de Baxter, mas não fez qualquer pergunta.

– Creio que estão solicitando informações sobre um dos meus pacientes. Presumo que não haja necessidade de dizer que a maior parte do que foi documentado aqui está protegido pela confidencialidade entre médico e paciente.

– Ele está morto – disse Baxter em um rompante.

– Ah! – espantou-se o Dr. Arun. – Lamento muito saber. Mas isso não muda o fato de que...

– Ele assassinou uma pessoa – continuou Baxter.

Aquilo não era tecnicamente verdade, mas era mais simples do que a história verdadeira.

– Entendo.

– E fez isso possivelmente da forma mais sombria e perturbadora que qualquer um de nós já viu.

– *Certo* – concordou o médico, a mente indo logo para os relatos horríveis do que acontecera no Grand Central Terminal. – Muito bem. Do que precisam?

Glenn Arnolds havia sido diagnosticado com um transtorno esquizoafetivo agudo aos 10 anos, motivado pela morte prematura do irmão gêmeo no ano anterior: um coágulo no cérebro. Glenn seguira com a vida esperando pelo mesmo destino a qualquer momento, e sua tendência a sofrer graves dores de cabeça não o ajudava a ver a situação de outra forma. O rapaz passara a vida literalmente esperando morrer enquanto chorava a morte do irmão gêmeo. Isso o levou a se tornar cada vez mais recluso e deprimido, e ele passou a ver a vida como algo transitório e sem valor, como fora a do irmão.

Ele havia sido transferido para a clínica Gramercy três anos antes, tinha um registro impecável de comparecimento às consultas e fizera progressos significativos tanto nas sessões individuais quanto nas em grupo. Com a exceção de episódios brandos de depressão, os sintomas psicóticos dele tinham sido mantidos sob controle pela medicação prescrita. Em resumo, Glenn nunca mostrara o menor sinal de violência em relação a ninguém.

– Quanto ele pagava pelo prazer da sua companhia? – perguntou Rouche ao médico.

Baxter se perguntou se o colega havia formulado a pergunta intencionalmente para fazer o psiquiatra parecer uma prostituta.

– Não me parece que vocês cobrem pouco – acrescentou Rouche.

– Seguro-saúde – respondeu o Dr. Arun com apenas uma insinuação de indignação na voz. – Um seguro-saúde *muito bom*. Creio que quando o irmão dele morreu, os pais de Glenn contrataram o melhor que puderam pagar. Como a doença mental foi diagnosticada depois...

O médico terminou a frase com um dar de ombros.

– E em sua "opinião profissional"...

Baxter olhou com severidade para Rouche.

– ... como avalia o estado de Glenn nas últimas semanas? – perguntou ele.

– Como?

– Ele apresentou algum sinal de que poderia estar tendo uma recaída? Ou que talvez houvesse parado de tomar a medicação?

– Ora, eu não saberia dizer – falou o Dr. Arun, parecendo confuso. – Não o conheci.

– O quê? – perguntou Baxter.

– A nossa primeira sessão juntos estava marcada para a próxima semana. Sinto muito. Achei que vocês soubessem. Eu assumi a lista de pacientes do Dr. Bantham. Ele parou de clinicar na última sexta-feira.

Baxter e Rouche se entreolharam.

– Na última sexta-feira? – perguntou ela. – Foi uma aposentadoria planejada?

– Ah, sim. Fui entrevistado para assumir o lugar dele há pelo menos dois meses.

Baxter suspirou, pois havia acreditado que eles estavam em um bom caminho.

– Ainda assim precisamos falar com ele – disse Rouche ao médico. – Acha que poderia conseguir os contatos do Dr. Bantham para nós?

Nenhum dos números de telefone fornecidos pela recepcionista assustada atendeu às chamadas. A moça imprimiu o endereço residencial do Dr. Bantham no condado de Westchester, que ficava a aproximadamente cinquenta minutos de carro de Manhattan. Considerando que o FBI ainda estava tentando identificar a outra vítima, que o corpo de Glenn Arnolds ainda estava em algum lugar entre o necrotério do hospital e o laboratório dos legistas e que Curtis ainda estava ignorando seus telefonemas, eles resolveram correr o risco de desperdiçar uma viagem até Rye para fazer uma visita ao médico.

Baxter não tinha grandes expectativas enquanto lia as orientações de caminho para Rouche:

– Como o campo de golfe está à esquerda, devemos atravessar o riacho, o Beaver Swamp Brook, e então será a próxima rua à direita saindo da Locust Avenue.

– Que lindo.

Eles pararam diante de uma linda ruazinha sem saída. Claramente havia nevado forte por lá. Alguns centímetros de neve se equilibravam sobre sebes lindamente aparadas que delimitavam as entradas de carro limpas, que haviam sido varridas e revelavam o cascalho molhado por baixo. Bonecos de neve perfeitos se erguiam orgulhosos nos jardins generosos, cercados por trilhas de pequenas pegadas. Revestimentos de madeira de vários tons enfeitavam cada casa, dando um toque escandinavo ao cenário invernal. Era difícil imaginar o pandemônio da Times Square a menos de uma hora de distância de carro.

– Desconfio que o urbanista responsável quis manter esse lugar em segredo – comentou Rouche enquanto checava o número das casas. Foi incapaz de resistir à inveja que sentiu quando imaginou a família morando em uma daquelas casas perfeitas. – Que rua é essa? Alameda Merda de Cachorro?

Baxter riu e Rouche fez o mesmo ao ouvir o som pouco familiar da risada dela.

Eles dobraram em uma entrada de carros no fim da rua bem no momento em que o crepúsculo ativava os sensores automáticos que iluminavam a garagem tripla. Não parecia muito animador. Não havia nenhuma luz acesa dentro da casa e, ao contrário das propriedades vizinhas, uma camada intocada de neve cobria a entrada de carros, o jardim e o caminho que levava à porta da frente.

Eles estacionaram, desceram do carro e entraram no jardim silencioso. Sinos de vento tilintavam suavemente com a brisa na varanda de outra casa, e eles ouviram um carro passando acelerado em algum lugar a distância. Baxter ficou chocada com o frio – vários graus mais frio do que na cidade. Os passos deles soaram altos sobre o cascalho enquanto seguiam na direção da porta da frente sob uma luz fraca, as árvores altas que os cercavam se tornando sem cor e sem definição a cada segundo que passava.

Rouche tocou a campainha.

Nada.

Baxter passou por cima do canteiro de flores para espiar por uma janela grande, e as lâmpadas apagadas das luzes de Natal ao redor da moldura fizeram com que se lembrasse da casa meio abandonada de Rouche em Londres. Ela pensou ter vislumbrado uma luz vindo de outro cômodo.

– Acho que vi uma luz acesa! – gritou para Rouche, que agora batia na porta.

Baxter pisou em outros canteiros de flores, dobrou em uma quina e espiou pelas janelas laterais, onde achou que tinha visto a luz. Mas estava completamente escuro dentro da casa. Ela suspirou e voltou para onde estava Rouche.

– Provavelmente viajaram. Já é *quase* Natal – disse Baxter.

– Provavelmente.

– Quer tentar os vizinhos?

– Não, não agora. Está frio demais. Vou deixar um cartão e podemos fazer algumas ligações pela manhã – disse Rouche já caminhando na direção do carro aquecido.

– *Além disso*, você nos prometeu um jantar hoje à noite – lembrou Baxter.

– Bem, sim, se encontrarmos Curtis. Não foi com você que eu fui grosseiro.

– Você foi um pouco grosseiro comigo.

– Sim. – Rouche sorriu. – Talvez um pouco.

Eles entraram novamente no carro e ligaram o aquecedor. Rouche saiu de ré da longa entrada de carros, guiado pelas luzes que piscavam na casa em frente. Ele deu uma última olhada para sua casa dos sonhos, o carro derrapou no meio-fio e eles partiram de volta para Manhattan.

Alguns minutos se passaram até que a noite engolisse o que restava da luz do crepúsculo. Então, em algum lugar dentro da casa sem vida, uma luz voltou a se acender em meio à escuridão.

Thomas acordou debruçado na mesa da cozinha com o traseiro de Echo pressionado contra o rosto. Ele aprumou o corpo quando o relógio do fogão marcava 2h19. Os restos do jantar que preparara para si mesmo e para Baxter estavam postos no centro da mesa, ao lado do celular: nenhuma nova mensagem de texto, nenhuma ligação perdida.

Thomas se mantivera a par dos últimos acontecimentos em Nova York ao longo do dia, presumindo que Baxter estaria envolvida neles em algum nível. Ele se esforçara para controlar a urgência de entrar em contato com ela só para garantir que estava bem e para deixar claro que estava à disposição se Baxter precisasse conversar.

Sentia que ela lhe escorria por entre os dedos nos últimos dois meses... não que algum dia *realmente* a tivesse tido de verdade. Parecia que quanto mais tentava se aproximar, mais a afastava. Até Edmunds o aconselhara a não pressioná-la. Thomas nunca se considerara uma pessoa carente, na verdade, era o oposto disso. Era seguro de si e independente. Mas as exigências absurdas do trabalho de Baxter o deixavam em um estado de permanente ansiedade.

Era "ser grudento" querer saber se a namorada ainda estava viva?

Ela passava noites e noites sem dormir, dias inteiros sobrevivendo à base de café. Podia ser encontrada perambulando por qualquer parte da cidade, a qualquer hora, na companhia do pior que Londres tinha a oferecer. Baxter se acostumara tanto aos horrores que admitia ter se tornado insensível a eles. E era *isso* o que mais o preocupava: ela não tinha medo de nada.

O medo era uma coisa boa. Mantinha a pessoa alerta. Em segurança.

Thomas se levantou, pegou o prato que havia preparado para Baxter e despejou o conteúdo na vasilha de comida de Echo, que o encarou como se houvesse acabado de estragar uma perfeita tigela de ração.

– Boa noite, Echo – disse Thomas.

Ele apagou as luzes e foi para a cama.

As bolsas escuras sob os olhos de Edmunds pareciam assustadoras quando foram iluminadas pela luz que irradiava do notebook. Ele ligou a chaleira elétrica e teve que tirar o pulôver grosso porque o pequeno aquecedor havia se superado naquela noite. Se a luminária perto de onde estava trabalhando não estivesse apoiada em cima de um aparador de grama, ele poderia ter se convencido de que estava em algum lugar mais glamoroso do que no próprio galpão decrépito.

Edmunds passara horas analisando as finanças dos assassinos. Blake também fizera a gentileza de mantê-lo informado sobre a investigação da Polícia Metropolitana em relação ao assassino da policial de 61 anos, Patrick Peter Fergus. O detetive fizera isso com a condição de que Edmunds falasse bem dele para Baxter, o que, é claro, ele não tinha a menor intenção de fazer.

Por causa de seu encarceramento, fora apenas uma questão de minutos investigar a conta de Dominic Burrell, mas o mesmo não podia ser dito do primeiro assassino, Marcus Townsend, que despencara da ponte. Apesar de ter uma lista interminável de transações e extratos, o histórico financeiro dele fora uma leitura fascinante. Edmunds pôde rastrear sua primeira tentativa ainda hesitante nos negócios ilegais e acompanhou como a confiança do homem foi crescendo proporcionalmente aos seus vários extratos bancários.

Era como assistir a um desastre iminente. À medida que os negócios ilícitos se tornavam cada vez mais flagrantes, Edmunds podia sentir o vício por trás dos números até eles cessarem de repente em meados de 2007, a pior coisa que Townsend poderia ter feito. Edmunds podia visualizar a cena: a polícia chegando ao escritório do homem, revistando os registros, assustando-o até que ele se incriminasse com uma drástica queda na renda pessoal, admitindo a culpa ao tentar se salvar. Dali em diante, fora uma história trágica para ele: uma série de multas dilapidando a fortuna dele até o ponto em que tudo que ainda possuía de valor desapareceu com a crise nos mercados financeiros ao redor do mundo.

Townsend estava arruinado.

Antes de passar para as contas de Eduardo Medina, Edmunds abriu o site da iniciativa "Das ruas para o sucesso", com que Townsend estivera envolvido quando amarrou um corpo acima da Ponte do Brooklyn. Era inspirador ver as fotografias de sem-tetos, que antes pareciam completamente à margem da sociedade, usando agora camisas sociais e gravatas em seus primeiros dias de trabalho. Talvez tenha sido por isso que Edmunds se demorou mais no site do que de costume.

Ele chegou a um link dentro de uma das histórias reais que chamou a sua atenção. Edmunds clicou no link e foi redirecionado para outra parte do site. Ele só precisou ler até o terceiro item da lista antes de, em um surto de empolgação, acabar derrubando os restos do café no colo. Checou o relógio, fez as contas do fuso horário com os dedos e ligou para Baxter.

Baxter estava profundamente adormecida. Eles haviam conseguido encontrar Curtis quando voltaram ao hotel e, depois dos sinceros pedidos de desculpa de Rouche, ela havia concordado com relutância em se juntar a eles para comer alguma coisa. Todos estavam exauridos depois de um dia difícil e foram dormir cedo para conseguir começar cedo pela manhã.

Baxter estendeu a mão para o celular que zumbia.

– Edmunds? – gemeu.

– Estava dormindo? – perguntou ele, em um tom ligeiramente crítico.

– Sim! Engraçado, não? Para você está tudo bem, são... Espere, não, não são. O que ainda está fazendo acordado?

– Examinando os arquivos que você me mandou – respondeu Edmunds como se isso fosse óbvio.

Baxter bocejou.

– Está tudo bem? – perguntou ele.

Edmunds finalmente aprendera como falar com Baxter. Se ela quisesse conversar sobre o que acontecera naquela manhã, no Grand Central Terminal, faria isso. Se não, ele receberia uma resposta monossilábica e mudaria de assunto até ela estar disposta a falar.

– Sim.

– Preciso que você consiga mais algumas informações para mim – disse Edmunds.

– Eu sei. Vou lhe mandar os arquivos da The Mall Avenue e do Grand Central Terminal amanhã.

– Já consegui o arquivo de Londres.

Baxter nem queria saber como, então decidiu não perguntar.

– Preciso dos registros médicos completos de todos eles – falou Edmunds.

– Médicos? Está bem. Está procurando alguma coisa em particular?

– Não sei. É só um pressentimento.

Baxter confiava mais na intuição de Edmunds do que na própria.

– Mandarei para você amanhã. Quer dizer, mais tarde.

– Obrigado. Agora vou deixar você voltar a dormir. Boa noite.

– Edmunds?

– Sim?

– Não se esqueça do motivo que o fez deixar a nossa equipe.

Edmunds compreendeu o sentimento oculto na frase. Aquele era o modo de Baxter dizer que estava preocupada com ele. E sorriu.

– Não esquecerei.

Capítulo 14

Domingo, 13 de dezembro de 2015
7h42

– Possessão!

Baxter estava parada no quarto do hotel, seminua, imediatamente arrependida de ter ligado a televisão. Embora não fosse surpresa descobrir que os assassinatos eram um tópico de discussão em um dos maiores programas matinais do país, a conversa parecia ter enveredado por um território inexplorado.

– Possessão? – repetiu uma das apresentadoras de aparência perfeita ao sempre controverso pastor televisivo.

– Isso mesmo. Possessão – assentiu o pastor Jerry Pilsner Jr., em um sotaque sulista arrastado. – O trabalho de uma única entidade ancestral, pulando de uma alma alquebrada para outra, movida por um desejo insaciável de provocar tormento e dor, que inflige aleatoriamente a fracos e desvirtuados... Só há *um* modo de nos protegermos... A *única* salvação é Deus!

– Então – começou a apresentadora do programa cuidadosamente –, estamos falando de... *espíritos* aqui?

– De anjos.

A mulher pareceu perdida e olhou para o companheiro de bancada para deixar claro que era a vez dele de fazer a próxima pergunta.

– Anjos caídos – esclareceu o pastor.

– E... – O apresentador gaguejou. – Está dizendo que esses anjos caídos...

– Só um – interrompeu o pastor. – Só é necessário um.

– Então, esse anjo caído, seja ele quem for...

– Ah, eu sei *exatamente* quem ele é – interrompeu de novo o entrevistado, constrangendo de vez os apresentadores. – Sempre soube quem ele era. Posso até dar o nome dele a vocês, se quiserem... Um de seus nomes...

Os dois apresentadores se inclinaram para a frente, ansiosos, claramente cientes de que estavam produzindo o ouro da TV sensacionalista.

– ... *Azazel* – sussurrou o pastor.

Em seguida, o programa foi para o intervalo comercial perfeitamente planejado.

Baxter percebeu que os pelos em sua nuca estavam arrepiados, enquanto uma propaganda divertida sobre a mais recente invenção em balas de frutas gritava com ela da tela.

O pastor havia feito uma defesa apaixonada de seu ponto de vista e, para ser justa, encontrara um modo de conectar os assassinatos bizarros, o que era mais do que a Polícia Metropolitana de Londres, o Departamento de Polícia de Nova York, o FBI e a CIA, juntos, tinham conseguido fazer. Mas então um calafrio percorreu o corpo dela quando o programa retornou com cenas da igreja de madeira branca do pastor, isolada no fim de uma rua de terra batida que cortava um amplo campo árido.

A congregação viera de três cidades próximas e emergia da fileira de árvores na forma de espectros, vestidos em suas melhores roupas de domingo, desesperados para fazer os próprios pedidos de salvação. A multidão se aglomerava ao redor da estrutura frágil da igreja, que não comportava tanta gente, e bebia cada palavra que o pastor dirigia aos que queriam ser salvos.

Por algum motivo, Baxter achou a cena profundamente sinistra: aquelas pessoas vindas de lugar nenhum se aglomerando como ovelhas, submetendo-se por completo ao pastor oportunista que não tinha reservas em explorar sem o menor pudor a miséria da vida real de outras pessoas para promover seus delírios de merda. Que audácia chamar as vítimas, duas delas policiais honestos, de "fracos e desvirtuados".

Deus, como ela odiava religião.

Incapaz de tirar os olhos da tela, Baxter viu o pastor expor seus últimos pensamentos para a congregação devota e para os incontáveis telespectadores buscando salvação do conforto de seus sofás em casa.

– Sabe, olho para vocês hoje, pessoas boas, e para mim mesmo no espelho, e sabem o que vejo?

A congregação esperou com a respiração suspensa.

– Pecadores... Vejo pecadores. *Nenhum* de nós aqui é perfeito. Mas como pessoas do Senhor, dedicamos nossa vida a melhorar!

A plateia irrompeu em aplausos, murmúrios de concordância e gritos esporádicos de "Amém".

– Mas, então – continuou o pastor –, olho mais longe. Olho para esse mundo em que estamos vivendo e sabem o que acontece? Isso me assusta. Vejo *tanto* ódio, *tanta* crueldade, *tanta* maldade. E podemos buscar ajuda na Igreja? Na outra semana mesmo, *mais um* membro do clero, um homem que supostamente era um representante de Deus, foi acusado de molestar um menino de 7 anos! Esse *não* é um bom lugar! *Amo* meu Deus, mas Ele *não está* aqui!

Como era um profissional de primeira, o pastor rompeu o contato visual com a plateia hipnotizada para se dirigir diretamente à câmera.

– Estou falando com os descrentes por aí... quero que perguntem a si mesmos:

E *se* houver Deus?
E *se* houver paraíso?
E *se* houver inferno?
E *se*... e *se*... *todos nós* já estivermos lá?

* * *

Baxter desligou o celular e suspirou pesadamente. Através do vidro parcialmente escuro, conseguiu ver Lennox se levantando da mesa para dar um abraço tranquilizador, mas sem dúvida desconfortável, em Curtis. Ao que parecia, a agente especial encarregada não jogaria Curtis aos lobos como previsto. Baxter tentou imaginar Vanita fazendo o mesmo por ela e balançou a cabeça diante da ideia absurda.

Acabara de ter uma conversa de 35 minutos com a superior em Londres. Elas mal haviam tido chance de conversar no dia anterior, depois dos acontecimentos no Grand Central Terminal. Depois de uma demonstração de preocupação protocolar com o estado emocional de Baxter, Vanita pedira a ela para repassar os detalhes do que acontecera, a fim de garantir que batiam com o relatório que os americanos haviam mandado. Elas discutiram a probabilidade iminente de um assassinato perturbador na mesma medida em Londres e a assustadora ausência de progresso geral, e concordaram que Baxter deveria permanecer em Nova York como representante da Polícia Metropolitana de Londres enquanto Vanita guardava o forte em casa.

Baxter digitou uma mensagem rápida de texto para Thomas enquanto esperava Lennox e Curtis terminarem. Havia se esquecido completamente de contar a ele que não voltaria para casa e percebeu que ela provavelmente não ajudara em nada o relacionamento deles com a ausência de contato.

Oi. Como está Echo? Nos falamos mais tarde? ☺

Lennox saiu do escritório com Curtis logo atrás.

– Por favor, todos os que estão trabalhando nos assassinatos hoje poderiam se dirigir à sala de reunião?

Cerca de um terço do escritório ficou de pé e se aglomerou na sala, alguns tendo que permanecer de pé, do lado de fora, só ouvindo, o que fez Baxter se lembrar das cenas do lado de fora da igreja do pastor Jerry Pilsner Jr. Ela se espremeu para passar e se juntou a Rouche, Curtis e Lennox na frente. Rouche havia anotado detalhes dos cinco assassinos no grande quadro branco:

ESTADOS UNIDOS	INGLATERRA
1. MARCUS TOWNSEND (Ponte do Brooklyn) MO: estrangulamento Vítima: relacionada ao caso Boneco de Pano	**3. DOMINIC BURRELL** (Presídio de Belmarsh) MO: facadas Vítima: relacionada ao caso Boneco de Pano
2. EDUARDO MEDINA (33ª Delegacia de Polícia) MO: impacto em alta velocidade Vítima: policial	**4. PATRICK PETER FERGUS** (The Mall Avenue) MO: traumatismo craniano Vítima: policial
5. GLENN ARNOLDS (Grand Central Terminal) MO: desagradável Vítima: - ?	

– Todos aqui? – perguntou Lennox, sem necessidade, já que várias pessoas estavam plantadas atrás de uma parede. – Ótimo. Para os que ainda não os conhecem: inspetora-chefe Baxter, da Polícia Metropolitana de Londres, e agente especial Rooch, da CIA.

– Rouche – corrigiu-a Rouche.

– Ruch? – arriscou ela.

– Não se pronuncia Roach? – perguntou um homem musculoso sentado na fila da frente.

– Não – disse Rouche.

Ele estava perplexo por a) o homem achar que ele era tonto o bastante para não saber o próprio nome e b) vários outros membros da plateia fazerem as próprias tentativas de acertar o sobrenome dele em uma monótona repetição de pronúncias incorretas.

– Rooze?

– Roze?

– Rooshy?

– Rouche – corrigiu Rouche mais uma vez, com toda a educação.

– Minha vizinha *com certeza* pronuncia Roach – insistiu o homem na fileira da frente.

– Talvez porque o nome dela *seja* Roach? – argumentou Rouche.

– É Rouche – disse Curtis para todos na sala. – Com som de *xii* no final.

– Está certo! Está certo! – gritou Lennox para a agitação que se formara na sala. – Se pudermos *por favor* voltar ao que interessa... Silêncio! Com vocês, agente... Rouche.

Ele ficou de pé.

– Então... esses são os nossos assassinos – começou ele, apontando para o quadro –, apresentados de uma forma fácil de ler e resumida para assegurar que estamos todos bem informados. Alguém pode me dizer alguma coisa que possamos deduzir disso? – perguntou como se estivesse se dirigindo a uma turma de crianças na escola.

O vizinho da Sra. Roach pigarreou:

– Esses merdas mataram dois dos nossos e por isso vão se ferrar... *É!* – O homem musculoso comemorou o próprio comentário e começou a se aplaudir, enquanto vários colegas o acompanhavam. – Vamos! – gritou ele, empolgado.

– Muito bem – assentiu Rouche com paciência. – Alguma ideia um pouco mais palpável? Sim?

– Os assassinatos em Nova York e em Londres definitivamente espelham um ao outro.

– Com certeza – concordou Rouche –, o que significa que podemos esperar por um assassinato "desagradável, hífen, ponto de interrogação" em Londres a qualquer momento, o que leva à pergunta: Por quê? Por que razão alguém iria querer declarar guerra nessas duas cidades e especificamente nelas?

– Os mercados de ações? – gritou alguém.

– Concentração de riqueza?

– Foco da mídia?

– Precisamos explorar todas essas possibilidades – disse Rouche a eles. – Muito bem. O que mais essa lista nos diz?

– O modus operandi – disse uma voz atrás da parede. A policial abriu caminho até a frente. – Cada MO tem sido diferente, o que sugere um certo grau de independência. Claramente a cada um foi designado um alvo e, talvez, um prazo, mas parece que o resto ficava a cargo do assassino.

– Excelente! – disse Rouche. – O que me traz ao meu próximo ponto... precisamos nos concentrar nessas pessoas como indivíduos. Glenn Arnolds não queria machucar ninguém... não tinha essa intenção. Ele estava sendo manipulado. Queremos dividir vocês em cinco equipes. Cada uma fica com um de nossos assassinos. O trabalho de vocês será identificar qualquer coisa sobre eles que possa ter sido usada. De cabeça, arrisco: Townsend, dinheiro; Medina, status de imigração; Burrell, vantagens no presídio, como drogas ou localização lá dentro; Fergus, a mãe doente; Arnolds, o irmão morto e seu estado mental de um modo geral.

Os ouvintes anotavam tudo com atenção.

– Ah, e Baxter, que está aqui, requisitou que uma cópia do histórico médico de cada um deles seja encaminhada a ela o mais rápido possível – acrescentou.

Rouche reparou no olhar de interrogação que Lennox trocou com Curtis.

– Vou liberar quem mais puder ajudar – garantiu Lennox a ele.

Rouche assentiu, agradecendo.

– Qualquer coisa que descobrirem – disse Rouche se dirigindo mais uma vez a todos na sala –, por favor, falem comigo, com Curtis ou Baxter, imediatamente. Entre nós, vamos revisar o caso todo e devemos conseguir descobrir alguma similaridade ou padrão. Agradeço muito a colaboração de todos vocês.

A fala de despedida de Rouche também serviu para liberar todos da sala. Lennox se aproximou para falar com ele, Baxter e Curtis em particular.

– Tenho uma sequência de entrevistas coletivas e reuniões – disse ela. – Posso precisar requisitá-la ao longo do dia, inspetora-chefe.

Baxter havia imaginado.

– Seus planos? – perguntou Lennox a ninguém em particular.

– Vamos falar com os legistas primeiro. Eles estão com os dois corpos de ontem e, com sorte, terão uma identidade da... nossa vítima – falou Rouche, escolhendo as palavras com cuidado por causa da presença de Curtis. – A equipe encarregada de Arnolds está tentando contato com o psiquiatra dele e entrevistando os amigos e vizinhos, portanto, provavelmente estaremos indo falar com alguma dessas pessoas mais tarde.

– Muito bem. – Lennox deteve Curtis antes que ela saísse, enquanto Baxter e Rouche seguiam em frente. – Para que ela quer os históricos médicos?

– Não sei direito.

– Descubra. Lembre-se da nossa conversa. Depois do que aconteceu, é mais importante do que nunca que sejamos *nós* a resolver esse caso. Se ela estiver escondendo alguma coisa de você, não terei o menor problema em enfiá-la no primeiro avião de volta para casa.

– Compreendo.

Lennox assentiu e se afastou para deixar Curtis passar e alcançar os colegas.

– Então, Glenn Arnolds ainda *estava* tomando a medicação dele? – perguntou Curtis, confusa.

– Não, mas ele estava tomando uma medicação – respondeu uma mulher pequena a Curtis, espiando misteriosamente por cima dos óculos de leitura.

A agente do FBI se lembrou de ter encontrado a médica legista em várias ocasiões no passado. Afinal, Stormy Day, ou dia de tempestade, não era um nome fácil de se esquecer. Se bem se lembrava, sentir-se absolutamente confusa quando estava na companhia da mulher era totalmente normal. Stormy passou a Curtis e Rouche uma pasta de arquivo contendo uma cópia de um documento: resultados do exame de sangue que era parte da autópsia. E que não significava nada para nenhum dos dois.

Eles estavam sentados com a legista na área de recepção do Centro de Análise Forense, na East 26th Street. Como era um dos vários prédios anexos ao centro médico principal, os dois cadáveres só haviam atravessado três blocos desde a sala de emergência do Centro Médico Langone da Universidade de Nova York. Os três estavam reunidos naquele lugar nada convencional porque, sem que Curtis soubesse, Rouche havia telefonado com antecedência para pedir que eles não tivessem mais qualquer contato com os corpos.

Ela teria ficado ofendida se soubesse, mas Rouche reparara no alívio no rosto de Curtis quando fora convidada a se sentar na recepção arejada e bem iluminada, em vez de ser levada para as salas escuras no coração do prédio, onde seria confrontada com o cadáver de aspecto encerado do homem que matara.

Baxter ainda não se juntara a eles. Não tinha conseguido escapar do escritório do FBI antes que Lennox a "pegasse emprestada" para uma ou outra entrevista coletiva.

Stormy gesticulou para a página incompreensível na mão de Curtis.

– Não sei exatamente o que receitaram a ele, mas com certeza, com *toda*

a certeza, ele não deveria estar tomando isso. Não havia nenhum sinal de antipsicóticos, mas havia vestígios de ETH-LAD e benzodiazepínicos.
Curtis ficou olhando para ela sem entender.
– Um dos efeitos colaterais dos benzodiazepínicos é estimular tendências suicidas.
– Ah.
– E o ETH-LAD é como um irmão caçula do LSD. Provavelmente duas das piores coisas que alguém com o histórico de Arnolds poderia tomar: causariam alucinações e uma diminuição do contato com a realidade. E esses são os *principais* sintomas de síndrome de abstinência de antipsicóticos. O cara devia estar em um estado de alucinação tal que aposto que aquele teto do Grand Central estava criando vida! – Quando percebeu que suas raízes hippies provavelmente deveriam ser reservadas para uma plateia menos conservadora, a legista pigarreou e continuou: – Mandei uma amostra do sangue dele para Quantico, para mais testes, e pedi para ver qualquer outra medicação que encontrarem na casa dele.
– Vou atrás disso para você – disse Curtis, fazendo uma anotação.
– Isso é tudo o que eu de fato consegui para vocês sobre Arnolds, além do óbvio. Para ser honesta, é uma situação bizarra. Normalmente, o corpo dele teria permanecido na cena do crime, mas por causa da natureza do incidente, como ele está coberto do sangue e dos tecidos corporais de outro homem, foi removido para uma ambulância e então levado para uma sala de emergência. Basicamente, metade da cidade de Nova York deve ter encostado um dedo no cadáver. O nível de contaminação e interferência post mortem é problemático, para dizer o mínimo.
– E quanto à nossa vítima? – perguntou Rouche.
– Noah French. Foi dado como desaparecido há dois dias. Trabalhava em um dos guichês de venda de passagens no Grand Central Terminal.
Rouche pareceu impressionado:
– Nem precisei fazer qualquer teste para descobrir – continuou Stormy. – Ele tinha uma tatuagem no antebraço: "K.E.F. 6-3-2012." Devia ser em homenagem a um filho ou uma filha. Checamos as iniciais comparando com os registros da área de Nova York para a data e conseguimos um resultado.
– Genial! – Rouche sorriu.
– Foi o que achei. Ele havia sido drogado. Alguma forma de opiáceo.

Todos os detalhes estão no arquivo. – Stormy se distraiu com alguma coisa na recepção. – *Ela* está com vocês?

Eles se viraram e viram Baxter pronta para discutir com o homem atrás do balcão da recepção, que claramente não tinha ideia do que ela estava falando. Stormy se levantou para intervir antes que a situação piorasse.

Rouche se virou para Curtis:

– Temos uma boa pista a seguir – disse ele. – *Precisamos* falar com esse psiquiatra.

– Sim. *Falaremos* – concordou Curtis.

Ela folheou os papéis até chegar ao resultado do exame de sangue, abriu as argolas de metal do fichário e retirou a folha impressa.

Rouche pareceu confuso.

– Ahn, o que você está fazendo? – perguntou.

– Seguindo ordens.

– Removendo evidências?

– Mantendo nossa primeira grande oportunidade no caso apenas entre o FBI e a CIA.

– Sinceramente, não... Não me sinto muito confortável com isso – disse Rouche.

– E acha que eu me sinto? Mas por isso se chama *ordem* e não *sugestão*.

Stormy já voltava com Baxter em sua cola. Curtis ainda estava com o papel na mão.

– Esconda isso – pediu.

Ela jogou o papel para Rouche, que o jogou de volta para ela.

– Não quero isso! Vou contar a ela.

– Não conte!

O casaco de Rouche estava jogado nas costas do sofá. Curtis enfiou a folha de papel amassada dentro de um dos bolsos dele no momento em que Baxter se sentava ao lado deles. Ela ignorou o olhar de desaprovação de Rouche enquanto Stormy continuava.

Baxter havia acompanhado Lennox à coletiva de imprensa, que tinha sido marcada para que divulgassem publicamente os detalhes do incidente no Grand Central Terminal. Ela ficara ao mesmo tempo surpresa e impressionada com a recusa de Lennox a se curvar à pressão de revelar o nome do agente responsável pela morte de um homem inocente. Lennox havia enfatizado que a única pessoa a que deveriam culpar era o homem mentalmente instável que havia provocado a morte de um inocente ao obrigar um agente a atirar. E este não só agira com heroísmo como seguira o protocolo.

Lennox fora hábil o bastante para fazer o agente dela parecer a vítima e as perguntas dos jornalistas rapidamente perderam o tom acusatório. Baxter fizera sua parte repetindo as mesmas respostas ensaiadas quando lhe perguntaram como a investigação estava caminhando.

Quando ela finalmente saiu e checou o celular, descobriu várias mensagens. Como requisitara, as equipes haviam mandado os históricos médicos assim que receberam. Até ali, Baxter tinha os históricos de Eduardo Medina, Dominic Burrell e Marcus Townsend. Ela os encaminhara diretamente para Edmunds antes de seguir para o Centro de Análise Forense.

Edmunds abaixou os olhos para a tela do celular, que havia zumbido ao receber três e-mails consecutivos. Ao ver o nome de Baxter, ele se levantou, entrou no banheiro e se trancou em um cubículo antes de fazer download dos anexos. Deu uma olhada no primeiro histórico e descobriu em segundos o que estava procurando. Abriu o segundo e encontrou a mesma palavra poucas páginas depois. Clicou no terceiro histórico e começou a ler. De repente, os olhos dele se iluminaram. Edmunds saiu em disparada do banheiro e seguiu correndo para os elevadores.

Baxter, Rouche e Curtis haviam terminado com a legista. Quando já saíam para a First Avenue, o celular de Baxter tocou. Ela teria ignorado a ligação se fosse qualquer outra pessoa.

– Edmunds? – falou ao atender, afastando-se dos colegas.

– *Todos* eles estavam recebendo orientação psicológica de algum tipo! – foi a resposta animada dele.

– Quem?

– Os assassinos. É isso o que todos têm em comum! Eu estava naquele site do "Das ruas para o sucesso" e lá dizia que eles oferecem orientação para ajudar as pessoas a dar a volta por cima. Isso me fez pensar. Minhas anotações sobre Patrick Peter Fergus dizem que ele sofreu um colapso nervoso por causa dos gastos com a doença da mãe. Faz sentido que ele tenha ido ver alguém. E adivinhe?

– Continue.

– Marcus Townsend *realmente* aceitou a gentil oferta do "Das ruas para o sucesso" de sessões complementares com *coachs* de vida. Eduardo Medina entrou em uma espiral depressiva depois que o requerimento de imigração da filha foi recusado. Ele estava em uma reunião do AA na véspera do assassinato. E Dominic Burrell tinha consultas semanais obrigatórias como parte de seu plano de reabilitação.

Baxter estava sorrindo. Edmunds nunca a decepcionava.

– Glenn Arnolds, não é surpresa alguma, tinha sérios problemas de saúde mental desde criança – disse ela, empolgada. – Estamos procurando o psiquiatra dele, de qualquer modo.

– Melhor procurar bem, serão cinco de cinco! – Edmunds quase gritou.

– Muito bem. Pode dizer.

– Dizer o quê?

– Que você estaria perdida sem mim.

Baxter desligou.

Curtis tinha passado o breve período do telefonema de Baxter imaginando um modo de deixar a inspetora-chefe para trás, com Lennox, enquanto ela e Rouche sumiam em direção ao condado de Westchester para conversar com o arisco Dr. Bantham. Ela permaneceu em silêncio quando Baxter se aproximou com um raro sorriso no rosto.

– *Precisamos* encontrar o psiquiatra – disse a eles em um tom decidido.

Rouche olhou para Curtis com um sorrisinho malicioso.

Capítulo 15

Domingo, 13 de dezembro de 2015
12h22

– ... Portanto, se "*Azaz*" é "força" em hebraico e "*El*" significa "Deus", há uma discussão que, *nessa* ordem em particular, "Azazel" significa "força sobre Deus"... e aqui diz que animais considerados "sombrios", como morcegos, cobras e cães ferozes são "receptáculos particularmente suscetíveis a receber espíritos impuros entre hospedeiros".

– Poderíamos, *por favor*, falar sobre alguma outra coisa? – reclamou Curtis do assento do motorista enquanto ligava a seta para sair da interestadual. – Você realmente está começando a me assustar.

Rouche, que assistira a uma das numerosas aparições do pastor Jerry Pilsner Jr. em diversos canais de televisão naquela manhã, passara o caminho todo procurando informações no Google sobre o suspeito sobrenatural deles.

Baxter tinha tentado desesperadamente dormir em meio à maior parte da conversa.

Eles começaram a descer uma estrada rural, os galhos nus das árvores como dedos nodosos prontos a agarrar veículos solitários.

– Está certo, mas escute isso... – disse Rouche, animado, rolando para baixo a tela do celular.

Curtis bufou.

Já desperta, Baxter limpou a baba no canto da boca.

– "Caçado pelo arcanjo Rafael, Azazel, o caído, perde suas asas enegrecidas e é condenado a viver na escuridão do poço mais profundo da criação de Deus. E, enterrado sob as rochas mais afiadas no deserto mais remoto e árido da Terra, Azazel permaneceu, em um túmulo ladeado por penas arrancadas do próprio manto destruído, sem nunca mais ver a luz até arder nas fogueiras do Dia do Juízo Final."

– Obrigada por isso – disse Baxter durante um bocejo.

– Odeio você, Rouche – declarou Curtis, estremecendo com a história desagradável.

– Último trechinho – prometeu Rouche, pigarreando. – "Naquela escuridão interminável, Azazel enlouqueceu e, incapaz de se soltar de suas correntes, libertou o próprio espírito do corpo prisioneiro para vagar pela terra para sempre como mil almas diferentes."

Rouche pousou o celular no colo.

– Agora até eu estou com medo.

Os primeiros flocos de neve delicados estavam aterrissando suavemente no para-brisa quando eles chegaram diante da entrada de carros congelada dos Banthams. A meteorologia havia previsto neve pesada mais tarde naquele dia, alertando para uma possível nevasca durante a noite e pela manhã.

Enquanto Curtis seguia as marcas de pneus de Rouche do dia anterior até a entrada de carros, Baxter examinou a casa, que parecia tão inabitada quanto na tarde da véspera, a não ser por um conjunto de pegadas profundas marcando o gramado.

– Alguém esteve aqui – disse ela, esperançosa, do banco de trás.

Curtis parou o carro e eles saíram no frio. Rouche percebeu a vizinha da casa em frente observando-os com curiosidade e torceu para que a mulher os deixasse em paz. Mas ela começou a se aproximar, quase escorregando duas vezes, enquanto tentava subir a entrada de carros.

– Vão vocês duas na frente – disse ele a Curtis e Baxter.

As duas se aproximaram da porta da frente enquanto Rouche ia interceptar a mulher enxerida antes que ela os atrasasse mais quebrando o quadril.

– Posso ajudá-los? – sussurrou Rouche para si mesmo antecipando a saudação típica de vizinhos enxeridos.

– Posso ajudá-los?

– Estamos procurando o Dr. James Bantham – disse ele, dispensando-a com um sorriso.

Curtis tocou a campainha enquanto a mulher observava, desconfiada. Ela não demonstrou qualquer intenção de se afastar.

– Está frio aqui fora – comentou Rouche, sugerindo sutilmente à mulher que ela talvez ficasse mais confortável se voltasse para a própria casa aquecida e cuidasse da sua vida.

Baxter bateu com força na porta quando ninguém respondeu à campainha.

– Eles têm um bom sistema de segurança – disse a vizinha sem nem sequer tentar esconder o que queria dizer.

– Com certeza – respondeu Rouche, mostrando o distintivo. – Afinal, somos três policiais na porta deles.

A mulher enrubesceu na mesma hora, apesar de as mãos estarem azuladas, parecendo prestes a cair de frio a qualquer momento.

– Vocês tentaram o celular deles? – sugeriu ela, pegando o próprio aparelho.

– Sim.

– Mas vocês têm o número de Terri? – perguntou a vizinha levando o celular ao ouvido. – Um amor de mulher. E as crianças. Todos tomamos conta uns dos outros por...

– Calem a boca! – gritou Baxter do lado da porta da frente. A mulher

pareceu indignada. Depois de um momento, Baxter se virou para Curtis:
– Consegue ouvir?
Ela agachou e levantou a aba da abertura estreita para correspondência, mas o som havia parado.
– Ligue de novo! – gritou ela de volta para a vizinha intrometida.
Alguns segundos mais tarde, o zumbido baixinho de um celular vibrando contra uma superfície dura retornou.
– O celular está dentro da casa! – gritou Baxter mais uma vez, agora para Rouche.
– Nossa – comentou a vizinha. – Que estranho... Ela está sempre com o celular para o caso de os meninos precisarem de alguma coisa. Deve estar em casa. Talvez no banho.
Rouche percebeu a preocupação sincera no rosto da mulher:
– Baxter! Escute de novo! – gritou.
Ele pegou o próprio celular e voltou a ligar para o número em que tinha tentado contato com o médico no dia anterior, o coração acelerando um pouco enquanto esperava que a ligação completasse.
Baxter pressionou o ouvido contra a abertura estreita da entrada de correspondência, enquanto se esforçava para ouvir.
"Oh, the weather outside is frightful..."
Pega de surpresa, ela se deixou cair no chão úmido enquanto a canção de Natal tocava logo atrás da porta.
"But the fire is so delightful..."
Rouche se voltou para a mulher desnorteada ao seu lado.
– A senhora, vá embora daqui!
Ele já estava pegando a arma quando correu em direção à casa.
Baxter observou do chão molhado enquanto Curtis chutava a porta.
"And since we've no place to go..."
Curtis chutou de novo. Dessa vez, a porta abriu de supetão, mandando o celular e seu toque natalino para baixo de uma imponente árvore de Natal.
– FBI! Alguém em casa? – gritou ela acima da última frase do refrão da música.
Rouche e Baxter a seguiram. Enquanto Rouche subia correndo as escadas, Baxter desceu o corredor e entrou na cozinha.
– Doutor Bantham?
Ela podia ouvir Rouche chamando de algum lugar acima.

A casa estava aquecida. No centro da cozinha rural imponente, estavam quatro refeições, semiconsumidas, a comida agora fria e esquecida. Uma película grossa cobria a superfície da sopa cor de abóbora.

Baxter baixou os olhos para o que restava dos pãezinhos de crosta dourada ao lado de três das quatro tigelas e então para o chão, onde algumas migalhas marcavam um caminho de volta para o local de onde ela viera. Ela seguiu a trilha por metade do corredor até o que parecia uma porta estreita de armário.

– Olá? – chamou ela antes de abrir a porta com cuidado e descobrir um lance de escadas de madeira que descia para a escuridão. – Olá?

Baxter desceu um degrau para procurar um interruptor na parede. A madeira rangeu sob seu peso.

– Curtis! – chamou.

Ela ligou a lanterna do celular. A escada foi iluminada pela luz branca e direta. Baxter desceu mais dois degraus, hesitante. A cada centímetro que descia, revelava mais uma parte do porão dominado pela escuridão. Quando voltou a pousar o pé, pisou em falso em alguma coisa mole e sentiu o tornozelo torcer.

Ela caiu e aterrissou toda torta contra a parede de pedra fria.

– Baxter? – ouviu Curtis chamar.

– Aqui embaixo! – respondeu com um gemido.

Baxter ficou deitada imóvel no chão úmido, respirando poeira e umidade, enquanto avaliava mentalmente o estrago, um membro de cada vez. Estava arranhada, o corte na testa voltara a abrir e podia sentir o tornozelo latejando dentro da bota, mas parecia não haver nada mais grave. O celular estava a dois degraus do chão, a lanterna iluminando o pãozinho que a fizera tropeçar.

– Merda – disse Baxter se encolhendo de dor ao se sentar.

Curtis apareceu na porta, lá em cima:

– Baxter?

– Oi – respondeu, acenando.

Elas ouviram passos pesados acima e Rouche logo se juntou a Curtis, à porta.

– Você está bem? – perguntou Curtis. – Deveria ter acendido a luz.

Baxter estava prestes a retrucar alguma coisa quando Curtis estendeu a mão e puxou uma corda perto da porta. Eles ouviram um clique.

– Eu talvez tenha encontrado alguma coisa útil – começou a dizer Curtis, mas Baxter não estava ouvindo.

Ela estava encarando a escuridão com os olhos arregalados, sem ousar nem respirar. O brilho da lâmpada solitária e empoeirada que pendia do teto foi aumentando lentamente, projetando aos poucos uma luz alaranjada.

– Baxter?

A pulsação de Baxter dobrou de velocidade à medida que o vulto mais próximo da luz e outro ao lado dele tomavam forma humana. Os dois corpos estavam de bruços no chão, com sacos de juta ensanguentados cobrindo o rosto. Ela já estava se levantando para sair dali quando a luz da lâmpada atingiu o máximo de intensidade e o instinto de lutar ou fugir assumiu o comando. Quando ficou de joelhos, Baxter viu mais dois corpos além dos primeiros, em posições idênticas, os mesmos sacos manchados de sangue sobre a cabeça, mas da metade do tamanho dos adultos.

– O que foi? – perguntou Curtis, aflita.

Baxter subiu cambaleando as escadas, debilitada tanto pelo pânico quanto pelo tornozelo torcido. Ela caiu no corredor e fechou a porta do porão com um chute enquanto tentava acalmar a respiração. Manteve uma das botas pressionando a porta com firmeza, como se estivesse com medo de alguma coisa subir atrás dela.

Curtis estava com o celular de prontidão, antecipando a necessidade de pedir reforços. Rouche se ajoelhou ao lado de Baxter e esperou pacientemente que ela explicasse. Baxter se virou para ele, o hálito quente e arfante atingindo-o:

– Acho... que encontrei... os Banthams.

Rouche estava sentado na varanda do lado de fora observando a neve cair sobre o aglomerado de veículos que agora enchiam a longa entrada de carros. Ele capturou um dos flocos quase impalpáveis e o esfregou entre os dedos até sumir.

Uma lembrança retornou: a filha brincando no jardim quando era mais nova, com 4 ou 5 anos, toda agasalhada, enquanto tentava pegar flocos de neve com a língua. A menina levantara os olhos fascinada para as nuvens brancas que literalmente se desintegravam sobre ela. Sem o menor traço de medo na voz, ela perguntou a ele se o céu estava caindo.

Ele guardara aquela lembrança por alguma razão. Aquela ideia surreal de assistir ao mundo morrer, de estar impotente para fazer algo mais do que ver aquilo acontecer e capturar flocos de neve. Rouche percebeu, enquanto as nuvens continuavam a sangrar, que a lembrança significava algo inteiramente diferente para ele agora, depois de testemunhar aqueles atos incompreensíveis de violência e crueldade acontecendo sob um céu de globo de neve.

Havia mais ainda por vir, disso ele estava certo, e não havia nada que nenhum deles pudesse fazer além de observar.

Cheio de policiais e iluminado por lâmpadas deste milênio, o porão assumira a aparência de qualquer outra cena de crime, apesar de alguns profissionais em lágrimas e dos pedidos frequentes para "sair por um instante". A equipe de peritos requisitou o lugar para preservar a cena do crime, enquanto os colegas deles trabalhavam na cozinha, onde a família estivera reunida antes de morrer. Dois fotógrafos iam de cômodo em cômodo documentando tudo e a unidade canina já havia vasculhado a propriedade.

Baxter e Curtis estavam no andar de cima. Elas não haviam trocado uma palavra em quase uma hora enquanto procuravam por algo que pudesse ajudá-las na investigação.

Não havia sinais de luta. Curiosamente, o médico assassinado tinha sido marcado como "marionete" em vez de "isca", mas nenhuma marca fora encontrada nos outros corpos. A família havia sido amarrada e executada, um de cada vez, com um único tiro na nuca. A estimativa era de que a morte acontecera entre dezoito e 24 horas antes.

A atmosfera sempre era mais pesada nas cenas de crime que envolviam crianças. Baxter sentiu o baque tanto quanto qualquer um, apesar de não ter filhos, de não planejar ter e de evitar crianças sempre que possível. As pessoas trabalhavam com um profissionalismo movido pela raiva, preparadas para seguir sem dormir, sem comer, sem ver a própria família, dedicadas àquela tarefa, e provavelmente por isso Baxter se irritou quando viu Rouche sentado do lado de fora, não fazendo nada.

Ela desceu intempestivamente as escadas ignorando o tornozelo que latejava, passou pisando firme pela porta e o empurrou do assento.

– Ai! – gemeu Rouche, rolando o corpo para ficar de frente.

– Que *merda* é essa, Rouche?! – gritou. – Está todo mundo lá dentro tentando ajudar e você com a bunda sentada aqui fora!

O pessoal que guiava a unidade canina de emergência caminhava pelo perímetro e parou a distância. O policial gritou com o pastor alemão quando o animal começou a latir agressivamente na direção deles.

– Não lido com crianças mortas – disse Rouche com simplicidade enquanto se levantava do chão e observava o cachorro perder o interesse e continuar a andar.

– Quem lida? Você acha que *algum* de nós quer estar lá? Mas é o nosso trabalho!

Rouche não disse nada e começou a limpar a neve da roupa.

– Você sabe que eu trabalhei no caso do Cremador, certo? – continuou Baxter. – Eu e Wolf... – Ela hesitou. Evitava com todas as forças mencionar o nome do infame ex-parceiro. – Eu e Wolf tivemos que lidar com *27* meninas mortas em vários dias.

– Escute, eu tive uma experiência ruim... em um trabalho e, desde então, simplesmente não lido com crianças mortas... nunca – explicou Rouche. – É uma questão pessoal. Estou cuidando de algumas coisas aqui. Certo?

– Não, na verdade não está certo *porra* nenhuma – falou Baxter.

Ela pegou um punhado de neve e gelo no chão e voltou para dentro. Rouche se encolheu enquanto sacudia o sobretudo. Instantes depois, uma bola de neve sólida atingiu maldosamente a lateral de sua cabeça.

Estava escuro na hora em que eles fecharam a cena do crime para a noite. A nevasca pesada havia chegado como prometido, cintilando nas luzes do jardim da frente em contraste com o céu negro. Baxter e Curtis saíram e encontram Rouche do lado de fora encarapitado no mesmo lugar de antes.

– Vou deixar vocês dois a sós por um momento – disse Curtis, pedindo licença.

Baxter colocou o gorro de lã na cabeça, sentou-se ao lado dele e ficou olhando para o jardim tranquilo. Pelo canto do olho, ela viu o corte feio na testa dele.

– Sinto muito pela sua testa – falou, e uma nuvem de ar condensado se formou à frente da sua boca.

Ela viu as luzes de Natal dos vizinhos piscando junto às dos carros de polícia.

– Não precisa se desculpar – disse Rouche com um sorriso. – Você não sabia que ia machucar.

A expressão no rosto de Baxter era de culpa.

– Coloquei uma pedra dentro da bola de neve.

Rouche deu um sorrisinho e logo os dois começaram a rir.

– O que eu perdi aqui fora? – perguntou ela.

– Bem, está nevando.

– Obrigada. Estou vendo.

– Eu não entendo. Eles estão se matando entre si agora? Como isso se encaixa no padrão? – falou Rouche. – Eu disse às equipes de trabalho que a prioridade é identificar e localizar os outros terapeutas e requisitei à clínica Gramercy a lista completa de pacientes de Bantham. Também pedi exames de sangue completos de todas as marionetes.

Rouche percebeu que eles ainda não haviam contado a Baxter sobre as drogas ilícitas encontradas no organismo de Glenn Arnolds. Planejava confrontar Curtis a esse respeito mais tarde naquela noite.

– Só para garantir – acrescentou quando Baxter pareceu intrigada. – Mas o principal que fiquei fazendo aqui foi recolher evidências. – Ele apontou para onde o toldo em miniatura havia sido erguido no branco imaculado do jardim. – As pegadas do nosso assassino.

– Não podemos ter certeza disso.

– *Na verdade*, podemos.

Rouche pegou o celular e procurou a foto que havia tirado mais cedo naquela tarde. Ele entregou o aparelho a Baxter: uma leve poeira de neve decorava o céu, a casa idílica que agora estava destinada a assombrá-la, escura e imóvel abaixo. O carro deles estava estacionado na frente das garagens, as marcas certinhas dos pneus entalhadas no gelo atrás. Agora, limpo pela neve, um par de pegadas profundas seguia pela rota de saída mais curta possível, cortando caminho pelo jardim.

– Poderia ter sido um vizinho ou um jornaleiro – disse Baxter.

– Não foi. Olhe de novo.

Ela se concentrou na tela e aumentou a imagem.

– Não há pegadas indo na direção da casa!

– Exatamente – disse Rouche –, e não nevou aqui na noite passada. Eu chequei. Examinei tudo aqui antes de a cavalaria chegar. Eliminei as suas, as minhas, as de Curtis e as da vizinha enxerida. E *esse* foi o único outro conjunto de pegadas.

– O que significa... que o assassino devia estar aqui ontem! Eles estavam lá dentro enquanto estávamos parados na porta! – arquejou Baxter. – Merda! Poderíamos ter salvado a família!

Ela devolveu o celular para ele.

Eles ficaram sentados em silêncio por um momento.

– Acha que quem quer que tenha matado essas pessoas é quem está manipulando as cordas? O seu *Azazel*? – perguntou ela.

– Não sei.

– Meu Deus, Rouche. Que diabo está acontecendo?

Ele deu um sorriso triste e estendeu a mão além do abrigo da varanda para a nevasca que começava.

– O céu está caindo.

Capítulo 16

Domingo, 13 de dezembro de 2015
18h13

A tempestade de neve caíra mais cedo do que o previsto, afundando o estado de Nova York em centímetros de neve fresca, enquanto o vento soprava forte. Antes mesmo que o aquecedor estivesse funcionando a pleno vapor, eles já haviam deixado a New England Thruway e, a julgar pelo acidente de carro um quilômetro à frente, também se afastavam das primeiras vítimas da nevasca da noite. Curtis seguira as instruções da placa de informações que piscava em laranja, colocada às pressas, e se juntara à procissão de veículos em câmera lenta antes de finalmente pegarem a Route 1.

Baxter cochilava no banco de trás do carro. Do lado de fora da janela, o mundo não passava de uma tela estática. Do lado de dentro, o aquecimento fazia um ar quente cheirando a couro se espalhar saindo do painel suavemente iluminado. O som dos pneus cortando uma estrada na neve era tão relaxante quanto o do fluxo pacífico de um rio, enquanto o rádio da polícia tagarelava preguiçosamente, as diversas vozes discutindo acidentes de trânsito, brigas em bar e arrombamentos.

O dia cobrara seu preço nela e em todos os envolvidos. Na cena do crime, Baxter permitira que a bravata profissional assumisse a frente, a mesma atitude cansada da vida que a ajudara a atravessar os casos mais duros de sua carreira. Mas agora, sentada no banco de trás do carro escuro, tudo o que ela conseguia ver era aquele porão, os corpos caídos para a frente: amarrados e vendados, subjugados, uma família inteira massacrada.

Embora soubesse que era uma atitude bastante irracional, Baxter se ressentia de Thomas, de Tia e de um punhado de amigos com quem eventualmente ainda mantinha contato. Em que profundezas de horror os dias deles tinham mergulhado? Havia chovido no caminho deles para o trabalho? Talvez o tipo errado de leite no café que pediram na Starbucks? Um colega havia feito um comentário depreciativo?

Nenhum deles entendia o que era ser um detetive de homicídios. Nenhum deles conseguiria nem mesmo imaginar as coisas que ela veria, que ficariam impregnadas em sua memória.

Nenhum deles era forte o bastante para aquilo.

Não era incomum sentir ressentimento em relação a pessoas com uma vida mais simples e mundana. Sem dúvida, esse era o motivo para tantos colegas dela estarem em relacionamentos com outros agentes. Havia desculpas, é claro – os turnos, trabalharem próximo, os interesses em comum –, mas Baxter desconfiava que era mais do que isso. Por mais desagradável que fosse admitir, no fim, tudo e todos fora do trabalho simplesmente começavam a parecer um tanto... banais.

– O que você acha, Baxter? – Rouche se virou para o banco de trás.

Ela nem mesmo percebera que alguém tinha falado.

– Hã?

– O tempo está piorando – repetiu Rouche. – Estávamos comentando que seria melhor pararmos em algum lugar para comer alguma coisa.

Baxter deu de ombros.

– Tanto faz – verbalizou ele para Curtis.

Baxter olhou de novo pela janela. Uma placa cintilando por causa do gelo declarava que eles agora estavam entrando em Mamaroneck, onde quer que isso fosse, enquanto a neve caía com mais intensidade do que nunca. Como mal conseguiam ver os prédios de cada lado da rua principal, Rouche e Curtis estreitaram os olhos para tentar enxergar através da tempestade enquanto procuravam por algum lugar para parar.

– Pode me passar meu paletó, por favor? – pediu Rouche aparentemente otimista de que encontrariam algum lugar.

Baxter pegou o casaco no assento ao lado dela. Quando Rouche lhe agradeceu e puxou o paletó pelo vão entre os dois assentos da frente, ela viu alguma coisa cair de um dos bolsos e aterrissar aos seus pés. Tateou o chão do carro até encontrar a folha de papel amassada. Ela já estava prestes a devolver para ele quando viu o nome de Glenn Arnolds impresso no topo.

Com os olhos fixos na nuca de Rouche, Baxter desdobrou cuidadosamente o papel.

– O que é aquilo ali na esquerda? – perguntou Curtis apontando para onde vários veículos estavam estacionados.

– "Lanchonete e Pizzaria"! – comentou Rouche empolgado. – Está bom para todos?

– Parece bom – respondeu Baxter, distraída, enquanto tentava ler a folha amassada sob a luz intermitente dos prédios que passavam, lampejos alaranjados iluminando por breves momentos partes da página.

Ela conseguiu discernir que era um relatório da legista sobre o exame de sangue em Arnolds. Embora a lista de medicamentos e substâncias químicas não significasse nada, o patologista havia circulado claramente alguns itens que deviam ser importantes.

Por que Rouche teria escondido aquilo dela? Baxter estava avaliando se deveria confrontá-lo a respeito quando ele se virou e sorriu para ela:

– Não sei quanto a você, mas estou pronto para uma cerveja.

Baxter sorriu de volta e amassou o papel no colo enquanto Curtis dirigia o veículo para dentro do estacionamento cheio. Depois de alguma insistência de Rouche, ela abandonou o carro no gramado do estabelecimento. Baxter colocou o gorro e as luvas de lã. Rouche deixou o distintivo no para-brisa, o que ele considerou uma boa explicação para terem amassado qualquer canteiro ou gramado escondido sob a neve.

Eles saíram para a agitação do estacionamento protegendo-se contra o frio conforme se aproximavam da lanchonete. Uma fila de pelo menos doze pessoas serpenteava para fora das portas principais e se abrigava ao lado as vitrines que os atraíam com aquecimento, conversa e comida quente, o que fortalecia a determinação de todos para conseguirem entrar. Enquanto Rouche e Curtis foram pegar um lugar no fim da fila, Baxter pediu licença para fazer uma ligação.

Ela saiu do alcance deles e foi para a rua principal, onde uma igreja minúscula se erguia como se estivesse em uma foto de cartão de Natal, arruinada apenas pela loja de rosquinhas em frente. Baxter ligou para o número de Edmunds. Depois de alguns toques, a ligação caiu na caixa postal.

– Preciso falar com você. Ligue para mim – foi a mensagem abrupta que deixou.

Em vez de se juntar aos colegas, que não haviam andado nem um centímetro na fila desde que ela os deixara, Baxter se sentou em uma mureta e esperou, torcendo para que ele retornasse a ligação a qualquer momento.

Realmente precisava falar com Edmunds.

Uma família na frente da fila foi convidada a entrar, permitindo que Curtis e Rouche dessem dois passos de bom tamanho para mais perto da entrada. Eles observavam a silhueta de Baxter do outro lado da rua, o brilho da tela do celular iluminando seu rosto.

– Achei sinceramente que estávamos chegando a algum lugar – comentou Curtis em um tom abatido. – E agora isso: outro beco sem saída.

Rouche percebeu que ela estava pensando em Glenn Arnolds, no homem inocente que fora forçada a matar. Na verdade, era de surpreender que ela ainda estivesse na ativa, considerando como ficara devastada apenas 24 horas antes. A conversa que tiveram no fim da noite, logo depois da confusão que fora o dia, havia permitido a Rouche ter uma ideia do poder que a família de políticos de Curtis exerce. Desde então, a preferência de Lennox por ela, o jeito protetor e a disposição para abrir exceções pareceram descaradas.

Rouche achou estranho que Curtis não conseguisse perceber que sua determinação em ter sucesso na carreira que escolhera, seu alto índice de casos importantes e a rapidez com que galgara postos no trabalho, e que ela se gabava de ter conseguido para contrariar a família, na verdade eram *por causa* deles e de quem ela era. Qualquer outra investigadora teria sido afastada do caso e submetida a semanas de avaliações, mas como Curtis queria se redimir, ali estava ela.

– *Estamos* chegando a algum lugar – disse Rouche com um sorriso tranquilizador. – Não deveríamos ter encontrado os Banthams, não ainda. Todos os outros corpos foram apresentados a nós, mas esses... não foi um teatro, não havia plateia. Esses estavam escondidos. E isso significa que estamos no caminho certo. Uma marionete morta; talvez Bantham *estivesse* sendo coagido a cometer um assassinato... *talvez* ele tenha resistido.

Curtis assentiu antes de eles se adiantarem mais alguns passos na fila.

– Só queria que tivéssemos conseguido salvá-los – disse ela.

Como Rouche dissera antes, Arnolds fora o primeiro e talvez o único suspeito vivo deles. Ele teria podido dar a eles a informação de que precisavam tão desesperadamente e Curtis os fizera perder aquela vantagem. Rouche podia dizer pela expressão no rosto da colega que ela estava se perguntando se eles teriam conseguido chegar à família Bantham a tempo de salvá-los caso ela tivesse feito outra escolha.

– Precisamos trabalhar em equipe – falou Rouche.

Curtis seguiu o olhar dele até onde estava Baxter, que parecia ter jogado o celular por cima de uma cerca trancada em um ataque de raiva e agora estava tendo dificuldade em recuperá-lo.

Os dois sorriram.

– Recebi ordens – disse Curtis.

– Ordens idiotas.

Curtis deu de ombros.

– Não é prático pôr Baxter de lado na investigação. Veja o que aconteceu hoje – disse Rouche.

– Isso mesmo, que tal *vermos* o que aconteceu hoje? – retrucou Curtis, irritada. – Ela sabia que deveríamos nos concentrar no psiquiatra... como? A informação não veio de nós. Talvez *Baxter* também esteja escondendo coisas de nós. Você já havia pensado nisso?

Rouche suspirou e encarou a colega por um momento:

– E o que vai acontecer no dia em que Lennox lhe disser para esconder coisas de mim?

Curtis pareceu um pouco desconfortável e hesitou antes de responder:

– Esconderei coisas de você.

Ela sustentou o olhar dele e assentiu, como se estivesse insegura de si mesma, mas ainda assim se recusasse a se desculpar ou a recuar.

– Simples assim? – perguntou Rouche.

– Simples assim.

– Vou facilitar as coisas para você – disse Rouche. – *Eu* contarei a Baxter sobre os medicamentos. Ninguém me deu ordem para não fazer isso e eu ignoraria essa ordem se a tivesse recebido.

– Se fizer isso, *eu* reportarei a Lennox. *Eu* registrarei que você descumpriu um pedido expresso meu. E ela *fará* com que você seja afastado do caso.

Agora Curtis nem conseguiu encarar Rouche. Ela se virou, descobriu que outro grupo tinha entrado na lanchonete e se adiantou um pouco mais. Estavam quase na porta. Depois de alguns instantes, a agente voltou a olhar para o colega.

– E agora estou me sentindo mal – falou. – As fritas com chilli e queijo são por minha conta.

Rouche ainda parecia magoado.

– E um milk-shake – disse Curtis.

A boa notícia era que Baxter havia recuperado o celular, graças a todos os palavrões de seu arsenal e a um graveto grande. A má notícia era que Edmunds ainda não retornara a ligação. Ela agora não conseguia parar de tremer e a neve em suas botas havia ensopado até suas meias. Baxter ligou novamente para Edmunds e esperou que caísse na caixa postal.

– Sou eu. Dia ruim. Parece que você estava certo em relação ao psiquiatra, mas... é complicado. Conto para você depois. Há mais uma coisa: o agente da CIA, Damien Rouche, preciso que o investigue para mim. E antes que comece, não. Eu não estou só sendo paranoica e sei que nem todos no mundo estão tentando me enganar, mas descobri uma coisa e preciso que você confie em mim em relação a isso. Só... só veja o que consegue descobrir, está certo? Muito bem. Tchau.

– Fritas com chilli e queijo... – começou a falar Rouche parado a apenas alguns metros de distância.

Baxter deu um gritinho, escorregou e caiu pesadamente no chão.

Rouche se adiantou para ajudá-la.

– Estou bem – disse Baxter irritada enquanto se levantava com a mão no traseiro dolorido.

– Só queria avisar que nossa mesa está pronta e que as fritas com chilli e queijo são por conta de Curtis.

– Estarei lá em um minuto.

Ela se recompôs enquanto o via atravessar a rua, voltando para a lanchonete. Quanto Rouche teria ouvido? Ela imaginou que não importava.

Ele estava escondendo coisas dela.

E de um modo ou de outro, ela iria descobrir por quê.

Capítulo 17

Segunda-feira, 14 de dezembro de 2015
8h39

> Acabei de checar – na verdade, ele é um supervilão cruel que come gatinhos. Bom palpite! ;) Vou tentar ligar no almoço bjs

Edmunds apertou o botão "enviar" sabendo que, sem dúvida, pagaria por aquilo quando Baxter acordasse.

– No celular de novo? – perguntou uma voz anasalada da mesa oposta, enquanto Edmunds deslizava o celular novamente para dentro do bolso.

Ele ignorou a pergunta e voltou a se logar no computador, que havia desconectado enquanto ele tratava de outros assuntos. Edmunds desprezava a criatura queixosa e bajuladora com quem era forçado a trabalhar: Mark Smith. Por mais incrível que parecesse, o nome tão comum talvez fosse a coisa mais interessante em relação a ele. Edmunds nem sequer precisou olhar para saber que o homem de 30 anos e cabelos escovados estava usando um terno do dobro do seu tamanho, com uma camisa encardida e suada por baixo. O homem fazia todo o escritório cheirar a suor.

Mark pigarreou.

– Eu disse que vi você no celular de novo – insistiu ele ao ver que Edmunds não respondeu.

Edmunds incorporou Baxter, inclinou-se pela lateral do computador e mostrou o dedo do meio ao homenzinho insignificante.

– Consegue ver isso também? – perguntou antes de voltar a olhar para a tela do computador.

A hostilidade pouco característica de Edmunds era completamente justificada. Era difícil imaginar agora, mas houve uma época em que ele permitira que os colegas, estimulados por aquele líder irrelevante, fizessem com que ele se sentisse intimidado. Aquilo fora crescendo e crescendo até ele começar a se arrastar para o trabalho a cada manhã.

Aquilo acontecera havia algum tempo, antes de ele ser transferido para o Departamento de Homicídios e Crimes Hediondos para um breve período trabalhando nos assassinatos do caso Boneco de Pano, antes de conhecer Baxter – a sua inspiração, sua mentora, de uma persistência irritante, em geral instável e vez ou outra insolente.

Ninguém era condescendente com Baxter. Ela simplesmente não permitiria. Baxter se recusava a engolir desaforo de qualquer um, superior ou não, estivesse a outra pessoa certa ou não.

Edmunds sorriu só de pensar no quanto a melhor amiga era cabeça-dura. Ela podia ser um verdadeiro pesadelo às vezes.

Ele se lembrava vividamente do dia em que enfim decidira pedir transferência. Sempre quisera ser um detetive de homicídios. Havia estudado psicologia criminal na universidade, mas sua aptidão natural para números e para descobrir padrões, combinada aos seus problemas de confiança, o havia colocado em uma posição segura e digna de confiança na equipe de Fraudes. Ele conhecera Tia. Os dois decidiram morar juntos e encontraram uma casa em um antigo conjunto habitacional do governo que parecia decidida a resistir a qualquer tentativa de enfeitá-la ou modernizá-la. Então Tia ficou grávida.

A vida toda de Edmunds parecia estar gravada em pedra... e *esse* era o problema.

Depois de um dia bastante ruim no escritório, cortesia de Mark e de seu lacaio com monocelha, Edmunds pedira licença de uma reunião e finalmente se candidatara ao cargo de seus sonhos. Os colegas tinham rido na cara dele quando descobriram. Ele e Tia haviam discutido quando Edmunds chegara em casa e ela o relegara ao sofá pela primeira vez no relacionamento deles. Mas estava determinado, motivado a agir pelo ódio que sentia pelos colegas, pelo tédio do trabalho que fazia e pelo indiscutível desperdício de suas habilidades.

A decisão de retornar ao Departamento de Fraudes tinha sido uma das mais difíceis que já tomara na vida, pensou, lembrando-se daquele primeiro dia em que voltara a se sentar diante da mesma mesa que deixara vaga menos de seis meses antes. Todo o departamento presumira que Edmunds fracassara na tentativa de trabalhar no outro departamento, que não tinha as características necessárias para trabalhar em homicídios, que não era surpresa para ninguém que ele combinasse mais com planilhas do que com cadáveres. No entanto, a verdade era que ele desabrochara durante o pouco tempo que passara lá. Edmunds exercera um papel fundamental na solução dos assassinatos do caso Boneco de Pano. E, por causa disso, voltara para Fraudes com um temperamento mais esquentado. Aquelas pessoas não faziam ideia do que ele conquistara enquanto trabalhava no maior caso da atualidade.

Nenhuma ideia.

O auge de suas conquistas investigativas fora obscurecido por uma nuvem de confidencialidade em relação ao público, uma torrente de meias verdades pensadas para proteger a integridade da Polícia Metropolitana e, por consequência, do detetive Fawkes. Edmunds era uma das poucas pessoas que conheciam o vergonhoso segredo e a verdade sobre o que acontecera dentro do tribunal encharcado de sangue, mas não tivera outra escolha a não ser permanecer em silêncio pelo bem de Baxter.

Com amargura, guardara a declaração oficial à imprensa, relativa ao desaparecimento de Wolf, e a relia de tempos em tempos para lembrar a si mesmo de que nem sempre a grama era mais verde... Na verdade, ele finalmente estava começando a perceber que não importava onde estivesse.

Tudo fedia.

... assim, o detetive William Fawkes é procurado para ser interrogado em relação a algumas questões surgidas durante a investigação do caso Boneco de Pano e da suposta agressão a Lethaniel Masse no momento de sua captura, que teria provocado problemas médicos permanentes.

Qualquer um que tenha informações relativas ao atual paradeiro dele deve entrar em contato com a polícia imediatamente.

Isso era tudo.

Eles o procuravam para que ele respondesse a algumas perguntas.

Edmunds ficava nauseado só de pensar nisso. Wolf havia caído rapidamente de importância na lista de prioridades da polícia e conseguira escapar das tentativas pouco empenhadas de encontrá-lo.

Ele se sentira tentado a conduzir uma investigação própria, mas estava de mãos atadas: se persuadisse Wolf a aparecer, arriscaria expor o envolvimento de Baxter na fuga do amigo. Não poderia fazer nada a não ser engolir obedientemente a injustiça de Wolf ficar livre, enquanto ele, Edmunds, ouvia a versão diluída dos acontecimentos reduzir sua contribuição ao caso a não mais do que uma fofoca de corredor.

Por isso Edmunds sentia tanto desprezo pelos colegas, pelo emprego e pela vida que levava naquele momento: todos ainda achavam que ele não era nada.

– Você sabe que não temos permissão para pegar em celulares aqui – murmurou Mark enquanto Edmunds logava no computador.

Ele quase havia se esquecido de que o outro estava ali.

– Deus, como eu te odeio, Mark.

Ele sentiu o celular zumbir no bolso e fez questão de pegá-lo à vista de Mark e responder à mensagem de texto de Tia.

– Então... – começou Mark.

– Não fale comigo.

– ... onde *nós* fomos ontem? – perguntou, esforçando-se para conter a empolgação. – À tarde, não consegui encontrar você em lugar nenhum por algum tempo, precisava lhe perguntar uma coisa. Perguntei ao Gatiss se ele sabia onde você estava, mas ele também não sabia.

Edmunds conseguia ouvir o sorriso na voz de Mark. A cobrinha presunçosa havia se esgueirado direto para o escritório do chefe no momento em que saíra para falar com Baxter sobre coisas que realmente tinham importância.

– Na verdade, mencionei a ele que você provavelmente estava recebendo um telefonema importante – continuou Mark –, tendo em vista que sentiu a necessidade de manter o celular com você e de checá-lo toda hora ao longo do dia.

Edmunds cerrou os punhos. Nunca fora uma pessoa violenta e não tinha físico para isso, mas, por algum motivo, Mark sempre sabia como despertar o pior que havia nele. Edmunds se permitiu alguns instantes para se entregar a uma fantasia em que empurrava a cabeça do homem contra a tela do computador. Quando voltou a atenção para o próprio computador, viu que deslogara de novo. Não eram nem nove da manhã, o que significava que o dia ainda nem começara oficialmente.

Edmunds deixou escapar um suspiro pesado.

Baxter cochilou por uma fração de segundo. Então endireitou o corpo na cadeira e descobriu que não havia perdido nada: a mulher que tagarelava incoerências continuava fazendo a mesma coisa.

Baxter, Rouche e Curtis haviam requisitado três salas adjacentes na 9ª Delegacia de Polícia para interrogar mais rapidamente os dezessete participantes do programa "Das ruas para o sucesso". Cada um desses dezessete havia aceitado a oferta bem-intencionada, mas, pensando bem, possivelmente contraprodutiva, da instituição de oferecer "coaching de vida" de graça.

Baxter se deu conta de que, no caso daquela mulher em particular, chapada e tagarelando bobagens, a oferta de fato não funcionara.

Dos cinco assassinos identificados, apenas Glenn Arnolds havia sido paciente do Dr. Bantham e da prestigiosa clínica Gramercy. Uma opção mais barata, um tal de Phillip East, havia atendido tanto Eduardo Medina quanto Marcus Townsend, na vaga descrição de "coach de vida", por meio da instituição de caridade. Eles já haviam confirmado que Dominic Burrell tinha ligações com o Dr. Alexei Green, a quem Curtis entrevistara e com quem chegara a flertar no presídio em Londres. Mas não haviam encontrando qualquer registro de que Peter Fergus fizera terapia.

As tentativas repetidas, tanto das equipes do Reino Unido quanto das dos Estados Unidos, de contatar East e Green haviam se provado infrutíferas, o que confirmava ainda mais o envolvimento dos terapeutas, mesmo que ainda não conseguissem entender de que forma ele se dava. Sem saber se os dois homens eram os autores intelectuais dos assassinatos ou se acabariam como o Dr. Bantham, Curtis sugerira que eles começassem a trabalhar na lista de clientes. Mas fora uma completa perda de tempo.

Baxter dispensou a mulher que estava interrogando e se levantou para preparar um café. Rouche estava concentrado em uma conversa na sala ao lado. Ela o observou com desconfiança por um momento, enquanto ele brincava e ria com alguém sentado fora de vista, mas então se deu conta de que ainda não informara a Edmunds o que eles haviam descoberto na casa da família Bantham.

Houvera mais um desdobramento no caso. Durante a noite, a unidade canina farejara uma trilha que ia da casa até uma área de lazer, alguns metros depois do riacho. Um dos vizinhos havia percebido uma van, verde ou azul, estacionada ali na manhã do crime. Mas, como o local ficava na zona rural, dificilmente conseguiriam imagens de câmeras de trânsito.

Ela precisava fazer Edmunds se apressar.

Baxter passou pelo grupo de pessoas que ainda esperava para ser entrevistado e saiu para a East 5th Street. Sentou-se em um dos bancos em frente à delegacia, acomodando-se em cima da marca do traseiro do ocupante anterior. Ela observou os prédios que cercavam o departamento de polícia: tipicamente nova-iorquinos. Um deles estava sendo reformado, túneis pendiam de janelas vazias, descendo além das costumeiras escadas de incêndio cobertas de neve até a rua embaixo. Era como um jogo gigante de cobras e escadas.

Deprimida pela ideia, Baxter pegou o celular e ligou para Edmunds.

Um passo à frente. Dois para trás.

Edmunds esperou que o supervisor deixasse o escritório antes de fazer o levantamento da atividade financeira de Thomas na semana anterior. Depois de uma rápida olhada para se certificar de que a impressora estava livre, ele clicou no botão "imprimir" e se levantou da mesa. A impressora cuspiu as folhas ainda quentes e ele as pegou, notando que o relatório estava maior do que o normal, provavelmente por causa do Natal que se aproximava com rapidez.

Sentiu o celular vibrar no bolso e baixou os olhos para a tela, o mais sutilmente que conseguiu. E sentiu o olhar de Mark queimando suas costas enquanto enfiava as páginas impressas no bolso do paletó e saía apressado para atender a ligação.

No momento em que Edmunds estava fora de vista, Mark se inclinou sobre o computador do outro e mexeu no mouse para evitar que a tela apagasse. Ele se levantou, deu a volta e se sentou diante do computador de Edmunds.

– O que você está aprontando? – sussurrou para si mesmo enquanto examinava as páginas abertas na tela: a da BBC News, um mapa de Manhattan e o e-mail do trabalho.

Os olhos de Mark se iluminaram quando ele viu uma aba da conta de e-mail pessoal de Edmunds. No entanto, quando clicou nela, não estava logado. Mas não importava. Ele já tinha o que precisava: os registros financeiros pessoais de um Sr. Thomas Alcock na tela, sem documentos que justificassem aquela invasão de privacidade em nenhum lugar da mesa. Uma investigação ilegal de um civil era uma transgressão muito séria.

Mark mal conseguiu conter sua empolgação enquanto imprimia a própria cópia dos registros financeiros de Thomas para apresentar como prova a Gatiss.

Finalmente conseguira pegar Edmunds.

Capítulo 18

Segunda-feira, 14 de dezembro de 2015
10h43

Baxter estremeceu.

Sua decisão impulsiva de ligar para Edmunds a levara a ficar parada no frio, pouco agasalhada para uma conversa tão longa. Ele ouvia em silêncio enquanto ela lhe contava sobre a família Bantham, sobre o veículo suspeito visto perto da cena e sobre a cópia do exame de sangue que encontrara no bolso do paletó de Rouche.

– Tem alguma coisa estranha – continuou Baxter. – Não é só paranoia minha. Ele está sempre ao telefone, supostamente com a esposa. Mas é o tempo *todo*. Basta alguém dar as costas na cena de um crime e ele já se afasta para falar com essa pessoa misteriosa em vez de fazer o trabalho que tem que fazer.

– O que você deveria estar fazendo agora? Provavelmente não era estar falando comigo, certo? – argumentou Edmunds bancando o advogado do diabo.

– É diferente.

– Talvez ele esteja *mesmo* falando com a esposa.

– Ah, para com isso. Ninguém fala *tanto* assim com a esposa. Além do mais, ele não gosta dela o bastante para viverem no mesmo continente, por isso não me parece ser do tipo carente – acusou Baxter, os dentes batendo de frio. Ela havia levantado as pernas e encolhera o corpo para ficar sentada da forma mais parecida possível com uma bola. – Ele é muito... misterioso, de um jeito esquisito, e agora sei que está escondendo provas importantes de mim. Poderia, *por favor*, investigar isso para mim?

Edmunds hesitou, certo de que não faria bem algum ficar se envolvendo nas questões da colega.

– Está certo, mas eu...

– Espere. – Baxter o interrompeu quando viu Rouche e Curtis saindo correndo pela entrada principal da delegacia.

Ela ficou de pé.

– Encontraram Phillip East! – gritou Curtis para Baxter, do outro lado da rua.

– Tenho que ir – disse ela a Edmunds.

Baxter desligou e correu para o carro. Quando alcançou os outros dois, Rouche lhe entregou o casaco e a bolsa que ela havia deixado dentro da delegacia.

– Obrigada, mas você esqueceu meu gorro – reclamou Baxter, para não parecer grata demais ao homem que havia pedido para o amigo investigar.

Eles entraram no carro. Curtis saiu de ré para a rua e manobrou para seguir em frente. Enquanto vestia o casaco, Baxter viu o gorro e as luvas de lã aterrissarem em seu colo.

Edmunds voltou ao escritório e seu humor ficou levemente melhor com a visão da mesa vazia de Mark. Ele tornou a se logar no computador e estava prestes a continuar a trabalhar na tarefa tediosa que vinha sendo interrompida o dia todo quando percebeu que estava sendo observado. Mark o espiava do escritório de Gatiss, mas desviou o olhar quando Edmunds o encarou.

Um pouco desconcertado, fechou as abas do navegador que não tinham a ver com seu trabalho ali e guardou os registros financeiros de Thomas no fundo da bolsa, só para garantir.

Para decepção de Baxter, Curtis e Rouche, o advogado de Phillip East havia chegado ao escritório do FBI antes deles e já estava na sala de interrogatório, certamente orientando o cliente a não responder a nenhuma das perguntas que lhe fizessem.

Lennox estava esperando pela chegada de Curtis. Ela entregou um celular a uma das pessoas de sua equipe e logo os cumprimentou, indo direto ao ponto.

– Ele já foi orientado pelo advogado. Descubra o que puder enquanto o temos aqui, mas duvido sinceramente que vamos conseguir mantê-lo por mais de meia hora, considerando a enciclopédia de ameaças que o advogado dele acabou de despejar em cima de mim.

– Quem é o advogado? – perguntou Curtis enquanto todos atravessavam o escritório.

– Ritcher – respondeu Lennox.

– Que droga.

Curtis já havia lidado com o homem antes: um advogado de defesa bem competente e obstrutivo que costumava livrar os ricos e poderosos das encrencas que o dinheiro e a arrogância dos seus clientes costumavam atrair. Pior, ele a fazia se lembrar do pai. Curtis duvidava sinceramente que eles fossem conseguir arrancar alguma coisa de East agora.

– Boa sorte – disse Lennox quando eles chegaram à sala de interrogatório. E bloqueou a entrada de Baxter com um braço esticado. – Você não.

– Como assim? – perguntou Baxter.

Rouche também já estava prestes a questionar a decisão quando Lennox continuou:

– Não com Ritcher ali dentro. Você vai nos conseguir um processo por cada sílaba que disser.

– Mas...

– Pode assistir. Fim de papo.

Rouche hesitou, mas Baxter o dispensou com um aceno e entrou irritada na salinha anexa. Ele se dirigiu para a sala de interrogatório e se sentou ao lado de Curtis. Do outro lado da mesa, Ritcher parecia exatamente o homem arrogante e venenoso que sua reputação sugeria. Tinha cerca de 60 anos, o rosto anguloso e cabelos brancos cheios e ondulados. Seu cliente, porém, parecia muito carente de comida e de sono, sua figura nada impressionante aparentava um esforço notável para preencher o terno velho que vestia. Os olhos fundos vagavam de um lado a outro da sala.

– Bom dia, Sr. East – disse Curtis em um tom agradável. – Sr. Ritcher, é sempre um prazer encontrá-lo. Posso lhes oferecer algo para beber?

East balançou a cabeça.

– Não – respondeu Ritcher. – E, para sua informação, vocês agora têm apenas quatro perguntas restantes.

– Ah, temos? – perguntou Rouche.

– Sim.

– Mesmo?

Ritcher se virou para Curtis:

– Provavelmente seria aconselhável avisar ao seu colega para não me confrontar.

– Mesmo? – repetiu Rouche.

Curtis o chutou por debaixo da mesa.

* * *

Na outra sala, Baxter balançou a cabeça, irritada.
— Deveriam ter me deixado entrar lá — resmungou.

— Tenho uma pergunta — disse Ritcher. — O que dá ao FBI o direito de arrastar o meu cliente para cá como se fosse um criminoso qualquer, sem nenhuma explicação, nem a menor indicação de qualquer atividade ilegal?

— Tentamos telefonar — retrucou Rouche em um tom petulante —, mas o *seu cliente* e a família dele optaram por abandonar sua rotina normal e se esconder. — Ele se virou para o médico. — Não é mesmo, Phillip?

— Precisamos fazer algumas perguntas ao Sr. East relacionadas à nossa investigação. Só isso — disse Curtis em uma tentativa vã de acalmar o advogado mal-humorado.

— Sim, a sua *investigação* — comentou Ritcher com desdém. — Sua supervisora foi gentil o bastante para me dar um panorama geral da atividade interna dos melhores agentes do FBI depois de recolher nossos itens de uso pessoal. Naturalmente, para que não nos sentíssemos tentados a compartilhar com o mundo exterior a incomparável ingenuidade de vocês: um psiquiatra que prestou serviço para uma dessas suas marionetes malucas aparece morto e vocês, brilhantemente, agora suspeitam que todos os terapeutas dessas pessoas estão agindo errado... Inspirador.

— Seu cliente foi terapeuta de *dois* dos nossos assassinos — lembrou Curtis.

— Correção: ele foi terapeuta de *um* deles em uma situação de certo modo oficial. Ao outro, meu cliente *ofereceu* seu tempo livre em ajuda a uma instituição de caridade para sem-tetos. Uma missão admirável, tenho certeza de que concordam comigo — falou Ritcher.

Os olhos arregalados de East se desviaram rapidamente para Rouche e logo voltaram a encarar a mesa.

— Você já representou Phillip antes? — perguntou Rouche ao advogado obstrutivo.

— Não vejo por que isso seja relevante.

— Eu vejo.

— Muito bem — disse Ritcher, irritado. — Essa, na verdade, é a minha primeira vez representando o... Senhor... East — continuou ele, marcando bem as palavras.

— Quem está pagando pelos seus serviços... e como?

– Agora, eu *sei* que essa pergunta não é relevante.
– Porque desconfio que o senhor não cobra barato – continuou Rouche.
– Mestre em limpar a sujeira dos ricos e mentirosos.

Ritcher sorriu e se recostou na cadeira enquanto Rouche continuava:

– Perdoe-me por achar só *um pouco* suspeito que um terapeuta que trabalha apenas meio-período, é funcionário de um escritório no resto do tempo e usa um terno quase em farrapos decida contratar os serviços do MLS...

Todos pareceram confusos.

– ... Mestre em Limpar a Sujeira – esclareceu Rouche –, só para responder a algumas perguntas que ele não pôde responder antes porque estava escondido com a família.

– Há alguma pergunta oculta em alguma dessas suas declarações ofensivas e vagas? – perguntou Ritcher.

– Fazer perguntas não vai nos levar a lugar nenhum – disse Rouche. – Você não vai respondê-las. Não: estou *afirmando*. – Ele indicou a pasta na frente de Curtis, enquanto East o observava com uma expressão tensa. Curtis pareceu desconfortável, mas passou a pasta para ele. Rouche começou a examinar os papéis. – Pode me chamar de cínico, Phillip, mas, quando soube que você estava desaparecido, presumi que estivesse fugindo porque se sentia culpado. Agora que o conheci, posso ver claramente que você fugiu porque estava com medo.

Rouche parou em uma das páginas. Depois de um momento, teve que desviar os olhos. Ele tirou a foto do arquivo e a jogou no centro da mesa.

– Meu Deus! – arquejou Ritcher.
– Rouche! – gritou Curtis.

East, no entanto, pareceu hipnotizado pela imagem em preto e branco de toda a família Bantham amarrada com sacos na cabeça, jogados para a frente em fila, exatamente como Baxter os encontrara.

– Esse é James Bantham, um psiquiatra... um dos seus – explicou Rouche. Ele percebeu que East inconscientemente afastava do tórax o tecido da camisa. – Ao lado de Bantham está a esposa e logo depois os dois filhos deles.

East pareceu arrasado. Não conseguia desviar os olhos da foto. O som de sua respiração acelerada preenchia a pequena sala de interrogatório.

– Bantham não nos contou nada – disse Rouche em um tom triste forçado. – Provavelmente acho que os estava protegendo.

Ritcher estendeu a mão e virou a fotografia assustadora para baixo.

– Adeus, agente Rouche – disse ao se levantar.

O mais irritante era que a única pessoa que realmente havia conseguido pronunciar o nome de Rouche da maneira certa, de primeira, fosse a que ele preferia que esquecesse seu nome.

– A-ainda temos perguntas! – balbuciou Curtis.

– Tenho certeza disso – retrucou Ritcher.

– Phillip – chamou Rouche enquanto o advogado tentava apressar seu cliente para que saísse da sala. – Phillip!

East se voltou para olhar para ele.

– Se nós conseguimos encontrar você, eles também *encontrarão*.

Rouche sabia que estava falando a verdade, apesar de não saber quem eram "eles".

– Ignore-o – orientou Ritcher apressando East para que pegasse de volta os pertences dos dois que haviam sido recolhidos.

– Merda! – disse Curtis enquanto observava os dois homens atravessando o escritório cheio. – Não conseguimos nada.

– Não podemos deixá-lo ir – alertou Rouche.

Ele tirou as algemas do bolso.

– Mas Lennox disse...

– Dane-se Lennox.

– Ela vai tirar você do caso antes mesmo que consiga trazê-lo de volta para a sala de interrogatório.

– Pelo menos ainda haverá um caso.

Ele passou apressado por ela e correu atrás dos dois homens que esperavam o elevador.

– Phillip! – chamou, ainda do outro lado do escritório.

As portas do elevador se abriram e os dois homens entraram.

– Phillip! – gritou Rouche de novo, correndo na direção das portas que já se fechavam. – Espere!

Ele esbarrou em alguém enquanto tentava percorrer os últimos metros e enfiou a mão pela abertura estreita entre as portas do elevador. As portas de metal se abriram de novo e mostraram Ritcher e East lá dentro. Junto a eles, de touca e com o casaco bem fechado, estava Baxter quase irreconhecível.

– Que andar? – perguntou ela em um tom inocente.

Rouche guardou novamente as algemas no bolso e pegou um cartão de visitas em seu lugar.

– No caso de se lembrar de alguma coisa... – disse e deixou as portas do elevador se fecharem entre eles.

Curtis o alcançou enquanto a plateia que haviam atraído perdia o interesse na cena.

– Você o deixou ir? – perguntou ela, confusa.

– Não, eu não deixei.

A última meia hora do dia estava se arrastando. Edmunds ansiava por chegar em casa e mergulhar mais uma vez no caso de assassinato. A última atualização de Baxter havia ocupado seus pensamentos por toda a tarde e, por mais constrangedor que fosse admitir, o caso estava emocionante. Adorava o desafio de um quebra-cabeça por resolver e aquele caso não o desapontava. Ele tinha certeza de que a questão da terapia ligaria todos os envolvidos, mas, se fosse mesmo isso, seria ainda mais complicado.

– Podemos ter um momentinho da sua atenção? – perguntou Mark, logo atrás dele, fazendo Edmunds se sobressaltar.

Ele estivera olhando para a tela do computador, esquecido de todo o resto.

– Na sala de Gatiss – acrescentou Mark sem conseguir esconder o sorriso.

Edmunds havia esperado algum tipo de reprimenda pela tarde da véspera, por isso se levantou e atravessou a sala atrás de Mark. Ele só esperava não receber uma punição exagerada.

No momento em que cruzou a porta, Edmunds viu Thomas sentado diante da mesa de Gatiss. Obviamente aquilo não tinha a ver com a chamada telefônica. Mark fechou a porta ao entrar e Edmunds se sentou, olhando de relance, nervoso, para o amigo ao seu lado.

Mark puxou uma cadeira na ponta a mesa.

– Lamento por me ver obrigado a chamá-lo aqui dessa forma, Sr. Alcock – disse Gatiss.

O chefe de Edmunds era um homem corpulento totalmente careca e de olhinhos furiosos.

– Não há problema algum – respondeu Thomas em um tom agradável.

– Sinto muito, mas uma situação que diz respeito ao senhor foi trazida ao meu conhecimento. Por isso, achei melhor chamá-lo aqui e esclarecer o assunto o mais rápido possível.

Edmunds realmente não estava gostando do andamento do assunto. Sempre tivera muito cuidado em encobrir seus rastros.

– Antes de mais nada – disse Gatiss. – Vocês dois se conhecem?

– Sim, nos conhecemos – respondeu Thomas, sorrindo para Edmunds. – Alex é um amigo próximo meu e já trabalhou com a minha... namorada.

Tanto Thomas quanto Edmunds fizeram uma careta. O termo não era particularmente adequado para descrever Baxter. Mark observava a cena com atenção, os olhos gulosos sorvendo cada detalhe da avalanche que estava prestes a varrer Edmunds de sua vida.

– E, Edmunds, reconheço que é uma pergunta um pouco constrangedora de se fazer com seu "amigo" sentado ao seu lado. Acredita que o Sr. Alcock seja culpado de alguma atividade ilegal?

– Claro que não.

Mark deixou escapar um gritinho, tamanha era a sua empolgação.

– Interessante. Bem, Sr. Alcock, talvez seja um choque para o senhor saber que seu amigo vem usando ilegalmente nosso software para detecção de fraudes para investigar suas contas bancárias e seus cartões de crédito – esclareceu Gatiss, voltando os olhos furiosos para Edmunds.

Mark sacou orgulhosamente o extrato impresso e os colocou na mesa diante deles.

– Bem... não exatamente – retrucou Thomas, parecendo confuso –, porque eu pedi a ele para fazer isso.

– O senhor o quê?! – falou Mark em um rompante.

– Como? – perguntou Gatiss.

– Deus, eu me sinto péssimo se arrumei problemas para ele por isso – continuou Thomas. – Tenho um histórico um pouco pesado com jogos de azar. E implorei a Alex para ficar de olho nos meus registros financeiros, pedi a ele que me confrontasse se desconfiasse que eu estava... *recaindo*. Infelizmente, eu me conheço... jamais admitiria uma escorregada por conta própria. Edmunds é um ótimo amigo.

– Quatro meses sem uma única aposta – disse Edmunds em um tom orgulhoso, sem conseguir esconder o sorriso, enquanto dava um tapinha nas costas de Thomas.

– Continua sendo ilegal! – intrometeu-se Mark, furioso.

– Mark! Saia já daqui! – ordenou Gatiss, enfim perdendo a paciência.

Edmunds coçou discretamente a cabeça com o dedo do meio, um gesto que só Mark conseguiu ver enquanto se levantava e saía da sala.

– Então, o senhor tinha pleno conhecimento dessas pesquisas que Edmunds vinha fazendo? – perguntou Gatiss a Thomas.

– Pleno conhecimento.

– Entendo. – Ele se virou para Edmunds. – Mas Mark tem certa razão. Não importa quão bem-intencionada foi sua atitude, a má utilização de nossos recursos é um delito penal.

– Sim, senhor – concordou Edmunds.

Gatiss deu um suspiro pesado enquanto considerava suas opções.

– Vou lhe dar uma advertência oficial. *Não* me faça me arrepender da minha leniência neste caso.

– Não farei, senhor.

Edmunds acompanhou Thomas para fora do prédio. No instante em que saíram, os dois caíram na risada.

– Problema com jogos de azar – imitou Edmunds. – Raciocínio rápido.

– Ora, eu não poderia contar a verdade, poderia? Que a minha namorada tem problemas assustadores de confiança e que me abandonará caso eu não me sujeite às suas auditorias semanais.

Thomas falou em um tom leve, mas ficou claro que ele se sentia magoado por, depois de estarem juntos havia oito meses, Baxter ainda não confiar totalmente nele.

Conforme ficava mais próximo de Thomas, Edmunds se via em uma situação delicadíssima. Poderia estar traindo o novo amigo se continuasse a fazer a investigação ilegal, mas, com aquela mesma investigação, preservava a relação entre Thomas e Baxter. Ou poderia se recusar a atender ao pedido de Baxter e, nesse caso, ela terminaria o relacionamento na mesma hora, para não se arriscar a ser magoada de novo. No fim, Edmunds havia decidido ser sincero com Thomas, que tinha recebido a notícia com uma tranquilidade admirável. Ele se solidarizava com a paranoia debilitante de Baxter. Como não tinha nada a esconder, dera a benção a Edmunds para que continuasse a entregar à amiga relatórios regulares. E justificou dizendo que preferia isso a ficar sem ela.

Thomas era o homem certo para Baxter. Edmunds tinha certeza disso. E, com o tempo, a amiga chegaria à mesma conclusão.

* * *

– Siga aquele carro!

Baxter nunca se sentira tão empolgada ao dizer isso até sentar no banco traseiro daquele táxi em Nova York.

Ritcher e East haviam tomado caminhos separados quando saíram na Federal Plaza. Baxter tivera esperança de que East pegasse o metrô, no entanto, o tempo ruim o persuadira a gastar dinheiro em um táxi. Com medo de perder a melhor pista deles, ela quase fora atropelada na tentativa de conseguir um táxi para si.

Tinha sido praticamente um jogo de ilusionismo tentar manter o carro amarelo à vista enquanto seguiam lentamente pelo Financial District. O trânsito ficara mais fácil depois que eles deixaram a ilha e pegaram a autoestrada. Certa agora de que não tinham mais chance de perder East de vista, Baxter pegou o celular. Sabia que Rouche e Curtis deviam estar esperando notícias, prontos para vir atrás dela.

Baxter olhou de relance pela janela em busca de alguma placa e digitou uma mensagem rápida:

278 direção Red Hook

Depois de pressionar "enviar" ela reconheceu o sotaque da Louisiana vindo do rádio:

– Está prestes a destruir vocês, pedaço por pedaço, até não restar mais nada – explicou o pastor Jerry Pilsner Jr.

– E... pelo meu limitadíssimo conhecimento de exorcismo e coisas parecidas... a maior parte por causa de filmes de terror – brincou o apresentador –, isso acontece em etapas, não é?

– Em três estágios. Isso mesmo.

– Mas... é só do que se trata, não é? De material para filmes de terror? O senhor não está falando sério sobre ser isso o que está acontecendo com essas "marionetes", não é?

– Estou falando *bem* sério. Três estágios, o primeiro é "Infestação diabólica". É quando a entidade escolhe a vítima, testa suas suscetibilidades... torna sua presença conhecida.

– O segundo estágio é "Opressão". No qual a entidade tem um forte domínio sobre a vida do sujeito, aumentando a vitimização psicológica, fazendo o alvo duvidar da própria sanidade.

– E o terceiro? – perguntou o apresentador.

– "Possessão"... o ponto em que a vontade da vítima finalmente é dobrada. O ponto em que as vítimas convidam a entidade a entrar.

– Convidam?

– Não no sentido tradicional – esclarece o pastor. – Mas sempre há uma escolha. Se você *escolhe* se render... está *escolhendo* dar permissão.

Baxter se inclinou para a frente para falar com o motorista.

– Poderia desligar isso, por favor?

Capítulo 19

Segunda-feira, 14 de dezembro de 2015
12h34

O táxi de Baxter seguiu lentamente por uma das entradas a leste do Prospect Park enquanto Phillip East pagava por sua corrida uns cem metros adiante. Ele permaneceu parado no lugar por mais de um minuto examinando os carros que passavam e o parque em frente com uma expressão ansiosa. Aparentemente convencido de que não fora seguido, ele voltou um pouco na mesma rua, na direção de Baxter, antes de entrar em um grande condomínio residencial em art déco.

Baxter desceu do táxi e pagou ao motorista muito mais do que dera a corrida. Ela não pôde deixar de suspeitar que ele havia demorado a encontrar o troco de propósito, pois sabia muito bem que, se tinham seguido um homem por toda Nova York, sua passageira iria preferir ficar com 8,50 dólares a menos a perder de vista o homem do outro táxi. Baxter atravessou a rua em meio aos carros e entrou no edifício atrás de East.

Em um momento aterrador, ela achou que o tivesse perdido, mas então ouviu uma porta ser destrancada em algum lugar ao longo do corredor do térreo. Baxter seguiu o som e viu East passar por uma porta no fim do corredor. Ela seguiu correndo naquela direção, iluminada por uma luminária quebrada, e fez uma anotação mental do número do apartamento.

Baxter tornou a sair, atravessou a rua e sentou-se em um banco na entrada do parque de onde conseguiria vigiar o prédio sem atrair atenção. Aconchegou-se para se proteger do frio e pegou o celular para atualizar Rouche em relação ao que estava acontecendo.

Quinze minutos antes, Curtis e Rouche haviam dito que estavam a doze minutos de distância. Baxter estava batendo com os pés na neve derretida, em parte para se manter aquecida, em parte porque a cada segundo ficava mais impaciente.

– Feliz Natal! – disse sorrindo um senhor ao passar por ela, mas logo interpretou corretamente a cara feia de Baxter como um convite para sumir de perto dela.

Baxter havia acabado de ligar para Rouche de novo para tentar descobrir o que os estava fazendo demorar quando um veículo desconhecido estacionou onde não era permitido do lado de fora do prédio residencial onde East entrara.

Baxter ficou de pé.

– Cinco minutos no máximo! – prometeu Rouche em tom de desculpas.
– Baxter?

Ela mudou de posição para ver melhor. Um homem com o capuz do agasalho cobrindo a cabeça desceu do carro. Ele abriu a porta deslizante e pegou uma mochila grande.

– Baxter?

– Talvez tenhamos um problema – disse ela já atravessando a rua enquanto o homem entrava no saguão do prédio. – Uma van verde acaba de parar aqui. O motorista está agindo de modo suspeito.

Ela ouviu Rouche passar a mensagem para Curtis. Segundos depois, o uivo de sirenes atravessou o celular. Baxter correu pela entrada enlameada que levava às portas de vidro e já esticava a mão para empurrar uma delas quando viu o homem agachado sobre a mochila, do lado de dentro, a apenas alguns metros de distância. Ela quase escorregou ao parar abruptamente e pressionou as costas contra a parede de tijolos para se manter fora de vista.

– Dois minutos, Baxter. Estamos quase aí – gritou Rouche acima do barulho da sirene. – Espere por nós.

Baxter olhou ao redor. Através da porta de vidro, conseguia ver que o homem estava juntando alguma coisa. Mas ainda não dava para ver o rosto dele. Depois de um momento, ele ergueu um revólver, alongado por um silenciador preso ao cano. O homem escondeu a arma dentro do agasalho, fechou a mochila e se levantou de novo.

– Não temos dois minutos – sussurrou Baxter. – A família de East deve estar dentro do apartamento.

Ela desligou antes que Rouche pudesse protestar. Tinha que fazer alguma coisa... Os Banthams ainda estavam muito frescos em sua mente.

Baxter atravessou a entrada principal e viu a figura refazendo os passos de East ao longo do corredor fracamente iluminado até parar do lado de fora do apartamento do terapeuta. Ela precisava ganhar mais tempo. Então tirou as chaves da bolsa e as tilintou no saguão silencioso. Sentiu que a figura se virava em sua direção e começou a caminhar sem pressa pelo corredor, na direção dele, como se fosse apenas uma moradora distraída.

Baxter caminhava o mais lentamente que podia enquanto o homem a observava sem fazer qualquer esforço para disfarçar o fato de que estava esperando que ela passasse.

Quando estava a poucos passos de distância dele, Baxter levantou os olhos e abriu um sorriso doce:

– Feliz Natal!

O homem não respondeu. O capuz do agasalho que usava escondia a frente do rosto, não permitindo que ela visse nem seu nariz nem seu queixo. Baxter só conseguiu ter certeza de que era branco, de altura e peso medianos e que tinha olhos castanho-escuros. Ele estava com uma das mãos dentro do casaco, sem dúvida ao redor do cabo do revólver.

Ainda não havia sinal de Rouche e Curtis, por isso ela deixou as chaves caírem no chão, em um plano improvisado.

– Droga – disse e se ajoelhou para pegá-las.

Baxter escolheu a chave mais longa e mais pontuda, a da casa de Thomas, para segurar entre os dedos e usar como arma improvisada. Viu o homem revirar os olhos, irritado, e aproveitou a oportunidade.

Ela se levantou de repente e enfiou o punho com a chave por baixo do capuz do homem, acertando o rosto dele. Os dois caíram para trás na porta do apartamento enquanto ele gritava de dor.

Ele empurrou Baxter contra a parede oposta e sacou a arma de dentro do casaco, enquanto ela se jogava contra ele, usando o punho para quebrar o nariz escondido, sabendo que os olhos dele iriam lacrimejar e que isso prejudicaria sua visão.

Wolf lhe havia ensinado bem.

O homem atacou às cegas e bateu nela com o revólver pesado. Uma tranca foi aberta e um rosto preocupado apareceu na fresta da porta. O homem desviou sua atenção para o apartamento e abriu de vez a porta com um chute, derrubando East.

Alguém gritou em algum lugar dentro do apartamento e foram ouvidos três tiros abafados em rápida sucessão.

– Não! – gritou Baxter.

Ela voltou a se levantar e saiu cambaleando atrás do atirador.

– Van verde! – gritou Rouche, enquanto Curtis se desviava do trânsito e descia acelerando pelo lado errado da rua.

Rouche já estava com a arma em punho e tinha soltado o cinto de segurança, desesperado para chegar a Baxter. Curtis desligou a sirene e pisou com força no freio, sentindo-o vibrar sob seus pés. O carro parou cantando pneu menos de um metro atrás das portas traseiras desbotadas da van.

Rouche desceu e tinha andado apenas alguns metros na direção da entrada quando ouviu um barulho alto vindo de uma das janelas do térreo. Quando se virou para olhar, viu um homem se jogando por ela, aterrissando de mau jeito e rolando pela neve. Os olhos de Rouche encontraram os do homem por uma fração de segundo antes de ele se colocar de pé, cambaleante, e sair correndo na direção oposta.

– Encontre Baxter! – gritou Rouche para Curtis enquanto disparava atrás do suspeito.

Com a própria arma em punho, Curtis entrou correndo no edifício e desceu o corredor do térreo na direção da janela quebrada. Várias pessoas estavam saindo de seus apartamentos e olhando para a porta aberta cercada por reboco caído.

– Baxter? – gritou Curtis.

Com a arma à frente do corpo, ela entrou pela porta e deu de cara com um cadáver. East estava caído de costas, com o olhar fixo no teto. O sangue vermelho-escuro havia ensopado o carpete bege embaixo dele.

– Baxter? – chamou de novo, a voz claramente trêmula.

Curtis ouviu alguém chorando no outro cômodo e foi cautelosamente para lá. Abriu com um chute a porta do banheiro e confirmou que a pequena cozinha estava vazia antes de entrar na sala e a encontrar semidestruída. A mobília estava em pedaços. Uma mesa de vidro grande havia sido reduzida a cacos no carpete. Uma mulher protegia três crianças pequenas em seus braços, claramente insegura se Curtis estava ali para salvá-los ou para matá-los.

Do outro lado da sala, Baxter estava caída para a frente, como se houvesse sido atirada contra a estante quebrada. Seu braço esquerdo estava dobrado em um ângulo estranho atrás dela.

– Baxter! – arquejou Curtis.

Ela correu até a colega, checou a pulsação e exalou aliviada quando sentiu o latejar furioso sob os dedos. Então sorriu quando ouviu Baxter gemer um palavrão.

– Meu... meu marido? – perguntou a esposa de East entre a respiração entrecortada.

Curtis balançou a cabeça.

A mulher se desesperou. Curtis pediu uma ambulância pelo rádio.

Rouche estava atravessando as ruelas geladas que permeavam o enorme condomínio e as propriedades ao redor. Havia se perdido completamente enquanto perseguia as pegadas fantasmas que levavam apenas a outro beco sem saída. O pouco de céu prateado que era possível ver servia como um teto sem graça para as passagens claustrofóbicas.

Rouche parou quando chegou a uma encruzilhada com corredores de concreto se estendendo em todas as direções.

Ele fechou os olhos para se concentrar.

O som de passos correndo agora veio diretamente de trás dele.

Rouche se virou.

Quando não viu ninguém ali, dobrou em uma esquina para seguir a única rota possível que o homem em fuga poderia ter tomado, os ombros roçando na passagem estreita. Quando dobrou na esquina seguinte, estendeu os braços diante do corpo em um gesto defensivo, mas escorregou e caiu de costas.

Havia um Husky enorme erguido apenas sobre as patas traseiras, com os dentes à mostra e rosnando enquanto mordia freneticamente a cerca de arame que o separava de Rouche.

O agente da CIA se levantou devagar e abaixou os braços. Satisfeito ao ver que o animal não conseguiria passar, ficou de pé novamente. Mas quando percebeu que o cão continuava a rasgar o arame entre eles, sentiu um calafrio percorrer suas costas.

Rouche chegou mais perto, o rosto a menos de 20 centímetros da fera, e olhou bem dentro de seus olhos escuros...

De repente, o cachorro ganiu, como se estivesse machucado, voltou a se apoiar nas quatro patas e desapareceu por outra passagem.

Rouche ouviu o som dos passos abafados se transformar em silêncio, então balançou a cabeça, sentindo-se um pouco tolo por permitir que as teorias fanáticas do pastor da TV o influenciassem. Ele pegou a arma no chão e voltou pelo labirinto escuro.

Apenas cinco minutos depois, chegava ao apartamento. Ele parou diante do corpo de East no saguão. Havia três ferimentos a bala em seu tórax e o carpete grosso afundou quando Rouche se agachou. Visível bem no lugar onde as balas haviam rasgado a camisa do homem, a marca já familiar: "Marionete".

Rouche esfregou os olhos cansados.

– Merda.

Tia estava desabada no sofá desde as sete da noite. Às 21h20, Edmunds desceu de novo as escadas, depois de finalmente conseguir colocar Leila para dormir. Desde que tinha chegado do trabalho, ele já preparara o jantar, limpara a caixa de areia de Bernard, colocara uma pilha de roupas para lavar e cuidara de uma pia de louça suja de dois dias. Ele pegou Tia no colo e a levou para a cama sentindo-se um marido exemplar.

Ao menos uma vez, Edmunds sentia que havia conquistado o direito de continuar a trabalhar madrugada adentro, com a pouca energia que lhe restava. Ele entrou na cozinha para preparar um café forte. Tinha que se manter desperto. Ainda precisava atravessar a cidade de carro.

Depois da advertência oficial naquela tarde, não poderia se arriscar a usar nenhum software do Departamento de Fraudes para investigar Rouche. Havia utilizado os poucos recursos disponíveis que lhe restavam para recolher alguma informação básica. Com o pouco que descobrira, já era possível perceber irregularidades evidentes que pediam por uma exploração mais a fundo.

Edmunds se perguntou se Baxter afinal não teria alguma razão para desconfiar.

Por meio de antigos organogramas, que encontrara enterrados na intranet da área de Recursos Humanos, Edmunds havia descoberto que um antigo colega do Departamento de Homicídios e Crimes Hediondos havia trabalhado com Rouche durante o tempo que passara na Narcóticos. Edmunds teve sorte de pegar o colega ainda no trabalho.

O homem descrevera Rouche como "preciso como um prego", "um pouco excêntrico", mas acima de tudo "muito frio", o que combinava mais ou menos com a descrição que Baxter fizera do atual colega. No entanto, quando Edmunds perguntara sobre as crenças religiosas de Rouche, o homem caíra na gargalhada.

– Sou mais religioso do que ele, camarada – disse a Edmunds, que já ia comentar alguma coisa quando o colega, que era fã de death metal, levantou o braço onde se lia em uma tatuagem já desbotada:

Deus está morto

O homem contou, então, uma história em terceira mão, que lhe fora contada por um amigo do Comando de Proteção, de onde Rouche havia sido transferido em 2004.

– Demitido. Pelo menos foi o que todos presumiram. Não foi um caso de empréstimo de pessoal e também não foi uma realocação. Ele literalmente estava lá em um dia e no dia seguinte não estava mais. Nunca mais foi visto. O chefe ficou uma fera, o que não é de se estranhar.

Edmunds agradeceu ao detetive pela ajuda e combinou sem muito empenho de encontrá-lo pra tomar um drinque – coisa que nenhum dos dois tinha a intenção de levar adiante.

Conseguira descobrir sozinho o endereço da casa de Rouche antes de deixar o escritório, e calculou que levaria menos de meia hora de carro para chegar até lá àquela hora da noite. Edmunds foi na ponta dos pés até o hall de entrada, pegou o casaco e o cachecol, tirou as chaves do carro do gancho onde estavam penduradas e saiu sem fazer barulho.

– Está vendo essa pequena área sombreada aqui? É uma fissura na junta do seu cotovelo – explicou a médica em um tom animado.

– Fantástico – disse Baxter, suspirando. – Posso ir agora?

Ela estava confinada no quarto do hospital há quase três horas enquanto médicos e enfermeiros a espetavam e cutucavam. Sua paciência estava começando a acabar. O embate com o homem de capuz a deixara toda dolorida e arranhada. Seu rosto estava decorado com uma dezena de cortes minúsculos, cortesia da mesa de vidro que, ao virar, explodira no chão do apartamento espalhando cacos para todos os lados... inclusive no rosto dela. Agora estava com três dedos quebrados e uma fissura no cotovelo para acrescentar à sua crescente lista de problemas.

A médica pediu licença e chamou uma enfermeira para que desse a Baxter uma tipoia.

– Você foi muito corajosa hoje – disse Curtis quando as duas ficaram sozinhas.

– Mais estúpida do que corajosa – retrucou Baxter, encolhendo-se de dor.

– Um pouco dos dois, talvez. – Curtis sorriu. – Rouche disse que havia sacos de juta e fita isolante na mochila que recolheram na cena do crime. O bastante para usar nas cinco pessoas da família. Você os salvou.

Como ficou constrangida, Baxter preferiu ignorar o elogio.

– Onde está Rouche? – perguntou.

– Onde mais? – respondeu Curtis, querendo dizer que ele estava no celular, como sempre.

Como percebeu a expressão desanimada de Baxter, Curtis se sentiu obrigada a assumir um tom motivacional.

– Esse não é outro beco sem saída. Você sabe disso, não é? Já arrastaram Ritcher de volta ao escritório do FBI. A família está sob proteção judicial e todos estão prestando depoimento neste instante. Agora temos pleno acesso aos registros telefônicos e financeiros de East, e as evidências de DNA das suas chaves e roupas estão sendo examinadas pelos peritos. Estamos fazendo progressos.

Uma enfermeira apressada voltou com uma tipoia de um roxo forte nas mãos.

– Isso é para você – anunciou, entregando-a a Baxter.

Tanto Curtis quanto Baxter encararam a peça daquela cor horrorosa com reservas.

– Não teria uma preta? – perguntaram as duas ao mesmo tempo.

– Lamento, mas não – retrucou a mulher rapidamente. – Mas o uso é opcional...

– Opcional?

– Sim.

– Então *isso* é para você – disse Baxter ao devolver a tipoia para a mulher. Virou-se então para Curtis e sorriu: – Vamos.

Edmunds voltou a checar o endereço da casa da família de Rouche na luz fraca do interior do seu Volvo velho. Ele estava parado do lado de fora da casa escura. Mesmo do carro podia ver pedaços de tinta descascando das janelas e ervas daninhas escapando das rachaduras da entrada de carros. Um ar de negligência cercava a casa velha, que tinha potencial para ser muito mais bonita.

Edmunds podia imaginar o lugar de aparência sombria alimentando a imaginação das crianças da vizinhança: a casa assombrada na colina. Apesar de não conhecer Rouche, ficou furioso com o homem. Ele, Tia e Leila tinham que viver em um conjunto habitacional e, ainda assim, mal lhes restava dinheiro no fim do mês. Mas, mesmo com seus recursos limitados, eles haviam feito um esforço real para transformarem o lugar em que moravam em motivo de orgulho, apesar de toda a falta de apoio dos vizinhos, que pareciam contentes em deixar a própria casa como estava.

E, ao fazer isso, Edmunds sem querer havia transformado sua casa modesta em alvo para os outros moradores mais ressentidos do conjunto habitacional, o que era agravado pela audácia de tentar viver bem mesmo sendo de classe média baixa. Naquela manhã mesmo, Edmunds encontrara o fio de suas belas luzes de Natal brancas e azuis cortado ao meio e não tinha dinheiro para repô-las. Mas ali estava Rouche, com uma bela casa de família, em uma linda rua, em um próspero subúrbio residencial da cidade, e simplesmente a deixava apodrecer.

Edmunds desceu do carro e fechou a porta o mais silenciosamente possível. Ele checou mais uma vez que não havia ninguém ao redor e subiu pela entrada de carros até a casa escura. Infelizmente, não havia nenhum carro ali – um número de placa teria sido uma informação útil. Mas duas latas de lixo na lateral também serviriam.

Edmunds acendeu uma lanterna e começou a revirar o lixo reciclável em busca de alguma informação sobre o misterioso agente da CIA. De repente, a passagem estreita foi iluminada. Edmunds se agachou atrás das latas de lixo enquanto um senhor saía da casa ao lado e enfiava a cabeça por cima da cerca. Ele puxou as pernas longas junto ao corpo para não ser visto pelo homem.

– Malditas raposas – ouviu o homem reclamar.

Edmunds ouviu o som de passos, de uma porta se fechando, sendo trancada, e então a luz foi apagada. Sentiu que podia se arriscar a voltar a respirar. Depois da advertência oficial naquela tarde, tudo de que ele não precisava era ser pego invadindo a propriedade de um agente da CIA. Ele amaldiçoou a si mesmo por ser tão imprudente, mas seu corpo traiu o que realmente sentia: a vibração da adrenalina, exigindo que seu coração batesse mais rápido, o vapor da respiração acelerada se tornando mais regular, como a fumaça de um trem que vai ganhando velocidade.

Edmunds quis garantir que o vizinho havia perdido interesse antes de tentar ir embora, por isso continuou descendo pela lateral da casa até o pátio dos fundos, onde a relva alta deixou manchas úmidas nas pernas de sua calça. Uma linda casinha de bonecas se erguia ali, ao lado de painéis quebrados da cerca e uma gaiola de coelho vazia.

Ainda havia uma luz acesa dentro da casa. Edmunds espiou pelas portas dos fundos quando um telefone começou a tocar no corredor. Depois de cinco toques, ouviu a voz de uma mulher atender:

– Alô, meu amor! Estamos sentindo muito, muito a sua falta!

Edmunds praguejou baixinho enquanto se escondia e seguiu agachado até a passagem. Ele passou pelas latas de lixo e desceu correndo a entrada de carros sem ser visto. Entrou no carro e partiu sem ligar os faróis, pois sabia que aquilo impediria qualquer tentativa de identificarem o veículo. Depois que já estava em segurança, de volta à rua principal, ligou os faróis e acelerou, o coração ainda em disparada.

Não havia descoberto nada, mas ainda assim manteve um sorriso no rosto durante todo o caminho de volta para casa.

Capítulo 20

Segunda-feira, 14 de dezembro de 2015
19h54

Curtis e Rouche foram atingidos por uma onda de ar quente quando entraram no hotel onde estavam hospedados. Uma voz familiar e irritada se ergueu acima do rugido do aquecedor central. Os dois seguiram o som até um bar decadente. Ao que parecia, um evento esportivo qualquer estava prestes a começar na televisão velha e as luzes fortes do aparelho revelavam cada defeito da decoração dos anos 1980, o papel de parede escuro manchado de nicotina e os trinta anos de drinques derrubados.

– Eu disse que consigo dar conta! – falou Baxter para o barman enquanto deixava a taça grande de vinho entornar no chão.

Ela estava enfiada em uma mesa perto da janela segurando o braço machucado e falando uma enxurrada de palavrões.

– *Para evitar isso*, usa-se a tipoia – resmungou Rouche, antes de sussurrar: – Acha que ela perceberia se simplesmente déssemos as costas e fôssemos embora?

Ele se deu conta de que estava falando sozinho, porque Curtis não fora além da televisão com péssima imagem. Apesar do ambiente nada inspirador, a agente do FBI ficou parada, a postura ereta e a mão sobre o coração, enquanto o hino nacional americano era cantado por um coro do tamanho do estádio cheio de aficionados por cerveja e cachorro-quente.

– Americanos – lamentou Baxter, balançando a cabeça, enquanto Rouche se acomodava e pousava um livrinho desbotado em cima da mesa grudenta. – Você deveria estar de pé ali com ela, já que odeia tanto seu país natal.

Rouche olhou para Curtis, que parecia ter lágrimas de orgulho cintilando nos olhos:

– Não... minha música favorita de karaokê é "Since U Been Gone". Obrigado.

Quando ele se virou para encarar Baxter, o hino havia chegado à sua conclusão retumbante e recebia um aplauso digno de uma apresentação de Bon Jovi.

– Você... – hesitou Rouche. E gesticulou para a bebida na frente dela.
– Você deveria estar bebendo? Está tomando analgésicos...

Baxter o encarou com irritação.

– Acho que eu mereço, não acha?

Ele preferiu deixar o assunto morrer. Curtis se juntou a eles na mesa e olhou para a enorme taça de vinho de Baxter com preocupação semelhante. Ao que parecia, o barman a havia enchido até a borda na esperança de evitar que a mulher esquentadinha voltasse ao balcão para pegar uma segunda taça.

– Acha que deveria estar bebendo, já que está... – Curtis se interrompeu ao ver Rouche balançar a cabeça, avisando a ela que era melhor deixar pra lá. Ela mudou de assunto abruptamente, pegou o livro da mesa e leu a capa:
– *Padre Vincent Bastian: Um relato do exorcismo de Mary Esposito*... Você *ainda* está ligado nisso?

Rouche pegou o livro da mão dela e folheou até encontrar uma página com a ponta dobrada.

– Muito bem. Escutem isso... um depoimento por escrito de alguém que *realmente* foi possuído. "A noite me perseguia, mesmo durante o dia. E embora o sol ardesse, ardia em um céu neutro... as cores estavam desbotadas como se iluminadas pela luz de uma vela, e eu era uma sombra, forçada a me dividir com ele."

Ele levantou os olhos para o rosto inexpressivo das duas. Baxter deu um longo gole no vinho.

– Como disse nosso homem de gêmeos quando encarava as estrelas no Grand Central: "É sempre noite para mim" – explicou Rouche. – Ah, vamos, me digam que isso não é relevante.

– Não é relevante! – responderam Baxter e Curtis em uníssono.

– Então, nos fundos do condomínio hoje, segui o som de passos correndo até...

Ele estava pronto a contar seu encontro com o cão feroz, mas se interrompeu ao ver a expressão no rosto das duas colegas.

– Você está interpretando demais tudo isso, Rouche – disse Baxter, mais sábia por conta do vinho. – Está encontrando conexões que não existem. Nem tudo são deuses e monstros. Às vezes são só as pessoas sendo escrotas.

– Isso, isso – assentiu Curtis, ansiosa para mudar de assunto de novo. – Lennox acha que você vai nos deixar, agora que foi ferida no cumprimento do dever.

– Sim, aposto que ela acha – zombou Baxter, encerrando o assunto. – Então, algum progresso?

– A van vai ser periciada – disse Rouche. – Pesquisa completa de DNA. Vão levar dias para separar quem é quem. A esposa e os filhos não parecem saber de nada. East chegou em casa uns dois dias atrás...

– Está se referindo ao dia em que fomos até a casa de Bantham? – perguntou Baxter.

– Exatamente – disse Rouche. – E começou a guardar as coisas freneticamente em malas, gritando que todos precisavam partir.

– East inventou uma história sobre um ex-paciente ter ficado obcecado por ele, mas a esposa disse que ele já vinha agindo de um jeito esquisito há semanas – acrescentou Curtis.

– Ela não pensou em perguntar ao marido por que ele estava com a palavra "marionete" gravada no peito? – perguntou Baxter em um tom irreverente.

– Ela disse que eles não tiveram... relações íntimas desde que tudo isso começou – explicou Curtis dando de ombros.

Baxter suspirou pesadamente e terminou o vinho.

– Vou subir. Preciso de um banho depois de todas aquelas pessoas me cutucando.

– Precisa de ajuda para se despir? – perguntou Curtis.

– Não. Obrigada. – Baxter franziu o cenho como se alguém houvesse acabado de pedi-la em casamento. – Darei um jeito.

Curtis ouviu uma batida na porta.

– Preciso de ajuda para tirar a roupa – disse Baxter, que não pôde ver o sorriso no rosto da colega porque estava com a camisa meio despida presa em algum ponto acima da cabeça.

– Deixe eu pegar a minha chave e já vou – falou Curtis, meio tossindo, meio rindo, e se apressou a entrar de volta no quarto quando ouviu vozes no corredor.

– O que está olhando? – ouviu Baxter dizer irritada para alguém.

Curtis a acompanhou de volta até o quarto dela, onde um canal de notícias britânico resumia em volume baixo os detalhes da mais recente decisão impopular do Parlamento. Depois de algumas manobras, Curtis finalmente conseguiu libertar Baxter da blusa. Constrangida, a agente britânica se cobriu com uma toalha.

– Obrigada.

– De nada.

– Vaca!

Curtis pareceu estupefata.

– Como?

– Não você – esclareceu Baxter, os olhos fixos na TV, enquanto lutava com o controle remoto para conseguir aumentar o volume.

Como estava no meio da noite na Inglaterra, as mesmas matérias pré-gravadas eram repetidas sem parar. Foi a vez, então, da reportagem de Andrea Hall, a última da noite, que capturou a atenção de Baxter quando o próprio rosto cansado apareceu nas telas grandes atrás da apresentadora elegante. Os cabelos ruivos modernos da repórter tinham agora uma mecha muito loura, o que sem dúvida seria copiado por mulheres de todo o país antes da hora do almoço.

– Sinto muito – disse Andrea, a voz embargada. – É claro, como muitos de vocês sabem, a inspetora-chefe Baxter e eu somos amigas muito próximas...

– Vaca! – repetiu Baxter fervendo de raiva enquanto Curtis permanecia em um silêncio sensato.

– ... eu, junto ao resto da equipe aqui, desejamos uma rápida recuperação a ela depois dessa "altercação" com um suspeito.

Andrea respirou fundo e seguiu em frente com o profissionalismo estoico de alguém que, na verdade, não dava a mínima.

– Muito bem. Vamos falar com a comandante Geena Vanita da Polícia Metropolitana... Boa noite, comandante.

A superior de Baxter apareceu nas telas diante de um cenário genérico de Londres:

– Boa noite, Sra. Hall.

Ciente da habilidade da jornalista ambiciosa de tornar uma situação ruim ainda pior, Vanita claramente havia decidido que era melhor ela mesma lidar com o terreno minado que era aquela entrevista.

– Diria que é uma mulher religiosa, comandante? – perguntou Andrea de repente, logo na largada.

– Eu... – A expressão no rosto de Vanita sugeria que a entrevista já começara fora de sua zona de conforto. – Se pudéssemos nos ater...

– Presumo que, pela ausência de novas informações, vocês *ainda* não tenham pistas sólidas relativas a esses horrendos assassinatos... ao que parece, o trabalho de um único indivíduo perturbado, mas levado a cabo por pessoas sem nenhuma ligação *aparente* umas com as outras?

– Bem... ainda estamos investigando...

– Azazel.

– Como?

– Presumo que tenha ouvido a teoria do pastor Jerry Pilsner Jr.?

– É claro – respondeu Vanita, finalmente conseguindo completar uma frase de duas palavras.

Tinha sido quase impossível evitar o fanático já que ele aparecia em todos os programas de TV dispostos a recebê-lo.

– E?

– E...?

– Ele tem uma explicação bem *pouco convencional* para o que está acontecendo.

– É verdade.

– Posso lhe perguntar se a polícia está dando algum crédito às alegações do pastor?

Vanita sorriu.

– De forma nenhuma. Isso seria um uso extremamente infeliz de recursos essenciais.

Andrea riu e Vanita relaxou visivelmente na tela.

– Seria, não é mesmo? – comentou Andrea, com uma expressão exageradamente pensativa. – Quer dizer, tanto aqui quanto nos Estados Unidos instituições religiosas de todos os credos vêm tendo uma procura recorde desde a semana passada.

A expressão de Vanita mudou quando ela percebeu a armadilha que a jornalista estava preparando.

– E a Polícia Metropolitana respeita a fé dessas...

– Elas são tolas por acreditar em algo, comandante?

– De forma alguma, mas...

– Então agora está dizendo que a teoria do "anjo caído" *é* um caminho válido da investigação?

A pobre Andrea parecia terrivelmente confusa.

– Não. Eu não estou dizendo isso. O que estou dizendo... – Vanita estava com dificuldades.

– Não sou detetive – continuou Andrea –, mas não haveria alguma possibilidade de que esses assassinatos sejam ao menos inspirados na Bíblia, talvez até pela ideia de um dos anjos de Deus caídos em desgraça?

Vanita ficou paralisada enquanto tentava calcular que resposta provocaria o menor estrago.

– Comandante?

– Sim... Não. Nós...

– Bem, sim ou não? – Andrea jogou as mãos para o alto, irritada. – Com certeza a polícia deseja investigar cada...

– Sim – interrompeu Vanita com determinação. – *Estamos* investigando essa possibilidade.

De repente, a câmera se afastou, deixando a apresentadora no centro da cena, a parede de monitores se estendendo vários metros em todas as direções.

– Ah, não – sussurrou Baxter, sentindo se aproximar o momento de esplendor sensacionalista que era a marca registrada de Andrea.

As telas atrás da bancada da apresentadora piscaram e cintilaram dramaticamente, apagando a imagem de Vanita e substituindo-a por um enorme conjunto de asas negras rasgadas, emolduradas como se houvessem brotado nas costas da repórter premiada, enquanto ela continuava:

– E o que vocês têm, então – disse Andrea à sua audiência global –, é apenas a Polícia Metropolitana caçando anjos caídos.

– Do que ela está falando? – perguntou Curtis.

– É isso que ela faz – respondeu Baxter enquanto observava o espetáculo de Andrea.

– Mas isso é um absurdo!

– Não importa... não quando é *ela* quem está dizendo... Lá vai – disse Baxter se preparando.

– ... portanto, juntem-se a mim, Andrea Hall, amanhã, às seis da manhã, para debatermos cada reviravolta terrível e bizarra no que a polícia agora está chamando de... "os assassinatos de Azazel".

– Não! – rosnou Baxter desanimada.

Ela desligou a TV e balançou a cabeça.

– Você... está tudo bem com você? – perguntou Curtis baixinho.

– Estou bem – retrucou Baxter. Ela se lembrou de que estava usando só uma toalha e a levantou para esconder um pouco mais da pele. – Só quero ir para a cama.

Houve uma pausa constrangedora enquanto ela esperava que Curtis a deixasse sozinha. Em vez disso, a agente se sentou diante da mesa que ficava em um canto do quarto.

– Na verdade, eu estava esperando uma chance de falar com você a sós – disse ela.

Baxter ficou parada na porta do banheiro, tentando esconder seu desconforto. Teria se sentido constrangida parada seminua diante de Thomas, quanto mais tentando manter uma conversa com uma mulher que conhecera havia tão pouco tempo.

Curtis continuou a falar, sem se dar conta do mal-estar da colega:

– Isso agora já deve ser irrelevante de qualquer modo, pois já sabemos que a pista em relação aos terapeutas é solida, mas não me sinto confortável escondendo isso de você. A legista encontrou algumas irregularidades no exame de sangue de Glenn Arnolds.

Baxter tentou parecer surpresa com a notícia, apesar de poder ver uma ponta do documento em questão aparecendo na pasta que estava em cima da mesa.

– Basicamente, ele não estava tomando medicação antipsicótica. Em vez disso, vinha tomando outros medicamentos que pioravam seu estado mental. Por certos *motivos*... essa informação não foi compartilhada com você e peço desculpas por isso.

– Tudo bem. Obrigada por me contar. – Baxter sorriu. Uma conversa emocionante enquanto estava de pé, de sutiã, era demais para ela. Só queria que aquilo terminasse. – Ora, acho que talvez eu... – disse indicando o chuveiro.

– É claro.

Curtis se levantou para sair.

Baxter teve medo de a agente do FBI tentar abraçá-la no caminho para a porta e se afastou quando isso acabou acontecendo.

– Somos uma equipe, certo? – perguntou Curtis, sorrindo.

– Com certeza somos – concordou Baxter, batendo a porta na cara dela.

– Ser jogada em cima de uma mesa não foi o bastante para despachá-la de volta para casa? – sussurrou Lennox enquanto ela e Curtis se encaminhavam para a sala de reuniões do escritório do FBI.

A supervisora acabara de ver Baxter andando com dificuldade na frente delas.

Um jovem agente entrou na sala com uma pilha de documentos que ela requisitara.

– Se incomodaria de distribuir esses papéis, agente...?

– Rouche.

– Rooze?

– Pelo amor de Deus! Escolha outra pessoa – disse Lennox, irritada.

Depois que todos estavam sentados, ela foi direto ao primeiro item da pauta, propositalmente sem fazer nenhuma menção aos diversos machucados de Baxter.

Na frente da sala, o quadro branco de assassinos de Rouche havia recebido uma coluna a mais.

ESTADOS UNIDOS	INGLATERRA	?
1. MARCUS TOWNSEND (Ponte do Brooklyn) MO: estrangulamento Vítima: relacionada ao caso Boneco de Pano	**3. DOMINIC BURRELL** (Presídio de Belmarsh) MO: facadas Vítima: relacionada ao caso Boneco de Pano	**6. ?** (Westchester) MO: tiros Vítima: psiquiatra e família
2. EDUARDO MEDINA (33ª Delegacia de Polícia) MO: impacto em alta velocidade Vítima: policial	**4. PATRICK PETER FERGUS** (The Mall Avenue) MO: traumatismo craniano Vítima: policial	**7. ?** (Brooklyn) MO: tiros Vítima: terapeuta
5. GLENN ARNOLDS (Grand Central Terminal) MO: desagradável Vítima: ? empregado da estação		

– As pegadas no Brooklyn são idênticas às que foram encontradas na casa de Bantham – disse Lennox a todos a sala. – O exame de balística deu positivo. Além do mais, essa é a primeira vez que aparece um MO repetido. Vou me arriscar a dizer que não acho que a morte desses homens fosse parte do plano. Marionetes mortas. Sem iscas. Isso foi alguém agindo no desespero, queima de arquivo. Alguém tem algo a acrescentar? – perguntou ela olhando para Rouche e Curtis.

– Só que esse "alguém" não é profissional: Baxter o acertou com vontade e as três balas que ele descarregou em East só fizeram o trabalho por causa da perda de sangue, não por terem atingido algum órgão vital – disse Rouche –, o que certamente corrobora a teoria do desespero.

– Não pode ser uma coincidência que, a partir do momento em que começamos a mostrar interesse por essas pessoas, elas apareçam mortas – comentou Curtis.

– Não, não pode – concordou Lennox. – Falando nisso, em relação ao assassino das duas últimas ocorrências: temos altura e peso aproximados, além de uma vaga descrição de "um homem branco de olhos castanhos".

Baxter ignorou a crítica velada no "vaga".

– A quem pertencia o apartamento em que East estava ficando? – perguntou alguém.

Lennox folheou as páginas do documento à sua frente.

– A um tal de... Kieran Goldman. Ao que parece, ele e East eram amigos e a propriedade estava vazia enquanto Goldman reunia fundos para reformá-la.

– Então não temos nada? – perguntou o mesmo oficial. – A menos que a perícia surja com um nome, não temos nada?

– Longe disso – disse Lennox. – Agora sabemos a identidade do autor intelectual disso. Agora *finalmente* sabemos quem está manipulando as cordas.

– Sabemos?

Uma sala de rostos com expressões vazias esperou que ela continuasse.

– Eu lhes apresento o nosso Azazel...

Graças a Andrea Hall, o nome estava sendo adotado por cada vez mais jornalistas a cada minuto que passava, ao ponto de até o FBI estar se referindo ao caso como se fosse o trabalho de um anjo caído que possuía o corpo das pessoas.

Curtis sentiu o coração afundar quando Lennox levantou uma fotografia do psiquiatra britânico desaparecido. Ela não apenas matara um homem inocente como ficara cara a cara com o suspeito mais procurado do FBI, flertara com ele como uma colegial idiota e o deixara escapar.

– Alexei Green – declarou Lennox. – Só no ano passado, Green cruzou o Atlântico cinco vezes para visitar East e Bantham. Como já sabemos, ele era terapeuta de Dominic Burrell na prisão. O que não sabíamos antes era que a companhia de limpeza onde o assassino da policial britânica e incendiário, Patrick Peter Fergus, trabalhava havia sido contratada para prestar serviço no escritório de Green, dando ao terapeuta muitas oportunidades para recrutar Fergus, manipulá-lo ou persuadi-lo por meio de canais não oficiais.

– E o motivo de Green seria exatamente... *qual*? – perguntou Baxter.

Lennox a fuzilou com os olhos, mas respondeu com profissionalismo.

– Ainda estamos investigando isso. Mas Green é o ponto de ligação entre todas as nossas marionetes. Esse é ele, pessoal. Apreender Alexei Green *tem* que ser a nossa prioridade máxima.

– Não estou convencida – disse Baxter. – Envolvido, com certeza. Coordenando, por quê?

– Concordo – apoiou Rouche.

– É mesmo? – perguntou Lennox com impaciência. – Talvez isso os faça mudar de ideia: depois de interrogarmos East, ele fez uma única ligação durante o caminho de táxi de volta ao Prospect Park. Alguém quer tentar adivinhar para quem foi a ligação?

Ninguém arriscou, desconfiando que era mais seguro permanecer em silêncio.

– Pois é: Alexei Green. East se escondeu para manter a si e à família em segurança. Ele tinha feito um bom trabalho até confiar na pessoa errada. Ele liga para Green em busca de conselho. Meia hora mais tarde, alguém aparece na porta dele para assassiná-lo.

Rouche estava confuso.

– Se Green ainda está usando o celular, por que não podemos encontrá-lo?

– Ele não está. Era um celular descartável e, de qualquer modo, a ligação foi breve demais para que conseguíssemos rastrear.

Rouche ficou ainda mais confuso.

– Então, como sabemos que o celular pertencia a Green?

– Estávamos ouvindo a ligação. – Lennox deu de ombros. – Acha *mesmo* que deixaríamos nossa pista mais promissora simplesmente ir embora daqui porque nos apresentou um advogado metido a besta?

Rouche ficou impressionado com as táticas clandestinas da agente especial encarregada. Ela havia sido muito convincente na época, mas ele agora se lembrou da irritação de Ritcher por ele e East terem que deixar seus pertences fora da sala.

– As evidências indicam que Alexei Green está manipulando todas as cordas e vamos concentrar todos os esforços em encontrar... – Lennox se interrompeu ao ver os rostos distraídos da plateia.

Ela seguiu o olhar deles em direção às janelas que davam para o escritório principal, para onde as pessoas corriam freneticamente.

Lennox abriu a porta da sala de reuniões e parou um oficial ainda jovem que passava.

– O que está acontecendo?

– Ainda não temos certeza. Algo a respeito de um corpo...

Todos os telefones do escritório pareceram tocar ao mesmo tempo. Lennox correu para a mesa mais próxima e atendeu. Seus olhos ficavam cada vez mais arregalados à medida que ela ouvia com atenção.

– Curtis! – gritou.

A agente especial ficou de pé em um pulo e Baxter e Rouche a seguiram para fora da sala.

– Times Square Church, nos arredores da Broadway! – gritou Lennox sem mais explicações.

Enquanto eles saíam correndo obedientemente, podiam ouvir a mulher gritando ordens por toda a sala.

– Posso ter a atenção de todos? Acabamos de receber um alerta de um incidente de *grandes proporções*...

Capítulo 21

Terça-feira, 15 de dezembro de 2015
10h03

Ninguém falou uma palavra enquanto eles atravessavam a cidade em disparada com Curtis ao volante. Os rádios do Departamento de Polícia de Nova York não paravam enquanto transmissões urgentes interrompiam uma a outra e os oficiais responsáveis pela triagem mandavam mais agentes para a cena do crime cada vez que uma unidade se liberava de outra missão. As poucas informações que os oficiais na igreja haviam conseguido passar pelo canal aberto eram aterrorizantes.

– ... corpos por toda parte...
– ... pendurados nas paredes...
– ... todos mortos.

Curtis teve que subir na calçada para passar pelo trânsito engarrafado quando já se aproximavam da West 51st Street. Duas quadras adiante, um policial jovem acenou para que atravessassem rapidamente o bloqueio de ruas organizado na Broadway. Ele afastou a barricada de plástico fino pelo chão de neve derretida, abrindo caminho para a rua deserta. Curtis acelerou na direção do aglomerado de carros de polícia abandonados no cruzamento adiante, luzes azuis piscando em todas as direções.

Eles derraparam até parar em frente ao Paramount Plaza, o mais perto que conseguiram chegar do destino, e percorreram o resto do caminho a pé. Baxter estava convencida de que seguiam na direção errada ao ver que não havia por ali nada que lembrasse uma igreja, apenas prédios parecidos com fachadas de vidro dos dois lados da rua. E ficou ainda mais confusa quando seguiu Curtis e Rouche através das portas de um antigo teatro muito grande.

O saguão com decoração dos anos 1930 era uma mistura desconcertante de decadência, mensagens garantindo que *todos* precisavam de Deus em sua vida e policiais com expressões traumatizadas, sugerindo que talvez Deus tivesse tirado um dia de folga.

Duas portas abertas permitiam ver de relance o auditório. Baxter podia ver as luzes das lanternas varrendo um teto dourado e uma cortina vermelho-sangue, fechada como se estivesse aguardando o início de um espetáculo.

Ela seguiu os colegas porta adentro.

Mal haviam dado três passos no magnífico salão quando paralisaram.

– Ah, meu Deus – sussurrou Curtis enquanto Rouche olhava ao redor com uma expressão de incredulidade.

Baxter passou entre os dois, mas se arrependeu imediatamente. A antiga e linda casa, transformada em teatro, renascida como igreja, havia passado por uma última metamorfose, uma mutação depravada: uma manifestação viva do inferno na terra. Ela se sentiu zonza enquanto seus olhos assimilavam a cena à sua frente. Havia se esquecido da sensação, a mesma reação de mergulhar em um abismo que experimentara na primeira vez em que pousara os olhos no Boneco de Pano suspenso diante daquelas janelas grandes daquele apartamento nojento em Kentish Town.

Incontáveis fios se cruzavam acima da cabeça deles, correndo do palco até o balcão, do teto até o chão acarpetado, de uma parede ornamentada a outra – uma teia de aranha de aço erguida acima das fileiras de cadeiras de veludo vermelho do teatro. Corpos como insetos presos em teias, retorcidos em posições únicas e ainda assim perturbadoramente familiares, nada naturais, deformados, nus e marcados.

Aturdida, Baxter seguiu os colegas mais para dentro do auditório... direto para o inferno.

Os fachos de luz das lanternas lançavam sombras macabras nas paredes, imagens distorcidas de pessoas desfiguradas e um murmúrio sussurrado emanava das dezenas de policiais dentro do salão, enquanto passavam por entre os horrores. Ninguém estava dando ordens ou assumindo o comando provavelmente porque, assim como Baxter, ninguém tinha ideia do que fazer.

A luz de uma lanterna que se movia passou por um corpo acima deles e se refletiu na pele escura. Confusa, Baxter chegou mais perto, um rangido estranho se tornando mais alto conforme os olhos dela corriam pela extensão de membros retorcidos, contorcidos mais violentamente do que os outros, com diversos traumatismos.

– Se incomoda? – pediu ela a um policial que passava, adotando um sussurro apropriado à cena.

Satisfeito por ter alguém que lhe dissesse o que fazer, ele iluminou mais para o alto.

– Há outros – informou a eles, enquanto os membros de madeira balançavam delicadamente. – Não sei ao certo quantos.

Eles estavam encarando uma réplica em tamanho real, mas sem feições, das pessoas suspensas ao redor – a cabeça uma forma oval sem olhos, expressões sinistras se formando nas fibras da madeira encerada... uma marionete flutuando diante do palco de um teatro, uma palavra conhecida entalhada no corpo oco. "Isca". Olhando ao redor do salão escuro, era impossível dizer quais das formas retorcidas ao redor deles era real.

Um momento se passou antes de Curtis se afastar deles. Ela ergueu o crachá acima da cabeça e se dirigiu a todo o salão.

– Agente especial Elliot Curtis, do FBI! *Eu* estou assumindo o comando desta cena de crime. Todos devem se reportar a mim e qualquer contato com a imprensa passa por mim... Obrigada.

Baxter e Rouche trocaram um olhar, mas nenhum dos dois disse nada.

– Curtis, fique perto! – sussurrou Rouche, quando ela se afastou ainda mais deles para ficar entre os assentos, bem no meio do salão, o verdadeiro palco do teatro, um ponto arbitrário para onde todos os corpos pendurados ao redor pareciam estar voltados. – Curtis!

Ela o ignorou e determinou a um policial a tarefa nada invejável de contar o número exato de mortos em relação aos manequins de madeira.

Baxter deu alguns passos na direção do corpo suspenso mais próximo e avaliou que a vítima devia estar na casa dos 60 anos. Sua boca estava aberta, assim como os ferimentos recentes rasgados em seu peito: "isca". Até mesmo na luz fraca, ela conseguiu perceber a pele de coloração azulada do morto. Ele estava pendurado a uma altura em que as pontas dos seus dedos roçavam o velho carpete vermelho.

Baxter se sobressaltou ao ouvir um baque alto acima deles, mas então viu o facho de uma lanterna apontado do balcão, enquanto um policial corajoso checava o andar de cima. Curtis deu um sorriso ansioso para ela do centro do salão, parada abaixo do corpo de um homem apenas algumas fileiras acima.

O murmúrio baixo se tornou um zumbido suave à medida que mais policiais uniformizados enchiam o salão, uma onda azul saindo das ruas da cidade para se aglomerar em um único cômodo, como mariposas voando ao redor de uma chama. Mais lanternas iluminaram o salão escuro.

A luz extra caiu sobre quatro outros corpos suspensos próximos a eles, e Baxter percebeu algo que não havia reparado antes. Ela pegou o celular, mirou a luz fraca em um corpo pendurado no ar, logo abaixo do balcão, e depois para a figura solitária, terrivelmente contorcida acima do palco. Baxter correu na direção de uma vítima, uma mulher que estava de costas para ela, enfiou-se por baixo dos fios que mantinham a mulher no lugar e iluminou o tórax exposto.

– Baxter? – chamou Rouche. Ele percebera o comportamento errático da colega e correra para se juntar a ela. – O que foi?

– Alguma coisa...

Ela virou a cabeça ao redor e iluminou o corpo pálido diante do qual Curtis ainda estava parada.

Curtis olhou para eles sem entender.

– Baxter? – repetiu Rouche.

– Isca – retrucou ela em um tom distante.

– São todos iscas. Cada um deles – explicou ela, ainda olhando ao redor com uma expressão preocupada. – Então, onde estão as marionetes?

Uma gota de sangue aterrissou em seu rosto. Ela esfregou instintivamente com a mão, deixando-o manchado.

Rouche levantou os olhos para o corpo ao lado deles, a palavra já familiar gravada na figura esguia, faixas vermelhas ainda escorrendo além do umbigo da mulher.

– Os mortos não sangram – murmurou ele, empurrando Baxter para longe.

Dessa vez, ela não resistiu, apenas se virou para ele com uma expressão de pavor nos olhos, enquanto a lanterna improvisada iluminava a vítima acima de Curtis – de um branco espectral no brilho da luz fria.

Curtis acenou chamando-os, querendo saber do que estavam falando, quando os músculos sob a pele frouxa do corpo atrás dela se contorceram e um dos longos braços brancos se desvencilhou do fio – um facho de luz refletiu em algo preso em sua mão fechada...

Antes que Rouche pudesse alcançar sua arma, antes que qualquer um deles pudesse sequer gritar o nome de Curtis para alertá-la, o cadáver reanimado passou a mão pela garganta dela em um único gesto suave.

Baxter ficou parada, boquiaberta, enquanto Rouche acertava três tiros ensurdecedores no tórax do homem, fazendo-o se debater violentamente contra os fios firmes que o mantinham no lugar.

Nos momentos que se seguiram, o único som no salão silencioso foi o zumbir metálico da vibração da rede de fios.

Os olhos arregalados de Curtis encontraram os de Rouche enquanto ela compreendia o que estava acontecendo. A agente do FBI tirou a mão do pescoço e viu que o sangue pingava. Uma grande quantidade de sangue escorria por sua blusa branca, como se a cortina do palco estivesse descendo. Baxter já estava correndo em sua direção quando ela cambaleou e caiu fora de vista, atrás da fileira de cadeiras.

– Todos para fora! – gritou Rouche. – Saiam!

Várias figuras ao redor deles começaram a se libertar de suas posições retorcidas. Os gritos de pânico dos policiais foram amplificados a níveis ensurdecedores por causa da acústica natural do salão, enquanto eles se dispersavam em direção à luz do dia.

A aranha aparecera.

Tiros foram disparados a esmo.

Rouche ouviu uma bala passar a centímetros de sua cabeça.

Um grito acima – uma fração de segundo mais tarde, o policial que estivera no balcão aterrissou em uma pose grotesca aos pés dele.

Rouche empunhou a arma e correu mais para dentro do salão atrás de Baxter.

Um baque muito alto, diferente de um tiro, ressoou do outro lado do salão, seguido por gritos de desespero dos policiais que tentavam escapar. Rouche não precisou olhar para trás para saber que som fora aquele... era o som da esperança morrendo. O som das portas de madeira pesada sendo fechadas, trancando-os lá dentro, dentro de um lugar que já não pertencia mais a Deus.

Ele encontrou Baxter agachada sobre o corpo de Curtis, enquanto o massacre continuava ao redor deles. Ela estava tentando sentir a pulsação da outra mulher, ouvir a respiração, a mão já ensanguentada pousada sobre o ferimento mortal.

– Acho que consigo sentir uma pulsação fraca! – arquejou, aliviada.

E levantou os olhos para Rouche.

– Pegue a arma dela – ordenou Rouche em um tom sem emoção.

Baxter nem conseguiu registrar as palavras.

– Temos que tirá-la daqui.

– Pegue... a... arma... dela – repetiu Rouche.

Baxter o encarou com desprezo.

Um borrão branco se jogou de repente em cima de Rouche. Ele foi pego desprevenido e só conseguiu disparar um único tiro, que acertou quem o atacava na parte de baixo da perna, fazendo com que caísse entre as cadeiras do outro lado do corredor, mas garantindo alguns segundos de trégua. Rouche se inclinou por cima do corpo de Curtis e tirou a arma dela do coldre. Então puxou Baxter com firmeza para colocá-la de pé, enquanto ela tentava se desvencilhar dele.

– Me solta! Ela ainda está viva! – gritou Baxter enquanto ele a arrastava para longe de Curtis. – Ela ainda está viva!

– Não há nada que você possa fazer por ela! – gritou ele.

Mas Baxter não conseguiu ouvi-lo acima do som dos próprios protestos, do ecoar dos tiros e dos sons nauseantes da morte dos policiais presos perto da saída, que estavam sendo atacados com armas improvisadas: lâminas, ferramentas e fios. As poucas pessoas que ainda se agarravam às portas estavam cercadas.

– Não há nada que possamos fazer por nenhum deles – voltou a falar Rouche.

Ele foi forçado a soltar Baxter quando o homem que havia ferido os atacou com um pedaço afiado de metal, abrindo um talho fundo na altura da cintura de Rouche, que recuou e se encolheu, enquanto segurava a lateral do corpo, a dor atingindo-o em cheio. Ele segurou o revólver que havia tirado de Curtis pelo cano e acertou com força o homem com o punho pesado da arma, deixando-o inconsciente. Então entregou a arma a Baxter, que ficou apenas encarando-a nas mãos.

Ainda havia vários corpos pendurados imóveis ao redor do salão. Não dava para dizer se estavam mortos, se eram marionetes ou se aguardavam pacientemente. Rouche não tinha vontade nem tempo para se aproximar o bastante para descobrir porque mais duas figuras pálidas emergiram da escuridão do fundo do salão e desceram o corredor na direção deles.

– Baxter, temos que ir... Temos que ir! – disse ele com firmeza.

Ela continuava olhando abalada para o ponto onde haviam abandonado a amiga, quando a cadeira ao seu lado explodiu em pedaços de madeira e de estofado.

Alguém estava atirando neles.

Enquanto os dois disparavam para o palco, o atirador que estava no balcão continuou a atirar sem mirar em nada, derrubando um dos manequins de madeira antes de ficar sem munição. Rouche subiu primeiro os degraus na lateral do palco. Enquanto subiam, ele observava uma figura solitária contorcida no refletor em busca de algum sinal de vida.

Vários pares de olhos sedentos se viraram na direção deles enquanto passavam apressados entre as cortinas e para dentro da escuridão dos bastidores.

Escadas em mau estado subiam pelas paredes, erguendo-se acima deles, enquanto cordas grossas cheias de nós pendiam do alto como laços de forca. Baxter e Rouche conseguiam ouvir seus perseguidores se aproximando, vindo não sabiam de onde.

O som de pés nus no piso de madeira os perseguia enquanto eles tentavam driblar a claustrofobia provocada pelos intestinos do velho prédio, guiados apenas pelas placas de "Saída de Incêndio" brilhando em luz verde na penumbra. Rouche e Baxter mantiveram as armas erguidas enquanto passavam pelas portas abertas, as intermináveis bifurcações atrasando seu progresso através dos corredores imundos.

Eles ouviram um barulho logo atrás deles.

Rouche virou e olhou para a escuridão.

Ele esperou, mas o único movimento foi o de um balde enferrujado balançando suavemente na ponta de uma das cordas em que haviam esbarrado.

Rouche se virou para Baxter e descobriu que ela se fora.

– Baxter? – sussurrou ele, olhando para os três possíveis corredores que ela poderia ter pegado.

O gritos insanos e o som de pés correndo pareciam cercá-lo.

– Baxter?

Rouche tomou uma decisão e começou a descer por um dos corredores, com base apenas no fato de que era um pouco mais bem iluminado do que as duas outras opções. Já a meio caminho, os ecos abafados das vozes agitadas dobraram de volume enquanto três formas fantasmagóricas surgiram em um canto à frente dele.

– Ah, merda – arquejou Rouche.

Ele se virou e voltou correndo para onde viera.

Tinha a sensação de que estava a ponto de cair de cara no chão enquanto suas pernas se esforçavam para acompanhar seu desespero em escapar. Rouche passou direto pelo entroncamento onde havia perdido Baxter e continuou reto, enquanto os gritos atrás dele ficavam cada vez mais insanos, cada vez mais frenéticos, os predadores famintos pressentindo o fim iminente da caçada.

Rouche não ousou olhar para trás, apenas disparou a arma cegamente, o que não fez mais do que abrir buracos na parede. Ele gritou o nome de Baxter torcendo para que o pânico em sua voz a estimulasse a correr, se ela ainda fosse capaz disso. Os tiros logo se tornaram apenas cliques quando a munição de Rouche acabou. Ele pulou por cima de uma lata vazia de tinta e ouviu quando alguém a fez rolar pelo chão apenas alguns segundos depois.

Iam alcançá-lo.

Rouche dobrou em uma curva fechada e bateu na parede com força.

Sentiu uma mão contra o seu rosto enquanto tentava se levantar. No extremo do corredor, fracamente emoldurada pela luz do dia, estava a saída de emergência. Ele correu na direção dela com o hálito de seus perseguidores em seus ouvidos, jogou-se contra a barra da porta e saiu para a luz que o cegava.

Foi recepcionado pelo estalo de uma arma automática seguido por uma ordem em voz de comando.

– Esquadrão de Emergência! Não se mova! Solte a arma!

Rouche obedeceu, os olhos lacrimejando no ar frio.

– Fique lentamente de joelhos!

– Está tudo bem. Está tudo bem – insistiu uma voz familiar. – Ele está comigo.

O borrão azul dominando a visão de Rouche se transformou em um oficial do esquadrão de emergência usando um equipamento tático completo. Rouche reconheceu os prédios no lado oposto e percebeu que a ampla rede de corredores e salas de depósito da igreja o cuspira de volta para a West 51st Street, dois prédios adiante.

O oficial armado baixou a arma e passou por Rouche, indo até onde dois corpos nus jaziam na saída da porta aberta. Rouche interpretou o distanciamento do homem como um convite para que ele se levantasse do chão e desse um suspiro de alívio quando viu Baxter, mas ela não retribuiu o gesto nem se aproximou dele.

– Eles já estão lá dentro? – perguntou Rouche com urgência ao oficial do esquadrão de emergência. – Há uma mulher, uma agente do FBI, que...

O oficial o interrompeu.

– Vão arrombar as portas que dão para o auditório a qualquer momento.

– Preciso entrar lá – disse Rouche.

– Você precisa ficar exatamente onde está – corrigiu-o o homem.

– Eles podem não encontrá-la a tempo!

Rouche se virou para se aproximar da entrada principal quando o oficial armado ergueu o fuzil AR-15 que segurava.

Baxter correu para intervir.

– Está tudo bem conosco – gritou para o oficial, antes de se colocar no caminho de Rouche.

Ela o empurrou. Ele segurou o tórax que doía.

– Está tentando se matar? – perguntou Baxter. – Você me disse que não queria morrer, lembra? Você me prometeu.

– Ela ainda está lá! – disse Rouche. – Talvez se eu puder... Se eu conseguisse só...

– Ela se foi, Rouche! – gritou Baxter, antes que sua voz se transformasse em um sussurro: – Ela se foi.

Um retumbar abafado... então a parede da frente da igreja explodiu por cima da rua, enquanto uma enorme bola de fogo rodopiava e recuava com o sibilar de vidro estilhaçando. Baxter e Rouche cambalearam para trás, as mãos nos ouvidos, enquanto uma onda de fumaça engolfava toda a rua ao redor deles. Os olhos de Baxter ardiam tanto que ela não conseguia mais enxergar. Podia sentir a brita arranhando seus olhos por baixo das pálpebras, então sentiu Rouche pegar sua mão. Ela não tinha ideia de para onde ele a estava levando até ouvir o rangido de uma porta de carro se abrindo.

– Entre! – gritou ele.

Rouche bateu a porta depois que Baxter entrou no carro e correu para entrar no outro lado.

Ela já conseguia respirar de novo e esfregou os olhos até conseguir abri-los. Eles estavam dentro de uma das viaturas abandonadas no meio do cruzamento. Baxter mal conseguia ver o rosto de Rouche enquanto uma nuvem de fumaça e poeira passava pelas janelas do carro – um anoitecer prematuro.

Nenhum deles falou.

Baxter tremia enquanto repassava na mente os últimos vinte minutos.

Então houve uma segunda explosão.

Baxter agarrou a mão de Rouche e começou a respirar sofregamente. O som não viera da igreja dessa vez, mas de algum lugar próximo. No entanto, eles não conseguiam enxergar nada além do interior da viatura. Baxter fechou os olhos quando uma terceira bomba explodiu. E sentiu os braços de Rouche ao seu redor quando uma quarta e última explosão reverberou através de seus corpos.

Ao poucos, a luz do dia começou a retornar, enquanto a fumaça ao redor deles se dissolvia. Baxter empurrou Rouche e saiu do carro, a manga do casaco tapando o nariz e a boca, como uma máscara improvisada. Ela não conseguia ver o oficial do esquadrão de emergência em lugar algum da rua e desconfiou que ele houvesse se abrigado depois da primeira explosão. Rouche desceu pelo outro lado do carro.

As primeiras labaredas coloriram o céu acima do coração da cidade enquanto enormes nuvens pretas de fumaça se juntavam a elas, uma imagem familiar demais acima da linha do horizonte de Nova York.

– Onde é aquilo? – perguntou Baxter, incapaz de desviar os olhos.

– Times Square – sussurrou Rouche.

O silêncio foi interrompido pelo uivo alto das sirenes, dos alarmes e das pessoas que se aproximavam como uma avalanche.

– Ah – assentiu Baxter, aturdida, enquanto ficava parada ali, impotente, observando a cidade arder.

Sessão Um

Terça-feira, 6 de maio de 2014
9h13

Apesar da pressa, Lucas Keaton sabia que não conseguiria sair de casa deixando a foto emoldurada torta na parede. Mesmo se tentasse, acabaria voltando cinco minutos depois e se atrasaria ainda mais. As batidas na porta da frente continuaram enquanto ele caminhava até a foto e erguia muito levemente um de seus lados. Lucas fez um esforço corajoso para não se concentrar na lembrança sepultada atrás do vidro daquela moldura... mas a determinação dele foi fraca como sempre – as horas incontáveis que perdera olhando aquela parede, mergulhado em um passado banhado por uma aura cor-de-rosa de perfeição.

Lucas já não conseguia mais ouvir o som das batidas urgentes enquanto fitava a foto: ele, cercado pela esposa e pelos dois filhos, todos animados, vestindo roupas com a logomarca da Universal Studios.

Lucas se concentrou em seu eu do passado. Ele usava uma barba cheia na época, a gordura da meia-idade já começava a aparecer embaixo da camiseta suada da loja de suvenir e os cabelos secos nem um pouco atraentes cobriam muito mais da cabeça calva do que conseguiam fazer agora. Sua expressão era a que sempre usava nas fotos, a mesma personificação nada sincera de felicidade, normalmente reservada para a imprensa e para os seus compromissos públicos.

Ele podia estar fisicamente com eles naquela foto, mas sua mente estava em outro lugar, concentrada em assuntos mais importantes, e Lucas se desprezava por isso.

A pessoa na porta começou a tocar a campainha e libertou Lucas de seu momento de autoabominação. Ele desceu correndo as escadas e checou a gravata quando passou pelo grande espelho do hall de entrada.

– Desculpe incomodá-lo, Sr. Keaton, mas vamos nos atrasar – desculpou-se o motorista no momento em que Lucas abriu a porta.

– Não precisa se desculpar, Henry. Eu não chegaria a lugar nenhum a tempo *sem* você para me incomodar. Lamento por deixá-lo esperando.

Henry entrou direto no assento do motorista – já havia transportado o passageiro multimilionário vezes o bastante para saber que o homem odiava que abrissem as portas para ele.

– Para um lugar diferente hoje – comentou Henry, puxando conversa, enquanto saía com o carro.

Lucas demorou um pouco a responder. Tudo o que queria era ficar sentado em silêncio.

– Voltarei sozinho.

– Tem certeza? – perguntou Henry inclinando-se para a frente para checar o céu. – Parece que pode chover.

– Vou ficar bem – garantiu Lucas ao motorista. – Mas espero que me cobre também a viagem de volta e dê a si mesmo um belo almoço de presente.

– É muita gentileza da sua parte, senhor.

– Henry, detesto ser antissocial, mas tenho alguns e-mails para colocar em dia antes de chegar a essa... reunião.

– Não precisa dizer mais nada. Apenas me avise se precisar de alguma coisa.

Satisfeito por não ter aborrecido o homem, Lucas pegou o celular e ficou olhando para a tela em branco pelo resto do caminho.

Na época dele, Lucas havia conhecido mais celebridades, capitães da indústria e líderes mundiais do que poderia contar, ainda assim, nunca se sentira tão nervoso quanto naquele momento, sentado na sala de espera da clínica de Alexei Green. Enquanto preenchia a ficha que lhe entregaram quando chegara, seu pé tremia sem parar. Ele tivera dificuldade para segurar a caneta na mão suada e conseguira roer a unha do polegar até ficar tão curta que ela agora mostrava uma linha de sangue ao redor.

Lucas prendeu a respiração completamente quando o telefone da recepcionista tocou.

Segundos mais tarde, a porta diante dele se abriu e um homem de uma beleza fora do comum apareceu. Talvez porque tivesse analisado naquela manhã mesmo uma fotografia dos próprios cabelos rareando, Lucas se viu incapaz de afastar os olhos dos de Green, que os usava penteados para trás, o estilo que era a moda do momento entre todas as estrelas de cinema – e Green parecia uma delas.

– Lucas, sou Alexei – cumprimentou Green, apertando a mão de Lucas com a sinceridade de um velho amigo. – Por favor, entre, entre. Posso lhe servir alguma coisa? Um chá? Café, talvez? Um copo d'água?

Lucas balançou a cabeça.

– Não? Bem, então venha se sentar.

Green sorriu e fechou a porta com delicadeza.

Não dissera uma palavra em mais de vinte minutos. Ficou brincando com o zíper do casaco enquanto Green o observava com paciência. Quando Lucas olhou de relance para ele, os dois homens fizeram um breve contato visual antes de Lucas voltar rapidamente o olhar para o casaco em seu colo. Momentos depois, ele caiu em lágrimas, soluçando com as mãos no rosto. Ainda assim, Green não disse uma palavra.

Quase cinco minutos se passaram.

Lucas secou os olhos vermelhos e deixou o ar escapar com força.

– Desculpe – falou, quase perdendo o controle de novo.

– Não se desculpe – retrucou Green em um tom tranquilizador.

– É só que... você... Ninguém consegue entender o que passei. Eu *nunca* vou ficar bem de novo. Se você ama alguém, quero dizer, se ama alguém *de verdade*, e perde essas pessoas... você não deve ficar bem, não é?

Green se inclinou para a frente para se dirigir ao homem transtornado e lhe passou um punhado dos lenços de papel "de tamanho masculino" que mantinha em cima da escrivaninha.

– Há uma grande diferença entre ficar bem e aceitar que alguma coisa saiu completamente do seu controle – disse Green em um tom bondoso. – Olhe para mim, Lucas.

Hesitante, ele encontrou mais uma vez os olhos do psiquiatra.
— Acredito sinceramente que posso ajudá-lo — voltou a falar Green.
Lucas sorriu, enquanto secava os olhos, e assentiu.
— Sim... Sim. Também acho que pode.

Capítulo 22

Terça-feira, 15 de dezembro de 2015
14h04

Baxter mandou três mensagens de texto idênticas: uma para Edmunds, uma para Vanita e uma para Thomas:

> Estou bem. Voltando para casa.

Ela havia desligado o celular e tomado um dos poucos trens que ainda rodavam para Coney Island. Só precisava se afastar de Manhattan, das pessoas traumatizadas, das quatro nuvens escuras que pairavam acima da cidade, manchando o céu azul: o cartão de visitas de um assassino.

Um a um, cada um dos outros passageiros abatidos desceu ao longo do caminho. Sozinha, Baxter saiu na estação de metrô quase deserta. Ela se protegeu contra o vento, que ali estava mais forte e mais frio do que na cidade, e se encaminhou para a praia.

O parque de diversões estava fechado para o inverno, o esqueleto das atrações congeladas cercado por estandes e barracas viradas de cabeça para baixo, cadeados enormes à mostra.

Para Baxter, a cena revelava o verdadeiro vazio sob a superfície, nada além de uma ilusão de luzes cintilantes e música alta para distrair as pessoas de suas ofertas sem substância. Era o mesmo princípio que atraíra hordas de pessoas para a Times Square naquela manhã, a famosa armadilha para turistas, onde pessoas de todo o planeta escolhiam ficar paradas, encarando boquiabertas as versões iluminadas de propagandas que normalmente precisariam se esforçar muito para receber atenção.

Embora soubesse que sua raiva era ao mesmo tempo irracional e dirigida ao alvo errado, Baxter se sentia nauseada com a tentativa dessas empresas de empurrar seus vários produtos garganta abaixo de todo mundo. Morrer sob o brilho de uma placa de LED fazendo propaganda da Coca-Cola parecia tão vazio que lhe dava uma impressão ainda maior de que tudo aquilo havia sido um desperdício.

Ela não queria mais pensar naquilo. Não queria mais pensar em nada, principalmente em Curtis, em como eles a haviam abandonado para morrer naquele lugar terrível.

Por mais que berrasse e protestasse em relação à covardia de Rouche, sabia que havia deixado que ele a levasse embora, que, se realmente estivesse determinada a ficar, nada a teria arrancado do lado da colega. Era por *isso* que se sentia tão furiosa com Rouche: ele sabia. Tinha sido uma decisão dos dois.

Eles a haviam deixado para trás.

Ela continuou ao longo do calçadão, passando o parque de diversões, com nada além do mar e da neve se estendendo à sua frente... e continuou a caminhar.

Na manhã seguinte, Baxter se levantou cedo e não tomou café da manhã para evitar esbarrar com Rouche. Fazia um dia lindo e frio de inverno, sem uma única nuvem no céu, por isso ela comprou um café no caminho e seguiu para a Federal Plaza. Depois de passar pela segurança, subiu de elevador até o escritório vazio.

Ela foi a primeira a chegar à sala de reuniões e automaticamente ocupou o lugar no canto, bem ao fundo. Depois de um instante entendeu a razão. Ela e Wolf sempre haviam ocupado a última fileira nas reuniões de equipe e sessões de treinamento. Os dois encrenqueiros aprontando fora da vista dos outros.

Baxter sorriu, então sentiu raiva de si mesma pelo momento de nostalgia: uma vez Finlay havia cometido a tolice de cochilar durante uma sessão sobre ser politicamente correto, e ela e Wolf haviam empurrado, ao longo de vinte minutos, pouco a pouco, sua cadeira até ele estar voltado para os fundos da sala. A expressão no rosto dele quando o instrutor percebeu e começou a berrar com ele tinha sido impagável. O homem chamara Finlay de "escocês preguiçoso desgraçado", o que fizera a sessão de treinamento se encerrar abruptamente.

Baxter já estava com a cabeça cheia demais para começar a pensar nessas coisas. Ela se levantou e passou para o assento da frente.

A sala estava cheia às 8h55, com uma atmosfera de fúria incontida. Baxter fez questão de evitar fazer contato visual quando Rouche entrou e começou a procurar por ela. Como não havia mais cadeiras livres, ele se viu forçado a se sentar na primeira fila.

Todos os esforços de Baxter para evitar lidar com a perda da colega tinham sido em vão. Vinte segundos depois de entrar na sala, Lennox ligou a enorme lousa interativa e mostrou uma fotografia de Curtis, com um sorriso sincero, usando o uniforme completo do FBI, a pele ainda absolutamente impecável, mesmo em uma fotografia tão grande.

Baxter teve a impressão de que tinha levado um soco no estômago. Olhou ao redor tentando manter os olhos ocupados, sabendo que, se não fizesse isso, eles se encheriam de lágrimas.

Em uma legenda na base da foto, lia-se:

Agente especial Elliot Curtis
1990-2015

Lennox baixou a cabeça e ficou parada em silêncio por um momento. Então pigarreou antes de falar.

– Acho que Deus simplesmente precisava de outro anjo.

Baxter precisou de todo o seu autocontrole para não sair em disparada da sala. Mas, então, para sua surpresa, Rouche se levantou e saiu.

Depois de uma pausa tensa, Lennox começou a reunião. Ela anunciou que eles "lamentavelmente" perderiam Baxter naquela tarde e começou a agradecer à inspetora-chefe britânica por sua "inestimável" contribuição ao caso. Então enfatizou que o trabalho estava apenas no início para o restante deles, que passariam a trabalhar em conjunto com o Departamento de Segurança Nacional e com a Divisão de Contraterrorismo do Departamento de Polícia de Nova York dali para a frente. Depois apresentou o agente que assumiria o papel de Curtis.

– Nós, como agências das forças da lei, como nação, permitimos que nos manipulassem na manhã de ontem – disse Lennox à sala. – *Não* cometeremos esse erro de novo. Com oportunidade de observar em retrospecto, agora tudo fica muito óbvio: se aproveitar da fama do caso Boneco de Pano para capturar inicialmente o interesse da mídia, o espetáculo grotesco no Grand Central para garantir que o mundo todo falasse a respeito, matar os nossos para provocar uma reação desproporcional... Iscas.

Um silêncio desconfortável se seguiu ao resumo de Lennox. Eles haviam sido avisados o tempo todo de que estavam sendo coagidos a alguma coisa e nenhum deles fora capaz de prever o que aconteceria.

– Entregamos tudo o que tínhamos a eles. – Lennox parou para conferir suas anotações. – Entre a igreja e a Times Square, perdemos 22 dos nossos ontem, incluindo oficiais do Departamento de Polícia de Nova York, uma equipe inteira do Esquadrão de Emergência e, é claro, a agente especial Curtis. O total de mortos até agora já chega a 170 pessoas. No entanto, é provável que esse número ainda aumente significativamente, porque a operação de limpeza continua e há a possibilidade de perdermos mais vítimas hospitalizadas com ferimentos graves.

Ela levantou os olhos da fotografia de Curtis.

– É nosso dever para com todas e cada uma dessas pessoas capturar e punir os responsáveis...

– Ah, com certeza vou puni-los – resmungou alguém.

– ... enquanto honramos nossos colegas mantendo os mais altos padrões de profissionalismo que eles esperariam de nós – acrescentou Lennox. – Estou certa de que, a essa altura, todos vocês já estão enjoados de me ouvir, por isso vou passá-los ao agente especial Chase.

O substituto de Curtis ficou de pé, Baxter já decidira odiá-lo desde o início, mas ficou satisfeita ao descobrir que seu ódio era completamente justificado. Chase estava usando parte da armadura policial no escritório, por nenhuma outra razão concebível que não ele achar que parecia descolado daquela forma.

– Muito bem – começou Chase, que estava claramente suando sob as camadas desnecessárias de roupa. – Conseguimos identificar dois dos veículos envolvidos nos ataques de ontem.

As fotografias foram passadas lentamente ao redor da sala. Uma delas havia capturado uma van branca parada em um beco, a outra mostrava uma segunda van branca estacionada no meio da área de pedestres.

– Como podem ver, temos dois veículos idênticos: placas falsas, estrategicamente posicionados para provocar o máximo de estrago – disse Chase.

– Em um beco? – perguntou uma agente perto da porta.

– Dano humano e estrutural – esclareceu Chase, segurando com força o pedaço de papel em sua mão. – A van no beco estava posicionada para derrubar os outdoors e a bola de Nova York. Já estávamos em alerta máximo. Em *qualquer* outro dia, esses veículos teriam sido percebidos e interceptados antes de seguirem por 10 metros até Midtown. Abaixamos a guarda por menos de uma hora e pagamos o preço por isso.

– E as outras explosões? – perguntou alguém.

– A última detonação foi subterrânea, no metrô, mas não em um trem. Presumimos que tenha sido uma mochila ou algo semelhante, mas vai levar algum tempo para rastrear. A bomba na igreja parece ter sido detonada pela abertura das portas. Nosso melhor palpite é que os manequins ocos de madeira estavam recheados com explosivos e foram detonados no momento em que nossos rapazes invadiram.

Chase levantou uma fotografia recente do psiquiatra britânico de cabelos longos.

– Nosso principal suspeito, Dr. Alexei Green, parece ter desaparecido da face da terra. Ele acha que pode se esconder de nós. Está errado. Acredita que é mais esperto do que nós. Também está errado. Nenhum de nós irá descansar até termos esse desgraçado algemado na nossa frente. Agora, vamos trabalhar.

Baxter se acomodou em seu assento na janela do avião. Havia demorado quase uma hora e meia para conseguir passar pelos procedimentos de segurança que haviam sido implementados na tarde da véspera. Depois da reunião da manhã, ela fora convocada à sala de Lennox para uma despedida nada sincera e esperara pelo momento oportuno para escapar sem ter que ver Rouche de novo. Tinha sido grosseiro partir sem se despedir, mas não confiava nele. Havia achado Rouche irritantemente excêntrico às vezes, muito esquisito outras, e agora o rosto dele era apenas uma lembrança da pior experiência da vida dela – terrível e vergonhosa na mesma medida.

Baxter estava feliz por se ver livre dele.

Depois de passar a noite andando sem rumo pelas ruas da cidade, ela estava exausta. Havia caminhado quilômetros. Quando finalmente voltou ao hotel, os pensamentos de que vinha tentando fugir a alcançaram e impediram que ela tivesse um momento que fosse de descanso.

Baxter pegou os fones de ouvido baratos no bolso na frente dela, encontrou uma estação de rádio que a fizesse dormir e fechou os olhos.

O zumbir suave dos motores foi diminuindo, acompanhado pelo som calmante do ar quente soprando na cabine iluminada por uma luz aconchegante. Baxter arrumou a manta ao redor do corpo e mudou de posição para ficar confortável de novo, quando percebeu que não estava coberta antes de pegar no sono.

Ela se sentiu imediatamente alerta, abriu os olhos e encontrou um rosto familiar a poucos centímetros do seu, a boca aberta e roncando baixinho.

– Rouche! – exclamou Baxter, acordando pelo menos sete pessoas ao redor.

Ele olhou em volta sem compreender por um momento.

– O que foi?

– Shhhhh! – sibilou alguém atrás deles.

– Qual é o problema? – sussurrou Rouche, preocupado.

– Qual é o problema? – retrucou Baxter, ainda falando alto demais. – O que você está fazendo aqui?

– Onde?

– No... Aqui! No avião!

– Senhora, vou ter que pedir que fale baixo – disse uma comissária de bordo em um tom irritado, no corredor do avião.

Baxter ficou apenas encarando-a até ela se afastar de novo.

– Se levarmos em consideração a grande probabilidade de que os acontecimentos de ontem tenham sido a conclusão dos ataques nos Estados Unidos, temos que nos preparar para a possibilidade de um ataque de proporções semelhantes no Reino Unido – sussurrou Rouche de forma quase inaudível. – Alexei Green é nossa melhor pista e ele foi visto em Londres pouco depois de Cur... – Ele se interrompeu antes de dizer o nome dela. – Pouco depois de nossa visita ao presídio.

– Curtis – Baxter quase cuspiu o nome. – Você *precisa* dizer o nome dela. Isso vai nos assombrar pelo resto da vida de qualquer modo. Estávamos armados. Deveríamos ter tentado. Simplesmente a largamos lá para morrer.

– Não poderíamos ter salvado Curtis.

– Você não sabe!

– Sim, eu sei! – explodiu Rouche em um raro momento de raiva. Ele acenou se desculpando para uma senhora aborrecida do outro lado do corredor e baixou a voz. – Eu sei.

Eles ficaram sentados em silêncio por um instante.

– Curtis não teria desejado que você morresse por ela – continuou Rouche, baixinho. – E ela sabe que você não queria deixá-la lá.

– Ela estava inconsciente.

– Estou me referindo a agora. Ela sabe. Está olhando para nós lá de cima e...

– Ah, cale essa *merda* dessa boca!

– Cale a boca você – resmungou alguém na frente.

– Não *ouse* ficar cuspindo essas suas merdas religiosas na minha cara. Não sou uma criança idiota qualquer, triste porque o hamster acabou de morrer, portanto guarde essa sua babaquice de céu de conto de fadas para você, tá bom?

– Tudo bem. Peço desculpas – disse Rouche, e levantou as mãos como se estivesse se rendendo.

No entanto, Baxter não havia terminado.

– Não vou ficar sentada aqui ouvindo você se consolar com alguma fantasia de que Curtis está em um lugar maravilhoso neste exato momento, nos agradecendo por deixá-la sangrar até a morte naquele chão imundo. Ela está morta! Acabou. Sentiu dor e então não sentiu mais nada. Fim da história.

– Lamento por ter levantado o assunto – falou Rouche, abalado pela amargura do desabafo de Baxter.

– Você supostamente deveria ser uma pessoa inteligente, Rouche. Nossas carreiras são construídas em cima de evidências, de fatos concretos, mas ainda assim fica feliz em acreditar que há algum filho da puta velho sentado em uma nuvem em algum lugar, esperando por nós como uma espécie de Ursinho Carinhoso geriátrico. Eu... eu só não entendo.

– Pode parar? *Por favor?* – pediu Rouche.

– Ela se foi, está certo? – voltou a falar Baxter, só então se dando conta de que estava chorando. – Agora é só um pedaço de carne fria em uma gaveta frigorífica em algum lugar por nossa causa. E se eu vou ter que viver com isso pelo resto da minha vida, você terá que fazer o mesmo!

Ela colocou os fones de ouvido e se virou para encarar a janela, ainda respirando pesadamente depois de desabafar. Tudo o que conseguia ver era o próprio reflexo no vidro escuro, enquanto a expressão furiosa aos poucos relaxava e se tornava algo semelhante a culpa.

Teimosa demais para pedir desculpas, manteve os olhos fechados até acabar caindo no sono outra vez.

Já no aeroporto Heathrow, Rouche fora simpático e agradável como sempre, o que só fez com que Baxter se sentisse pior. Ela havia ignorado todas as tentativas de conversa dele e se apressara em desembarcar antes do colega. A mala dela fora a primeira a aparecer na esteira rolante e ela a arrancou com força de lá e saiu para esperar por Thomas.

Dez minutos depois, Baxter ouviu o barulho das rodinhas de uma mala atrás dela, por isso concentrou toda a sua atenção nos carros que chegavam até ouvir as rodinhas se afastarem. Pelo canto do olho, viu Rouche indo em direção ao ponto de táxi. Ela baixou os olhos para as malas ao seu lado e ficou surpresa ao encontrar seu gorro chamativo e suas luvas em cima delas. Baxter balançou a cabeça.

– Sou uma pessoa muito, muito horrível – sussurrou.

Capítulo 23

Quinta-feira, 17 de dezembro de 2015
9h34

– Bom dia, chefe!
– Bom dia.
– Bem-vinda de volta, chefe.
– Obrigada.
– Cacete. Ela voltou.

Cinco minutos depois de chegar à Nova Scotland Yard, Baxter teve que lutar para abrir caminho em meio a um ataque de cumprimentos, em sua maioria amigáveis, até conseguir alcançar o refúgio de sua sala.

Thomas a havia levado para a casa dele. Ela havia tomado um banho rápido e mudado de roupa. Os dois tomaram o café da manhã juntos enquanto Echo ficava emburrado em um canto, parecendo não acreditar que

Baxter o havia deixado em um lugar estranho por quase uma semana inteira. Mas, pela primeira vez na vida dela, chegar à casa de Thomas havia sido como uma volta ao lar... Thomas parecera o lar para ela.

Sem ter uma noção exata da hora, ou mesmo de que dia era, Baxter foi para o trabalho.

Ela fechou rapidamente a porta da sala, fechou os olhos e soltou o ar com força, apoiada na madeira frágil da porta para o caso de mais alguém tentar lhe desejar um bom dia.

– Bom dia.

Baxter abriu lentamente os olhos e encontrou Rouche sentado atrás da mesa. Ele parecia irritantemente desperto e cheio de vida.

Ela ouviu uma batida na porta.

– Sim! – falou Baxter. – Ah, oi, Jim.

Um homem mais velho de bigode entrou e lançou um olhar inquisidor na direção de Rouche:

– Bom dia. Só vim aqui para a nossa *entrevista* – disse ele com cuidado.

– Está tudo bem – garantiu Baxter.

Ela se dirigiu a Rouche, então:

– Jim é o homem encarregado da "busca" pelo detetive Fawkes – explicou ela.

– Então – perguntou Jim sem nem se dar ao trabalho de se sentar –, viu Wolf?

– Não.

– Ótimo. Até a semana que vem, então – disse ele a Baxter e fechou a porta ao sair.

Baxter se preparou para alguma nova visita, mas não apareceu ninguém.

– Estou sentado no seu lugar – disse Rouche, levantando-se para voltar a se sentar em uma das cadeiras de plástico vagabundas. – Marquei uma reunião com o chefe da Seção Antiterrorismo do MI5 na Thames House. Às dez e meia. Está bom para você? Depois voltaremos para cá com o Comando Antiterrorista da Polícia Metropolitana ao meio-dia.

– Tudo bem.

– Pensei em irmos juntos – acrescentou ele em um tom cuidadoso.

– É mesmo? – disse Baxter com um suspiro. – Tudo bem, mas eu dirijo.

* * *

– Continue assoprando. Continue assoprando. Continue assoprando...

O bafômetro bipou duas vezes antes que o jovem policial o tirasse da boca de Baxter. O colega dele estava deitado de bruços na calçada, tentando recolher o que restara da bicicleta embaixo do Audi. O ciclista vestido em roupas de lycra estava sendo examinado por um paramédico, apesar de ter sofrido apenas alguns arranhões. Rouche, enquanto isso, permanecia sentado em silêncio no meio-fio parecendo visivelmente abalado.

– Então, terminamos aqui? – perguntou Baxter a todos os envolvidos.

Depois de uma resposta não comprometedora, ela tirou um cartão de visita do bolso e entregou ao ciclista agitado enquanto passava. Rouche se levantou sem grande entusiasmo e os dois entraram no carro. Alguns pedaços de fibra de carbono ainda se espalharam pelo concreto enquanto eles saíam de ré da calçada e continuavam a curta jornada até Millbank.

– Pode enfiar isso no porta-luvas? – pediu Baxter, e entregou a ele uma pilha dos mesmos cartões de visita da Polícia Metropolitana que tinha dado ao ciclista.

Rouche pegou-os da mão dela, mas disse antes de guardá-los:

– Você sabe que esses cartões têm o nome de Vanita, não é?

Baxter franziu a testa como se ele estivesse sendo estúpido. Rouche ainda a encarava, esperando por uma explicação.

– Não posso *mesmo* ter mais sinistros do seguro contra mim – disse ela. – Recebi minha última advertência cerca de onze acidentes atrás. Vou pegar alguns cartões de Finlay Shaw quando tiver uma chance... "Finlay" poderia ser um nome de menina, certo?

– Com certeza, não – disse Rouche.

– Ora, eu acho que poderia. E não vai ter problema! – garantiu Baxter. – Ele está aposentado. Não vai se importar.

Rouche ainda não parecia convencido.

Depois de alguns minutos de silêncio, em que se deslocaram cerca de 1,5 metro pelo trânsito engarrafado, Rouche tentou engatar uma conversa.

– Seu namorado deve estar feliz por você estar de volta – comentou casualmente.

– Imagino que sim. – Baxter fez uma concessão à etiqueta social retribuindo o comentário com a emoção de um robô. – Deve ser bom para sua família ter você por perto.

– Elas já tinham saído para o trabalho e para a escola quando o motorista de táxi terminou de me mostrar os pontos turísticos de Londres – respondeu Rouche.

– Que pena. Vamos tentar terminar em uma hora decente hoje à noite para você poder vê-las.

– Eu gostaria disso. – Rouche sorriu. – Estava pensando sobre o que você disse a respeito de Curtis e...

– Não quero falar sobre isso! – gritou Baxter, toda a emoção em carne viva do dia anterior explodiu.

O silêncio ficou mais pesado.

– Bem, também não é para não falar *nada*! – disse Baxter, irritada. – Podemos simplesmente falar sobre outra coisa?

– Como o quê?

– Como qualquer coisa. Sei lá. Me fale da sua filha ou algo assim.

– Você gosta de crianças? – perguntou Rouche.

– Não.

– Claro que não. Bem, ela tem cabelos ruivos como os da mãe. Gosta de cantar, mas Deus estará sendo misericordioso se você estiver bem distante da voz dela nesses momentos.

Baxter sorriu. Wolf costumava dizer o mesmo sobre a voz dela. Depois de prender um traficante de drogas que havia lhe dado uma facada, ele havia pedido que ela fizesse uma serenata para o prisioneiro enquanto saía para buscar o almoço dos dois.

Ela parou o carro no engarrafamento, bloqueando um cruzamento movimentado.

– Ela adora nadar, dançar e assistir a *The X Factor* nas noites de sábado – continuou Rouche. – E só o que pede de aniversário é Barbie, Barbie... e mais Barbie.

– Aos 16 anos?

– Como assim 16 anos?

– Sim. Seu amigo, aquele agente do FBI, disse que sua filha tinha a mesma idade da dele, 16 anos.

Rouche pareceu perdido por um momento, então riu.

– Uau. Nada lhe escapa, não é? McFarlen *não* é meu amigo. Achei que seria mais fácil concordar do que dizer a ele que estava completamente enganado. Ela tem 6 anos... Passou perto.

Ele sorriu.

Finalmente, Baxter saiu do cruzamento e entrou em uma passagem para pedestres.

– Qual é o nome dela?

Rouche hesitou por um momento antes de responder.

– Ellie... Bem, Elliot. O nome dela é Elliot.

O chefe da Seção Antiterrorista, Wyld, recostou-se na cadeira e trocou um olhar com o colega. Baxter estava falando sem parar havia dez minutos, enquanto Rouche assentia silenciosamente.

Wyld parecia surpreendentemente jovem para ocupar uma posição tão importante no serviço de segurança e irradiava uma confiança inabalável.

– Inspetora-chefe – interrompeu ele quando Baxter não deu sinal de que iria desacelerar. – Agradecemos sua preocupação...

– Mas...

– ... e por ter vindo até nós, mas já estamos cientes de sua investigação e temos uma equipe trabalhando com as informações enviadas pelo FBI em relação a isso.

– Mas eu...

– O que precisa entender – disse ele interrompendo-a sem dó – é que os Estados Unidos como um todo, e a cidade de Nova York em particular, já estavam em um nível "Crítico" de ameaça, o que significa que um ataque era iminente.

– Eu sei o que significa – disse Baxter em tom de birra.

– Ótimo. Então vai entender quando eu disser que o Reino Unido tem se mantido em um estado um tanto incômodo, mas tranquilizadoramente consistente, de "Grave" nos últimos quinze meses.

– Então suba o nível do alerta!

– Não é tão fácil quanto apertar um botão. – Wyld riu de um jeito condescendente. – Tem *alguma* ideia de quanto custa ao país toda vez que subimos um nível de alerta de terrorismo? Bilhões. A presença armada visível nas ruas, mobilizar os militares, as pessoas não vão trabalhar, há uma pausa nos investimentos do exterior, o valor das ações despenca. E a lista continua... Declarar que estamos no nível "Crítico" é admitir ao resto do mundo que estamos prestes a receber um grande golpe e que não há nada que possamos fazer para impedir.

– Então o problema é dinheiro? – perguntou Baxter.

– Em parte – admitiu Wyld. – Mas é mais sobre termos ou não cem por cento de certeza de que haverá um ataque, e não temos. Desde que passamos para o nível "Grave" conseguimos evitar sete ataques terroristas sérios de conhecimento do público e muitos, muitos outros de que o público não tem o menor conhecimento. Meu ponto, inspetora-chefe, é que se *houvesse* um incidente relacionado aos assassinatos de Azazel...

– Eles não são chamados assim.

– ... já teríamos sabido de algo a respeito a essa altura.

Baxter balançou a cabeça e deu uma risada amarga.

Rouche reconheceu a expressão da colega e rapidamente entrou em cena antes que ela pudesse dizer algo ofensivo aos oficiais do MI5.

– Não pode estar sugerindo que a Times Square ter sido arrasada menos de dez minutos depois do massacre na igreja tenha sido apenas uma coincidência.

– É claro que não estou – retrucou Wyld. – Mas *vocês* consideraram a hipótese de que o ataque pode ter sido de natureza oportunista? Que esse ataque terrorista iminente foi antecipado para tirar proveito do incidente maior da Polícia de Nova York?

Tanto Baxter quanto Rouche permaneceram calados.

– O FBI já constatou que os materiais usados na igreja não tinham qualquer semelhança com os dispositivos detonados na rua. E, em relação a toda essa teoria do "Reino Unido espelhando os Estados Unidos", nós só tivemos dois assassinatos no Reino Unido, ambos amplamente divulgados do outro lado do Atlântico como foram aqui. Até mesmo *vocês* têm que admitir a possibilidade muito real de que o massacre da igreja de Times Square fosse o objetivo deles o tempo todo.

Baxter se levantou para sair. Rouche a acompanhou.

– Já recebeu alguma mensagem? – perguntou ela já a caminho da porta. – Alguém assumiu a responsabilidade por toda essa devastação e massacre?

Wyld olhou para a colega, irritado.

– Não. Não, ninguém fez isso ainda.

– Sabe por quê? – perguntou ela, agora do corredor. – Porque ainda não acabou.

* * *

– Babacas – sussurrou Baxter no momento em que pisaram em Millbank. A grande entrada em arco para a Thames House aparecendo no alto enquanto um vento frio soprava vindo do outro lado do rio.

Rouche não estava escutando. Estava ocupado lendo os e-mails no celular.

– Encontraram um dos assassinos da igreja ainda vivo!

– É mesmo? Como?

– Ele estava soterrado pelos escombros em um dos corredores das coxias, aparentemente longe do pior da explosão. Está em coma, mas Lennox está insistindo para que o acordem mesmo contra as ordens do médico.

– Bom para ela – comentou Baxter.

Ela não gostava da agente especial encarregada, mas sabia que Vanita nunca tomaria uma decisão tão corajosa. Era trabalho dos detetives tomarem essas decisões difíceis e o de Vanita era sacrificá-los quando tomavam.

– Dizem que ele provavelmente sofrerá danos cerebrais permanentes se o reanimarem tão cedo.

– Melhor ainda.

– Se isso acontecer, as coisas não terminarão bem para Lennox. Vão querer arrancar a pele dela.

– Sim. – Baxter deu de ombros. – Infelizmente, esse é um efeito colateral comum de fazer a coisa certa.

Às 20h38, Edmunds cambaleou pela porta da frente para dentro de casa e foi recebido pelo cheiro de talco, cocô e torradas frescas – e pelo som de Leila gritando tão alto quanto seus pequenos pulmões permitiam.

– Alex? É você? – gritou Tia do quarto.

Edmunds olhou de relance para a cozinha enquanto passava – parecia ter sido saqueada. Ele subiu as escadas para encontrar Tia embalando a filha. Ela parecia absolutamente exausta.

– Onde você estava?

– No pub.

– No pub?

Ele assentiu inocentemente.

– Você está bêbado?

Edmunds deu de ombros, envergonhado. Só pretendera beber um gole, mas Baxter tinha um monte de notícias terríveis para compartilhar com ele. Agora que pensava a respeito, acompanhar Baxter sempre fazia com que se sentisse um traidor no dia seguinte.

– Eu avisei a você hoje de manhã – disse ele, pegando coisas do chão enquanto atravessava o quarto.

– Não – corrigiu-o Tia. – Você só disse que Emily estava voltando hoje. Ou devo deduzir que, uma vez que *ela* esteja de volta ao país, é claro que você vai sair correndo direto para beber com ela?

– Estamos trabalhando em um caso! – exclamou Edmunds.

– Não... vocês... não estão! *Ela* está! *Você* trabalha no Departamento de Fraudes!

– Ela precisa de mim.

– Sabe de uma coisa? Esse relacionamentozinho esquisito que vocês dois têm... tudo bem. Se quiser correr atrás dela como um cachorrinho patético, vá em frente.

– De onde saiu tudo isso? Você adora a Baxter! Vocês são amigas!

– Ah, *por favor*! – zombou Tia. – A mulher é como uma avalanche. É tão grosseira que chega a ser cômica. Tem mais opiniões do que qualquer outra pessoa que eu já conheci e é teimosa como uma mula.

Edmunds quis argumentar, mas percebeu que não tinha como retorquir nenhum desses pontos absolutamente válidos. Ele desconfiava que Tia andara ensaiando essa investida contra Baxter.

Leila começou a chorar ainda mais alto por causa da voz alterada da mãe.

– E você viu quanto vinho ela consegue beber em uma noite? Meu Deus!

O estômago de Edmunds resmungou em concordância. Outro ponto válido.

– Se você gosta tanto de mulheres dominadoras, então vá agora beber um litro de água, coma uma torrada e fique sóbrio! – gritou Tia. – Essa noite *você* vai tomar conta de Leila. Eu vou dormir no sofá!

– Ótimo!

– Ótimo!

Tia jogou um ursinho de pelúcia nele quando Edmunds já saía do quarto. Ele pegou o bichinho e desceu as escadas com ele, lembrando-se do constrangimento de Baxter quando entregou o ursinho a ele no primeiro aniversário de Leila. Edmunds ficava triste ao pensar como até mesmo as interações mais simples com as pessoas eram difíceis para Baxter.

Ele amava Tia mais do que tudo e conseguia entender o ponto de vista dela, mas a esposa não podia imaginar as coisas pelas quais a melhor amiga dele havia passado, os horrores devastadores e a perda que ela sofrera apenas na última semana. Ele faria tudo e qualquer coisa que estivesse ao seu alcance para ajudá-la ao longo desse caso.

Baxter precisava dele.

Iniciação

Terça-feira, 24 de novembro de 2015
21h13

Ela sabia que era sua vez.

Podia sentir os olhos fixos deles, mas ainda assim não se moveu.

Um olhar de relance para trás confirmou o que já sabia: que a única saída poderia muito bem estar do outro lado do mundo.

Não conseguiria.

– Sasha? – disse uma voz baixinho em seu ouvido.

Alexei estava de pé ao seu lado. Ela precisava lembrar a si mesma de se dirigir formalmente a ele na frente dos outros. Ele não deixava ninguém chamá-lo pelo primeiro nome, tinha dito que ela era especial.

– Por que você não vem comigo? – pediu ele com gentileza, estendendo a mão para ela. – Venha.

Eles andaram entre os outros. Para os que estavam à esquerda de Sasha, a provação já havia terminado, mas a espera ansiosa dos da direita havia sido prolongada um pouco mais por sua covardia.

Green a levou para a frente da sala onde uma mancha vermelha havia sido arrastada pelo chão encerado quando um dos "irmãos" dela perdera a consciência na metade do caminho. Um homem que ela não reconheceu a observou sem emoção, uma lâmina ensanguentada esperando em suas mãos. Ele não iria limpar a faca, não antes de desfigurar Sasha – esse era o ponto. Eles agora eram um só, iguais, conectados.

– Pronta? – perguntou Green.

Sasha assentiu, a respiração saindo rápida e curta.

Ele foi para trás dela, para desabotoar sua blusa e afastá-la nos ombros.

Mas quando o estranho veio com a lâmina em sua direção, ela vacilou e tropeçou para trás, esbarrando em Green.

– Sinto muito... Desculpe – falou Sasha. – Estou bem.

Ela voltou a ficar parada diante do homem de olhos mortos, fechou os próprios olhos e assentiu.

Ele ergueu a faca mais uma vez... Ela sentiu a pressão do metal frio contra a pele.

– Sinto muito. Sinto muito. Sinto muito – disse Sasha começando a chorar enquanto se afastava. – Não consigo.

Enquanto ela chorava diante da audiência, Green a abraçou com força:

– Shhh... Shhh – acalmou-a.

– Farei o que você quiser, juro – disse Sasha a ele. – Isso significa *tudo* para mim. Eu só... não consigo.

– Mas, Sasha, você *realmente* entende por que estou pedindo para que você faça isso por mim? – perguntou Green.

Uma repreensão violenta não poderia ter sido tão dolorosa quanto o olhar de traição que ele dirigiu a ela.

– Sim.

– Conte-me... Na verdade, melhor ainda, conte a todos nós – disse Green, soltando-a.

Ela pigarreou.

– Isso mostra que faríamos qualquer coisa por você, que somos seus e que vamos segui-lo para qualquer lugar. Vamos fazer o que você mandar sem questionar.

Ela olhou novamente para a lâmina curva e começou a chorar.

– Ótimo. Mas você sabe que não precisa fazer nada que não queira – assegurou Green. – Tem certeza de que não consegue fazer isso?

Ela assentiu.

– Muito bem... Eduardo! – chamou Green.

Um homem saiu do meio de seus pares e afastou as ataduras recém-colocadas com uma expressão de desconforto.

– Você e Sasha são amigos?

– Sim, Ale... Desculpe. Quero dizer, Dr. Green.

– Acho que ela está precisando de você.

– Obrigada – sussurrou Sasha enquanto Eduardo se aproximava e passava o braço em volta dela.

Green apertou carinhosamente a mão dela e a deixou ir.

Os dois haviam chegado ao meio da sala quando Green voltou a se dirigir a eles:

– Eduardo – chamou, fazendo-os parar onde toda a plateia pudesse ver. – Receio que Sasha tenha decidido que ela não é uma de nós... Mate-a.

Atordoado, Eduardo se virou para dizer alguma coisa, mas Green já estava indo embora, desinteressado, a sentença decretada. Eduardo se virou para encarar Sasha, inseguro sobre o que fazer.

– Eddie? – arquejou ela, vendo a expressão no rosto do amigo mudar. Ela não conseguia mais enxergar a saída atrás do muro de espectadores. – Ed!

Os olhos dele se encheram de lágrimas, então ele a atingiu com um soco desorientador no rosto.

Sasha se agarrou a Eddie ao cair e rasgou as ataduras no tórax dele.

Tudo em que conseguiu se concentrar quando ele se ajoelhou em cima dela foi na palavra gravada em seu peito. E, em seus momentos finais, isso lhe trouxe algum consolo, porque não era seu amigo batendo com seu crânio no chão duro da sala... O amigo dela já se fora.

Capítulo 24

Quinta-feira, 17 de dezembro de 2015
15h36

As paredes de vidro abafavam os gritos do lado de fora enquanto Lennox e Chase atravessavam com passos determinados o saguão do Centro Médico Montefiore. Alguém, provavelmente o médico que cuidava do homem em coma, havia informado à mídia sobre a situação que se desenrolava dentro da clínica e os repórteres atacaram com força total. Por trás das câmeras, placas de protesto surgiam e desapareciam de vista: ativistas protestando contra a decisão do FBI de acordar prematuramente um homem com uma lesão cerebral que colocava sua vida em risco.

– Meu Deus! Como a memória dessas pessoas é curta – resmungou Lennox enquanto seguiam as placas em direção à unidade de tratamento intensivo.

Chase não tinha ouvido. Ele acompanhava os passos da superior enquanto atendia os telefonemas para ela. A cada passo, o homem rangia de um jeito irritante por causa das peças da armadura policial batendo umas nas outras.

– Sim, compreendo, senhor... Sim, senhor... E, como eu disse antes, ela não está disponível no momento.

Um homem de meia-idade com um longo sobretudo marrom parecia extremamente interessado neles ao se aproximar vindo da outra direção. Lennox estava prestes a alertar Chase quando o homem tirou uma câmera e um gravador do bolso:

– Agente Lennox, acredita que o FBI está acima da lei? – perguntou ele em um tom acusador enquanto Chase o empurrava contra a parede.

Lennox continuou descendo o corredor sem se deter.

– Juiz, júri e carrasco... é assim que funciona agora?

Enquanto Chase o continha, o homem se debatia e continuava a gritar atrás dela:

– A família *não* deu consentimento!

Lennox manteve a postura confiante quando passou entre os dois policiais na porta e entrou na UTI. Lá dentro, a atmosfera era ainda mais tensa. Um desfibrilador em um carrinho no canto era como um lembrete sinistro. Três enfermeiras mexiam em fios e tubos enquanto o médico preparava uma seringa. Nenhum deles prestou atenção em Lennox enquanto ela observava o homem na cama.

Ele era magro como um colegial apesar de ter 20 e poucos anos. Queimaduras graves cobriam a maior parte do lado direito de seu corpo. Até mesmo a mentira de quatro letras gravada em seu tórax havia se derramado por seu flanco: uma marionete disfarçada de isca, um assassino disfarçado de vítima. Um colar cervical mantinha a cabeça dele no lugar, enquanto um tubo fino e ensanguentado saía do minúsculo orifício que havia sido aberto em seu crânio.

– Só quero reiterar que aconselho fortemente que não façam isso – disse o médico sem tirar os olhos da seringa em suas mãos. – Sou cem por cento contra a realização deste procedimento.

– Anotado – disse Lennox quando Chase entrou na sala.

Ela ficou feliz por ter pelo menos uma pessoa ao seu lado.

– Os riscos envolvidos na indução da consciência em um caso de lesão cerebral como este são imensos, exponencialmente aumentados quando se considera o histórico de saúde mental dele.

– Anotado! – repetiu Lennox com mais determinação. – Vamos?

O médico balançou a cabeça e se aproximou do paciente. Ele enfiou a primeira seringa em um ponto de acesso ao sistema fechado de tubos intravenosos que fluía para dentro do corpo do homem deitado. Muito, muito lentamente, ele pressionou o êmbolo, tornando opaco o fluido claro que estava na seringa.

– Preparar carrinho de reanimação – instruiu o médico às enfermeiras.
– Precisamos manter a pressão intracraniana o mais baixa possível. Monitoramento constante de pulso e pressão arterial. Aqui vamos nós.

Lennox observou o corpo imóvel, recusando-se a deixar transparecer o menor sinal de sua agitação interior. O que quer que acontecesse, a carreira dela no escritório do FBI muito provavelmente estava acabada. Havia criado um incidente de relações públicas de alcance nacional, ignorara ordens diretas e mentira aos médicos para obter seu consentimento. Só esperava que o sacrifício valesse a pena, que este único inimigo sobrevivente pudesse lhes dar alguma informação que eles ainda não tinham conseguido.

O homem arquejou. Seus olhos se abriram de repente e ele tentou se sentar, os tubos e fios que o mantinham vivo puxando-o de volta para baixo.

– Tudo bem. Tudo bem. André? André, preciso que você fique calmo – pediu o médico, pousando a mão no ombro dele.

– A pressão arterial está 15,2 por 9,3 – avisou uma das enfermeiras.

– Sou o Dr. Lawson e você está no Centro Médico Montefiore.

O homem olhou ao redor da sala. Seus olhos se arregalaram de medo enquanto enxergava horrores que ninguém mais podia ver.

– Frequência cardíaca em 92 e subindo. A pressão arterial está muito alta – avisou a enfermeira, ansiosa.

– Não morra. Não morra – sussurrou Lennox para si mesma enquanto o homem começava a se debater.

O Dr. Lawson pegou uma segunda seringa e a enfiou em outra entrada.

Em poucos segundos o paciente parou de se debater e ficou sonolento ao ponto de quase dormir.

– Pressão arterial caindo.

– André, estou aqui com alguém que precisa lhe fazer algumas perguntas. Isso estaria bem para você? – perguntou o médico, selando o acordo com um sorriso gentil.

O homem assentiu, grogue. O Dr. Lawson se afastou para permitir que Lennox se aproximasse.

– Olá, André – falou Lennox com um sorriso, estabelecendo o tom para o interrogatório mais simpático da história.

– Tente ser o mais simples possível. Perguntas curtas e diretas – alertou o médico, recuando para monitorar os sinais vitais do paciente.

– Entendido. – Ela se virou para o homem na cama. – André, você reconhece essa pessoa?

Ela ergueu uma foto de Alexei Green, em que o psiquiatra parecia um aspirante a astro do rock com os cabelos lindamente cortados na altura do queixo. André se esforçou para se concentrar na foto. Depois de algum tempo, assentiu.

– Você já o encontrou?

Quase dormindo, André assentiu novamente.

– Nós... todos tivemos que... – falou ele com a voz arrastada.

– Quando? Onde foi isso? – perguntou Lennox.

André balançou a cabeça como se não conseguisse se lembrar. Ao fundo, os bipes constantes aumentavam de intensidade. Lennox olhou para o Dr. Lawson, atrás dela, que fez um gesto que ela interpretou como "continue". Ela obedeceu com relutância. Olhou para as letras rasgadas no tórax do homem, "isca" bem no meio do corpo emaciado.

– Quem fez isso no seu peito? – perguntou Lennox.

– Outra.

– Outra? Outra o quê? Outra... Marionete?

Ela quase sussurrou a última palavra.

André assentiu. Ele bufou e ofegou enquanto se esforçava para pronunciar as palavras.

– Todos nós... ju-juntos.

– O que você quer dizer com "juntos"?

Ele não respondeu.

– Quando você estava na igreja? – perguntou ela.
André balançou a cabeça.
– Vocês estiveram todos juntos em algum lugar antes da igreja?
Ele assentiu.
– E *esse* homem estava lá?
Ela ergueu a foto de Green mais uma vez.
– Sim.
Lennox se virou para o médico, empolgada.
– Há quanto tempo imagina que essas cicatrizes foram feitas? – perguntou.
O Dr. Lawson se levantou e examinou os ferimentos, fazendo André se encolher quando cutucou uma área mais sensível, logo abaixo da axila.
– Em uma avaliação por alto, com base na cicatrização, na vermelhidão e na infecção, duas, talvez três semanas.
– Isso coincide com a última visita de Green aos Estados Unidos – confirmou Chase do fundo da sala.
Lennox se voltou para o paciente.
– Você sabia que a igreja iria explodir?
André assentiu constrangido.
– Sabia sobre as outras bombas?
Ele a encarou como se não soubesse do que ela estava falando.
– Tudo bem – disse Lennox, deduzindo a resposta pela expressão dele. – André, eu preciso saber como aquela reunião foi organizada. Como você sabia para onde ir?
Lennox estava prendendo a respiração. Se conseguissem ao menos descobrir como aquelas pessoas vinham se comunicando umas com as outras, poderiam interceptar as mensagens antes que mais alguém precisasse morrer. Ela observou o homem exausto que se esforçava para lembrar. Ele levou a mão ao ouvido.
– Por ligações telefônicas? – perguntou ela em um tom cético.
A equipe dela havia passado um pente-fino em todos os registros telefônicos, mensagens, aplicativos e dados dos assassinos anteriores.
André balançou a cabeça, frustrado. Ele levantou a mão e indicou a tela eletrônica acima de sua cama.
– Pelo computador?
Ele bateu no ouvido.

– A tela do seu celular? – perguntou Lennox. – Alguma espécie de mensagem no seu celular?

André assentiu.

Confusa, Lennox se virou para Chase. Ele reconheceu a ordem não expressa de compartilhar imediatamente essa informação importante e saiu da sala. Ela percebeu que não conseguiria tirar muito mais do homem, mas iria interrogá-lo até que o médico a detivesse:

– Essas *mensagens* diziam mais alguma coisa? Houve alguma instrução para depois da igreja?

André começou a choramingar.

– André?

– A frequência cardíaca está aumentando de novo – alertou a enfermeira.

– O que elas diziam, André?

– A pressão sanguínea está subindo!

– Basta. Vou sedá-lo – declarou o Dr. Lawson, dando um passo à frente.

– Espere! – gritou Lennox. – O que disseram para você fazer?

Ele estava sussurrando alguma coisa bem baixinho, procurando novamente seus algozes invisíveis. Lennox se inclinou para mais perto para ouvir o que André dizia.

– ... undo... todo... atar... mundo... atar todo mundo... Matar todo mundo...

Lennox sentiu a arma que carregava ser tirada do coldre.

– Arma! – gritou.

Ela agarrou a arma nas mãos do homem enquanto uma bala era disparada contra a parede. O equipamento de monitoramento estava piscando e apitando freneticamente enquanto Lennox e André continuavam a lutar pela arma. O Dr. Lawson e as enfermeiras se arrastavam pelo chão. Outro tiro estilhaçou o lustre, enchendo a cama de cacos de vidro. Chase entrou correndo de volta no quarto e se jogou em cima do atirador na cama. Com um segundo par de mãos, o homem enfraquecido foi facilmente dominado.

– Apague-o! – ordenou Chase ao médico, que se levantou e pegou uma das seringas.

Enquanto mantinham a arma ainda na mão de André apontada com segurança para a parede externa, a consciência do paciente foi diminuindo aos poucos até que a arma se soltou de sua mão flácida.

Lennox guardou a arma no coldre e sorriu com alívio para o colega.

– A não ser pelos últimos vinte segundos, acho que correu tudo muito bem!

Baxter desligou o rádio que tocava o programa insuportável transmitido na hora do café da manhã e observou a entrada da estação Hammersmith, o granizo explodindo em padrões congelados à medida que atingia o para-brisa.
   Depois de alguns minutos, Rouche saiu da estação com o celular pressionado contra o ouvido, como sempre. Ele acenou na direção do Audi preto de Baxter e ficou parado na saída enquanto terminava a ligação.
   – Está de sacanagem? – murmurou Baxter para si mesma.
   Ela buzinou irritada e ficou roncando o motor até Rouche atravessar o aguaceiro correndo e entrar no banco do passageiro. As embalagens vazias de sanduíches industrializados e as garrafas pela metade de refrigerante rangeram sob os pés dele.
   – Bom dia. Obrigado por me pegar – disse, enquanto Baxter entrava na Fulham Palace Road.
   Baxter não respondeu e voltou a ligar o rádio, apenas para achar o programa mais chato ainda. Logo desligou de novo e se resignou a conversar.
   – Como está o filho da puta em coma?
   Toda a equipe tinha sido informada do progresso do FBI durante a noite.
   – Ainda vivo – disse Rouche.
   – Isso é bom... Eu acho. Deve significar que podemos manter Lennox onde está por mais algum tempo.
   Rouche olhou para ela com surpresa.
   – O que foi? Lennox foi a primeira supervisora que conheci que realmente fez algo que eu faria – explicou Baxter na defensiva e decidiu mudar de assunto: – Mas quer dizer que eles esqueceram de checar as mensagens de texto dos assassinos, então?
   A chuva do lado de fora ficava mais forte.
   – Eu acredito que seja um pouco mais complicado do que isso – respondeu Rouche.
   – Ahã.
   – Eles vão tentar decodificar o banco de dados... fragmentado... hum... na internet – explicou Rouche, não explicando nada. – Alguém revistou de novo a clínica de Green desde então?
   – Para onde você acha que *nós* estamos indo? – perguntou Baxter.

Eles continuaram ao longo da rua principal. Rouche olhou para as lojas iluminadas com uma expressão de anseio:

– Está com fome? – perguntou.

– Não.

– Eu não tomei café da manhã.

– É uma droga ser você.

Baxter bufou e encostou o carro.

– Você é a melhor. Quer alguma coisa? – perguntou Rouche já saindo na chuva.

– Não.

Ele bateu a porta ao sair e driblou o trânsito de pedestres para entrar na padaria do outro lado da rua, deixando o celular esquecido no banco do carona. Baxter olhou para o aparelho por um momento e então voltou a atenção para a padaria. Mas seu olhar voltou lentamente para o banco do carona. Ela bateu os dedos ansiosamente contra o volante.

– Dane-se!

Baxter tirou o celular da capa de couro. A tela estava apagada – ela passou o dedo por cima –, mas não protegida por senha. Ela clicou em um ícone e começou a percorrer o registro de chamadas.

– Para quem *diabo* você fica ligando o tempo todo? – perguntou para si mesma.

A lista de chamadas realizadas apareceu, o mesmo número se repetindo várias vezes: um código de área de Londres, ligações feitas quase hora a hora durante a tarde e a noite anteriores.

Um momento de indecisão.

Ela olhou de relance para a padaria, com o coração acelerado, levou o celular ao ouvido e apertou o botão "ligar".

Começou a chamar.

– Vamos. Vamos. Vamos.

Alguém atendeu:

– Olá, meu amor...

A porta do carro foi aberta.

Baxter desligou e jogou o celular de volta no banco do carona enquanto Rouche se sentava. Ele estava encharcado, o cabelo grisalho mais escuro, fazendo-o parecer mais jovem. Rouche inclinou o corpo para o lado e tirou o celular de baixo de si deixando-o cair no colo.

– Comprei um pão doce para você – falou ele, oferecendo-o a Baxter. – Só para o caso de você querer.

O pão doce tinha um cheiro delicioso. Ela o arrancou da mão de Rouche e entrou rapidamente com o carro em uma brecha no trânsito.

Enquanto Rouche desembrulhava seu pãozinho com bacon e ovo, notou que a tela do seu celular estava acesa. Seus olhos se voltaram para Baxter, que estava profundamente concentrada na rua alagada. Ele a observou com atenção por alguns momentos e depois passou o dedo pela tela para apagá-la de novo.

Capítulo 25

Sexta-feira, 18 de dezembro de 2015
8h41

– Pode se acalmar por um momento? – sussurrou Edmunds enquanto saía correndo do escritório do Departamento de Fraudes e começava a andar pelo corredor com o celular pressionado contra o ouvido.

Havia conseguido impressionantes três horas de sono, mais do que Tia costumava dormir em média, mas a recente sequência de noites em claro estava cobrando um preço alto do corpo cansado dele.

Quando o chefe dele saiu subitamente do elevador um pouco mais adiante no corredor, Edmunds entrou no banheiro para deficientes e baixou a voz para um tom de sussurro:

– Tenho certeza de que há uma explicação perfeitamente razoável.

– Para ele mentir para mim sem parar desde que comecei a trabalhar neste caso? – perguntou Baxter também sussurrando.

Ela estava parada no enorme quarto principal da cobertura alugada por Alexei Green em Knightsbridge. O chão estava coberto de roupas caras e o guarda-roupa e as gavetas, vazios. O colchão fora retalhado, espalhando molas e enchimento pelo tapete ao lado da janela que dava para o prédio da Harrods, a sudeste. A televisão havia sido removida da parede, o painel traseiro separado da tela.

A equipe de busca havia feito um trabalho completo.

Baxter podia ouvir Rouche vasculhando a bagunça em outro cômodo.

– Pense nisso... eu *literalmente* os vi descobrirem algo na minha frente, na 33ª Delegacia de Polícia, e ele negou. O relatório de toxicologia que Curtis... – Ela fez uma pausa. – Encontrei o papel amassado no bolso do casaco de Rouche e agora ele está mentindo sobre onde estava na noite passada.

– Como você sabe?

– Por que estaria ligando para casa hora a hora durante a noite se já estivesse lá?

– Talvez você devesse ter perguntado à mulher dele quando falou com ela – sugeriu Edmunds, não ajudando em nada.

– Não tive tempo – sibilou Baxter. – Portanto, considerando isso, toda a situação esquisita com a família dele e o fato de Rouche nem sequer saber a idade da filha, já que uma hora ela tem 16 anos e na seguinte tem 6, só acho... que há alguma coisa errada.

– Colocando dessa forma... – disse Edmunds. Ele fez uma pausa. – Mas ser um pai bosta não é ilegal. O que a vida pessoal desse Rouche tem a ver com o nosso caso?

– Não sei! Tudo... Nada.

Ela se calou quando Rouche saiu do segundo quarto e entrou no corredor. Ele deu um largo bocejo e esticou os braços revelando o abdômen pálido. Logo acenou alegremente para ela e foi para a cozinha.

– Tenho que entrar lá – sussurrou Baxter.

– Onde? – perguntou Edmunds. – Está se referindo à casa dele?

– Hoje à noite. Eu já me ofereci para deixá-lo em casa. Vou pedir para usar o banheiro ou algo assim. Se não der certo, terei que forçar a entrada.

– Você não pode!

– Não vejo outro jeito. Não consigo confiar em Rouche e preciso saber o que ele está escondendo de mim.

– Não quero que faça isso sozinha – declarou Edmunds.

– Então você admite que há algo de suspeito em tudo isso?

– Não. Mas... é só que... encontrarei você lá, tudo bem? Me avise a que horas.

– Tudo bem.

Baxter desligou o celular.

– Garota bonita – disse Rouche, parado na porta.

E Baxter teve um sobressalto de culpa.

Ele estava segurando um quadro onde se via Alexei Green e uma mulher bonita. Eles pareciam mais felizes do que qualquer outro casal que ela já tivesse visto, se destacando sem esforço na paisagem incrível atrás deles, que descaradamente tentava chamar toda a atenção, com o sol se pondo sobre um fiorde tranquilo.

– Precisamos identificá-la – falou Baxter, passando por ele. – Já terminei aqui.

– Isso é uma perda de tempo – disse Rouche, colocando a tela de volta na pilha de entulho do quarto de hóspedes enquanto a seguia pelo corredor. – A Polícia Metropolitana já revirou cada centímetro deste lugar.

– Porque eu não sabia disso.

– Estava só falando.

– Seja como for – respondeu Baxter entrando na cozinha lindamente equipada. A bancada de trabalho de granito brilhava sob os spots de luz, a cidade cinzenta se estendendo a distância, além da sacada que cercava os andares superiores do prédio. – Sabe o que mais não está aqui? Uma única razão pela qual Alexei Green iria querer explodir metade de Nova York. Por que arriscar tudo quando ele tinha tanto... – Ela parou quando percebeu que Rouche a encarava. – O que foi? – Baxter começou a se sentir desconfortável quando ele não conseguiu desviar o olhar. – O que foi, Rouche?

– Último andar, certo?

– Sim.

Ele correu em direção a ela. Baxter instintivamente cerrou o punho, mas relaxou quando ele passou por ela e abriu a porta da varanda. Um vento frio se infiltrou no espaçoso apartamento, animando a papelada e as fotografias descartadas. Baxter o seguiu para a chuva.

– Me empurre – pediu Rouche.

– O quê?

O tom de Baxter tinha um toque de irritação.

– Me empurre para cima – voltou a pedir Rouche. – Para eu subir no telhado.

– Ah! – Baxter suspirou de alívio. – Sim... Não.

Sem se deter, Rouche subiu na grade molhada.

– Meu Deus, Rouche!

Ele estendeu a mão e agarrou a beirada do telhado plano antes de tentar erguer o corpo sem sucesso. Evitando as pernas do homem se debatendo,

Baxter lhe deu um empurrão indigno na direção certa até que ele enfim conseguiu subir e desapareceu de vista.

O celular dela tocou.

– Baxter – atendeu ela. – Ahã... Sim... Tudo bem. – Ela encerrou a ligação. – Rouche! – gritou, a chuva gelada fazendo seu rosto congelar.

A cabeça dele apareceu na borda do telhado.

– Alguma coisa aí em cima? – perguntou Baxter.

– O telhado – respondeu ele, um pouco envergonhado.

– O pessoal de informática tem algo para nós. – Ela fingiu não notar quando Rouche rasgou o fundilho das calças enquanto descia. – Vamos?

– Certo. Então, isso é bastante animador – disse o técnico Steve, andando ao redor de vários fios que ligavam notebooks a caixas que piscavam, a outras caixas que piscavam e a celulares. – Fiz uma segunda análise no celular do nosso assassino da The Mall.

– O que não teria sido necessário se *alguém* tivesse feito o trabalho corretamente na primeira vez – comentou Baxter em tom de acusação.

– Ora, não vamos começar a apontar o dedo para ninguém – respondeu Steve com um sorriso sem jeito, já que Baxter estava literalmente apontando para ele. – Enfim, encontrei alguma coisa. Isso – ele gesticulou para o celular novo e caro em cima da mesa – é de Patrick Peter Fergus.

Ele digitou alguma coisa no notebook.

Eles ouviram um toque alegre.

– Acho que você recebeu uma mensagem de texto – disse ele a Baxter, animado.

Ela revirou os olhos, pegou o celular e clicou no conhecido ícone de mensagens.

– Oi, chefe. Emoji piscando – leu ela em voz alta.

– Agora espere – disse Steve, mal conseguindo se conter enquanto contava os segundos no relógio. – Certo. Por que não lê de novo para mim?

Baxter gemeu. Já sem paciência, ela voltou a olhar para a tela e descobriu que a mensagem curta havia desaparecido. Confusa, voltou para a lista de mensagens anteriores dos vários contatos de Fergus:

– Não está mais aqui!

– Mensagens autodeletáveis de leitura única – anunciou Steve com orgulho. – Ou "mensagens suicidas", como acabei de batizá-las. Instalaram um aplicativo de clonagem de mensagens nesse celular. Parece o aplicativo original de mensagens e, de fato, funciona como ele 99,9% do tempo. Apenas quando recebe mensagens de determinados números, *isso* acontece e o conteúdo se torna irrecuperável.

Baxter se virou para Rouche, que parecia estar se esforçando para acompanhar a conversa:

– O que você acha? – perguntou ela enquanto Steve se distraía mexendo no próprio equipamento com um sorriso enorme no rosto.

– Acho que... esse cara pode *mesmo* mijar nas calças se pedirmos para ele mandar outra mensagem – sussurrou ele, fazendo Baxter dar uma risadinha abafada.

– Então, se estou entendendo bem – disse Rouche, examinando o equipamento –, *agora* estamos dizendo que Patrick Peter Fergus era um Papai Noel com 61 anos e gênio da tecnologia?

– Definitivamente, não – disse Steve a ele. – É engenhoso demais. *Isso* foi feito em nível industrial.

– Onde?

– Estou trabalhando com os americanos neste momento, já que eles recuperaram muito mais aparelhos e poderei trabalhar neles.

– Você disse que nós tínhamos algo com que trabalhar *agora* – lembrou Baxter a ele.

– E temos. – Steve sorriu. – O servidor na sede da S-S Mobile na Califórnia, de onde vieram todas essas mensagens suicidas, cada uma enviada de um número diferente. Podemos não conseguir recuperar os dados dos dispositivos, mas *haverá* um registro deles na fonte. O FBI deve estar compartilhando os arquivos conosco dentro de uma hora.

Baxter parecia quase feliz, ou pelo menos um pouco menos infeliz do que o normal.

Steve digitou outra mensagem curta e apertou a tecla "enviar" com satisfação.

O telefone deu outro toque na mão de Baxter:

De nada ;-)

A impressora no escritório principal continuou a cuspir folha após folha, gerando uma montanha de material para Baxter e sua equipe analisarem.

O submundo da capital se superara durante uma noite mais movimentada que o normal, limitando os recursos humanos disponíveis para classificar a montanha de mensagens que o FBI havia recuperado do servidor da S-S Mobile. Baxter só conseguira montar uma equipe de seis pessoas, a maioria delas arrastada de volta para lá em seu dia de folga.

Ela tirou a tampa do marca-texto.

Eles não entendem você, Aiden, não como nós.
Saiba que você não está sozinho.

– Que *merda* é essa? – sussurrou ela colocando a folha em uma pilha separada.

Depois de quatro horas, o consenso geral era de que esses trechos bizarros de doutrinação, provocação e orientação não teriam sido suficientes para coagir nem mesmo a mente mais suscetível. O mais provável era que essas comunicações insidiosas que despertavam essas pessoas durante a noite, desaparecendo logo depois sem deixar vestígios, servissem para contaminar os pensamentos delas entre as sessões – aquelas horas de privacidade dedicadas a transformar os vulneráveis em armas.

– Que *merda* é essa? – *não* sussurrou Rouche na mesa próxima.

Ele olhou para o quadro repleto de informações sobre três encontros, em ambos os lados do Atlântico, que haviam sido extraídas das mensagens. Como tudo já havia ocorrido, foram solicitadas as filmagens relevantes dos circuitos internos de TV.

– É como se ele estivesse cutucando a paranoia, o sentimento de inutilidade deles – comentou Baxter, destacando outra mensagem, sabendo bem que parecia Edmunds falando, com sua psicologia universitária que ela sempre achava tão irritante. – Está prometendo grandeza e propósito a eles, coisas que essas pessoas jamais vão conseguir sozinhas.

Rouche esperou que ela organizasse os pensamentos.

– *É* uma seita – disse Baxter a ele. – Não no sentido tradicional, mas ainda assim é uma histeria coletiva que atende aos desejos de uma única pessoa.

– Nosso Azazel – declarou Rouche. – Dr. Alexei Green.

– Chefe! – gritou uma detetive do outro lado da sala, com uma folha de papel na mão, que acenava com empolgação acima da cabeça. – Acho que encontrei alguma coisa...

Baxter correu até ela, com Rouche logo atrás, pegou a folha da mão da mulher e leu a mensagem curta:

Sycamore Hotel, 20 de dezembro, 11 horas.
Jules Teller lhe dá as boas-vindas uma última vez.

– E? – perguntou Rouche.
Baxter sorriu e entregou a ele a mensagem supostamente irrecuperável.
– Jules Teller? – repetiu Rouche, o nome lhe parecendo familiar.
– Esse foi o nome sob o qual fizeram reservas para a última reunião deles – esclareceu Baxter. – É isso. Este é Green. E agora sabemos *exatamente* onde ele estará.

– O que é isso? – perguntou Rouche, olhando para o banco traseiro enquanto Baxter lhe dava carona para casa em meio ao trânsito da hora do rush.
– Dever de casa.
– Posso ajudar? – ofereceu-se Rouche, pegando a caixa.
– Não! Tenho tudo sob controle.
– Você vai levar horas para examinar tudo isso!
– Eu disse que tenho tudo sob controle.
Rouche desistiu e ficou olhando para as decorações desanimadas nas vitrines das lojas. Um Papai Noel mecanizado semidestruído acenou para ele com o pouco que restava de seu braço direito. Cabisbaixo, Rouche se voltou para Baxter.
– Temos dois dias.
– Hã?
– De acordo com as mensagens – explicou ele –, temos dois dias até a reunião de Green. Como você quer que a gente se prepare? Vamos checar o local pela manhã?
– Não sei se faz sentido planejar algo amanhã – respondeu Baxter.
– O que quer dizer?
Baxter deu de ombros, mas depois de algum tempo continuou:
– Ninguém vai colocar o pé naquele lugar até domingo.

Rouche continuava a observá-la com atenção, a sugestão ainda em mente.

– Pela primeira vez, estamos um passo à frente – explicou Baxter. – Green *não faz ideia* de que encontramos as mensagens. Esta é a nossa *única* oportunidade. Não podemos nos arriscar a assustá-lo.

– À esquerda aqui! – Rouche lembrou a ela.

Baxter girou o volante e acertou o meio-fio, fazendo o carro derrapar na rua arborizada. Ela reconheceu o Volvo em mau estado de Edmunds ao passarem por ele e estacionou do lado de fora da casa dilapidada de Rouche.

– Valeu pela carona. Posso ir sozinho amanhã de manhã, se for mais fácil.

– É melhor.

– Está certo, então.

Rouche sorriu. Ele desceu do carro, acenou desajeitadamente e então subiu a perigosa entrada de carros.

Pelo espelho retrovisor, Baxter viu Edmunds sair do carro. Ela esperou até que Rouche desaparecesse dentro de casa antes de sair para a noite fria.

Acenou para o amigo, respirou fundo e seguiu em direção à porta da frente castigada pelo tempo.

Capítulo 26

Sexta-feira, 18 de dezembro de 2015
18h21

A hera emoldurava o batente da porta, as folhas tremendo no ritmo das primeiras gotas da chuva gelada da noite.

Baxter já quase batera na porta duas vezes, mas sua mão tinha ficado paralisada quando ela se deu conta de que, ao fazer aquilo, estaria contribuindo para o amargo fim de sua parceria com Rouche.

Entre a madeira empenada e o batente, uma faixa solitária de luz laranja cortava a escuridão e se refletia no ombro do casaco de Baxter. Ela olhou para Edmunds, que assumira posição do outro lado da rua, e sorriu incerta antes de se virar de volta para a casa.

– Muito bem – sussurrou para si mesma, e bateu com força na madeira.

Quando não houve resposta, bateu novamente, com mais força.

Depois de algum tempo, Baxter ouviu o som de passos se aproximando pelas tábuas do piso. Uma fechadura foi destrancada e a porta se abriu alguns centímetros cautelosos. Ela viu a corrente de metal se esticar enquanto Rouche espiava pela fresta.

– Baxter?

– Oi – disse ela com um sorriso sem graça. – Desculpe incomodar, mas acho que o trânsito vai estar uma merda quando eu estiver na estrada para Wimbledon e estou quase explodindo de vontade de fazer xixi.

Rouche não respondeu imediatamente. Seu rosto desapareceu de vista por um momento, revelando o papel de parede rasgado atrás e as partículas de poeira chocando-se umas com as outras na pressa de escapar da casa moribunda.

Um globo ocular retornou para se dirigir a ela:

– Não é... Na verdade, não é um bom momento.

Baxter deu um passinho à frente, ainda sorrindo, como se o comportamento cauteloso do colega fosse perfeitamente normal:

– Vou entrar e sair muito rápido. Juro. Dois minutos, no máximo.

– Ellie... Ela pegou algum vírus na escola e não está se sentindo nada bem e...

– Você se *lembra* da carona que acabei de lhe dar, atravessando Londres, certo? – interrompeu-o Baxter, adiantando-se mais um passo em direção à abertura da porta.

– Sim, claro que sim – apressou-se a responder Rouche, ciente de que estava sendo terrivelmente mal-educado. – Sabe de uma coisa? Na verdade tem um supermercado logo abaixo na rua. Com certeza há banheiros lá.

– Um supermercado? – perguntou Baxter, sem achar graça e avançando mais.

– Sim.

Rouche registrou a drástica mudança nela, notou a maneira como os olhos de Baxter investigavam o pequeno espaço que ele não conseguia bloquear com seu corpo.

Eles se encararam por um longo momento.

– Acho que vou para lá, então – disse ela com os olhos fixos nele.

– Está certo. Eu realmente sinto muito.

– Sem problemas – garantiu Baxter. – Vou indo, então.

– Boa noite...

Baxter se jogou para a frente. A corrente foi arrancada da madeira com a força do impacto e ela empurrou a porta com violência em cima de Rouche.

– Baxter! – gritou ele, esforçando-se para empurrar a porta de volta contra ela. – Pare com isso!

Baxter enfiou um pé entre a porta e o batente e se assustou quando seu olhar encontrou a enorme mancha de sangue seca profundamente entranhada nas tábuas de madeira lixada do piso.

– Deixe-me entrar, Rouche! – gritou, enquanto ele esmagava a bota dela na abertura estreita.

Rouche era mais forte que ela.

– Me deixe em paz! Por favor! – gritou Rouche desesperado. Com um último esforço, ele jogou todo o peso do corpo contra a porta e a fechou com força. – Vá embora, Baxter. Estou implorando a você! – pediu a voz abafada lá dentro.

– Merda! – gritou Baxter quando ouviu a porta ser trancada de novo. – Depende de você o que vai acontecer agora, Rouche!

Ela chutou a entrada bloqueada com o pé machucado antes de voltar para a calçada. Edmunds a encontrou na metade do caminho e lhe estendeu a mão, mesmo sabendo que ela recusaria.

– Sangue no chão – contou Baxter.

– Você tem certeza de que quer fazer isso? – perguntou Edmunds já ligando para a sala de controle. Atenderam na mesma hora. – Baxter? – sussurrou ele enquanto tapava a entrada de som do celular com a mão. – Tem certeza? Você não pode estar errada sobre isso.

Ela pensou por uma fração de segundos:

– Não estou errada. Diga para mandarem uma equipe para cá.

A porta cedeu sem esforço, separando-se das dobradiças em uma chuva de madeira lascada e parafusos. Os primeiros membros da Unidade Armada entraram correndo acompanhados por um coro de ordens para proteger o homem sentado quieto no chão do corredor.

Rouche permaneceu imóvel, a cabeça baixa.

– Você está armado? – gritou desnecessariamente o líder da equipe para Rouche pois estava claro que o agente da CIA estava de mãos vazias.

Rouche balançou a cabeça.

– Sem munição. Na mesa de cozinha – murmurou ele.

O líder da equipe manteve a arma apontada para o homem subjugado e mandou outro oficial ir verificar a cozinha enquanto seus colegas se moviam pela propriedade em ruínas.

Baxter e Edmunds seguiram o último oficial armado para dentro, parando no limiar da porta para estimar quantos litros de sangue seriam necessários para encharcar uma área tão grande do piso. A porta quebrada balançou sob os pés deles enquanto passavam por cima dela e respiravam a primeira lufada do ar seco e empoeirado. Uma única lâmpada amarelada balançava no teto iluminando partes do papel de parede descascado, que parecia ter pelo menos 40 anos.

Baxter imediatamente se sentiu em casa porque era o tipo de lugar onde ela passara a maior parte de sua vida profissional: a verdade podre escondida atrás de portas fechadas, a escuridão que o véu da normalidade estivera escondendo. Era uma cena de crime.

Ela se virou para Edmunds.

– Eu não estava errada – disse, tentando parecer orgulhosa, mas incapaz de esconder a mistura confusa de alívio e tristeza que estava sentindo.

Eles passaram por uma porta aberta à direita, onde manchas de umidade subiam pelas paredes da sala vazia. A água da chuva manchara parte do piso. Baxter seguiu em frente passando por cima de Rouche no corredor e tentando ignorar a expressão traída com que ele a encarou.

Da base da escadaria larga, a casa parecia ainda mais abandonada do que na entrada. Rachaduras profundas subiam pelo reboco exposto. Vários degraus estavam podres e exibiam cruzes pintadas com spray avisando onde deveriam evitar apoiar o peso. No andar térreo, a cozinha parecia o rescaldo da explosão de uma bomba, ressuscitando imagens de Nova York que Baxter rezava para esquecer um dia.

– Você, para cima. Vou olhar aqui embaixo – disse ela a Edmunds.

Baxter olhou de relance mais uma vez para Rouche, que estava sentado no chão entre eles. Estava claro que ele havia desistido, permanecia sentado com o rosto escondido nas mãos, as costas da camisa branca arruinadas pela sujeira da própria casa.

Enquanto Edmunds arriscava a vida jogando roleta-russa com a escada, Baxter entrou na cozinha cheia de entulho. A parede que a separava da sala ao lado estava em pedaços no chão. Os poucos armários restantes exibiam uma série deprimente de alimentos enlatados e embalagens de preparo instantâneo de aparência nada agradável. Fios expostos se projetavam de trás de azulejos quebrados, oferecendo, a qualquer um que tivesse a infelicidade de ser convidado para um jantar na casa de Rouche, uma forma misericordiosa de dar fim à própria vida.

– Que animais – murmurou baixinho um dos oficiais armados. – Quem vive desse jeito?

Baxter ignorou o homem e caminhou até as portas do pátio para olhar para o jardim escuro. Ela mal conseguiu distinguir a casa de bonecas em tamanho real, colorida e bem-cuidada, que devia provocar inveja na casa arruinada da família. A grama alta escondia as paredes, ameaçando engolir inteiramente a casa de bonecas.

No andar de cima, Edmunds podia ouvir a equipe de busca vasculhando os quartos em ambos os lados do corredor. Partes inteiras do teto haviam caído e se espalhado pelo carpete antigo, também se ouvia água pingando em algum lugar acima. Se fosse mais cedo, Edmunds tinha quase certeza de que conseguiria ver a luz do dia brilhando através do telhado.

Um longo fio branco atravessava o patamar da escada até o primeiro sinal de que a casa era habitada: uma secretária eletrônica deixada no chão, no alto da escada. Na tela de LED piscava o aviso:

Caixa de mensagem cheia

Edmunds seguiu adiante, afastou-se dos colegas e, com uma sensação desconfortável na boca do estômago, aproximou-se da porta fechada no fim do corredor. Um facho de luz escapando por baixo da madeira caiada acelerou sua pulsação quando um sentimento familiar retornou. A porta parecia brilhar no resto da casa escura, acenando para ele, assim como a luz solitária que brilhava acima do cadáver do Boneco de Pano o atraíra.

Ele sabia que não queria ver o que quer que fosse que estivesse além daquela porta, mas seu baú de pesadelos ainda estava relativamente vazio em comparação ao de Baxter. Este seria um horror que ele convidaria para assombrá-lo a fim de poupar a amiga.

Ele se preparou, virou a maçaneta ornamentada e empurrou lentamente a porta para abri-la...

– Baxter! – gritou a plenos pulmões.

Ele a ouviu subindo descuidadamente a armadilha mortal que era aquela escada e saiu para o corredor, gesticulando para os policiais que estava tudo bem.

Ela se juntou correndo a ele.

– O que foi? – perguntou, parecendo preocupada.

– Você estava errada.

– Do que está falando?

Edmunds suspirou pesadamente.

– Você entendeu errado – disse ele, apontando para a porta aberta.

Ela o encarou com uma expressão indagadora e passou por ele para entrar no quarto pequeno, mas lindamente decorado. Um intrincado mural tinha sido meticulosamente pintado à mão na parede oposta, atrás de uma cama estreita que transbordava de bichos de pelúcia. Luzes decorativas brilhavam nas prateleiras e davam um clima mágico às fileiras de CDs de música pop.

Ao lado da Casa dos Sonhos da Barbie, no canto do quarto aconchegante, havia três fotografias no peitoril da janela: em uma delas, Rouche, de cabelos escuros, tinha um sorriso largo no rosto enquanto uma menininha linda, com um bicho de pelúcia nas mãos, ria em cima de seus ombros; em outra, Rouche, ainda mais jovem, e sua linda esposa seguravam a filhinha; e havia ainda uma foto da menina na neve, ao lado da casa de boneca em tamanho real em um jardim que não se parecia em nada com o de agora. Ela parecia estar tentando pegar flocos de neve com a língua.

Finalmente, Baxter olhou para baixo. Estava em cima de um saco de dormir que havia sido aberto sobre o tapete fofo ao lado da cama. O paletó azul-escuro de Rouche estava dobrado com cuidado ao lado do travesseiro, obviamente colocado ali para não perturbar nada no quartinho perfeito.

Ela enxugou os olhos.

– Mas... Ele liga para elas o tempo todo – sussurrou ela, sentindo-se fisicamente mal. – A mulher atendeu ao telefone quando eu liguei e você disse que havia alguém na casa quando você esteve aqui.

Baxter parou de falar quando percebeu que Edmunds tinha ido embora.

Ela pegou um pinguim com uma cara de bobo na cama, reconhecendo o bichinho de uma das fotografias. Ele usava um gorro de lã laranja muito parecido com o dela.

Um instante depois, a voz de uma mulher encheu a casa vazia:

– Alô, meu amor! Estamos sentindo muito, muito a sua falta!

Baxter colocou o pinguim de volta na cama e ficou escutando, confusa, enquanto a voz vagamente familiar ficava cada vez mais alta até Edmunds reaparecer na porta segurando a secretária eletrônica nas mãos.

– Muito bem, diga boa noite ao papai, Ellie...

Finalmente, um bipe abrupto sinalizou o fim da mensagem gravada, deixando Baxter e Edmunds de pé, em silêncio.

– Cacete – disse Baxter em um suspiro. Ela saiu do quarto pisando firme e parou no topo da escada. – Todo mundo para fora! – ordenou.

Rostos curiosos apareceram nas portas.

– Vocês me ouviram: todo mundo para fora!

Ela seguiu os oficiais descontentes que desceram a escada, passaram por Rouche no corredor e saíram para a chuva. Edmunds foi o último a sair. Ele caminhou devagar até a porta da frente quebrada:

– Quer que eu espere por você? – perguntou.

Baxter deu um sorriso agradecido.

– Não. Vá para casa – disse a ele.

Quando estavam sozinhos, Baxter sentou-se em silêncio no chão sujo ao lado de Rouche. Ele parecia perdido demais nos próprios pensamentos para sequer notar a presença dela. Sem o luxo de uma porta, a chuva começou a inundar uma das extremidades do corredor.

Os dois continuaram em silêncio por vários minutos antes de Baxter criar coragem para falar:

– Eu sou uma merda – anunciou ela em um tom decidido. – Uma merda mesmo.

Rouche se virou para olhá-la.

– Aquele cara ruivo um tanto irritante, nerd, que acabou de sair... – começou Baxter. – Ele é literalmente a única pessoa neste planeta de merda em quem eu confio. É isso aí. Só ele. Eu não confio no meu namorado. Oito meses juntos... mas eu não confio nele. Recebo relatórios de suas finanças porque morro de medo de ele estar tentando me usar ou me magoar ou... Nem sei o quê. Patético, não?

– Sim. – Rouche assentiu, pensativo. – É patético.

Ambos sorriram. Baxter encolheu mais o corpo para se manter aquecida.

– Foi logo depois que compramos esta ruína – começou Rouche, olhando ao redor. – Nós fomos para a cidade. Ellie... Ela estava ficando doente de novo... Seus pulmõezinhos... – Ele parou e ficou um tempo vendo a chuva cair com mais força no fim do corredor. – Quinta-feira, 7 de julho de 2005.

Baxter cobriu a boca com a mão. A data gravada na memória de todos os londrinos.

– Estávamos indo ver um especialista na Great Ormond Street. Em um momento, estávamos sentados no metrô normalmente; no instante seguinte, já não estávamos mais. As pessoas gritavam. Havia fumaça e poeira por toda parte, arranhando meus olhos. Mas nada disso importava porque minha filha estava nos meus braços, inconsciente, mas ainda respirando, a perninha torcida em um ângulo errado...

Rouche teve que parar por um momento para se recompor.

Baxter não se mexeu. Ela esperou que ele continuasse, a mão ainda cobrindo a boca.

– Então vi minha esposa embaixo de uma pilha de escombros, a poucos metros de distância, onde o teto do trem havia caído em cima nós. Eu sabia que não poderia salvá-la. *Sabia*. Mas tive que tentar. Poderia ter conseguido tirar a Ellie dali naquele momento. As pessoas já estavam correndo pelo túnel em direção à Russell Square. Mas é preciso tentar, certo?

Rouche estava com o olhar perdido.

– Comecei a puxar as placas de metal que eu sabia que jamais conseguiria mover, quando eu deveria estar retirando Ellie dali. Toda aquela fumaça e fuligem: ela não poderia aguentar. Então, outra parte do telhado caiu, como era de se imaginar. Todos lá embaixo começaram a entrar em pânico. Eu entrei em pânico. Peguei Ellie para seguir os outros pelo túnel quando alguém gritou que os trilhos ainda podiam estar com eletricidade. De repente, ninguém mais estava saindo. *Sabia* que podia tirá-la de lá, mas fiquei esperando, porque ninguém mais estava saindo... *ninguém*.

– A multidão havia tomado uma decisão e eu obedeci sem pensar. Não tirei Ellie de lá a tempo. Poderia ter tirado... mas não tirei.

Baxter estava sem palavras. Ela enxugou os olhos e ficou só olhando para Rouche, espantada por ele ser forte o suficiente para seguir em frente depois de tudo por que tinha passado.

– Sei que você me culpa por deixar Curtis para trás naquele lugar horrível, mas...

– Não culpo – interrompeu Baxter. – Não mais. Não o culpo mais.

Ela pousou a mão em cima da dele, hesitante. E desejou não ser tão desajeitada, caso contrário o teria abraçado. Quis fazer isso.

– Eu não poderia cometer o mesmo erro duas vezes, entende? – disse Rouche, passando as mãos pelo cabelo grisalho.

Baxter assentiu e ouviu o clique de um timer, que acendeu a luminária no canto.

– Muito bem. Sua vez de novo – anunciou Rouche com um sorriso forçado.

– Deixei o Wolf... Desculpe, o detetive Fawkes – esclareceu ela. – Deixei ele ir embora. Eu o tinha algemado. Os reforços estavam a poucos minutos de distância... e eu o deixei ir.

Rouche acenou com a cabeça como se tivesse suspeitado.

– Por quê?

– Não sei.

– Com certeza você sabe. Você o amava?

– Não sei – respondeu Baxter com sinceridade.

Rouche considerou sua próxima pergunta com cuidado antes de dizer:

– E o que faria se o visse de novo?

– Eu deveria prendê-lo. Deveria odiá-lo. Deveria matá-lo por me transformar no desastre paranoico que sou hoje.

– Mas não perguntei o que você *deveria* fazer – lembrou-lhe Rouche com um sorriso. – Perguntei o que você *faria*.

Baxter balançou a cabeça.

– Honestamente... não sei – respondeu, encerrando a sua rodada de revelações. – Conte-me sobre o sangue na porta.

Rouche não respondeu de imediato. Ele desabotoou com calma os punhos da camisa, enrolou as mangas e revelou uma cicatriz profunda e rosada em cada um dos antebraços.

Dessa vez, ela o abraçou. E, por algum motivo, se lembrou de uma das pérolas de sabedoria que Maggie atirara em Finlay na noite em que soube que o câncer dela havia voltado com violência: "Às vezes as coisas que quase nos matam são as coisas que nos salvam."

Baxter guardou o pensamento para si.

– Alguns dias depois que eu saí do hospital – explicou Rouche –, começaram a chegar cartões de aniversário para a minha esposa. Fiquei sentado ali, perto da porta, lendo a pilha toda e... Acho que não era a minha hora.

— Eu bebo demais — deixou escapar Baxter, certa de que ela e Rouche não guardavam mais segredos um para o outro. — Tipo... *demais*.

Rouche riu da confissão inadequadamente alegre. Baxter pareceu ofendida, mas depois não conseguiu evitar sorrir.

Os dois eram mesmo muito ferrados.

Eles continuaram sentados por mais algum tempo em um silêncio confortável.

— Acho que já compartilhamos o suficiente por uma noite. Venha — disse Baxter, ficando de pé e oferecendo a Rouche uma de suas mãos congeladas.

Ela o ajudou a levantar, pegou um molho de chaves, tirou uma delas e estendeu para ele.

— O que é isso? — perguntou Rouche.

— A chave do meu apartamento. Não tem como eu deixar você ficar aqui agora.

Ele se preparou para contestar.

— Você vai estar me fazendo um favor — adiantou-se ela. — Thomas vai ficar louco de alegria quando eu disser a ele que vamos brincar de casinha por um tempo. O gato já está na casa dele. É perfeito. Não adianta nem tentar discutir.

Rouche teve a forte impressão de que provavelmente era verdade.

Por isso, aceitou a chave e assentiu.

Capítulo 27

Sexta-feira, 18 de dezembro de 2015
22h10

Rouche carregou a máquina de lavar louça enquanto Baxter terminava de trocar a roupa de cama no quarto. Ele estava com medo de tocar em qualquer coisa no apartamento surpreendentemente arrumado dela, que serviria como seu lar temporário até a resolução do caso ou até ele ser chamado de volta aos Estados Unidos. Podia ouvi-la do outro lado do corredor praguejando enquanto se esforçava para colocar em duas malas pequenas o suficiente para um período indefinido de tempo.

Baxter saiu do quarto alguns minutos depois arrastando as malas inchadas atrás de si.

– Bosta – suspirou, quando viu suas roupas de ginástica penduradas em cima da esteira. Ela pegou as roupas e achou um bolso com zíper para enfiá-las. – Certo. Estou indo então. Fique à vontade para usar... o que quiser. Há alguns artigos de toalete embaixo da pia, se precisar.

– Uau! Você está bem preparada!

– Sim – respondeu Baxter em um tom cauteloso. O momento para explicar por que ela ainda mantinha artigos de higiene pessoal para homens em seu armário de banheiro, e até mesmo o reabastecera, já passara... uma das partes mais patéticas de si mesma ainda torcendo para que pudesse ser útil um dia. – Bem, fique à vontade. Boa noite!

Quando ouviu um estrondo no corredor seguido por um palavrão particularmente pesado, Rouche considerou, tarde demais, que talvez ele devesse ter se oferecido para ajudá-la com as malas. Mas decidiu que era mais seguro fingir que não tinha ouvido, e foi para o quarto. Uma coleção de bichos de pelúcia surrados havia sido enfiada às pressas embaixo da cama, o que o fez sorrir.

Rouche ficara comovido com o esforço de Baxter para fazê-lo se sentir bem-vindo em sua casa. Ele acendeu o abajur e apagou a luz no teto, deixando o ambiente na mesma hora um pouco mais parecido com o quarto aconchegante de Ellie. Então, colocou as três fotografias no peitoril da janela e se deixou perder nas lembranças felizes por alguns minutos. Por fim, desenrolou o saco de dormir no tapete e foi se trocar para dormir.

Baxter chegou à casa de Thomas um pouco depois das onze da noite. Ela deixou as coisas que levara no corredor e foi até a cozinha escura para se servir de uma taça de vinho. Como estava com fome, graças ao proprietário pão-duro de um restaurante especializado em peixe empanado com batatas fritas na Wimbledon High Street, ela vasculhou a geladeira em busca de sobremesa. E descobriu, irritada, que Thomas estava em uma de suas temporadas saudáveis esporádicas, o que significava que as únicas opções disponíveis eram fatias de fruta sem chocolate ou uma garrafa suspeita de uma gosma verde que os Caça-Fantasmas certamente teriam considerado evidência de atividade paranormal.

– Eeeei! Nem tente, engraçadinho! – gritou Thomas da porta.

Baxter espiou de trás da porta da geladeira, as sobrancelhas erguidas. Ele estava de cueca boxer, usando um par de botinhas acolchoadas, e empunhava uma raquete de badminton acima da cabeça em uma atitude ameaçadora. E quase tropeçou de alívio quando a viu.

– Ah, graças a Deus! É você! Eu quase – ele baixou os olhos para a arma ridícula que havia escolhido – ... bem, quase acertei você, na verdade.

Baxter sorriu e pegou a bebida.

– "Nem tente, engraçadinho"? – perguntou.

– Foi a adrenalina – retrucou Thomas, na defensiva. – A ordem para não tentar nada se misturou com a outra para não fazer nenhuma gracinha.

– Ahã – disse Baxter, sorrindo com o rosto enfiado na taça de vinho.

– Está certo – disse Thomas e pousou a mão tranquilizadora sobre o ombro dela. – Beba. Você tomou um susto... e tanto.

Baxter cuspiu o vinho ao dar uma gargalhada.

Thomas lhe entregou o papel-toalha.

– Eu não sabia que você vinha – disse ele, enquanto Baxter tentava limpar as manchas rosadas na blusa.

– Nem eu.

Ele afastou o cabelo do rosto dela, revelando alguns dos cortes mais teimosos que ainda não haviam cicatrizado completamente.

– Parece que você teve um dia difícil – comentou.

Os olhos de Baxter se estreitaram.

– De uma maneira sem esforço, bonita e revigorada, é claro – apressou-se em acrescentar, fazendo-a amolecer. – Então o que está acontecendo?

– Estou me mudando para cá.

– Certo... Quero dizer, certo! Isso é ótimo! Quando?

– Agora.

– Tudo bem! – ele assentiu. – Quer dizer, estou feliz, mas por que a súbita pressa?

– Há um homem morando na minha casa.

Thomas demorou um instante para processar aquilo. Então, franziu a testa e abriu a boca.

– Podemos conversar sobre isso amanhã? – pediu Baxter. – Estou exausta.

– Claro. Vamos levá-la para a cama então.

Baxter deixou a taça ainda com vinho em cima da pia e seguiu Thomas.

– Esqueci de mencionar que estamos no quarto de hóspedes por enquanto – informou ele, enquanto subiam as escadas. – As pulgas de Echo infestaram o nosso. Houve um cerco, mas fiz uma segunda investida nuclear com inseticida hoje à noite, que com sorte matará as últimas desgraçadas.

Aquela poderia ter sido uma notícia enfurecedora em qualquer outra ocasião, mas Thomas parecia incrivelmente orgulhoso do genocídio final em sua guerra microscópica, e as palavras "investida nuclear" soaram tão absurdas no tom de voz educado dele que Baxter só conseguiu rir enquanto ele a levava para a cama.

Na manhã seguinte, Baxter entrou no Departamento de Homicídios e Crimes Hediondos com um passo ligeiramente ousado, graças à cueca boxer que teve que pegar emprestada com Thomas, já que havia se esquecido de pegar calcinhas no apartamento que emprestara a Rouche. Como era sábado, ainda cedo, ela não esperava encontrar ninguém importante, mas quando entrou em sua sala, viu Vanita sentada em sua cadeira e um homem bem-vestido na casa dos 50 anos diante dela.

Baxter pareceu intrigada.

– Merda. Desculpe... Espere, estou...?

– Está – garantiu Vanita. – Esta sala é minha... até que você retome seus deveres normais.

Baxter pareceu não compreender.

– Nada disso a faz lembrar de alguma coisa? – perguntou Vanita em um tom condescendente.

O homem de costas para Baxter pigarreou e ficou de pé, parando para abrir o botão de cima do terno sob medida.

– Desculpe, Christian. Esqueci que vocês dois não se conhecem – disse Vanita. – Christian Bellamy, inspetora-chefe Baxter. Baxter, este é o nosso novo comissário... desde ontem.

O homem bonito estava bronzeado. Os cabelos grisalhos cheios e o relógio de pulso Breitling vistoso aumentavam a impressão de que ele era rico demais para se preocupar com um emprego remunerado a não ser por um ocasional almoço de negócios ou uma teleconferência ao lado da piscina. Ele tinha um sorriso vencedor de "vote em mim" que evidentemente fizera efeito.

Christian e Baxter apertaram as mãos.

– Sucesso – disse ela e soltou a mão dele. – Embora eu ache que já o tenha.
Vanita forçou uma risada:
– Christian foi promovido para a área de Organização e Economi...
– Sinceramente, não preciso saber a história toda da vida dele – interrompeu Baxter. E, voltando-se para o homem: – Sem querer ofender.
– Não me ofendi. – Ele sorriu. – Resumindo: eu estava só fingindo ser comissário.
– Bem – disse Baxter checando o relógio –, e eu só estava fingindo estar interessada. Então, se me der licença...
O comissário desatou a rir:
– Você certamente não decepciona! – declarou ele, desabotoando o paletó para se sentar. – É tudo o que Finlay prometeu e mais.
Baxter parou a caminho da porta.
– *Conhece* Finlay? – perguntou ela, desconfiada.
– Apenas pelos últimos 35 anos. Nós trabalhamos no combate a roubo por algum tempo e, depois disso, aqui por mais um tempo. Então nossas carreiras seguiram caminhos diferentes.
Baxter considerou aquela uma maneira bastante convencida de fingir tato. A intenção implícita: Finlay havia ficado estagnado no mesmo cargo, enquanto seu amigo durão ficava sem opções no topo da escadaria.
– Passei para ver Finlay e Maggie ontem à noite – disse ele a Baxter. – A reforma da casa parece ter ficado boa.
Baxter flagrou Vanita revirando os olhos.
– Ainda não vi – respondeu ela. – Estive um pouco ocupada.
– Claro. – O homem sorriu como se estivesse se desculpando. – Ouvi dizer que fizemos progressos.
– Sim. *Nós* fizemos.
O comissário ignorou o tom dela.
– Ora, isso é uma boa notícia – disse ele. – Mas, quando tudo acabar, você deve passar pela casa de Finlay. Sei que ele adoraria vê-la. Está muito preocupado.
Baxter estava se sentindo um pouco desconfortável com o rumo que a conversa tomara de repente.
– Bem, meu parceiro chegou – mentiu Baxter, saindo sala.
– Mande um abraço meu para ele quando for visitá-lo, está certo? – pediu o comissário quando Baxter já escapava para a cozinha para fazer um café.

* * *

No meio da manhã de sábado, a temperatura havia subido para um calor sufocante de seis graus Celsius graças ao manto de nuvens escuras que nunca parecia se afastar muito da capital. Milagrosamente, Baxter conseguiu encontrar uma vaga na rua principal. Eles estacionaram a cem metros do Sycamore Hotel, em Marble Arch, que, de acordo com várias das mensagens suicidas recuperadas, seria o local da reunião final de Green.

– Eeeei! Eles têm uma sala de projeção – anunciou Rouche enquanto investigava o site do hotel no celular. Ele olhou para prédio. – Você acha que há alguém lá vigiando?

– Provavelmente – respondeu Baxter. – Estamos aqui apenas para checar saídas externas, acessos e pontos de observação.

Rouche estufou as bochechas.

– Só há uma maneira de descobrir.

Baxter agarrou o braço do colega quando ele abriu a porta do carro para sair:

– O que está fazendo?

– Saídas, acessos e pontos de observação... Não vejo nada daqui.

– Alguém pode nos reconhecer.

– A você, talvez. A mim, não. Por isso lhe trouxe um disfarce improvisado do flat.

– Apartamento – corrigiu ela.

– Apartamento. Espero que não se importe.

Rouche entregou a ela o boné de beisebol que encontrara no cabide de casacos.

– Essa é a primeira parte do disfarce – explicou ele quando ela não pareceu nada impressionada.

– Por acaso me trouxe mais alguma coisa de casa? – perguntou com as sobrancelhas levantadas.

Ele pareceu não entender.

– Nada mesmo...? – pressionou.

– Ah, suas calcinhas! Sim.

Ele sorriu e pegou uma sacola cheia de roupa íntima.

Baxter arrancou a sacola da mão dele e jogou no banco de trás antes de sair para a calçada.

– Segunda parte do disfarce: estamos apaixonados – anunciou Rouche e pegou a mão dela.

– E a terceira parte? – bufou Baxter.

– Sorria! – falou Rouche diante dos resmungos dela. – Aí, com certeza ninguém vai poder reconhecê-la.

O agente especial Chase se esforçava para conter o colega.

– Pelo amor de Deus, Saunders! – gritou Baxter. – Tem *alguma* ideia de quanta papelada você gera toda vez que leva um soco na cara?

A sala de reuniões do Departamento de Homicídios e Crimes Hediondos estava cheia com a equipe de detetives da própria Polícia Metropolitana, oficiais do Comando Antiterrorista e agentes do FBI, ainda sofrendo de jet-lag. Todos estariam envolvidos na operação de domingo. Baxter havia informado às várias equipes sobre sua avaliação externa do local.

No geral, a reunião estava indo basicamente como esperado.

O MI5 enviara um agente que com certeza fora instruído a não divulgar nada, mas a recolher cada detalhe do que estava sendo discutido, no que deve ter sido um dos atos mais flagrantes de espionagem já empregados. Rouche, como único representante da CIA, tentava entregar discretamente a Baxter a calcinha perdida que caíra no fundo da bolsa dele.

Por sorte, ninguém percebeu, além de Blake, que pareceu absolutamente chocado.

– Aquele salão de conferências já deve estar cheio de câmeras a esta altura – disse Chase a todos na sala, recebendo acenos de cabeça e murmúrios de concordância de seus homens.

– E como sabemos que o local não está sendo vigiado? – perguntou Baxter, impaciente. – Como sabemos que eles não vão procurar por câmeras, microfones ou agentes idiotas do FBI escondidos atrás das cortinas?

Chase ignorou as risadas do outro lado da sala.

– Eles são loucos, não são espiões!

O agente do MI5 levantou os olhos do notebook como se alguém houvesse chamado seu nome, confirmando o consenso geral de que ele provavelmente era o pior agente secreto em atividade.

– Eles podem até ser loucos, mas são loucos que conseguiram coordenar ataques em dois continentes distintos sem que ninguém conseguisse detê-los – ressaltou Baxter. – Se espantarmos *um* deles que seja... podemos perder *todos* eles. Manteremos o plano: vigilância passiva nas cinco entradas, o circuito interno de TV do hotel conectado ao programa de reconhecimento facial daqui. Plantaremos um porteiro falso ou um recepcionista armado com um microfone de alta potência no caso de não conseguirmos colocar ninguém lá dentro. No momento em que recebermos a confirmação de que Alexei Green está lá, entramos.

– E se Green não aparecer? – perguntou Chase, em tom de desafio.

– Ele vai aparecer.

– Mas e se não aparecer?

Então eles teriam sido ludibriados. Baxter olhou para Rouche em busca de apoio.

– Se não formos capazes de confirmar a presença de Green, esperaremos até o último momento possível – disse Rouche –, então vamos invadir o salão como planejado. Se não conseguirmos pegá-lo lá, o pegaremos interrogando o salão cheio de cúmplices dele.

– Pergunta rápida – soltou Blake, a xícara de chá na mão. – A parte de conseguir colocar alguém "lá dentro". Do que se trata?

– Precisamos de confirmação visual – disse Rouche, em um tom tranquilo. – Ele é o suspeito mais procurado pelo FBI. Qualquer um que tenha visto um jornal conhece seu rosto a essa altura. É provável que ele fique escondido ou mude de aparência.

– Com certeza, mas você não pode *realmente* esperar que um de nós se enfie lá dentro sem nenhuma ideia do que vai acontecer quando aquelas portas se fecharem, para se sentar no meio de uma plateia composta apenas de psicopatas assassinos, não é?

A sala caiu em um silêncio mortal.

Rouche encarou Baxter, hesitante, concordando que, visto por aquele ângulo, aquele talvez não parecesse um plano muito inspirador.

Ela apenas deu de ombros.

– Alguém tem alguma ideia melhor?

Sessão Seis

Quarta-feira, 11 de junho de 2014
11h32

A camisa branca feita sob medida aterrissou como uma bola amarrotada no chão do banheiro, o café quente penetrando no algodão egípcio. Lucas escolheu outra opção no guarda-roupa do quarto principal e começou a vesti-la na frente do espelho.

 Ele suspirou diante da visão do corpo barrigudo, uma marca vermelha feia no peito, onde a bebida escaldante o queimara. Abotoou a camisa o mais rápido possível para retornar à sala de estar, onde um homem muito magro de uns 60 e poucos anos estava sentado digitando em um BlackBerry.

 – Sinto muito por isso – disse Lucas. Ele levantou a cadeira do chão molhado e se sentou. – Não paro de fazer essas coisas.

 O homem o observou atentamente.

 – Está tudo bem, Lucas? – perguntou.

 Embora estivessem ali em um contexto profissional, os dois homens se conheciam havia anos.

 – Tudo bem – respondeu ele em um tom não muito convincente.

 – Só estou querendo dizer... você parece um pouco abalado, se me perdoa dizer. Não foi nada *provocado* pela nossa reunião de hoje, foi?

 – De forma alguma – assegurou Lucas. – É só algo que venho adiando por algum tempo. Sinto que fui negligente por não cuidar disso mais cedo, depois... bem, depois... depois de...

 O homem mais velho sorriu gentilmente e assentiu.

 – É claro... Então, felizmente tudo isso é muito simples. Lerei apenas os pontos principais: "Revogo todos os antigos testamentos e disposições testamentárias feitos por mim... Nomeio os advogados da Samuels-Wright and Sons para atuarem como executores deste testamento... Descontado o pagamento de dívidas, despesas funerárias e testamentárias, deixo a totalidade restante dos meus bens para o hospital de caridade Great Ormond Street." Blá. Blá. Blá. "Lucas Theodor Keaton." Parece tudo certo para você?

Lucas hesitou por um momento e depois, sem conseguir firmar a mão trêmula, tirou um pen drive do bolso. Estendeu-o para o outro homem:
– Também há isso.
O advogado pegou o pen drive e fitou-o com curiosidade.
– É apenas uma mensagem... a quem possa interessar... se a hora chegar – explicou Lucas, constrangido. – Para explicar por quê.
Assentindo, o advogado colocou o pen drive em um bolso da pasta:
– Esse é um toque muito atencioso da sua parte – disse ele a Lucas. – Não tenho dúvidas de que eles gostariam de ouvir o que tem a dizer a pessoa que está lhes deixando essa... francamente, essa quantia impressionante de dinheiro. – O homem estava prestes a se levantar, mas se deteve. – Você é um bom homem, Lucas. Poucas pessoas que alcançaram tamanha riqueza e influência continuam imunes a todo o ego e as tolices... Eu só queria lhe dizer isso.

Quando Lucas chegou para sua consulta com Alexei Green, o psiquiatra estava ocupado com uma mulher bastante atraente. Apesar de estar conversando educadamente com ela, Green parecia não corresponder ao interesse que ela estava demonstrando por ele.
– Estou falando sério. *Literalmente* no dia seguinte da sua palestra sobre aplicações cotidianas da neurociência comportamental apresentei um pedido para mudar o foco da minha tese.
– Ah, bem, você deve agradecer à neurociência comportamental por isso... Eu não poderia levar o crédito – brincou Green.
– Sei que é uma audácia lhe pedir isso, mas apenas uma hora conversando com o senhor seria...
A mulher deu um gritinho animado, colocou a mão no braço dele e riu.
Da porta, Lucas assistiu com admiração enquanto ela se jogava sobre o psiquiatra, inebriada por seu charme.
– Escute... – começou Green.
A recepcionista revirou os olhos.
– ... por que não dá uma palavrinha com a Cassie ali? Ela encontrará um tempo para almoçarmos na próxima semana.
– Está falando sério?
– O senhor vai estar naquele evento em Nova York na próxima semana – lembrou a voz entediada de Cassie, atrás da mesa.

– Na semana seguinte, então – prometeu Green, finalmente reparando em seu paciente hesitando na porta. – Lucas! – chamou.

Ele teve que dar um empurrãozinho gentil na mulher na direção certa para fazê-la sair enquanto recebia Lucas no consultório.

– Sabe, não há problema em ficar com raiva da pessoa... das pessoas que fizeram isso com você e com sua família – disse Green delicadamente.

O sol desapareceu atrás de uma nuvem, deixando o escritório na penumbra. De repente, o abajur ornamentado, as cadeiras enormes e a mesa de madeira maciça, que geralmente davam à sala uma sensação aconchegante, pareceram velhos e mortos, e o psiquiatra também, apenas uma cópia pálida de si mesmo.

– Ah, estou com raiva – disse Lucas, cerrando os dentes. – Mas não deles.

– Não entendo – disse Green um pouco bruscamente. Mas logo alterou o tom de voz: – Imagine que eu sou o homem que foi até o centro de Londres naquele dia carregando um artefato explosivo com o único objetivo de assassinar o maior número possível de pessoas. O que você gostaria de me dizer?

Lucas olhou para o nada enquanto considerava a pergunta de Green. Ele se levantou e começou a andar pela sala. Sempre conseguia pensar com mais clareza quando estava em movimento.

– Nada. Não há uma única coisa que eu gostaria de dizer a ele. Haveria tão pouco sentido em descontar a minha raiva nele quanto se eu fizesse a mesma coisa com um objeto inanimado... uma arma... uma faca. Essas pessoas não passam de instrumentos que sofrem lavagem cerebral e são manipuladas. Elas mesmas não passam de marionetes para uma causa muito maior do que elas mesmas.

– Marionetes? – perguntou Green, com um misto de interesse e ceticismo na voz.

– Elas se comportam como animais selvagens quando são soltos – continuou Lucas –, são atraídas pela maior concentração de presas e nós... nos aglomeramos juntos nessas multidões enormes, inconscientemente servindo de iscas para eles, apostando na probabilidade de continuarmos a ter sorte, que será a vez de outra pessoa a morrer. E o tempo todo as pessoas que *realmente* estão segurando as cordas, assim como os responsáveis pela nossa proteção, jogam com todos nós como se fôssemos peças de xadrez.

As palavras pareciam ter impactado Green, cujo olhar estava fixo na janela do outro lado da sala.

– Peço desculpas pelo monólogo. É só que... Realmente me ajuda muito conversar com você – admitiu Lucas.

– Como? – perguntou Green, parecendo voltar de um milhão de quilômetros de distância.

– O que eu estava dizendo era que queria saber se poderíamos aumentar a frequência de nossas sessões, talvez nos encontrarmos duas vezes por semana a partir de agora? – perguntou Lucas tentando esconder o desespero na voz. – Mas parece que você estará ausente na próxima semana... Nova York, não é?

– Sim. É isso mesmo.

Green sorriu, ainda com as palavras de Lucas na cabeça.

– Vai sempre para lá?

– Cinco, seis vezes por ano. Não se preocupe, não terei que reagendar nossos compromissos com frequência – assegurou Green. – Mas sim, claro. Se você está achando nossas sessões benéficas, certamente podemos aumentar a frequência. Mas como está fazendo um progresso tão *impressionante*, me pergunto se eu poderia tentar algo um pouco diferente com você... uma nova abordagem, se estiver disposto. Acha que pode estar disposto a isso, Lucas?

– Sim.

Capítulo 28

Sábado, 19 de dezembro de 2015
14h34

Como os vendedores de rua, o agente especial Chase abandonou sua van atravessada, ocupando duas vagas para deficientes no estacionamento. Ele entregou uma escada ao colega antes de tirar a caixa de ferramentas da traseira do veículo. Vestidos com macacões combinando, os dois homens entraram no saguão do hotel Sycamore e se dirigiram ao balcão da recepção, onde pedaços de guirlandas pendiam frouxamente no chão como hera morrendo.

Enquanto eles seguiam pelo saguão, Chase observou que a primeira e despretensiosa sinalização já havia sido colocada, em preparação para a reunião ilícita do dia seguinte:

20 de dezembro - 11h
O diretor administrativo da Equity UK, **Jules Teller**, falará sobre o efeito da retração econômica nos preços das ações, a tendência de queda na qual os mercados financeiros estão agora e o que isso significa para você.

Chase tinha que dar o braço a torcer ao inimigo: quem precisava de um exército de seguranças ferozes policiando sua privacidade quando se pode usar os preços das ações e os mercados financeiros como um meio de dissuasão igualmente eficaz?

Eles perceberam que as duas recepcionistas estavam ocupadas e seguiram as placas pelo corredor até o modesto salão de conferências. Felizmente, a sala estava vazia. Fileiras e mais fileiras de cadeiras surradas ficavam de frente para o palco pouco elevado. O salão cheirava a mofo, as paredes bege fazendo com que parecesse nebuloso e cansado.

Se a conversa chata sobre ações de Jules Teller fosse um evento real, pensou Chase, aquele teria sido o lugar certo para abrigá-la.

Eles fecharam a porta do salão e começaram a trabalhar.

Após a reunião desastrosa no início do dia, Lennox havia deixado sua posição bastante clara para seu principal agente exportado: a investigação acabara levando-os a Londres, mas aquele ainda era um caso do FBI e Alexei Green estava no topo da lista de "mais procurados" deles. Suas instruções eram desconsiderar a ordem paranoica de Baxter de ficar longe do hotel e instalar câmeras e microfones dentro do salão. No momento em que colocassem os olhos em Green, Chase e seus homens deveriam se aproximar do alvo, deixando Baxter e seu pessoal para cuidar da plateia em fuga.

Como um agente secreto experiente, Chase pelo menos reconhecia que Baxter tinha razão em suas preocupações de que o hotel pudesse estar sob vigilância. Ele aprendera da maneira mais difícil que era sempre melhor ser excessivamente cauteloso em relação a esses assuntos. Por isso, ele e o colega realmente consertaram o conjunto de portas duplas, substituindo duas das dobradiças cheias de graxa quando instalaram a primeira câmera. Durante todo o tempo, permaneceram nos personagens, falando apenas sobre o trabalho que realizavam em um sotaque britânico passável, para o caso de alguém estar ouvindo.

Em quinze minutos, estavam com tudo pronto. Três câmeras e um microfone no lugar, quatro dobradiças que rangiam substituídas.

– Não foi complicado, né, camarada? – perguntou sorrindo o colega de Chase, cometendo o equívoco comum aos americanos, que acham que todos os ingleses falam como se estivessem prestes a limpar uma chaminé para Mary Poppins.

– Chá? – sugeriu Chase, disfarçando um arroto e dando um tapinha na barriga, um ator perfeito.

Eles guardaram os equipamentos, assoviando enquanto trabalhavam, e voltaram para a van.

A investigação da Polícia Metropolitana estava chegando rapidamente a lugar nenhum.

Eles conseguiram recolher amostras de DNA das chaves que Baxter usara para atacar o assassino de Phillip East, mas, previsivelmente, elas não eram compatíveis com as de ninguém no sistema. Uma equipe ainda estava vasculhando as imagens das câmeras dos circuitos internos de TV em relação aos três encontros anteriores.

A busca por pacientes de Alexei Green até então só chegara a exemplos perfeitamente normais e sem cicatrizes, que afirmavam que Green era gentil e autêntico e que os ajudara em tempos difíceis. Vários pacientes ainda não tinham sido encontrados. Baxter havia designado uma equipe para a tarefa de conseguir detalhes de contatos de emergência de cada um desses pacientes, procurando seus endereços, na esperança de que pudessem encontrar uma das marionetes de Green.

O FBI não fizera segredo algum de que estava procurando em todos os lugares por Green e seus diversos asseclas. Por isso, o psiquiatra havia dispersado seu exército, que só se reuniria mais uma vez antes de libertar fosse qual fosse o horror que estavam reservando para a população de Londres.

A reunião de domingo seria a única oportunidade para acabar com isso.

No final da tarde de sábado, Baxter já estava farta.

Eles vinham repassando o plano de ação, mas todos sabiam que estavam fazendo hora até o dia seguinte. Ela falou mais uma vez com Mitchell, o policial que havia escolhido para entrar disfarçado no salão de conferências. Então, satisfeita por estar tudo sob controle, deixou Rouche com um ex-colega de Green, pediu licença e foi para Muswell Hill debaixo de outro céu cinza-escuro.

Baxter estacionou ao lado de uma árvore conhecida, mas demorou um instante para reconhecer a casa atrás dela, na qual havia brotado um cômodo extra acima da garagem e um novo Mercedes reluzente na entrada de carros. Ela ouviu o barulho de uma furadeira quando saiu do carro e se aproximou para tocar a campainha.

Uma mulher elegante de 50 e poucos anos abriu a porta. Seus olhos azuis cintilantes contrastavam com os cabelos negros, presos em um coque estilo anos 1950. O jeans escuro e o pulôver largo estavam cobertos de tinta, mas nela pareciam ser a última moda.

– Olá, encrenca! – exclamou a mulher em seu sotaque da classe alta londrina, antes de abraçar Baxter e plantar uma mancha de batom rosa em sua bochecha.

Baxter finalmente conseguiu se libertar do abraço apertado da mulher.

– Oi, Maggie – cumprimentou, rindo. – Ele está em casa?

– Ele está *sempre* em casa agora – respondeu Maggie com um suspiro. – Acho que não sabe mais o que fazer. Eu disse que isso aconteceria se ele se aposentasse, mas... você conhece Fin. Entre, entre!

Baxter a seguiu para dentro.

Finlay era uma de suas pessoas favoritas no mundo, mas toda vez que via Maggie, Baxter se maravilhava com o fato de seu velho amigo, tão feio, ter conseguido conquistar e continuar junto de uma mulher tão atraente, absolutamente linda e bem-educada. "Sou ambicioso nas minhas pretensões" sempre tinha sido a resposta de Finlay quando questionado a respeito.

– Como você está? – perguntou Baxter, a pergunta carregando mais significado do que o normal, pois era dirigida a alguém que estivera muito doente por bastante tempo.

– Estou em uma fase boa. Não posso reclamar – respondeu Maggie com um sorriso, enquanto levava Baxter para a cozinha.

Ela começou a se ocupar com bules e xícaras enquanto Baxter esperava pacientemente.

Sabia que Maggie queria lhe perguntar alguma coisa.

– O que foi?

A mulher mais velha se virou com um olhar inocente, mas o abandonou quase imediatamente. Elas se conheciam há muito tempo para fingir:

– Eu estava me perguntando se você teve notícias de Will.

Baxter estava esperando a pergunta.

– Não. Nada. Juro.

Maggie pareceu desapontada. Ela e Wolf haviam se tornado incrivelmente próximos ao longo dos anos, chegando ao ponto de ele ter passado alguns Natais com Maggie e Finlay antes da chegada dos netos dos dois.

– Você sabe que pode me contar confidencialmente, não é?

– *Sei*. Mas isso não muda o fato de ele não ter entrado em contato comigo.

– Ele vai voltar – garantiu Maggie.

Baxter não gostou da maneira tranquilizadora como ela disse isso.

– Se fizer isso, será preso.

Maggie sorriu ao ouvir isso.

– É de *Will* que estamos falando. E não há problema em sentir falta dele. Todos nós sentimos. Não mais do que você, tenho certeza.

Ela havia testemunhado interações suficientes entre Baxter e Wolf ao longo dos anos para saber que o relacionamento entre os dois era muito mais profundo do que o de simples amigos ou colegas.

– Você ainda não conheceu Thomas – disse Baxter, mudando de assunto sem mudar exatamente de assunto. – Vou trazê-lo na próxima vez.

Maggie sorriu encorajando-a, o que só a incomodou mais.

O barulho da furadeira no andar de cima parou.

– Suba. Levarei as bebidas.

Baxter subiu as escadas, seguindo o cheiro de tinta fresca, e encontrou Finlay de quatro, prendendo uma tábua no lugar. Ele não percebeu a presença dela até Baxter pigarrear. Então largou o que estava fazendo, gemeu quando as costas e os joelhos estalaram e se levantou para abraçá-la.

– Emily! Você não me disse que iria aparecer.

– Eu não sabia.

– Bem, é um prazer vê-la. Tenho andado preocupado com tudo o que está acontecendo. Sente-se – insistiu ele antes de perceber que era uma oferta difícil de aceitar.

Um canto inteiro do piso coberto de serragem ainda estava encostado contra a parede, esperando para ser colocado, deixando uma abertura perigosa, por onde alguém poderia até cair. Latas de selante e de tinta cobriam o que restava do espaço entre as ferramentas antigas.

– Podemos descer – ofereceu ele, pensando melhor.

– Não, está tudo bem... Este lugar está ficando bom.
– Sim, bem, era isso ou nos mudarmos – disse ele, gesticulando para o quarto. – Queremos ajudar com as crianças um pouco mais agora que estou...
– Entediado?
– Aposentado – corrigiu-a Finlay com um sorriso irônico. – Mas Maggie precisa se decidir sobre uma cor.
– Anexo grande. Carro chique na entrada – comentou Baxter parecendo mais estar questionando do que impressionada.
– O que posso dizer? As aposentadorias realmente valiam alguma coisa quando eu comecei. Mas a gente fica puto de não fazer nada, cuidado. – Ele fez uma pausa para garantir que Maggie não havia escutado o palavrão. – E então... eu deveria estar preocupado com você?
– Não.
– Não?
– Vai estar tudo acabado até a hora do almoço de amanhã – garantiu Baxter com um sorriso. – Você vai ouvir tudo a respeito quando Vanita aparecer para contar ao mundo como ela salvou o dia sentada atrás da mesa fazendo porra nenhuma.
– O que vai acontecer amanhã? – perguntou Finlay preocupado.
– Nada com que você precise se preocupar, *meu velho*. Basicamente, vamos só assistir ao pessoal do FBI fazendo as coisas deles – mentiu Baxter, sabendo muito bem que o amigo insistiria em acompanhá-la se achasse, mesmo que por um momento, que ela poderia precisar dele.

Baxter já tivera que mentir para Edmunds exatamente pelo mesmo motivo. Ele a encarou desconfiado.

– Então, conheci nosso novo comissário hoje de manhã – contou Baxter. – Ele me pediu para lhe mandar um abraço.
– É mesmo? – perguntou Finlay, decidindo se sentar no chão mesmo.
– Ele parece gostar muito de você. Quem é o homem, afinal?

Finlay esfregou o rosto sujo, parecendo cansado, enquanto pensava em como responder.

– Ele é o amigo mais antigo de Fin – respondeu Maggie por ele, da escada, enquanto subia com uma bandeja de chá e o pote de vidro onde se colocava uma moeda para cada palavrão dito. – Os dois eram quase inseparáveis quando nos conhecemos. Pareciam irmãos.

– Você nunca chegou a mencioná-lo – disse Baxter, surpresa.

– Ah, mencionei sim, moça. Não contei da vez em que nossa vítima de assassinato voltou à vida? – lembrou Finlay. – Ou de quando fizemos a maior apreensão de drogas na história de Glasgow? Ou ainda da vez em que ele levou uma bala na bunda?

– *Todas* essas histórias eram sobre ele?

Baxter ouvira esses causos tantas vezes que os conhecia de cor.

– Sim. Não que fizessem dele uma boa opção para comissário.

– Ele está com inveja – disse Maggie a Baxter enquanto acariciava a cabeça calva de Finlay.

– Não estou, não! – resmungou ele.

– Acho que vai acabar descobrindo que está! – Maggie riu. – Eles tiveram um ligeiro desentendimento há muito tempo – explicou ela a Baxter, que ergueu as sobrancelhas, pois conhecia muito bem a definição de "desentendimento" no dicionário de Finlay. – Trocaram socos, atiraram mesas e cadeiras. Trocaram insultos também, assim como ossos quebrados.

– Ele não quebrou nenhum osso meu – resmungou Finlay mais uma vez.

– O do nariz – lembrou Maggie ao marido.

– Esse não conta.

– Mas eles deixaram tudo isso para trás – assegurou ela a Baxter antes de se voltar para Finlay. – E foi você quem ficou comigo no final, não foi?

Finlay abraçou-a carinhosamente.

– Foi. Foi.

Maggie deu um beijo na testa dele e se levantou.

– Vou deixar vocês dois conversarem – disse ela, e voltou para o andar de baixo.

– Só porque *eu e ele* somos velhos amigos – disse Finlay a Baxter –, não significa que *você* pode confiar nele mais do que em qualquer outro burocrata. As regras de sempre se aplicam: mantenha distância, a menos que seja absolutamente inevitável. Mas se ele lhe causar qualquer aborrecimento, mande-o para mim.

Rouche estava bem acordado. Já vinha encarando a escuridão havia horas, brincando com a cruz de prata em volta do pescoço, pensando na operação iminente. O barulho da Wimbledon High Street se intensificou quando os farristas de fim de semana encheram os restaurantes e bares, afogando o autocontrole nos copos de bebida antes de seguirem de um estabelecimento superlotado para o seguinte.

Ele suspirou e estendeu a mão para acender a lâmpada da cabeceira, iluminando a parte do chão do quarto de Baxter que havia assumido para si. Desistindo das suas aspirações a uma boa noite de sono, Rouche deixou o saco de dormir, vestiu-se rapidamente e saiu para tomar alguma coisa.

Thomas se virou e deu um tapinha no edredom achatado ao lado dele. Ele não abriu os olhos de imediato, enquanto seus pensamentos confusos se esforçavam para lembrar se Baxter tinha sequer aparecido em casa. Acabou concluindo que ela provavelmente havia aparecido, sim. Então, saiu da cama e desceu as escadas para encontrá-la dormindo em frente à televisão. Um episódio antigo do programa *QI* entretinha ninguém em especial, enquanto os restos de um Cabernet Sauvignon se aproximavam cada vez mais da borda da taça de vinho inclinada na mão dela.

Thomas sorriu. Baxter parecia tão em paz. O rosto relaxado, sem a persistente impressão invocada. Ela havia se encolhido e ocupava apenas uma almofada do sofá de três lugares. Ele se inclinou para pegá-la nos braços.

Um gemido de esforço depois, ela não se moveu um centímetro.

Thomas se colocou em outra posição e tentou novamente.

Talvez fosse o ângulo em que ela estava sentada, talvez o macarrão pesado que ele preparara para o jantar ou talvez o fato de que seus jogos quinzenais de badminton não o haviam deixado na boa forma que ele esperara. Por fim, Thomas decidiu deixá-la onde estava. Ele colocou a manta favorita de Baxter em cima dela, aumentou o aquecimento e beijou-a na testa antes de voltar a subir.

Capítulo 29

Domingo, 20 de dezembro de 2015
10h15

– Que palhaçada! – disse Baxter antes de desligar o telefone na cara de Vanita.

A chuva havia caído a manhã toda, o que atrapalhou as comunicações enquanto ela tentava organizar as quatro equipes da Unidade Armada que tinha à disposição. Baxter estava parada no topo de um edifício-garagem de vários andares que dava ao FBI uma visão de cima do hotel próximo. Ela correu até Chase, que parecia ainda maior do que o habitual – ao menos daquela vez, ele tinha razão para se enfeitar com a armadura policial.

– Você dispensou meu oficial? – gritou ela por causa da chuva.

Chase se virou para encará-la com uma expressão entediada.

– Sim. Não precisamos mais dele – disse com desdém enquanto voltava para a unidade de vigilância. – Está tudo sob controle.

– Ei, estou falando com você! – gritou Baxter, seguindo-o.

– Escute, agradeço à Polícia Metropolitana por nos emprestar seus homens e seus recursos, mas esta é uma operação do FBI e, a menos que eu não tenha entendido o que disse à sua superior, realmente não há razão para você ainda estar aqui.

Baxter abriu a boca para discutir quando Chase continuou:

– Fique tranquila, se conseguirmos arrancar alguma coisa relevante de Green, mandaremos para vocês, é claro.

– Mandarão? – perguntou Baxter.

Eles haviam chegado à van. A chuva estava caindo mais forte, criando uma névoa acima do teto do veículo quando as gotas explodiam contra o metal. Chase puxou a alavanca e abriu a porta lateral para entrar, revelando uma série de monitores que mostravam três ângulos de vídeo diferentes dentro do salão de conferências.

Baxter de repente entendeu por que o agente dela sob disfarce não era mais necessário: Chase e sua equipe haviam desconsiderado a ordem que ela dera para se manterem longe do lugar.

– Ah, seus idiotas!

– Como eu disse, está tudo sob controle – disse Chase sem se desculpar, enquanto Baxter saía furiosa. – Baxter! – chamou ele quando ela já se afastava. – Se eu vir você ou o agente Rouche tentando interferir na *minha* operação, *vou* ordenar aos meus homens que interceptem e detenham vocês!

Baxter saiu do estacionamento e correu até seu Audi na rua. Ela entrou e soltou um grito de frustração.

Rouche, completamente seco e já na metade de um saco de bombons, esperou educadamente que ela terminasse.

– Vanita deixou Chase assumir a operação. O lugar está todo equipado com câmeras. Dispensaram Mitchell. Na verdade, todos nós fomos dispensados – foi sua versão resumida dos eventos.

– Ela sabe que eu não trabalho para ela, certo? – perguntou Rouche, oferecendo um chocolate a Baxter para animá-la.

– Não faz diferença. Chase ameaçou nos "interceptar" e nos "deter" se interferirmos, e acho que ele é suficientemente idiota para cumprir essa promessa também.

– E eu aqui pensando que estávamos todos do mesmo lado...

– De onde você tirou essa ideia? – perguntou Baxter, irritada. – Algo que Chase disse não me caiu bem. Estou começando a ter a nítida impressão de que o FBI vai pegar Green e partir direto para os Estados Unidos com ele, deixando a gente aqui para limpar os restos dessa bagunça.

Rouche assentiu. Desconfiava da mesma coisa.

Ambos olhavam para a manhã sombria diante deles.

– Faltam 28 minutos – disse Rouche em um suspiro.

Eles ouviram uma batida na janela do motorista.

Surpresa, Baxter se virou e encontrou Edmunds sorrindo para ela.

– O que...?

Ele deu a volta correndo pela frente do carro e abriu a porta do carona para encontrar Rouche encarando-o.

– Edmunds – apresentou-se, estendendo a mão molhada.

– Rouche – disse Rouche, trocando um aperto de mão com Edmunds. – Vou só.... – sugeriu, apontando para o banco de trás.

Rouche passou para trás, e Edmunds pôde sair da chuva. Ele afastou um par de tênis antigos, algumas embalagens gordurosas de comida chinesa para viagem e uma caixa enorme de biscoitos no assento ao seu lado.

– O que você está fazendo aqui? – perguntou Baxter ao amigo.

– Ajudando – respondeu Edmunds com um sorriso. – Imaginei que poderia precisar.

– Lembra-se da parte em que eu lhe disse que não precisava de ajuda?

– Lembra-se da parte em que usou as palavras "por favor" e "obrigada"?

– Ah – assentiu Rouche.

Baxter virou o olhar furioso para o banco de trás:

– Ahhhhhhhh, o quê? – quis saber.

– Ora, você só usa amabilidades quando está mentindo – respondeu Rouche, olhando para Edmunds em busca de apoio.

– Exatamente – concordou Edmunds. – Além disso, já reparou que quando ela nos insulta com vontade, meio que acena para si mesma depois como se dissesse: "essa foi boa, hein"?

Rouche riu alto.

– Ela faz *mesmo* isso.

Ambos ficaram em silêncio enquanto interpretavam a nova expressão que se formava no rosto de Baxter.

– Como você nos encontrou? – perguntou ela com os dentes cerrados.

– Ainda tenho alguns *poucos* amigos no Departamento de Homicídios – disse Edmunds.

– *Você* já reparou que, quando *você* conta uma mentira, alguma merda inacreditavelmente estúpida sai da sua boca? – Baxter perguntou a ele, assentindo de forma sutil para si mesma. – Você não tem nenhum amigo no Departamento de Homicídios. Todo mundo odeia você.

– Nossa, doeu – disse Edmunds. – Tudo bem... posso não ter nenhum amigo lá, mas Finlay ainda tem. Ele também sabia que alguma coisa estava acontecendo.

– Pelo amor de *Deus*, me diga que você não arrastou Finlay para tudo isso?

Edmunds pareceu um pouco culpado:

– Ele está estacionando o carro.

– Meu Deus!

– Então – disse Edmunds em um tom animado –, por que estamos apenas sentados aqui?

Houve um farfalhar no banco de trás.

– O FBI nos expulsou – disse Rouche com a boca cheia de biscoito. – Precisamos saber o que está acontecendo lá, mas eles dispensaram o homem de Baxter e vão nos prender se interferirmos.

– Ah – disse Edmunds, absorvendo meia hora de drama em apenas alguns segundos. – Muito bem. Mantenha o celular ligado, então – falou para os dois, antes de sair de novo para a chuva.

– Edmunds! Aonde você vai? Espere!

A porta do carro bateu e eles o viram se afastar em direção à entrada do hotel.

Rouche ficou impressionado. Não acreditara que alguém fosse capaz de lidar tão bem com Baxter.

– Sabe, gosto muito do seu ex-chefe – disse a Baxter, sem se dar conta da gafe que cometia.

– Meu... o quê? – perguntou ela, virando-se para ele.

Rouche pigarreou.

– Faltam 23 minutos.

Edmunds ficou aliviado quando saiu da chuva, até se lembrar de que, ao fazer isso, havia entrado em um prédio lotado de membros de uma seita que também eram assassinos e mutiladores. Com a hora de início do evento se aproximando depressa, um fluxo aparentemente interminável de pessoas entrava e saía do hotel. Ele atravessou o saguão, deixando pegadas sujas em sua esteira enquanto seguia a sinalização discreta. No final do corredor, havia um conjunto de portas duplas abertas, levando a um corredor aparentemente vazio.

Edmunds pegou o celular e ligou para Baxter, enquanto fingia que estava procurando o cartão de acesso nos bolsos, para o caso de alguém estar observando.

– Existe outro salão de conferências? – sussurrou quando ela atendeu.

– Não. Por quê? – perguntou Baxter.

– Parece completamente vazio aqui de onde estou.

– E onde você está?

– No fim do corredor. Dez metros adiante.

– Ainda faltam vinte minutos para começar.

– E ainda não chegou *ninguém*?

257

– Você não tem certeza disso. Quanto do salão consegue ver?

Edmunds deu alguns passos para a frente, olhando para trás para garantir que estava sozinho.

– Não muito... Vou dar uma olhada mais de perto.

– Não! Não faça isso! – pediu Baxter em pânico. – Se estiver errado... se houver alguém lá, você pode estragar tudo.

Edmunds a ignorou e continuou em direção ao salão silencioso. Viu mais assentos vazios.

– Ninguém ainda – reportou em voz baixa.

– Edmunds!

– Vou entrar.

– Não!

Ele passou pelas portas duplas e entrou no salão de conferências completamente vazio. Olhou ao redor, confuso.

– Não há ninguém aqui – disse a Baxter, entre aliviado e preocupado.

Ele viu um pedaço de papel branco preso na parte de dentro da porta e foi até lá para lê-lo, só então reparando no celular colocado sutilmente contra a moldura – o olho pequeno, redondo e brilhante de uma câmera virado para ele, sem dúvida transmitindo sua imagem para outro lugar. Mais um par de olhos observando a sala vazia.

– Ah, merda – disse ele.

– O que foi? – perguntou Baxter ao telefone. – Qual o problema?

– Eles transferiram.

– O quê?

– Eles transferiram a reunião... para o City Oasis, do outro lado da rua – disse Edmunds, já correndo de volta. – Estamos no prédio errado!

Capítulo 30

Domingo, 20 de dezembro de 2015
10h41

Edmunds saiu do saguão do Sycamore com medo de ter acabado de comprometer toda a operação. Pelo menos quem quer que estivesse observando só teria visto um civil solitário entrando no salão, o que deveria ser preferível a uma equipe tática armada.

Antes de ser afogado pela chuva, ele ouviu Baxter transmitindo sua descoberta para o FBI. Edmunds segurava o celular, a ligação ainda ativa, enquanto corria pela rua movimentada e entrava pelas portas de vidro giratórias do hotel City Oasis.

Pilares de mármore ladeavam a grande área de recepção, onde grupos esperando por transporte se espalhavam pelo espaço para se proteger da chuva.

Edmunds checou as várias placas indicativas:

← SALÕES DE CONFERÊNCIA

Ele chutou sem querer a mala de alguém e correu na direção do corredor certo. Ao alcançá-lo, avistou dois homens grandões, claramente da segurança do evento, de pé do lado de fora de um conjunto de portas no final do corredor e uma grande multidão enchendo a sala atrás deles. Ele deu uma olhada casual na direção dos homens e continuou a caminhar, levando o celular de volta ao ouvido.

– Baxter? Está aí?

Ele a ouviu gritando com alguém ao fundo.

– Sim. Estou aqui.

– Salão de conferência 2 – informou a ela.

A van desceu acelerada pela entrada de serviço na parte de trás do hotel e parou do lado de fora de uma das entradas dos fundos. A porta de correr se abriu e a equipe saiu, uma série de cliques e bipes acompanhando-os enquanto preparavam o equipamento e testavam suas comunicações.

– Tem certeza de que estão no edifício certo desta vez, chefe? – perguntou um dos homens.

O líder da equipe, profissionalmente, ignorou o comentário.

– Quero que corra até o final do prédio e veja quantas saídas há para cobrir – disse ele ao colega falador. Ele checou para ver se o rádio transmissor estava ajustado no canal certo e apertou o botão "talk" para falar no headset. – Equipe 4 em posição. Situação reportada a seguir.

* * *

A unidade de vigilância do FBI parou ao lado do Audi de Baxter na rua principal. O carro atrás buzinou irritado, mas ficou visivelmente mais paciente quando o agente armado do FBI desceu.

Baxter se aproximou de Chase enquanto ele passava ordens às equipes.

– Equipe 3, saiba que há um segundo ponto de acesso logo depois da sua posição. Todas as unidades, todas as unidades, o Cavalo de Troia está prestes a entrar no prédio. Repito: o Cavalo de Troia está prestes a entrar no prédio.

Baxter revirou os olhos.

Com Mitchell já voltando para a Nova Scotland Yard, o agente "disfarçado" de Chase desceu da van. O homem poderia ser o irmão mais novo e sarado de Vin Diesel. Até Chase pareceu menor perto do colega imponente que estava ridículo vestido em um pulôver folgado e calça jeans.

– Vá! – ordenou Chase, mandando o agente para a rua.

Baxter balançou a cabeça e retomou a ligação com Edmunds:

– O agente do FBI está entrando agora – avisou ela.

– Certo. Como ele é? – sussurrou Edmunds de volta.

Baxter ainda estava observando o homem se afastando deles, parecendo desconfortável.

– Como um agente do FBI tentando não parecer um – respondeu ela, dando de ombros.

– Estou olhando para o agente de Chase – avisou Edmunds, espiando por cima da multidão no saguão antes de correr de volta ao ponto de observação que havia encontrado.

Vários corredores levavam aos salões de conferência. Ele descobrira que o corredor seguinte o deixava diante do salão 3, a 15 metros da entrada vigiada. Edmunds olhou pelo canto e viu de relance os homens grandões atrás da porta aberta. O zumbido das vozes se espalhando pelo corredor sugeria um grande número de pessoas lá dentro, talvez mais do que imaginavam, e ele viu mais duas chegarem enquanto observava.

– Muito bem – sussurrou ao celular. – Tenho uma visão parcial da porta.

– Ele ainda está atravessando o saguão – informou Baxter.

Edmunds observou quando uma mulher de cabelos oleosos se aproximou da porta. Na fração de segundo em que ela ficou à vista, ele a viu fazendo algo estranho.

– Espere – sussurrou ele, arriscando-se a sair de seu canto para conseguir ver melhor.

A porta ainda bloqueava sua visão.

– Qual é o problema? – perguntou Baxter, ansiosa.

– Não tenho certeza. Diga a ele para esperar.

Houve uma pausa.

– Ele já está no corredor – foi a resposta tensa de Baxter.

– Merda – sibilou Edmunds, avaliando suas opções. – Merda. Merda. Merda.

– Devemos abortar? ... Edmunds? Devemos abortar?

Edmunds já havia tomado sua decisão e estava a meio caminho do conjunto de portas abertas com o celular pressionado contra o ouvido. Um dos homens de pescoço grosso espiava ao redor quando o ouviu se aproximar, claramente não esperando que alguém viesse daquela direção. Ao chegar à porta, Edmunds sorriu com simpatia para o homem, observando a mulher de cabelos oleosos atrás dele, que mostrava a blusa aberta para o colega, sem dúvida exibindo o convite mutilado para poder entrar.

Edmunds começou a tagarelar qualquer bobagem que lhe veio à mente:

– Eu sei! Se em algum momento parar de chover, poderemos...

Ele riu e se voltou para o corredor principal, onde o agente do FBI se aproximava pela outra direção.

Os dois homens eram muito experientes para ceder à vontade de fazer contato visual, trocar um aceno sutil ou balançar a cabeça para dar algum sinal de se deveriam continuar ou não – ambos sabiam que o homem na porta estaria observando cada movimento deles.

Edmunds passou pelo homem musculoso sem interromper o passo, sem conseguir informar ao agente de Chase que ele estava a menos de seis segundos de ser descoberto.

E não ousou acelerar o passo.

– Sim, não na Inglaterra, certo? – Ele riu alto no celular antes de sussurrar: – Abortar! Abortar! Abortar!

Atrás dele, o agente do FBI estava a apenas três passos da porta quando se desviou para a direita e caminhou casualmente ao longo do corredor que Edmunds acabara de descer.

* * *

– Tem que haver outra entrada! – gritou Chase no rádio, tentando desesperadamente salvar sua operação do fracasso. Ele voltou para o veículo de vigilância.

– Chase! Chase! – chamou Baxter, para conseguir a atenção dele.

Ele parou por um momento para olhar para ela.

Baxter levantou o dedo do meio para ele:

– De nada... seu *escroto*.

Ela sabia que não era uma coisa particularmente construtiva para se dizer, mas nunca alegara ser perfeita. Chase pareceu magoado de verdade por um momento, não que ela se importasse, então continuou a falar com o agente:

– Uma janela? Existe alguma maneira de você conseguir dar outro passo ou talvez de que possamos afastar os guardas? – tentou.

Baxter se afastou e se encostou no Audi. Ela notou um arranhão na porta do carona e o esfregou distraída enquanto retomava a conversa telefônica com Edmunds.

– Você acabou de salvar toda a operação desses idiotas – comentou –, mas eles ainda estão falando sobre enviar alguém aí para dentro.

– Se eles fizerem isso e o Green não estiver lá, nós o perderemos – avisou Edmunds.

O celular começou a vibrar contra o ouvido de Baxter. Ela olhou para a tela.

– Espere. Tenho outra ligação... Rouche?

– Tive uma ideia. Encontre-me no café do outro lado da rua.

Ele desligou.

– Edmunds? – disse Baxter. – Aguente firme. Rouche conseguiu alguma coisa. Volto a ligar para você.

Ela encerrou a ligação e examinou as fachadas das lojas do outro lado da rua.

ANGIE'S CAFÉ

Encharcada e morta de frio, ela passou entre os carros para atravessar a rua e entrou no café, acionando um sino estridente acima da porta. Uma camada visível de sujeira encrustada parecia cobrir todas as superfícies concebíveis, incluindo a própria Angie.

Rouche estava sentado diante de uma das grandes mesas bege com guardanapos embaixo de uma das pernas, para mantê-la estável. Ele segurava um copo descartável com café entre as mãos. No momento em que a viu, Rouche se levantou e entrou nos banheiros. Baxter checou a hora. Eles tinham pouco mais de dez minutos até o início da reunião, talvez até menos antes que Chase e seus dublês de cinema invadissem o lugar e arruinassem tudo.

Sentindo-se tensa, Baxter atravessou o café a passos largos, ignorando as caras de bunda da clientela, e entrou nos banheiros usando o ombro para abrir a porta – para não se arriscar a tocar na maçaneta. Confrontada com as duas opções de gênero, tornadas ainda mais claras pelo acréscimo de partes íntimas grafitadas, ela empurrou a porta do banheiro masculino e entrou no espaço nauseante.

Uma corrente de ar frio entrava por uma janela alta e congelada. Dois mictórios amarelados transbordavam de discos azuis de desinfetante, mas parecia que todos consideravam a presença deles ali apenas uma sugestão educada e a opção preferencial era o chão mesmo, que já estava coberto de mijo.

Rouche tinha colocado o paletó na lateral do cubículo e estava lavando as mãos na única pia.

– Não poderíamos conversar lá fora? – perguntou Baxter, checando novamente o relógio.

Ele parecia distraído, como se nem a tivesse ouvido.

– Rouche?

Ele fechou a torneira de água quente e Baxter percebeu que o colega não estava lavando as mãos, mas sim algo que segurava nas mãos. Sem uma palavra, Rouche lhe entregou a faca afiada que havia tirado da cozinha.

Baxter olhou para a faca sem entender.

Rouche começou a desabotoar a camisa.

– Não! De jeito nenhum, Rouche! Você está louco? – disse ela, finalmente compreendendo.

– Precisamos entrar lá – disse ele em um tom tranquilo. E tirou a camisa.

– Precisamos – disse Baxter no mesmo tom. – Mas podemos conseguir isso de outra maneira.

Ambos sabiam que aquilo não era verdade.

– Não temos tempo para isso – falou Rouche. – Você pode me ajudar ou posso fazer sozinho e aí o estrago vai ser ainda maior.

Ele se adiantou para tirar a faca da mão dela.

– Está bem! Está bem! – disse Baxter sentindo-se mal.

Ela se adiantou timidamente e pousou a mão esquerda no ombro nu dele. Podia sentir o hálito quente do colega na testa.

Baxter encostou a faca na pele dele e hesitou.

A porta atrás deles se abriu e um homem grandalhão ficou paralisado na entrada. Os dois se viraram e encararam o homem com irritação. Os olhos dele foram rapidamente de Baxter para Rouche, para a camisa descartada, e então para a arma que ela havia pressionado contra o tórax dele.

– Volto depois – murmurou o homem, que se virou e foi embora.

Baxter encarou Rouche mais uma vez, agradecendo silenciosamente os poucos momentos extras para se fortalecer. Ela pensou um pouco para decidir por onde seria melhor começar e, em seguida, empurrou a ponta da lâmina suavemente até tirar sangue, cortando uma linha fina de cima para baixo até que Rouche pegou sua mão.

– Você vai fazer com que me matem – disse ele sem rodeios tentando provocá-la. – Já viu as cicatrizes dessas pessoas. Se não conseguir fazer do jeito certo...

– Isso é para o resto da vida, Rouche. Sabe disso?

Ele assentiu.

– Apenas faça o que tem que fazer.

Rouche tirou a gravata de emergência do bolso da calça, dobrou-a e apertou com força entre os dentes.

– Faça! – ordenou novamente, o som saindo abafado pela mordaça improvisada.

Baxter se encolheu e afundou a lâmina na carne dele, forçando-se a ignorar os arquejos involuntários de dor de Rouche, o modo como seus músculos tremiam sob a pele, a respiração acelerada contra o cabelo dela, enquanto ela rasgava as letras em seu peito.

A certa altura, ele cambaleou contra a pia, quase perdendo a consciência, enquanto o próprio sangue morno encharcava o cós da calça.

Enquanto Rouche se recuperava um pouco, Baxter encarou com repulsa o que já havia feito a ele e sentiu ânsia de vômito. Suas mãos estavam cobertas de sangue.

MARIONE

Rouche examinou o trabalho incompleto no espelho.

– Você não pensou em mencionar antes que tem uma caligrafia de merda? – brincou ele, mas Baxter estava traumatizada demais até para sorrir.

Ele empurrou a mordaça de volta na boca, ficou de pé, o corpo reto, e assentiu.

Baxter cravou a lâmina mais uma vez, para terminar as últimas letras:

MARIONETE

No segundo em que terminou, ela jogou a faca na pia com as mãos trêmulas e correu para dentro do cubículo para vomitar. Quando saiu, menos de um minuto depois, ficou horrorizada ao descobrir que Rouche havia inventado uma última tortura para si mesmo.

Ele segurava a faca em uma das mãos e um isqueiro na outra, e aquecia a lâmina manchada por baixo.

Baxter não achava que conseguiria aguentar mais.

– Tenho que cauterizar as feridas – explicou ele. – Para parar o sangramento.

Ele não pediu a Baxter que o ajudasse.

Rouche pressionou o lado achatado do metal contra o ferimento mais profundo, fazendo a carne queimada soltar um assobio doentio, e seguiu letra a letra depois dali.

Então se debruçou sobre a pia e se virou para Baxter, os olhos lacrimejando, enquanto se esforçava para recuperar o fôlego.

– Hora? – perguntou, mal conseguindo falar.

– Dez e cinquenta e sete.

Ele assentiu, enquanto enxugava o sangue com toalhas de papel grossas.

– Camisa.

Baxter olhou para ele sem entender.

– Camisa, por favor – repetiu Rouche, apontando para o chão.

Baxter entregou a camisa a ele, incapaz de tirar os olhos do tórax desfigurado até que ele o cobrisse.

Ela pegou o celular.

– Edmunds? Preciso de você lá dentro, em uma boa posição... Rouche está entrando.

Capítulo 31

Domingo, 20 de dezembro de 2015
10h59

Edmunds se sentia nauseado.

Poucos instantes antes, Baxter o informara do sacrifício que o agente da CIA havia feito para manter viva a operação deles.

Edmunds viu Rouche entrar no hotel pelas portas giratórias. Ele parecia pálido e suado, o passo instável enquanto ajeitava o paletó tentando esconder a camisa ensanguentada.

– Estou vendo Rouche – disse a Baxter, lutando contra o impulso de correr e ajudar o homem. – Isso não vai funcionar – comentou Edmunds, preocupado. – Acho que ele não vai conseguir nem chegar até a porta.

– Ele vai conseguir.

Rouche atravessou cambaleante a área da recepção, com a mão no peito, atraindo vários olhares curiosos antes de precisar firmar o corpo, fora da vista dos dois homens que guardavam as portas. De repente, seus joelhos cederam e ele caiu contra a parede, deixando uma mancha vermelha na tinta creme.

Por impulso, Edmunds deu alguns passos em direção a ele, mas parou quando Rouche balançou a cabeça discretamente, detendo-o.

Os números no relógio de Edmunds se rearrumaram e o aparelho vibrou: onze da manhã. Ele viu os dois homens no corredor checando os próprios relógios.

– Vamos – sussurrou baixinho, os olhos indo de Rouche para os homens na porta e voltando.

Rouche se afastou com esforço da parede. Podia sentir a camisa grudada na pele e tentou dizer a si mesmo que fora suor em vez de sangue que encharcara o tecido. Ele tinha a sensação de estar com um buraco aberto no corpo. Podia sentir dentro de si a brisa que entrava a cada volta da porta, como se ela estivesse soprando diretamente através dele. Incapaz de identificar alguma fonte específica da dor, seu cérebro disse a cada nervo do corpo que estava queimando.

Rouche se forçou a endireitar o corpo e deu a volta no corredor, caminhando com determinação em direção à porta aberta. Os dois homens o observaram com atenção quando ele se aproximou. Atrás deles, o público parecia ter se acomodado e o murmúrio das conversas começava a morrer.

Os dois homens pareciam ser irmãos, ambos com as mesmas feições cinzeladas e um jeito imponente de serem gordos. Rouche se aproximou do maior dos dois, numa demonstração psicológica de que não tinha nada a esconder. E assentiu brevemente.

O homem o encarou com cautela e o levou logo para a entrada, posicionando Rouche taticamente para que ele não pudesse mais ver o outro homem que ficara atrás.

E gesticulou para o tórax de Rouche.

Rangendo os dentes, Rouche desabotoou o paletó e sentiu as feridas se abrindo novamente quando tirou o braço pela manga. Não precisou olhar para baixo para avaliar o estrago; a expressão no rosto do homem foi o suficiente.

A camisa branca agora não passava de um trapo vermelho e marrom colado ao corpo dele, uma atadura que precisava ser trocada. De repente, havia uma mão grande e áspera sobre a boca de Rouche, a pele fedendo a nicotina e um braço que mais parecia um tronco de árvore passado ao redor de seu pescoço.

– Temos um problema! – disse Edmunds a Baxter. – Eles sabem que algo está errado.

– Tem certeza? – perguntou ela incapaz de esconder o pânico na voz. – Se a operação falhou, temos que entrar agora.

– Não posso dizer com certeza... Não consigo vê-los.

A voz de Baxter ficou distante por um momento.

– Preparar para invadir – disse ela a alguém ao fundo. Sua voz retornou então, em volume total. – Ao seu comando, Edmunds.

– Ei! Ei! Ei! – disse um homem de voz suave enquanto corria para a cena que se desenrolava na entrada.

Vários membros da plateia haviam notado a perturbação e agora observavam avidamente. Rouche se debatia em vão contra o braço ao redor de seu pescoço. Sua camisa havia sido rasgada para revelar a palavra, quase ilegível agora, por causa do sangue que se derramara sobre as letras, como uma imagem mal-colorida.

– O que está acontecendo? – perguntou o recém-chegado aos dois guardas na porta.

Ele parecia ter quase 50 anos e tinha um rosto ironicamente gentil sob a barba elegante, considerando onde eles estavam.

– O senhor nos disse para agir no caso de qualquer suspeita, doutor – disse o irmão mais alto. – As cicatrizes dele são recentes demais – explicou desnecessariamente.

O médico puxou com delicadeza a camisa de Rouche e estremeceu ao ver o estado do peito. Ele encontrou os olhos dele e gesticulou para o outro irmão deixá-lo falar.

Rouche engasgou quando a mão foi tirada de sua boca e o braço ao redor de seu pescoço afrouxou um pouco o aperto.

– Nossa, nossa, que bagunça você fez – disse o médico, calmo mas desconfiado, esperando uma explicação.

– Passei a manhã toda gravando as letras em mim mesmo – disse Rouche.

Foi a melhor resposta que conseguiu. O médico pareceu indeciso.

– Quem o convidou para vir aqui hoje? – perguntou a Rouche.

– O Dr. Green.

A resposta, embora possivelmente verdadeira, não adiantou nada. O FBI fez de Alexei Green uma das pessoas mais famosas do planeta quase da noite para o dia. O homem passou a mão pelo queixo enquanto fitava Rouche.

– Mate-o – disse, por fim, dando de ombros.

Os olhos de Rouche se arregalaram quando o braço apertou seu pescoço com mais força. Estava chutando e puxando desesperadamente o braço que o asfixiava quando algo chamou a atenção do médico.

– Pare! – ordenou o homem. Ele pegou os pulsos de Rouche e ergueu-os diante do rosto. – Posso? – perguntou educadamente, como se Rouche tivesse alguma escolha.

O médico desabotoou os punhos da camisa de Rouche e enrolou as mangas para revelar a linha irregular das cicatrizes rasgadas em seus antebraços. Então passou os dedos delicadamente pela pele rosada e enrugada.

– Não muito recentes. – Ele sorriu para Rouche. – Qual o seu nome?

– Damien – grasnou Rouche.

– Você precisa aprender a seguir instruções, Damien – disse o homem, antes de se dirigir aos dois homens na porta: – Acho que podemos dizer com segurança que Damien é um dos nossos.

Rouche foi libertado do estrangulamento e arquejou em busca de ar, cambaleando dois passos à frente, para que Edmunds conseguisse vê-lo pela porta aberta.

– Excelente trabalho – disse o homem aos dois irmãos. – Mas acho que devem um pedido de desculpas ao nosso Damien, não é?

– Desculpe – disse o homem mais alto, olhando para os pés como uma criança repreendida.

O homem que havia imobilizado Rouche, no entanto, virou-se para a parede e começou a socá-la o mais forte que podia.

– Ei! Ei! – disse o médico segurando as mãos machucadas do homem. – Ninguém está com raiva de você, Malcolm. Eu estava apenas pedindo para que se desculpassem com Damien. É educado.

O homem não conseguiu encontrar os olhos de Rouche.

– Desculpe.

Rouche afastou com um gesto gentil a necessidade do pedido de desculpas, apesar de ainda estar com dificuldade para respirar, e aproveitou a oportunidade para tirar o fone de ouvido do bolso.

– Recomponha-se – ordenou o médico apoiando a mão nas costas de Rouche. – Quando estiver pronto, encontre um lugar para se sentar.

Com o corpo ainda dobrado, Rouche viu de relance Edmunds no saguão, com o celular colado ao ouvido, enquanto as pesadas portas que os separavam eram fechadas e trancadas, prendendo-o lá dentro.

O médico se afastou.

Rouche se forçou a endireitar o corpo e voltou a se vestir, aproveitando para enfiar depressa o fone bidirecional no ouvido enquanto dava a primeira olhada de verdade ao redor do salão. Em comparação com o local deprimente do outro lado da rua, o lugar ali parecia moderno e leve. Ele contou rapidamente o número de cadeiras na fileira de trás e o número de fileiras entre ele e o palco para estimar o tamanho do público. O palco em si ficava talvez 1,5 metro acima do chão, com uma grande tela de projeção pendurada como pano de fundo. O médico que lhe permitira a entrada subiu os degraus no centro para se juntar a outras duas pessoas que Rouche não reconheceu.

– Estou dentro – murmurou ele. – Entre 35 e cinquenta suspeitos.

Rouche viu um assento vago na ponta de uma fileira e abriu caminho até lá, o corpo virado para o fundo da sala. Assim que alcançou o assento, todos ao seu redor se levantaram e ele se viu diante de um mar de rostos.

Seu primeiro instinto foi fugir, embora soubesse que não tinha para onde ir, mas logo as pessoas começaram a aplaudir com entusiasmo.

Alexei Green havia subido ao palco.

Rouche se virou para ver o homem de cabelos compridos acenando para uma plateia em estado de adoração. Para tornar sua entrada um pouco mais memorável, ele usava um terno muito bem cortado com um brilho azul-metálico e, talvez mais importante, havia projetado atrás de si uma enorme fotografia do corpo suspenso do banqueiro contra o horizonte de Nova York.

Rouche se juntou aos aplausos, ciente de que estava em algum lugar naquela fotografia – era uma das pessoas indistinguíveis no enorme grupo de agentes de emergência olhando para o cadáver da segurança da ponte.

– Olhando para Green – o agente especial quase precisava gritar por cima dos gritos e aplausos que ficavam cada vez mais animados à medida que a imagem no telão mudava: uma caminhonete preta amassada substituiu o banqueiro, a extremidade traseira saindo da entrada da 33ª Delegacia de Polícia como o cabo de uma faca.

Rouche se lembrou de quando viu o que restara do corpo do oficial Kennedy no necrotério, um bom homem segundo todos os relatos. Lembrou-se da corda suja ainda ao redor do pulso direito, por onde ele havia sido preso ao capô antes de ser jogado contra a parede de um prédio cheio de amigos e colegas.

Rouche bateu palmas com mais força.

– Todas as equipes: em posição – ordenou Chase no rádio.

– Trinta e cinco a cinquenta pessoas na plateia – disse Baxter a ele.

– Entre três ponto cinco e cinco ponto zero – traduziu Chase para o inglês americano.

Baxter se afastou da unidade de vigilância móvel para retomar sua outra conversa.

– Edmunds, evacue o saguão. Eles estão entrando.

* * *

Edmunds olhou ao redor do espaço lotado, preocupado.
– Tudo bem... sem problemas.
– Precisa de ajuda? – perguntou Baxter.
– Não, ficarei bem. Tenho Fi...
Finlay balançou a cabeça – ele havia se juntado a Edmunds alguns momentos antes.
– Tenho tudo coberto – corrigiu-se Edmunds antes de desligar.
– Saber que estou aqui só serviria para preocupá-la – explicou Finlay. – Vamos apenas tirar essas pessoas daqui e ela nunca vai precisar saber.
Edmunds assentiu. Eles se separaram e começaram a conduzir, o mais silenciosamente possível, as pessoas para fora por uma das portas enquanto os oficiais armados entravam correndo por outra.

Rouche arriscou um olhar ao redor da sala, esperando que Chase e seus homens se juntassem a eles a qualquer momento. Havia três saídas: uma de cada lado do palco e as grandes portas duplas pelas quais ele havia entrado. Já tinha avisado a Baxter que havia dois seguranças improvisados em cada saída, mas nenhum dos dois parecia ter ouvido a chegada das equipes táticas, que estavam, sem dúvida, a poucos centímetros de distância deles, atrás das portas de madeira.
Ele voltou a atenção para Green enquanto o psiquiatra descia os degraus na frente do palco para se juntar a seus seguidores, os cabelos soltos presos pelo headset. Rouche teve que admitir: Green era um orador carismático e charmoso, exatamente o tipo de personalidade magnética talhada para inspirar os impressionáveis.
– Nossos irmãos e irmãs nos deixaram muito, *muito* orgulhosos – disse ele ao salão em um tom apaixonado, a voz embargada.
Green parecia estar fitando cada par de olhos da plateia enquanto subia e descia o corredor. Uma mulher na extremidade de uma das fileiras passou os braços ao seu redor quando ele passou e caiu do assento enquanto chorava de prazer. Rouche notou um dos seguranças da porta se aproximando, mas Green levantou a mão para sinalizar que estava bem. Ele acariciou o cabelo da mulher e levantou seu queixo para falar diretamente com ela.
– E nós, por nossa vez, vamos torná-los igualmente orgulhosos de nós.

A sala aplaudiu a ideia com entusiasmo enquanto ele continuava.

— E uma pessoa muito afortunada, que está sentada *nesta* sala *neste* momento, fará isso um pouco antes do resto de nós — anunciou Green com um sorriso, finalmente conseguindo se livrar da mulher.

Rouche usou o comentário como uma desculpa para dar outra olhada ao redor do salão, enquanto o público procurava entre os rostos vizinhos o escolhido não identificado. Quando Rouche voltou a olhar, Green estava na extremidade da fileira dele. Havia apenas duas pessoas entre eles. Green estava a 3 metros de distância.

A polícia iria invadir a qualquer momento.

Rouche se perguntou se conseguiria alcançar o homem.

Green deve ter percebido que estava sendo encarado, porque estava olhando diretamente para Rouche. Seus olhos desceram até a camisa manchada de sangue, mas ele não vacilou.

— Dois dias, meus amigos. A espera só vai levar mais dois dias! — gritou Green, incendiando a plateia enquanto seguia pelo corredor já fora do alcance de Rouche e ao som de aplausos estrondosos.

Ao ver as expressões de adoração nos rostos ao seu redor, Rouche compreendeu a necessidade desse arriscado encontro final: essas pessoas idolatravam Green. Não havia nada que não fariam para ganhar sua aprovação, estavam dispostas até mesmo a morrer por ele e só o que pediam em troca era que ele retribuísse aquele amor. Aquelas pessoas *precisavam* vê-lo pela última vez.

E agora, estavam inteiramente sob o comando dele.

— Não invadam. Não invadam — murmurou Rouche esperando que Baxter ainda estivesse ouvindo. Ter Green, ali, oferecendo voluntariamente seus planos, seria uma forma muito mais confiável de conseguir saber o que os esperava do que o silêncio desafiador, ou as meias-verdades de um interrogatório. — Repito: não... invadam — repetiu ele, erguendo a voz.

O tamborilar da chuva contra as claraboias se transformou em uma súbita tempestade de granizo para complementar os aplausos.

— Todos os que estão aqui hoje já sabem o que se espera de vocês — disse Green ao salão, o tom sério agora. — Mas saibam: quando os olhos do mundo estiverem fixos em Piccadilly Circus, testemunhando nossa vitória gloriosa por si mesmos, quando erguerem seus mortos do chão para que sejam contados, aí eles finalmente entenderão. Só então compreenderão... que não estamos "debilitados". Não somos "atormentados". Não somos "fracos".

Green balançou a cabeça dramaticamente antes de erguer os dois braços no ar.

– Juntos... somos... fortes!

A sala estava novamente em pé, o rugido da multidão era ensurdecedor.

Chase e seu punhado de agentes do FBI estavam em posição nos dois pares de portas próximas ao palco e, portanto, perto de Green. O agente estava no meio de uma discussão sussurrada com Baxter.

– Pelo amor de Deus, Chase. Dê só mais um minuto a ele – pediu ela.

– Negativo – respondeu Chase, que só podia levantar um pouco a voz enquanto os aplausos continuavam dentro da sala. – Ele está olhando para Green. Vamos entrar.

– Ele disse para não invadir!

– Droga, Baxter! Mantenha a linha livre! – retrucou Chase. – Estamos entrando. Todas as equipes. Todas as equipes. Invadir! Invadir! Invadir!

A ovação vacilou quando os três conjuntos de portas duplas começaram a se sacudir violentamente contra as fechaduras de metal. Green foi o primeiro a reagir – ele recuou na direção do palco, onde seus colegas, alarmados, já se levantavam. O medo no rosto dos líderes contagiou a multidão. Rouche começou a abrir caminho aos empurrões até o corredor, quando, atrás dele, as portas principais se abriram.

A multidão se levantou.

De repente, Rouche foi imprensado contra a parede enquanto as pessoas nas fileiras do fundo eram jogadas em cima dele, a plateia se movendo como uma única entidade. Green chegou ao palco no momento em que as saídas de cada lado dele finalmente se abriram.

– FBI! Todos no chão! Todos no chão!

Rouche lutava desesperadamente para se afastar da parede quando a multidão voltou a se mover, indo agora em direção à mais recente possibilidade de escape. A onda de corpos se abateu sobre os agentes do FBI – o público não se dispersou em todas as direções, como esperado, mas se concentrou em um único ponto.

A multidão engoliu dois dos oficiais armados quando os primeiros tiros foram disparados. Ainda assim eles seguiram em frente. Rouche viu Green, cercado por seu séquito, indo direto para as portas abertas. Ele empurrou alguém e conseguiu se libertar do rebanho. Então passou por cima das fileiras de assentos, certo de que os policiais sobrecarregados não tinham visto Green indo na direção deles e, mesmo se tivessem visto, não estavam em posição de intervir.

Houve o estampido de um tiro.

O homem na frente de Rouche caiu no chão, deixando apenas um espaço aberto entre ele e um oficial em pânico. A ordem para usar força letal obviamente havia sido dada, pois a polícia começava a perder o controle. Rouche percebeu que o oficial não o havia reconhecido, que, em meio ao caos, e no estado automutilado em que se encontrava, ele parecia apenas mais um dos seguidores fanáticos de Green.

O oficial mirou, a arma estalando em antecipação.

Rouche ficou paralisado. Ele abriu a boca para dizer alguma coisa, mas sabia que nunca conseguiria pronunciar as palavras a tempo...

O fuzil disparou no momento em que um enxame de pessoas engolfou o policial e o fez desperdiçar o tiro no ar. O homem foi empurrado para o chão. Rouche tentou alcançá-lo, mas uma segunda onda de pessoas seguindo o caminho da menor resistência o arrastou, pisoteando o homem no chão.

Ele foi arrastado para o corredor do lado de fora. A maior parte do público correu para o saguão, mas Rouche viu Green passando por uma saída de emergência no final do corredor.

O vidro havia sido quebrado. Green saiu pela abertura cercada de cacos e entrou na área de serviço, na parte de trás do hotel. O homem passou pelo veículo da Unidade Armada e correu em direção à rua principal.

– Baxter! – gritou Rouche, empurrando o fone no ouvido contra o crânio. – Green está do lado de fora. Está indo a pé na direção de Marble Arch.

Ele não conseguiu decifrar a resposta distorcida dela.

Rouche deu a volta correndo até a lateral do prédio e dali para a rua, onde as pessoas se amontoavam em fachadas de lojas e portas. As gotas de chuva congeladas provocaram uma sensação lancinante quando atingiram o tórax em chamas dele.

Rouche achou que o houvesse perdido, mas, então, Green atravessou a rua em frente aos três grandes arcos, os longos cabelos antes tão bem penteados, agora escuros e grudados no rosto.

– Oxford Street! – gritou Rouche quando dobrou a esquina sem saber se Baxter ainda estava ouvindo, já que a chuva havia aumentado.

Green se distanciava cada vez mais e o corpo de Rouche começou a falhar, incapaz de ignorar por mais tempo os danos a que havia sido submetido. O granizo era como bilhas acertando sua pele, a respiração voltara a ser dolorosa.

Green sentiu-se confiante o suficiente para fazer uma pausa e observar enquanto Rouche diminuía o ritmo, a última gota de adrenalina já acabando. Ele tirou o cabelo dos olhos, riu e começou a se afastar.

Rouche estava à beira de desmoronar quando o Audi de Baxter passou rápido.

O carro subiu na calçada na frente de Green esbarrando na parede de um prédio e impedindo a passagem dele. Pego de surpresa, o psiquiatra tentou se decidir entre a rua movimentada de um lado e a loja de lingerie do outro, quando Rouche o atacou por trás, o terno metálico se rasgando quando o homem foi arrastado para o chão.

Baxter correu para fora do carro e contribuiu apoiando o joelho na nuca de Green, imobilizando-o enquanto prendia as algemas em seus pulsos.

Completamente exausto, Rouche rolou de costas, o granizo dando lugar aos primeiros flocos de neve elegantes, e ficou olhando para o céu pálido. Estava ofegante, segurando o peito, e ainda assim, pela primeira vez desde que conseguia se lembrar, realmente se sentia em paz.

– Rouche? – gritou Baxter. – Rouche?

Ele podia ouvi-la falando com alguém.

– Ambulância... Oxford Street, 521... Sim, é uma loja Ann Summers... Policial ferido. Múltiplas lacerações profundas, perda severa de sangue... Por favor, depressa. – A voz dela ficou mais alta. – Estão a caminho, Rouche! Nós o pegamos. Nós o pegamos! Acabou.

Rouche virou lentamente a cabeça para ver quando ela puxou Green até que o homem ficasse de joelhos e conseguiu abrir um sorriso... mas logo arregalou os olhos.

– Rouche? Você está bem? Qual é o problema? – perguntou quando o

agente da CIA começou a rastejar de volta para onde ela estava com Green.
– Acho que não deveria se mexer. Rouche?

Ele gritou de dor enquanto se arrastava pelo concreto gelado. Então estendeu a mão e rasgou o resto da camiseta encharcada de Green, revelando a palavra familiar em seu peito:

MARIONETE

– Merda – arquejou Baxter enquanto Rouche rolava de costas novamente. – Por que ele iria...? Ah, merda!

Green a encarou com um sorriso triunfante.

– Nunca foi ele manipulando as cordas – disse Rouche, ofegante, as palavras se transformando em névoa acima dele. – Não impedimos nada.

Capítulo 32

Domingo, 20 de dezembro de 2015
12h39

Chase estava furioso.

Sua operação fracassada e a subsequente incapacidade de ele mesmo capturar Green haviam, pelo menos por um momento, cancelado a possibilidade de o FBI assumir o prisioneiro. Baxter estava muito ciente de que esta situação iria durar pouco, já que sua comandante covarde logo entregaria a luta. Por isso, Baxter organizara tudo para interrogar Green assim que ele chegou ao Departamento de Homicídios e Crimes Hediondos.

O restante dos seguidores foi distribuído entre várias bases locais de acordo com um algoritmo complexo que calculava a carga de trabalho em andamento em relação à demanda operacional prevista. Ele fora criado por um cara da área de TI que, por acaso, foi brevemente confundido com o assassino do caso Boneco de Pano e injustamente arrancado de seu almoço quase dezoito meses antes. Os oficiais de plantão estavam conduzindo os interrogatórios com base em um conjunto de perguntas que haviam sido escritas e entregues por Chase.

Baxter esperava que Green atrasasse o processo exigindo um advogado. No entanto, para sua surpresa, ele não fez isso, uma decisão imprudente que ela pretendia usar a seu favor no futuro. Com Rouche no hospital, Baxter relutantemente havia pedido a Saunders que se juntasse a ela. Por mais que não gostasse do detetive barulhento, ele era tão desprezível que sempre provava ser o interrogador investigativo mais eficaz da unidade.

Eles foram para as salas de interrogatório e o oficial de guarda abriu a porta da sala 1. (Só os novatos no departamento usavam a impecável sala 2.) Green estava sentado pacientemente à mesa no centro da sala e abriu um sorriso simpático para Baxter e Saunders.

– Pode ir tirando esse sorriso de merda da cara – começou Saunders.

Baxter não estava acostumada a fazer o papel do policial bonzinho.

Pela primeira vez, Saunders parecia extremamente profissional. Ainda estava com o uniforme que usara na operação e segurava uma pasta volumosa nas mãos, que usou para bater ameaçadoramente na mesa enquanto se sentava. A pasta, na verdade, continha apenas uma cópia da revista *Men's Health* que ele colocara dentro de um envelope de plástico, mas Baxter achou um belo toque.

– Se acham que acabaram conosco, estão muito enganados – disse Green, colocando o cabelo atrás das orelhas.

– É mesmo? – perguntou Saunders. – Isso é estranho, porque achei que havíamos prendido todos os seus amigos malucos, que, neste exato momento, estão contando tudo que sabem para nossos coleg...

– Quantos? – interrompeu Green.

– Todos eles.

– Quantos precisamente?

Saunders hesitou com a pergunta.

Green sorriu pretensiosamente e se recostou na cadeira.

– Juntando todos os que escaparam da sua incursão mal-executada e aqueles que instruí para não comparecerem hoje de manhã, eu diria que isso deixa vocês... *fodidos*.

Para ganhar um tempo para pensar, Saunders pegou o arquivo e abriu-o para parecer que estava verificando alguma coisa. Na verdade, ele estava olhando para mais uma reportagem sobre como conseguir uma barriga tanquinho em apenas seis semanas – o que deveria ter tirado a revista de circulação em até um mês e meio se alguma dessas dicas realmente funcionasse.

Sentindo-se imediatamente mais gordo, Saunders fechou o arquivo e se virou para Baxter dando de ombros.

– Acho que ele está certo – disse, antes de bater na testa teatralmente. – Sabe de uma coisa? Fiz um negócio realmente estúpido! Já combinei de encontrar com aquela mulher na terça. Qual é mesmo o nome dela?

– Maria – lembrou Baxter.

Green ficou tenso.

– E você nunca vai adivinhar onde eu pedi que ela me encontrasse.

– Não diga que foi na estação Piccadilly Circus do metrô!

Baxter balançou a cabeça em um desânimo fingido.

– Veja bem – disse Saunders, voltando-se para Green –, achei que, sendo sua irmã, ela poderia reconhecer todos os ex-colegas, amigos, provavelmente até pacientes seus. Tenho certeza de que vai concordar que é um pedido legítimo. Ela vai passar o dia todo lá.

A mudança de humor de Green foi a prova de que a estação de metrô era mesmo o alvo pretendido.

– Ela não significa nada para mim.

Green deu de ombros de forma bastante convincente.

– Sério? – perguntou Saunders. – Sabe, fui eu que conversei com ela no dia em que percebemos o seu envolvimento.

– Um de *vocês* conversou comigo – disse Green interrompendo Saunders e encontrando o olhar de Baxter. – No presídio. Isso mesmo. Uma agente... Curtis, não foi? Como ela está?

Baxter ficou tensa na cadeira. E cerrou os punhos.

Saunders logo continuou:

– *Eu* tive que contar para ela o merdinha cruel que o irmão dela é. No começo, Maria não acreditou. Defendeu você apaixonadamente. E foi... *patético* ver a crença dela no irmão desmoronar assim.

O comentário surtiu efeito.

Green encarou Saunders antes de voltar o olhar para Baxter.

– Você deve tê-la abandonado – disse ele, observando-a com atenção. – Se você está sentada aqui, deve ter abandonado a agente Curtis lá. Escolheu salvar a si mesma.

Os olhos de Baxter se estreitaram. Sua respiração acelerou.

Saunders também a estava observando. Se ela atacasse Green, o interrogatório terminaria e o psiquiatra estaria protegido pela burocracia autoimposta da Polícia Metropolitana e por um exército de paladinos burocratas.

A situação havia se tornado uma disputa para ver quem explodiria primeiro.

– Sei que você não é como o resto deles – voltou a falar Saunders. – Você não acredita em nada disso. Está fazendo isso apenas pelo retorno financeiro, não é?

O belo suspeito não cedeu em nada.

– Pelo pouco que eu sei de feridas a faca – falou Green, ignorando Saunders –, elas raramente matam de imediato.

As mãos de Baxter tremiam de raiva, o maxilar estava rígido.

– Então, o que foi? – gritou Saunders. – Dinheiro ou o silêncio deles? Espere. Você não é uma espécie de pedófilo ou algo assim, é?

– Acho que ela ainda não estava morta quando você a deixou. Não estava, não é? – sorriu Green, provocando Baxter.

Ela ficou de pé.

Saunders se deu conta de que sua abordagem não estava funcionando e mudou de rumo.

– Quem é Abby? – perguntou. – Desculpe. Eu deveria ter dito quem *era* Abby?

Por não mais do que uma fração de segundo, os olhos de Green se encheram de emoção. Ele se virou para falar com Baxter mais uma vez, mas já era tarde demais – Saunders havia encontrado sua "entrada" e estava indo para a jugular.

– Sim, sua irmã a mencionou. Ela morreu, não é? Eu me pergunto o que Annie pensaria sobre tudo isso... Acha que ficaria orgulhosa de você? Acho que a Annie iria...

– Abby! – gritou Green. – O nome dela é Abby!

Saunders riu.

– Sinceramente, camarada, não dou a mínima. Ah, espere... A menos que você a tenha matado. – Ele se inclinou para a frente, interessado. – Nesse caso, sou todo ouvidos.

– Como *ousa* – cuspiu Green, agora uma versão vermelho-sangue do seu antigo eu, linhas de expressão profundas denunciando a idade. – Fodam-se... vocês dois. Estou fazendo tudo isso por ela.

Baxter e Saunders compartilharam o mais breve dos olhares, sabendo como aquela admissão furiosa poderia ser significativa, mas Saunders ainda não acabara.

– Tudo bem você fazer isso como uma espécie de tributo escroto a Amy...

– Abby! – gritou Green novamente, espalhando saliva pela mesa enquanto se debatia contra as algemas.

– ... mas acha *mesmo* que alguém vai pensar duas vezes em você ou na cadela da sua namorada depois que as bombas começarem a cair? – Saunders deu uma risada sem humor na cara de Green. – Você não é nada, não é mais do que uma distração, um aquecimento para o evento principal.

Tanto Baxter quanto Saunders prenderam a respiração, conscientes de que haviam feito sua jogada.

Lentamente, Green se inclinou o mais para perto de Saunders que as algemas permitiam. E, quando enfim falou, foi em um sussurro carregado de fúria e de ódio:

– Venha me ver na terça-feira, seu merda. Porque eu lhe prometo... você *vai* se lembrar do nome dela: A-B-B-Y.

Ele contou as quatro letras nos dedos antes de se sentar na cadeira.

Baxter e Saunders se voltaram um para o outro. Sem uma palavra, os dois se levantaram e saíram depressa da sala.

Já tinham o que precisavam.

– Quero ver o MI5 tentar nos dizer agora que não há ameaça de outro ataque – zombou Baxter enquanto eles atravessavam apressados o escritório chamando a equipe para a sala de reunião. – E descubra onde estamos com a história da namorada morta.

– Temos um problema sério – anunciou uma detetive no momento em que Baxter entrou pela porta.

– Ah, mas as coisas estavam indo tão bem! – Baxter nunca se lembrava do nome da jovem de aparência masculina: Nichols? Nixon? *Knuckles*? Decidiu optar pelo caminho mais seguro: – Vá em frente, detetive.

– Acabamos de comparar os suspeitos sob custódia com as mensagens telefônicas autoexcluídas...

– Mensagens suicidas! – gritou a voz do técnico Steve que estava embaixo de uma mesa em algum lugar.

– Treze das marionetes de Green continuam desaparecidas.

– *Treze?*

Baxter estremeceu.

– E... – A mulher continuou em um tom culpado: – Das marionetes analisadas até agora, pelo menos cinco delas não têm histórico de doença mental e nenhum registro de visitas a psiquiatras, muito menos a um dos *nossos* psiquiatras. Isso confirma que, assim como em Nova York, essa coisa é muito maior do que apenas Green e seus pacientes. Nós nos concentramos em apenas um pequeno pedaço do quebra-cabeça... Só achei que você deveria saber.

Baxter deixou escapar um som que era uma combinação de exaustão, decepção e preocupação, e que se manifestou como um ruído curto, mas patético.

A mulher deu um sorriso culpado e se sentou.

– Ei – sussurrou Saunders. – O que Knuckles queria?

Maldição... *era* Knuckles!

– Só nos jogar um balde de água fria – disse Baxter com um suspiro, enquanto caminhava até a frente da sala para receber as atualizações da equipe.

Blake levantou a mão.

– Pelo amor de Deus, Blake! – gritou ela. – Você é um adulto. Fale logo!

– Green realmente teria confirmado quantas bombas eles estão planejando?

– Faz sentido: o mesmo que em Nova York. Além do mais, Saunders arrancou a informação dele.

– Ah – assentiu Blake sem precisar de mais explicações.

Chase olhava de um para o outro sem entender.

– Ele foi provocado – explicou Blake.

– Como está o reconhecimento facial? – perguntou Baxter a todos na sala.

– O hotel, o City Oasis, enviou as imagens deles – disse um dos agentes da equipe de tecnologia do FBI. – Estamos comparando o material dos dois hotéis para garantir que não perdemos ninguém.

– E as três pessoas no palco com o Green? – perguntou ela.

– Uma delas foi baleada e morta enquanto tentava escapar.

Baxter bufou.

– Ela avançou com uma faca para cima de mim! – disse um dos agentes de Chase na defensiva.

– Essa foi a Dra. Amber Ives – continuou o homem. – Outra psiquiatra e terapeuta de luto. Teve várias oportunidades de esbarrar em Green... seminários, colegas em comum. – Ele checou as anotações. – Uma segunda pessoa, que estava com Ives, conseguiu escapar.

Todos lançaram um olhar acusador para o agente do FBI.

– Havia *muitas* pessoas!

– E a terceira pessoa? – perguntou Baxter perdendo a paciência.

– Está sendo transferido para cá agora mesmo. Diz que quer fazer um acordo.

– Bem, isso é um progresso – disse Baxter. – Mas nesse meio-tempo, continuem trabalhando na suposição de que ele não vai nos dar merda nenhuma. – Ela se virou para Saunders. – Você fez mesmo um ótimo trabalho lá dentro – elogiou antes de se voltar para Chase: – Terminamos com Green. Você já pode brigar com o MI5 pela custódia dele.

Baxter hesitou na porta do quarto particular de Rouche, no hospital St. Mary, enquanto a neve caía pesadamente do lado de fora da janela. Por uma fração de segundo, ela estava de volta à igreja escura observando a linha fina aparecer na garganta de Curtis, as lembranças revividas por causa das provocações de Green...

Rouche parecia morto enquanto dormia, a cabeça pendendo para a frente sobre o peito, onde as feridas manchavam de sangue as ataduras. Seus braços estavam em uma posição pouco natural, cada um ligado a uma bolsa plástica gotejando, presa em um suporte, tubos subindo e descendo da cama como fios que o mantinham no lugar.

Seus olhos se abriram e ele deu um sorriso cansado para ela.

Baxter afastou a imagem da mente, foi até a cama e jogou para ele o saco tamanho família de bombons que havia comprado no quiosque do saguão – um gesto comovente, arruinado apenas pelo movimento restrito dos braços de Rouche, presos aos fios, e do grito que ele deixou escapar quando o projétil aterrissou no meio das ataduras ensanguentadas.

– Merda! – arquejou Baxter e correu para colocá-los ao lado da cama, em cima daquela coisa tipo mesa-armário de rodinhas.

Ela pegou o controle remoto para abaixar o volume do filme de Natal, que secretamente reconheceu como *Harry Potter e o Enigma do Príncipe* – e se deu conta das semelhanças entre a situação do filme e a deles quando

Alvo Dumbledore avisou com gravidade aos alunos que a maior arma do inimigo eram eles mesmos.

Ela colocou a TV no "mudo" e se sentou ao lado de Rouche.

– Então, quando vão liberar você? – perguntou.

– Amanhã de manhã – disse ele. – Eles têm que me encher de antibióticos até lá para que eu "não morra". Essa foi uma citação literal. Pelo menos agora já consigo respirar.

Baxter olhou para ele sem entender.

– Havia uma costela cutucando o meu pulmão – explicou ele. – Desde o episódio no presídio.

– Ah.

Baxter olhou com uma expressão culpada para as bandagens ao redor do tórax dele.

– Vou receber alguns olhares engraçados na piscina agora – brincou Rouche.

– Talvez eles possam fazer alguma coisa – sugeriu Baxter. – Enxertos de pele ou algo assim?

– É – concordou Rouche. – Sim, tenho certeza de que podem.

Ele não foi muito convincente.

– Há pessoas que transformam uma tatuagem em outra – sugeriu Baxter em um tom esperançoso. – Para se livrar dos nomes dos ex e coisa assim.

– Sim – assentiu Rouche. – Eles poderiam transformar isso em... Manicure?

Ele fez uma careta.

– Meridiano! – sugeriu Baxter, muito séria, antes que os dois gargalhassem da sugestão absurda.

Rouche apertou o tórax dolorido.

– Então, o que tirou de Green?

Baxter contou a ele sobre o interrogatório com o pseudolíder e sobre o que haviam conseguido arrancar do médico preso, Yannis Hoffman, que lhes fornecera dados completos de seus pacientes, três dos quais estavam entre as treze marionetes ainda à solta. Yannis era um médico especializado em câncer e cuidados paliativos e foi recrutado diretamente por Alexei Green, que ele acreditava ser o único mentor dos assassinatos. O fundamental, no entanto, foi que, quando conseguiu a garantia da redução de pena, o médico confirmou a hora exata do próximo ataque: 17h. Hora do rush.

– E veja só – acrescentou Baxter. – A namorada de Green foi morta nos ataques terroristas da Noruega.

Se essa revelação perturbou Rouche, ele não demonstrou.

– Esse seria o motivo?

– Seu ponto fraco – corrigiu-o Baxter.

– Nada disso teve a ver com o caso do Boneco de Pano?

– A sugestão de que tinha alguma coisa a ver foi só para garantir que o mundo todo prestasse atenção – disse Baxter. – Apenas uma distração muito inteligente usando algumas pessoas muito vulneráveis para detonar algumas bombas muito grandes. Eles usaram nossas piores partes contra nós, o que foi possível graças à nossa própria sede de sangue. E as pessoas não se empolgavam tanto desde os assassinatos do caso Boneco de Pano.

Ela claramente havia pensado muito desde o interrogatório com Green.

– É genial – continuou. – Quero dizer, quem vai pensar que tem alguém seguindo você quando estão todos obcecados em lutar uns contra os outros? Eles fizeram com que nos matássemos.

Capítulo 33

Domingo, 20 de dezembro de 2015
18h03

Os flocos de neve cintilavam contra a luz dos faróis do Audi de Baxter. O carro começara a apresentar um rangido novo e estava puxando para a direita desde que arrancara um pedaço da farmácia, na Oxford Street, no início da tarde. Ela começara a ter dúvidas sobre a probabilidade de o carro passar na próxima vistoria anual.

Baxter desligou o motor. Um chiado agudo escapou por baixo do capô, sugerindo a existência de mais um defeito para consertar/disfarçar. Ou aquilo ou o carro estava literalmente suspirando de alívio por ter completado a viagem incólume.

Ao avistar o grupo de jovens vestindo roupas esportivas e vagabundeando na entrada do parque, ela desplugou o GPS e o enfiou embaixo do assento.

Luvas colocadas. Gorro na cabeça. Baxter pegou uma sacola no banco do passageiro e subiu pelo caminho que levava à casinha de Edmunds.

Ela tocou a campainha. Enquanto esperava notou uma fileira de luzes de Natal apagadas descendo pela parede que parecia estar com o fio cortado. No final da rua, uma garrafa se quebrou e Baxter escutou gargalhadas nas casas tranquilas. Ela ouviu o som do choro de Leila antes de a luz do corredor se acender e Tia abrir a porta da frente com dificuldade usando apenas uma das mãos.

– Feliz Natal! – disse Baxter com um sorriso, fazendo um esforço real. Ela levantou a sacola de presentes que havia recolhido em seu apartamento no caminho para lá. – Feliz Natal, Leila – murmurou, estendendo a mão para fazer um carinho na bebê mais ou menos da mesma forma que faria com Echo, inclusive com a mesma voz boba que adotava para chamar o gato para jantar.

Tia estalou a língua e desapareceu pelo corredor deixando Baxter parada na porta como um idiota.

– Alex! – Ela ouviu Tia chamar, o som vindo do lado de fora da propriedade. Leila ainda chorava. – Alex!

– Sim?

– Sua amiga está na porta. Vou lá para cima – disse ela, enquanto os gritos de Leila se acalmavam.

Alguns momentos depois, Edmunds veio correndo pelo corredor tirando flocos de neve do cabelo.

Baxter estava quase certa de que a maneira socialmente aceitável de lidar com situações como aquela era fingir que não ouvira nada e depois lançar comentários passivo-agressivos sobre Tia sempre que a conversa permitisse.

– Baxter! – Edmunds sorriu. – Por que ainda está parada aí? Entre.

– Que *diabo* está acontecendo com ela? – deixou escapar, incapaz de se conter.

Ele balançou as mãos como se aquilo não tivesse importância.

– Ah, ela acha que você é má influência para mim... e eu perdi uma festa de aniversário de 1 ano ou algo assim hoje de manhã... *e houve outra coisa também* – disse ele enigmaticamente enquanto fechava a porta da frente e seguia até a cozinha, onde a porta dos fundos aberta convidava a noite a entrar.

Baxter entregou a sacola de presentes ao amigo e logo recebeu uma ainda maior em troca.

– Quer beber alguma coisa? – ofereceu Edmunds.

– Não... Eu não deveria ficar – disse ela, olhando significativamente para o teto e se decidindo por seguir pelo caminho passivo-agressivo de qualquer maneira. – Acabei de me dar conta... Eu tinha que... Eu...

Edmunds reconheceu a reveladora falta de jeito que sempre antecedia o momento em que Baxter estava prestes a fazer um elogio a alguém por alguma coisa.

– ... eu só queria dizer... obrigada.

– De nada.

– Você estava cuidando de mim... como sempre...

Havia mais? Edmunds ficou surpreso.

– ... e você foi brilhante hoje... como sempre.

– *Na verdade* – disse Edmunds –, acho que sou *eu* que tenho que *lhe* agradecer. Hoje... esta última quinzena me fez perceber quanto sinto falta disso. *Deus*, sinto muita falta disso: do perigo, da empolgação, da... *importância* de tudo isso. Tia está chateada comigo, bem, com a gente, porque eu *meio* que entreguei meu pedido de demissão esta tarde.

O rosto de Baxter se iluminou.

– Você vai voltar!

– Não posso.

Ela desanimou.

– Preciso ter uma vida. Preciso pensar na minha família. Mas, ao mesmo tempo, não posso mais desperdiçar meu tempo atrás de uma mesa no Departamento de Fraudes.

– E...?

– Quero lhe mostrar uma coisa.

Confusa, Baxter o seguiu até o lado de fora e atravessou um trecho coberto de neve iluminado pela luz da cozinha até o galpão em mau estado.

– Tã-nã! – anunciou Edmunds com orgulho, apontando para o lugar feio que nada tinha de impressionante.

O entusiasmo dele se apagou com a reação desanimadora de Baxter.

– Merda – disse Edmunds, quando se deu conta da razão por que a revelação não tivera a reação que antecipara. Ele se abaixou para pegar a placa feita à mão. – Esta maldita coisa não fica presa – explicou, e pendurou a placa de novo na porta. – Tã-nã!

ALEX EDMUNDS – INVESTIGADOR PARTICULAR

Edmunds abriu a porta frágil, que quase caiu das dobradiças, e revelou o escritório em que havia se instalado. O brilho aconchegante de uma luminária de mesa iluminava o notebook, em cima da área de trabalho, ao lado de uma impressora e de um telefone sem fio. Um aquecedor a óleo no canto mantinha a temperatura do espaço minúsculo agradável. Havia ainda uma máquina de café, uma chaleira, uma mangueira sobre um balde para formar uma pia improvisada e até mesmo uma "área para o cliente se sentar", ou seja, o segundo banquinho.

– Então, o que acha?

Baxter não respondeu imediatamente e lançou outro longo olhar ao redor do galpão.

– É apenas temporário, é claro – insistiu Edmunds quando ela não respondeu. – Só enquanto me estabeleço e... Você está chorando?

– Não! – respondeu Baxter, com a voz embargada. – Só acho... acho perfeito.

– Meu Deus! Você *está* chorando! – disse Edmunds e a abraçou.

– Estou tão feliz por você... e as duas últimas semanas foram tão difíceis... – falou ela, rindo, antes de irromper em lágrimas.

Edmunds continuou a abraçá-la enquanto ela soluçava no ombro dele.

– Meu Deus! – disse Baxter, o rímel escorrendo pelas bochechas, rindo enquanto se recompunha. – Meu nariz manchou sua blusa. Desculpe! Como sou nojenta.

– Você não é nojenta – assegurou Edmunds.

Foi um pouco nojento, *sim*.

– De qualquer maneira, Leila já babou essa camisa toda com comida – garantiu Edmunds, apontando para a camisa.

Na verdade, ele suspeitava que a mancha que mostrou também tivesse vindo de Baxter.

– "Significa algo mais para ele" – falou ela, enxugando os olhos e lendo uma das ideias em andamento rabiscadas nas folhas de papel que cobriam a parede de madeira atrás dele.

– Sim – disse Edmunds, arrancando a folha de onde estava para decifrar a própria caligrafia. – Marionete... Isca. Por que gravar essas palavras em si e em suas vítimas?

– Um sinal de lealdade? – sugeriu Baxter ainda fungando. – Um teste?

– Tenho certeza de que os discípulos veem dessa forma. Como uma marca de unidade, de fazer parte de alguma coisa, mas não consigo afastar a sensação de que isso significa algo totalmente diferente para o nosso... *Azazel*. – Ele usou o nome com relutância. – De que é algo pessoal.

Edmunds hesitou antes de continuar.

– Baxter, não acho que você vá conseguir impedir o que está vindo por aí.

– Grata pela injeção de confiança.

– É só que... – Edmunds parecia preocupado. – Pense na quantidade de trabalho que deve ter sido necessária para convencer Glenn Arnolds a costurar outro homem em suas costas, para levá-lo pouco a pouco até aquele nível de delírio, substituindo sistematicamente os medicamentos dele daquele jeito... Tudo feito sob medida para aquela única pessoa. Isso está além da obsessão... Este é o único propósito de alguém nesta Terra... e isso me apavora.

Dez minutos e uma xícara de chá no galpão mais tarde, Baxter estava na porta com uma sacola de presentes na mão.

– Ah, quase me esqueci – disse Edmunds. Ele correu de volta pelo corredor para buscar alguma coisa. Voltou com um envelope branco, que enfiou no topo da sacola de presentes. – Lamento que este seja o último. Escute, Baxter...

– Vai dizer para eu fazer um favor a mim mesma e não abrir? – interrompeu ela, sabendo que Edmunds estava mais uma vez a ponto de expressar sua opinião a respeito de eles estarem espionando Thomas.

Ele assentiu.

– Feliz Natal – disse Baxter, e deu um beijo no rosto dele antes de sair de volta para a noite.

Baxter voltou para a casa e a encontrou vazia. Havia esquecido completamente que Thomas estava fora, em um dos numerosos eventos de trabalho que aconteciam na época de festas de fim de ano. Ela colocou a sacola de presentes embaixo da árvore de Natal e, lentamente, se deu conta de duas coisas. Primeiro, Thomas comprara uma árvore. Segundo, por conta de tudo o que estava acontecendo, ela ainda não tinha comprado um presente para ele.

Como Echo estava dormindo na cozinha, Rouche ia passar a noite no hospital e Thomas, sem dúvida, estava sendo assediado por Linda "a Tigresa", Baxter se arrependeu de não ter passado na casa de Finlay. Não quisera se intrometer na noite dele e de Maggie com os netos, por isso tinha agradecido a ajuda do amigo por telefone e marcara de passar para vê-lo depois do Natal.

De repente, sentindo-se muito sozinha e decidida a não começar a pensar nas pessoas que perdera ao longo do último ano e meio, Baxter tirou as botas e subiu para tomar banho.

Baxter pegou Rouche na entrada do hospital St. Mary às 8h34. Ainda zonzo por causa dos analgésicos, ele era uma companhia irritantemente alegre para aquela hora de trânsito pesado na segunda-feira. Quando escaparam de uma fileira de carros parados antes de um cruzamento apenas para se juntar a outra fileira de carros parados antes do cruzamento seguinte, Baxter já não tinha mais grandes esperanças de que eles chegassem às 9h30 para a reunião com o serviço secreto do MI5, que subitamente havia começado a levar muito a sério a ameaça contra a segurança nacional.

Rouche ligou o rádio.

– ... manhã, o nível de ameaça terrorista do Reino Unido foi elevado para "Crítico", o que significa que as agências de segurança acreditam na possibilidade de um ataque iminente ao país.

– Já era hora, *cacete* – comentou Baxter. Ela olhou para Rouche e o pegou sorrindo para si mesmo. – Como *alguma coisa* nisso pode ter lhe dado motivo para sorrir? – perguntou.

– Porque não vai haver um ataque. Nós vamos detê-los.

Baxter parou em um semáforo.

– Gosto do seu otimismo... Atitude mental positiva e tudo isso, mas...

– Não tem a ver com otimismo. É uma questão de propósito – respondeu ele, enquanto o boletim de notícias avançava para a notícia de que as duas principais casas de aposta, a Betfred e a Ladbrokes, tinham deixado de receber apostas. – Passei anos vagando sem rumo, imaginando por que sobrevivi àquele dia e minha família não... Agora sei por quê...

Ele pensou por um momento.

– Pense nas inúmeras decisões e eventos fortuitos que foram necessários para me tirar daquela estação de metrô, vítima de um ataque terrorista há uma década, só para eu agora me encontrar na posição de impedir outro ataque amanhã. É como se a história se repetisse e me desse uma nova oportunidade para fazer o certo. É como se eu *finalmente* entendesse por que ainda estou aqui e, enfim, tivesse um propósito.

– Olha, fico feliz por você estar se sentindo mais otimista e tudo o mais, porém nossa prioridade é aquela estação de metrô e o que quer que aqueles merdas tenham planejado para ela. *Temos* que resolver isso. Não podemos deixar que nos manipulem como fizeram em Nova York. Não podemos deslocar recursos humanos de outros lugares da cidade, não importa o que aconteça lá embaixo, não importa o que aconteça conosco. Esse *acontecimento* em particular é responsabilidade nossa. As bombas são de responsabilidade dos serviços de segurança. Não vamos nos envolver com esse lado das coisas... Desculpe – acrescentou Baxter, sentindo-se culpada por jogar um balde de água fria no entusiasmo dele.

– Não se desculpe. – Rouche sorriu. – Você está certa, mas simplesmente *sei* que, fazendo a nossa parte amanhã, vamos impedir que isso aconteça.

Baxter forçou um sorriso para agradá-lo.

– Estamos nos adiantando – lembrou. – Talvez ainda tenhamos mais um assassinato com que lidar antes disso. E, se o nosso homem de gêmeos costurado for uma indicação, será absolutamente horrível.

– A menos que já tenhamos prendido essa marionete em particular.

– Porque somos mesmo *muito* sortudos – zombou Baxter com amargura.

O tráfego começou a seguir mais livremente. Rouche ficou em silêncio enquanto Baxter mudava de faixa e ultrapassava uma procissão de ônibus. As varreduras esporádicas dos limpadores de para-brisa já haviam compactado o começo de um boneco de neve em torno das bordas do vidro.

– Poderíamos... – Rouche hesitou, tentando formular um argumento mais convincente. – Poderíamos esperar até as cinco e depois evacuar a estação.

– Gostaria que pudéssemos – disse Baxter. – Mas não podemos.

– Mas se nós...

– Não podemos. Se fizermos isso, estaremos arriscando a dispersão das pessoas pela cidade novamente e eles poderiam atacar em qualquer lugar. Pelo menos assim sabemos onde eles estarão e estaremos preparados.

– Estamos usando pessoas inocentes como *iscas*... Por que isso soa tão familiar? – perguntou Rouche.

Seu tom não era acusatório, apenas triste.

– Sim, estamos, mas não vejo outra opção.

– Eu me pergunto se alguém disse algo semelhante sobre mim e minha família em 2005.

– Talvez sim – concordou Baxter com tristeza.

Ela se sentia um pouco enojada consigo mesma por sua avaliação insensível da situação. Desconfiava que Rouche teria dificuldade para encarar o dia de reuniões estratégicas que tinham pela frente, em que considerariam a vida das pessoas como não mais do que números em um gráfico. Sacrifique um dígito aqui, salve dois ali.

Baxter desconfiou que também teria dificuldades para encarar isso.

Por volta das seis da tarde, Baxter estava exausta. Como esperado, o dia consistiu em uma sucessão de reuniões. A segurança havia sido duplicada no metrô de Londres e em todas as principais atrações. Os cinco maiores Departamentos de Emergência da cidade estavam de prontidão para implementar seus Protocolos para Incidentes Graves, enquanto o Serviço de Ambulâncias de Londres havia providenciado cobertura adicional por meio de serviços privados.

As entrevistas com as marionetes continuaram ao longo do dia sem maiores revelações. Tinha sido inútil ameaçar ou negociar com os seguidores fanáticos de Green, já que eles não tinham qualquer interesse em se autopreservar. O próprio Green passara a noite nas mãos do MI5, e fora submetido a fossem quais fossem as técnicas de interrogatório aprimoradas que conseguiram usar nele. No entanto, a falta de comunicação sugeria que ainda não haviam conseguido dobrar o psiquiatra.

O departamento havia passado o dia inteiro naquela tensão, mas acabou não chegando a qualquer informação sobre um último assassinato grotesco em algum lugar da cidade. Assim, as horas ininterruptas deixaram Baxter sentindo-se o mais bem preparada possível para o ato final das marionetes.

Era uma sensação estranha saber o que poderia acontecer. Era como uma traição não avisar a cada alma por quem ela passava na rua. Sentia vontade de ligar para todos em sua lista telefônica, gritar dos telhados, avisando às pessoas que deveriam ficar fora da cidade – mas isso serviria apenas para atrasar o inevitável e sacrificaria a única vantagem que tinham.

Enquanto ainda cuidava de uma papelada pendente, viu Rouche esperando para se despedir. Àquela altura, ela sentia que não havia mais nada que pudessem fazer para se preparar. Assim, arrumou a bolsa e foi até ele.

– Vamos – chamou com um bocejo. – Vou lhe dar uma carona até o apartamento. Preciso mesmo pegar umas coisas lá.

* * *

Baxter e Rouche mal haviam alcançado a Vincent Square quando os celulares de ambos dispararam em uníssono. Eles compartilharam um olhar exausto, antecipando o que estava por vir. Rouche colocou a chamada no viva-voz.

– Agente Rouche – respondeu. – Estou com a inspetora-chefe Baxter.

Na mesma hora, o celular de Baxter parou de vibrar em sua bolsa.

– Desculpe, agente Rouche. Estou ciente de que vocês dois já encerraram o expediente – começou a mulher ao telefone.

– Tudo bem. Continue.

– Um dos pacientes do Dr. Hoffman, um tal de Isaac Johns, usou o cartão de crédito para pagar um táxi.

– Certo – falou Rouche, presumindo que havia mais na história.

– Liguei para a empresa de táxi e me passaram para o motorista. Ele disse que o homem estava emocionalmente desequilibrado, que disse que estava morto de qualquer maneira, que ele morreria enquanto ainda tinha dignidade, de uma forma que as pessoas se lembrariam. De acordo com a declaração de Hoffman, Johns foi recentemente diagnosticado com um tumor cerebral inoperável. O motorista já informou o lugar onde o deixou. Uma unidade de Southwark foi enviada.

– Localização? – perguntou Baxter já ligando as sirenes e manobrando para sair do tráfego.

– O Sky Garden – respondeu a mulher.

– No Walkie-Talkie? – perguntou Baxter, usando o apelido do prédio.

– Lá mesmo. Aparentemente ele estava indo para o bar, que fica no 35º andar.

As rodas derraparam um pouco pela rua lamacenta quando Baxter acelerou na direção de Rochester Row, rumo ao norte.

– Mantenha-os de sobreaviso – gritou ela por causa do barulho – e chame uma unidade armada para nos dar reforço. Estamos a sete minutos de distância.

– Entendido.

– Você tem uma descrição? – quis saber Rouche.

– Branco, com a "constituição física de um brutamontes", cabelos curtos, terno escuro.

Rouche desligou enquanto as cores da cidade cintilavam. Ele pegou o revólver e o checou.

– Lá vamos nós outra vez.

Baxter reprimiu um bocejo.

– Não há descanso para os ímpios.

Capítulo 34

Segunda-feira, 21 de dezembro de 2015
18h29

– Vamos lá. Vamos lá – disse Baxter baixinho enquanto os números de LED subiam em direção ao destino deles.

Rouche já havia destravado sua arma de trabalho, mas duvidava que essa última marionete tivesse conseguido passar com alguma arma ilícita pelos procedimentos de segurança "estilo aeroporto" que havia no térreo do prédio.

31... 32... 33... 34...

A velocidade do elevador diminuiu até ele parar suavemente.

– Pronta? – perguntou Rouche.

As portas se abriram – a música e o zumbido suave de conversas sofisticadas os saudaram. Eles compartilharam um dar de ombros surpreso antes de Rouche rapidamente esconder a arma e eles entrarem no espaço cavernoso para se juntarem à fila de pessoas vestidas com elegância esperando para se sentar.

Tão melancolicamente iluminada quanto a cidade que cintilava ao fundo, a imensa gaiola de aço tinha um brilho rosado, um enorme arco de vidro e metal subindo a 150 metros de altura, ocupando avidamente um pouco mais do céu.

Enquanto esperavam, Baxter e Rouche examinaram o salão cheio procurando por alguém que correspondesse à descrição que haviam recebido. Mas logo descobriram que pelo menos um terço da clientela estava usando terno escuro e que a constituição de um brutamontes era algo difícil de julgar quando a pessoa estava sentada.

Um homem elegantemente vestido gesticulou para que eles se adiantassem. Um olhar não tão sutil sobre a roupa prática de inverno de Baxter e então para o terno amarrotado de Rouche terminou em um sorriso condescendente.

– Boa noite. Vocês têm uma reserva? – perguntou ele, com uma expressão de dúvida.

Rouche mostrou o crachá ao homem.

Baxter se inclinou mais para perto e falou baixinho:

– Inspetora-chefe Baxter. Não demonstre qualquer reação! – disse ela ao homem quando ele subitamente a reconheceu e olhou ao redor em busca do supervisor. – Preciso que cheque sua lista. Você tem uma reserva para algum Isaac Johns?

Uma breve pausa. Então o homem passou o dedo pela prancheta com os nomes.

– Johns... Johns... Johns...

– Acha mesmo que ele usaria o nome verdadeiro? – perguntou Rouche.

– Ele usou o próprio cartão de crédito – lembrou Baxter. – Ele não tem nada a perder agora. Não acho que se importe.

– Johns! Encontrei! – exclamou o homem.

Várias pessoas olharam em sua direção.

– Mais uma vez – disse Baxter pacientemente –, não demonstre qualquer reação.

– Desculpe.

– Que mesa? Não se vire! Não aponte!

– Perdão. Ao lado da janela. Lado direito. Mais perto das portas, como ele pediu.

Baxter manteve o olhar fixo no do homem enquanto Rouche olhava para o outro lado da sala.

– Mesa vazia.

– Chegou a ver como ele era? – perguntou Baxter ao homem.

– Era... alto... e grande, musculoso, quero dizer. Usava um terno preto e gravata... como se estivesse indo para um funeral.

Baxter e Rouche se entreolharam.

– Tudo bem – disse Baxter ao homem. – Quero que continue agindo normalmente. Se o vir, quero que vá até nós muito devagar e sussurre no meu ouvido. Tudo bem?

Ele assentiu.

– Vamos começar pelo terraço? – sugeriu a Rouche.

Inesperadamente, ela deu o braço a ele. Os dois atravessaram o bar sob o disfarce de um casal feliz e saíram para o terraço, a ponta do Shard cintilando branca como o pico de uma montanha coberta de neve. Eles seguiram até o parapeito de metal, onde flocos de neve rodopiavam ao redor, espalhando-se pela cintilante metrópole abaixo.

As únicas pessoas que enfrentavam o frio eram um casal trêmulo brindando com taças de champanhe e um pai e uma mãe complacentes, que haviam sido levados para fora pelas filhinhas empolgadas. Visto da relativa privacidade do terraço escuro, o espaço interno era iluminado em rosa-néon, permitindo que eles examinassem o mar de rostos sem chamar atenção.

– Talvez ele tenha ido para casa – disse Rouche, otimista, mas então viu o assistente bem-vestido deles andando pelo salão à procura dos dois. – Ou talvez não.

Eles se apressaram em entrar e seguiram as instruções do homem, passando pelos elevadores e seguindo até os banheiros. Lá, se viram diante de uma fileira de cubículos idênticos, as portas pretas reluzentes prometendo um ambiente mais agradável do que o último banheiro que haviam ocupado juntos.

Rouche pegou a arma.

– Vou entrar. Você fica de olho.

Baxter pareceu estar prestes a bater nele.

– Não temos certeza de que ele está aí dentro – explicou Rouche satisfeito por estar armado. – Além disso, pode haver mais de um deles. Preciso que me dê cobertura.

– Tudo bem. – Baxter bufou e se apoiou contra a parede para ficar fora do caminho dos garçons apressados, que se esforçavam para dar conta das exigências de várias celebrações simultâneas de Natal.

Rouche seguiu pelo estreito corredor de cubículos separados e encontrou os dois primeiros vazios.

– Está ocupado! – disse uma voz de mulher no terceiro quando ele forçou a porta.

– Desculpe! – gritou Rouche ao ouvir o som de um secador de mãos enquanto a porta ao lado era destrancada.

Com os dedos ao redor do cabo da arma dentro do paletó, ele relaxou quando um senhor saiu cambaleando, dando-lhe um sorriso de bochechas rosadas.

Rouche passou por mais um cubículo vago antes de chegar à última porta preta: fechada, apesar de claramente destrancada.

Com a arma em punho, ele abriu a porta frágil com um chute. A porta balançou ruidosamente para a lateral do banheiro vazio.

Contra a parede dos fundos ficava a tampa da descarga. Ao lado, havia sido descartada uma bolsa de borracha que pingava água no chão. Na parte de trás da porta estava pendurado um paletó preto grande e uma gravata. Rouche se virou para sair e chutou algo metálico no chão. Ele se aproximou e pegou uma munição de 9 milímetros.

– Merda – disse para si mesmo correndo de volta para o salão principal.

– Ele não está aqui... – começou a dizer Rouche e colidiu com um garçom sobrecarregado que derrubou a bandeja de copos precariamente equilibrados. – Desculpe – falou, enquanto olhava ao redor à procura de Baxter.

– A culpa foi toda minha – respondeu educadamente o rapaz, mesmo não tendo sido.

– Você viu uma mulher esperando aqui fora?

Então ele ouviu o som de cadeiras sendo arrastadas pelo chão, enquanto as pessoas abandonavam suas mesas.

Rouche se apressou em direção ao alvoroço e abriu caminho entre a multidão que se afastava das janelas de vidro.

Ele parou.

Podia ver Baxter no escuro. Ela estava de pé ao lado do parapeito, os cabelos se agitando descontroladamente ao vento. A poucos metros dela, amontoada no canto ao lado do vidro, a jovem família estava encolhida, o pai agachado defensivamente na frente das duas filhas.

Rouche saiu lentamente para o terraço empunhando a arma.

Livre do brilho forte das luzes refletidas no vidro, ele finalmente entendeu a situação: havia outra pessoa no terraço com eles, atrás de Baxter.

Um braço musculoso a mantinha imóvel com uma pequena pistola pressionada sob seu queixo.

Na outra mão, uma segunda arma estava apontada para a família no canto.

– Rouche, eu presumo – disse uma voz agitada e aguda por trás de Baxter, apenas uma pequena parte de um rosto visível atrás do escudo humano.

Ele pronunciou o nome corretamente, o que significava que Baxter havia dito o nome dele ao homem ou, o que era mais provável, que ela o chamara.

– Se incomoda de baixar essa arma? – perguntou o homem em um tom agradável, porém empurrando mais o cano da arma sob o queixo de Baxter.

Ela balançou sutilmente a cabeça, mas Rouche baixou a arma hesitando.

– Isaac Johns, *eu* presumo – disse Rouche esperando que seu tom de calma fosse convincente. – Você está bem, Baxter?

– Ela está bem – respondeu Johns por ela.

– Basta eu deixar você sozinha por um minuto... – Rouche riu e, casualmente, deu um passo em direção a eles.

– Ei! Ei! Ei! – gritou Johns arrastando Baxter para trás e fazendo Rouche perder o pouco território que acabara de ganhar.

O homem era tão imponente quanto sua descrição prometera. Embora o corpo esguio de Baxter fosse uma cobertura insubstancial para o corpo grande dele, seus órgãos vitais, e, portanto, qualquer esperança de matá-lo instantaneamente, estavam protegidos.

– Então, qual é o plano, Isaac? – perguntou Rouche tentando fazer Johns falar.

Já havia notado a diferença entre esse homem e os outros assassinos: Johns parecia calmo e no controle da situação. Ele estava se *deleitando* com aquele momento como centro das atenções.

– Bem, *era* para o nosso público decidir qual deles – ele gesticulou para a família amontoada no canto – vive ou morre. Mas vi a detetive Baxter aqui e não consegui me conter. Assim, essa responsabilidade, lamentavelmente, caiu sobre você.

O homem foi momentaneamente distraído pelas pessoas que assistiam do lado de dentro do restaurante. Rouche ergueu a arma devagar, apenas alguns centímetros, para o caso de surgir uma oportunidade.

– Não! – gritou Johns, tomando o cuidado de manter Baxter entre eles. – Diga a essas pessoas que, se *alguém* sair, vou começar a atirar. *Essas* pessoas estão tendo a ideia certa, que é pegar os celulares. Está certo. *Quero* que filmem isso. Quero que o mundo escute Rouche tomar sua decisão.

Ciente de que havia câmeras suficientes prestes a capturar seu momento de triunfo, Johns voltou a atenção para Rouche.

– Então, qual é a sua escolha, Rouche? Quem você gostaria que eu matasse? Sua colega ou uma família completamente inocente?

Rouche olhou ansioso para Baxter.

Ela não fez qualquer sinal.

Com o cano da arma pressionando sob o queixo, Baxter não conseguia nem se mexer, quanto mais criar uma oportunidade para Rouche dar um tiro certeiro. Ele olhou para a família então, reconhecendo muito bem o olhar de desespero no rosto do pai.

Eles ouviram gritos vindo de dentro quando a primeira equipe armada chegou.

– Parem! – gritou Rouche de volta para eles. – Não se aproximem mais!

Quando um dos agentes não obedeceu à ordem, Johns disparou um tiro de advertência, que ricocheteou na parede perto da cabeça da menina mais nova antes de rachar a barreira de vidro que os separava do céu. Os oficiais dentro do restaurante levantaram as mãos e permaneceram junto à multidão que assistia.

No silêncio que se seguiu, Rouche conseguiu ouvir os dentes da garotinha batendo. A menina tinha só 5 ou 6 anos e estava quase morrendo de frio enquanto Johns prolongava a provação dando uma falsa esperança.

Não havia escolha a ser feita. Estavam em um beco sem saída. Johns pretendia matar todos eles e Baxter também sabia disso.

Depois de todo o teatro, de todos os horrores para seduzir a mídia aumentando em exagero e ambição, ainda havia um ato simples e desprezível no arsenal deles, algo pior do que todos os corpos mutilados juntos – a execução pública de uma criança inocente. Eles já haviam provado que eram capazes disso, haviam assassinado toda a família Bantham a portas fechadas. Rouche tinha certeza de que Johns não hesitaria em puxar o gatilho.

A neve caindo impedia sua visão. Ele teve o cuidado de ficar mexendo o dedo do gatilho para que o frio não o enrijecesse e diminuísse sua velocidade de ação.

– É hora da decisão! – gritou Johns para a plateia. – Fale para que o mundo possa ouvi-lo – disse ele a Rouche. – Quem você quer que morra? Responda ou vou matar todos eles.

Rouche permaneceu em silêncio.

Johns gemeu de frustração.

– Está certo... Que seja do seu jeito. Cinco segundos!

Rouche encontrou os olhos de Baxter. Ela não tinha como escapar.

– Quatro!

Ele olhou para a família. O pai cobria os olhos da filha mais nova com as mãos.

– Três!

Rouche sentiu as câmeras dos celulares às suas costas.

Precisava de mais tempo.

– Dois!

– Rouche... – disse Baxter.

Ele olhou para ela desesperado.

– Um!

– ... confio em você – disse Baxter e fechou os olhos.

Ela ouviu Rouche se mexer, ouviu o estampido de um tiro, o ar passando assoviando pela sua orelha, quebrando o vidro com o impacto abafado. Tudo de uma vez. Então sentiu a pressão sob o queixo afrouxar, o braço que a prendia a soltou... a presença atrás dela desapareceu.

Quando voltou a abrir os olhos, Rouche parecia abalado, ainda de pé, com a arma apontada diretamente para ela. Baxter observou um floco de neve manchado de sangue dançar no ar entre eles antes de mergulhar por cima da borda do prédio, indo se juntar ao resto da cena do crime, 150 metros abaixo.

A têmpora de Baxter começou a pulsar onde a bala havia passado de raspão, enquanto a Unidade Armada corria para se juntar a eles. Os pais traumatizados soluçavam de alívio e choque, inconsoláveis, precisando desesperadamente de algumas palavras de confiança de alguém só para dizer a eles em voz alta que estavam seguros.

Rouche baixou a arma devagar.

Sem dizer uma palavra a nenhum deles, Baxter voltou para dentro, pegou uma garrafa de vinho em uma das mesas desocupadas no caminho e se sentou no bar deserto para se servir de uma generosa taça da bebida.

Capítulo 35

Segunda-feira, 21 de dezembro de 2015
23h20

Rouche estacionou o Audi em frente ao número 56, uma casa azul-celeste em uma rua lateral, as grinaldas de grife que adornavam as portas eram uma declaração mais eficiente de elegância do que qualquer decoração. Luzes de Natal ao ar livre piscavam em branco e dourado, satisfeitas por saber que não havia um único Papai Noel de plástico à vista. Postes de iluminação à moda antiga ladeavam a rua, as cúpulas totalmente negras contra a neve, como faróis urbanos alertando sobre os perigos ocultos escondidos logo abaixo da superfície. Seu brilho laranja cálido era encantador, mas servia como um lembrete de por que o resto da cidade havia passado a usar variedades mais feias, mas que realmente emitiam alguma luz.

Rouche pisou em uma poça de lama quando saiu do carro e foi até a porta do carona. Ele abriu e Baxter tombou. Ele a levantou e arrastou até a base dos degraus que levavam à porta da frente. Rouche pôde sentir os ferimentos por baixo das ataduras em seu peito quando a colocou no colo e tocou a campainha movendo cuidadosamente os pés de Baxter.

Quarenta segundos depois, com a energia já se esgotando, ele ouviu alguém descendo as escadas correndo. As fechaduras se abriram e logo um homem que parecia estar jogando badminton de pijama espiou pela porta antes de abri-la às pressas.

– Ah, meu *Jesus Cristo*, ela está morta! – arquejou Thomas enquanto olhava para o corpo inerte de Baxter nos braços de Rouche.

– Hã? Não! Deus, não! Ela está bêbada – explicou Rouche, virando a cabeça de Baxter na direção de Thomas para provar.

A cabeça dela pendeu para a frente e a boca se abriu. Razoavelmente confiante de que ela ainda estava entre eles, Rouche a sacudiu. Ela gemeu.

– Muito bêbada – acrescentou.

– Ah... Certo – disse Thomas aliviado e surpreso na mesma medida. – Deus, me desculpe. Entre. Estou sendo extremamente rude. Hummm... Vamos levá-la para o quarto, então?

– Banheiro – sugeriu Rouche, esforçando-se para continuar a segurá-la, desconfiando que o uso da palavra "vamos" significava que ele não pretendia tirá-la dos braços dele.

– Banheiro. É claro – concordou Thomas fechando a porta quando Rouche entrou. – É lá em cima.

– Fantástico – disse Rouche ofegando e cambaleando pelo corredor.

Ele ficou um pouco surpreso com Thomas. Sem dúvida era um homem bonito, no estilo modelo saudável de cardigã, mas Rouche havia esperado alguém... Agora que pensava a respeito, se deu conta de que não tinha absolutamente nenhuma ideia do que estava esperando.

Ele seguiu Thomas pelo quarto e entrou no banheiro, onde enfim conseguiu depositar Baxter ao lado do vaso. Quase instantaneamente, ela se reanimou e inclinou o corpo para dentro do vaso. Rouche segurou seus cabelos para trás enquanto ela vomitava. Enquanto isso, Thomas se agachava do outro lado de Baxter com um copo d'água.

– Thomas, a propósito – apresentou-se, estendendo por hábito uma mão que Rouche obviamente estava incapacitado para aceitar. – Certo. Desculpe – falou e recolheu a mão.

– Rouche.

– Ah, você é o Rouche – disse Thomas sorrindo e olhou preocupado quando Baxter caiu no chão entre eles. – Nunca a vi assim antes – admitiu, dando descarga no vaso.

Rouche conseguiu esconder a surpresa que sentiu tanto por Baxter ter escolhido compartilhar sua batalha permanente contra o álcool com ele, mas não com o homem com quem namorava havia oito meses, quanto por Thomas conseguir ser tão desatento.

Foi a vez de Thomas segurar para trás um punhado de cabelos de Baxter enquanto voltava a colocar a cabeça dentro do vaso sanitário.

– O que aconteceu? – perguntou ele.

Rouche não achou que cabia a ele dizer. O que Baxter escolhia contar ao namorado era assunto dela. Ele deu de ombros, desculpando-se.

– Caso em aberto e tudo o mais.

Thomas assentiu, sugerindo que Baxter já havia usado essa frase antes. Mudou de assunto.

– Você e Emily devem ser muito próximos.

– Quem?

Baxter levantou a mão flácida.

– Ah, Baxter! Acho que nós... Sim – disse Rouche, se dando conta de quanta coisa haviam passado juntos durante o curto período de tempo do caso. Era como uma vida inteira de horrores. – Sim – repetiu em um tom decidido. – Ela é muito, muito especial.

Baxter vomitou com barulho.

Rouche reassumiu o dever de cuidar dos cabelos dela.

Depois que ela terminou, ele se levantou.

– Parece que você tem tudo sob controle aqui – disse Rouche a Thomas. – Não precisa me acompanhar. – Então ele se lembrou de algo. – Tenho um... presente bobo para ela no carro.

– Fique à vontade para colocá-lo debaixo da árvore com os outros – disse Thomas. – E, por favor, leve o carro dela. Posso deixá-la no trabalho pela manhã.

Rouche assentiu, grato, e foi embora.

– Rouche.

Ele voltou a se virar.

– Ela não me conta exatamente tudo o que está acontecendo – começou Thomas entrando na competição de Melhor Declaração do Ano. – Então... você sabe, se puder... só... cuide dela.

Rouche hesitou. Não faria a Thomas uma promessa que não poderia cumprir.

– Um dia após o outro... – disse evasivamente antes de sair do quarto.

Baxter acordou nos braços de Thomas. Sentiu os azulejos frios do banheiro contra as pernas nuas e na mesma hora ficou consciente de sua cicatriz mesmo sem olhar para ela. Sua calça estava amassada em um canto, mas ela ainda vestia a camisa molhada de suor. Os dois estavam embrulhados em uma toalha de banho e o corpo de Thomas estava entalado desconfortavelmente entre o vaso sanitário e a parede.

– Merda – sussurrou ela, com raiva de si mesma.

Baxter se desvencilhou lentamente dele, vacilando enquanto se ajustava à nova altitude. Desceu as escadas com cuidado.

As luzes da árvore de Natal piscavam, uma fonte solitária de luz e calor na casa escura. Ela atravessou a sala, deixou o corpo cair na frente da árvore e cruzou as pernas enquanto observava as lâmpadas coloridas se revezando para brilhar. Depois de alguns minutos hipnóticos, Baxter notou o lindo anjo olhando para ela do topo da árvore. As palavras "reconfortantes" de Lennox sobre a colega morta voltaram como uma voz indesejável dentro de sua cabeça: "Acho que Deus simplesmente precisava de outro anjo."

Baxter ficou de pé, esticou o corpo e jogou o enfeite frágil no sofá. Sentindo-se melhor, começou a classificar a pilha de presentes para a qual não havia contribuído.

Ela adorava o Natal quando era mais nova. Mas, nos últimos anos, o grau de comemoração havia se limitado a apenas os cinco filmes festivos de costume em dezembro e, talvez, um jantar de Natal na casa de alguém, por insistência da pessoa, caso conseguisse sair do trabalho a tempo.

Baxter pegou o controle remoto e ligou a televisão, baixando o volume até que se tornasse pouco mais do que um zumbido nos alto-falantes. Sentiu-se irracionalmente animada quando encontrou uma reprise de *Frasier* com tema natalino, então, incapaz de tirar o sorriso do rosto, começou a separar os presentes em três pilhas. A maioria era para ela, claro. Echo também não se deu mal, mas a pilha de Thomas era patética.

Ela pegou um presente desconhecido e de formato estranho e leu a etiqueta:

Feliz Natal, Baxter. O nome dele é Frankie.
Rouche bjs

Intrigada e levada pela empolgação de seu mininatal particular e precisando de um valor aproximado para não parecer nem pão-dura nem perdulária quando fosse retribuir o gesto, ela rasgou o papel de embrulho e olhou para o pinguim de chapéu laranja em suas mãos, o mesmo brinquedo de pelúcia que admirara na casa de Rouche... que havia pertencido à filha dele.

Baxter fitou a ave de aparência tola. Sua descrença de que Rouche iria querer que ela ficasse com algo de tamanha importância para ele só era superada por um sentimento de desconforto, uma suspeita de que ele sentia que não precisava mais do pinguim, que fosse qual fosse o teste final com o qual estivessem prestes a ser confrontados, não esperava sair vivo dele.

Baxter colocou Frankie em cima de suas pernas cruzadas e puxou a sacola grande com os presentes de Edmunds e Tia mais para perto. Ela olhou dentro da sacola e encontrou o envelope branco no topo.

Havia se esquecido completamente daquilo.

Baxter pegou o envelope e o segurou nas mãos, logo acima de Frankie, e se lembrou de suas suspeitas infundadas sobre Rouche, de sua irritação inicial com Edmunds, seu melhor amigo, que implorava a ela toda vez para não ler os relatórios ilegais sobre Thomas. Ela visualizou Thomas, enrolado na toalha e mais do que provavelmente entalado no banheiro no andar de cima onde havia passado a noite cuidando dela.

Baxter percebeu que estava sorrindo só de pensar no namorado desajeitado. Ela rasgou o envelope em vários pedaços, deixou que caíssem sobre o papel de embrulho e continuou a classificar seus presentes.

Capítulo 36

Terça-feira, 22 de dezembro de 2015
9h34

Baxter seguiu as placas para a linha Bakerloo, descendo mais fundo sob a cidade na estação Piccadilly Circus do metrô. Ela tinha prendido os cabelos em um rabo de cavalo e aplicado os poucos itens de maquiagem colorida que ganhara de presente ao longo dos anos – a maior parte deles uma dica não tão sutil da mãe para que "parasse de parecer um vampiro". Mas o disfarce estava bastante eficaz e ela mal se reconheceu no espelho depois que terminou.

Baxter seguiu a multidão até a plataforma. Na metade do caminho, avistou seu destino e parou do lado de fora de uma porta cinza adornada com o logotipo do metrô de Londres e uma placa que dizia:

NÃO ENTRE – SOMENTE PESSOAL AUTORIZADO

Ela bateu na porta, torcendo para estar no lugar certo, e não tentando entrar em um armário de limpeza.

– Quem é? – chamou uma voz feminina lá de dentro.

Várias pessoas poderiam ouvi-la e Baxter não estava disposta a gritar seu nome na frente deles depois de se dar ao trabalho de se pintar como uma palhaça.

Ela bateu novamente.

A porta se abriu um centímetro cauteloso, mas Baxter a empurrou para que abrisse mais e entrou na sala escura. A mulher rapidamente trancou a porta atrás dela, enquanto os outros dois oficiais técnicos continuavam organizando os conjuntos de monitores, unidades de base de rádio, impulsionadores de frequência, computadores e estações de retransmissão criptografadas, convertendo o escritório esparso em uma estação de comando tático totalmente funcional.

Rouche já estava lá, prendendo uma variedade de mapas ao lado de uma lista de códigos de chamada de rádio.

– Bom dia – cumprimentou ele.

Então enfiou a mão no bolso e entregou as chaves do carro dela sem mencionar os acontecimentos que haviam tornado necessário pegá-las emprestadas, nem o rosto novo, assustadoramente colorido, que ela apresentava naquela manhã.

– Obrigada – respondeu Baxter secamente e enfiou as chaves no bolso do casaco. – Quanto tempo até estarmos todos a pleno funcionamento?

– Dez... quinze minutos? – respondeu uma das pessoas que estava rastejando por baixo das mesas.

– Voltaremos, então – disse ela dirigindo-se sem grande eloquência a todos na sala.

Rouche aceitou a sugestão e a seguiu até a plataforma para falar com ela em particular.

No momento em que ele voltara ao apartamento na noite anterior, as imagens do tiroteio já haviam se espalhado para todos os principais canais de notícias do mundo, imortalizando-o em um vídeo granulado enquanto salvava a vida de Baxter. Por conta disso, tinha negligenciado a barba naquela manhã e a sombra escura em seu rosto era uma mudança notável na aparência normalmente impecável do agente. Ele também havia penteado o topete para trás, expondo as camadas mais grisalhas abaixo, um visual que, na verdade, combinava muito mais com ele.

– Você está fazendo o estilo raposa prateada hoje, não é? – comentou

Baxter com um sorriso, enquanto caminhavam até o final da plataforma, passando por um enorme pôster do livro de Andrea.

– Obrigado. E você... bem, você...

Ele estava com sérias dificuldades para completar a frase.

– Eu pareço uma daquelas avós que frequentam bingos – disse Baxter sem achar graça, mas fazendo Rouche rir. – O FBI optou por nos agraciar com a presença deles – falou baixinho. – Eles desejam "ajudar de qualquer maneira possível a encerrar esses atos atrozes de barbárie". Tradução: eles não podem voltar para casa sem o Green, mas o MI5 ainda não terminou de torturá-lo, então eles podem muito bem permanecer por aqui e atirar em alguém.

– Sim, eu já havia chegado a essa conclusão – disse Rouche, indicando com um aceno sutil de cabeça o homem enorme, de rabo de cavalo, parado um pouco mais adiante na plataforma. – O Steven Seagal ali está escolhendo uma barra de chocolate há quase uma hora.

– Pelo amor de Deus! – Baxter bufou. – Relatório do turno da noite: mais duas marionetes foram apanhadas.

– Então... faltam dez?

– Faltam dez – concordou ela.

– E o nosso Azazel, seja ele quem for – acrescentou Rouche.

Eles ficaram ali em silêncio por um momento enquanto um trem parava ruidosamente.

Baxter aproveitou a interrupção para organizar o que queria dizer, embora não achasse que poderia admitir que já tinha aberto o presente dele mais cedo. De qualquer modo, provavelmente não teria começado uma conversa que acabaria tornando-se emocional.

– Nós dois vamos sair dessa – falou Baxter por fim, o olhar fixo no trem que partia para evitar os olhos do colega. – Estamos *tão* perto de conseguir. Sei que você acredita que hoje é alguma espécie de teste ou algo assim, mas só podemos fazer o que podemos fazer. Não corra riscos idiotas ou...

– Sabe o que eu estava pensando na noite passada? – interrompeu-a Rouche. – Nunca respondi à sua pergunta.

Baxter pareceu intrigada.

– Como alguém supostamente inteligente, que passa a vida à procura de provas, poderia acreditar em algo tão infundado e ilógico como... "céu de conto de fadas", não foi isso? – perguntou ele com um sorriso.

– Realmente não quero entrar nesse assunto agora – disse Baxter encolhendo-se ao se lembrar de sua explosão violenta no avião.

– Este é o momento *perfeito* para entrar nesse assunto.

Outro trem entrou desacelerando na estação e logo começou o gigantesco jogo das cadeiras ao longo de dez segundos de caos. Aos perdedores restou segurar em uma barra em mau estado ou cair no momento em que o trem se colocasse novamente em movimento.

– Eu era como você – começou Rouche. – Estou falando de... antes. Achava que a fé era apenas para os fracos, uma ilusão para ajudá-los em suas vidas pesadas demais...

A descrição de Rouche fez Baxter se lembrar de como se sentira sobre a terapia antes de ser salva por ela.

– ... mas depois, quando o que aconteceu... aconteceu, eu simplesmente não conseguia processar a ideia de que as havia perdido para sempre, que nunca mais voltaria a estar com elas, a abraçá-las, que minhas duas garotas e tudo o que elas eram simplesmente desaparecera. Elas eram muito importantes, muito especiais para eu admitir que não existiriam mais, entende?

Baxter estava lutando para manter a compostura, mas Rouche parecia perfeitamente controlado apenas tentando articular os pensamentos.

– No instante em que pensei sobre isso, tudo fez sentido: elas não foram realmente embora. Pude *sentir* isso e agora fui trazido de volta para cá, hoje, e... estou fazendo algum sentido?

– Eu rezei hoje de manhã! – soltou Baxter antes de levar a mão à boca como se houvesse deixado escapar um segredo embaraçoso.

Rouche olhou desconfiado para ela.

– O que foi? Nem sei se fiz do jeito certo, mas pensei: "E se eu estiver errada?" E se *houver* mesmo alguém ou algo lá em cima e eu não rezar? Há muita coisa em jogo hoje para não fazer tudo que for possível, certo? – O rosto de Baxter ficou vermelho, mas, felizmente, as várias cores berrantes da maquiagem disfarçaram um pouco o efeito. – Ah, dá um tempo – disse ela quando o pegou encarando-a com um sorriso. Baxter rapidamente voltou ao seu verdadeiro objetivo. – Já que estou mesmo fazendo papel de boba, posso muito bem lhe dizer logo pelo que rezei.

– Para que a gente consiga impedir esses filhos da puta doentios de...

– Ora, obviamente! Mas também rezei por você.

– Por mim?

– Sim, por você. Gastei a primeira e única oração que vou fazer na vida pensando em você. Rezei para que você terminasse o dia de hoje aqui comigo.

A revelação inesperada pareceu ter o efeito desejado.

Se o Deus de Rouche queria que ele vivesse ou morresse naquela tarde, estava fora da alçada dela saber, mas Baxter esperava que o colega agora pudesse, ao menos, parar para pensar por um momento antes de convidá-lo ativamente a agir.

– Que horas são? – gemeu Baxter, a cabeça entre as mãos, iluminada pela luz azulada dos monitores na unidade de comando improvisada.

– Faltam dez – respondeu Rouche, mantendo os olhos nas imagens transmitidas ao vivo por câmeras espalhadas por toda a estação.

– Dez para o quê?

– Para as três.

Ela deixou escapar um suspiro pesado.

– Onde diabos estão esses merdas? – perguntou para toda a sala.

O nível elevado de ameaça terrorista resultara em um dia interessante na capital. Um homem tinha sido preso tentando entrar com uma faca na Torre de Londres – no entanto, tudo indicava que o motivo fora pura estupidez em vez de assassinato em massa. Houve um susto com uma possibilidade de bomba em um evento em Kensington Olympia. Esse também foi um alarme falso. Um expositor irado, mas reconhecidamente esquecido, descobrindo que o notebook que havia perdido fora submetido a uma explosão controlada pela polícia.

Baxter e sua equipe de doze pessoas haviam detido cinco pessoas durante o dia por comportamento suspeito. Embora nenhuma delas tivesse qualquer envolvimento com Green e seus asseclas, isso havia deixado claro o número alarmante de pessoas estranhas que perambulavam pela cidade o tempo todo.

– Onde estão os caras do MI5? – perguntou Baxter.

Ela não levantou a cabeça da mesa.

– Ainda com o FBI na plataforma da linha Piccadilly – respondeu alguém.

Ela deixou escapar um ruído não específico em reconhecimento.

– Alerta de alguém esquisito! – gritou Rouche.

Baxter levantou os olhos, animada. Um homem com um chapéu de Papai Noel, claramente escondendo algum tipo de animal vivo dentro do casaco, passou por uma das câmeras. Ela se sentiu feliz só por ter algo para fazer.

– Vamos dar uma olhada.

Na Nova Scotland Yard, a policial Bethan Roth fora encarregada de rever as imagens das câmeras relacionadas ao caso, que eram de qualidade muito baixa para que se pudesse usar nelas os sistemas de reconhecimento facial. Ao longo da semana, ela reunira um álbum inteiro de imagens difusas que, depois de serem processadas por programas de aprimoramento de imagens, haviam levado à prisão de mais duas marionetes.

Bethan havia passado o dia estudando as imagens das câmeras de segurança do Sky Garden, examinando por todos os lados o desastre que fora evitado. O vídeo em preto e branco era tão entorpecedor de assistir quanto haviam sido as duas horas de pessoas entrando e saindo de cena enquanto visitavam os banheiros.

Ela agora estava revendo uma gravação da área do bar interno. Incapaz de ver qualquer ação no terraço, só conseguiu saber o momento em que Rouche disparou pela reação da multidão. Várias pessoas se afastaram, outras continuaram a filmar, telefones foram estendidos para a frente e uma senhora idosa desmaiou, puxando junto consigo para o chão o marido com aparência de zumbi.

Bethan se inclinou para a frente para selecionar o próximo arquivo de vídeo quando uma das figuras monocromáticas ao fundo chamou sua atenção. Ela voltou a filmagem e assistiu novamente ao momento em que a multidão reagia à visão de um homem morto à frente.

Bethan manteve os olhos fixos na figura escura na parte de trás.

Assim que a mulher desmaiou, o homem se virou e caminhou calmamente em direção à saída. Tudo em sua postura, até mesmo o modo como ele andava, sugeria um completo distanciamento emocional do que acabara de testemunhar.

Bethan aumentou o zoom, mas não conseguiu encontrar nada melhor do que um círculo pixelado onde deveria estar o rosto do homem.

Então, teve uma ideia.

Ela carregou novamente a filmagem da parte de fora dos banheiros e continuou de onde havia parado. Depois de alguns instantes, o homem não identificado dobrou uma esquina e passou por baixo da câmera, certificando-se de manter a cabeça abaixada o tempo todo.

– Desgraçado – sussurrou Bethan, agora certa de que havia encontrado alguma coisa importante.

Ela repetiu o trecho do vídeo em câmera lenta perguntando-se o que poderia ser o círculo brilhante que via no chão. Então ampliou mais a imagem: era uma bandeja cercada por vidro quebrado. Bethan ampliou ainda mais até que a superfície refletora dominou toda a tela e começou a passar quadro a quadro, com os olhos arregalados de expectativa.

Uma sombra pairou sobre a bandeja virada para cima – alguns cliques depois, a parte de cima do sapato do homem entrou no quadro. Ela continuou clicando.

– Vamos... Vamos... – Bethan sorriu. – Peguei você!

Emoldurado em um círculo de prata, estava uma imagem de qualidade razoável do rosto de um homem de meia-idade.

– Chefe! Preciso de você aqui!

Capítulo 37

Terça-feira, 22 de dezembro de 2015
15h43

Blake parou do lado de fora da propriedade ao mesmo tempo que a Unidade Armada. No caminho, ele recebera as informações que a equipe reunira em pouco tempo sobre o novo principal suspeito.

Lucas Theodor Keaton era o proprietário multimilionário de uma empresa de telecomunicações vendida na década de 1990, o que havia lhe garantido uma bela renda e um lugar no conselho diretor. Daquele momento em diante, ele se concentrou predominantemente em seu trabalho de caridade e em ajudar empresas iniciantes.

Foi encorajador descobrir que a S-S Mobile, cujos servidores guardavam as mensagens ocultas, era uma subsidiária da Smoke Signal Technologies, outra empresa de Keaton. Além disso, o depósito que fornecia todos os celulares comprometidos tinha ligações com essa pouco conhecida empresa controladora.

Keaton tinha esposa e dois filhos, todos falecidos.

Ele e os dois garotos haviam sido pegos nos atentados de 7 de julho. Embora Keaton tivesse escapado relativamente ileso, um de seus filhos morrera na hora. O outro havia sucumbido um ano e meio depois aos ferimentos que sofrera. Depois disso, a esposa de Keaton se suicidara com uma overdose.

– Nossa – dissera Blake ao colega do outro lado da linha, agora sentindo-se adequadamente deprimido.

– Mas fica ainda pior.

– Pior do que ele perder a família toda?

– O irmão de Keaton – o policial da Nova Scotland Yard clicou em alguma coisa no computador – compareceu no lugar dele a um evento de caridade em 2001 nos Estados Unidos...

– Não!

– ... no dia 11 de setembro.

– Meu Deus! – Blake quase começou a sentir pena do principal suspeito. – Quão azarado um homem pode ser?

– O irmão não tinha negócios no World Trade Center. Estava apenas passando por ali na hora errada.

– Acha que esse Keaton foi amaldiçoado ou algo assim?

– Todo esse dinheiro e o cara teve a vida mais infeliz que se pode imaginar. Dá o que pensar, não é?

Foi a despedida retórica do policial antes de desligar.

Com Saunders envolvido na operação em Piccadilly Circus, Vanita havia mandado Blake sozinho para acompanhar a equipe até a enorme residência de Keaton em Chelsea.

Enquanto os oficiais armados subiam correndo os degraus para arrombar a porta da frente, Blake se protegeu do vento atrás de uma caixa de correio para acender um cigarro. Apesar do código postal elegante, a rua arborizada não era um lugar particularmente agradável: quase um terço das casas parecia estar passando por grandes reformas – caminhões, vans e até um miniguindaste estavam espalhados entre os carros esportivos nas vagas dos moradores. O barulho era ensurdecedor.

– Companheiro! – Blake chamou um dos operários que passava e mostrou o distintivo. – O que está acontecendo? A rua está cedendo ou algo assim? – perguntou, imaginando se aquilo poderia ser relevante de alguma forma.

– Isto? – perguntou o homem rechonchudo, indicando a confusão com um gesto. – Não. Com os preços dos imóveis tão altos, cada centímetro quadrado conta. Então, algum bilionário empreendedor, que já devia estar enlouquecendo por se ver confinado aos dez quartos miseráveis que tinha à disposição, se deu conta de que, logo abaixo do seu porão, tudo até o centro da Terra era um espaço desperdiçado que ele poderia estar utilizando... e agora estão todos trabalhando nisso.

Blake ficou um pouco surpreso com a resposta articulada.

– Claro, se eu começasse a cavar abaixo na minha casa, acabaria na loja de kebab no andar de baixo – acrescentou o homem com um suspiro.

– Detetive! – chamou da porta um membro da Unidade Armada. – Tudo limpo!

Blake agradeceu ao homem bem-informado, cheirando a kebab, e entrou rapidamente na casa. Só o hall de entrada já era maior do que todo o apartamento dele em Twickenham. Uma ampla escadaria de madeira subia do chão de mosaico, e os outros sete oficiais já estavam espalhados pela casa de Keaton. Flores frescas brotavam de vasos caros e havia um grande retrato da família pendurado na parede do fundo.

– Se eu fosse você e estivesse com pressa, começaria pelo terceiro andar – aconselhou o líder da equipe com um aceno astuto.

Blake seguiu na direção da escada.

– Desculpe. Estava querendo dizer para baixo – esclareceu o oficial, apontando para o canto. – O terceiro andar para baixo.

Blake desceu as escadas e seu celular soltou um bipe baixo quando perdeu o sinal. Lá, apenas um nível abaixo da fachada saudável da propriedade, os primeiros sinais de uma mente doentia começaram a aparecer.

O cômodo parecia ter sido um escritório em algum momento do passado, mas agora as paredes sufocavam sob fotos da família feliz: outro retrato profissionalmente encomendado ao lado de fotos casuais de férias, desenhos feitos à mão ao lado de suas contrapartidas fotográficas, todos e cada um deles emoldurados e pendurados com precisão.

– Computador no canto – disse ao policial, esperando que o computador já estivesse na van quando ele voltasse à superfície. – Telefone ali... e essa foto – falou, escolhendo a que parecia ser a mais recente tendo por base as idades dos dois garotos com sorrisos banguelas e cortes de cabelo iguais.

Eles seguiram em frente, a temperatura baixando enquanto as escadas rangiam sob os pés, o ar viciado pesando em seus pulmões. Blake teve a sensação de que estavam afundando cada vez mais no inconsciente de Keaton...

Ali era o lugar onde ele dormia.

Uma pequena cama de armar estava desarrumada contra a parede oposta, cercada pelo que só poderia ser descrito como um santuário. Peças de joias, roupas, desenhos infantis e brinquedos estavam em pilhas ordenadas ao redor da cama. Velas haviam derretido sobre o chão de madeira ao redor do perímetro.

– Meu Deus! – sobressaltou-se Blake, que acabara de notar a imagem de Cristo crucificado pendurada na parede atrás deles: pés e pulsos pregados na cruz de madeira, mãos balançando inutilmente, uma coroa de espinhos rasgando sua cabeça: uma violenta inspiração para as atrocidades das últimas semanas.

Blake franziu o cenho e, relutante, deu um passo para trás para ler o que havia sido rabiscado com o dedo, em tinta, em ambos os lados do Filho de Deus:

Onde você estava?

Ele quase tropeçou na almofada no chão enquanto tirava uma foto da parede para incluir em seu relatório.

– Vamos em frente? – sugeriu ansiosamente ao oficial.

A temperatura caiu mais alguns graus quando eles seguiram pelas escadas estreitas até o nível mais baixo da propriedade.

Eles só haviam dado dois passos para dentro da sala quando Blake sentiu o coração afundar no peito.

Livros, diários, pastas, diagramas se espalhavam por toda a superfície imaginável – empilhados a vários metros de altura ou se juntando aos papéis que cobriam o chão.

Anos de trabalho, a pesquisa de uma mente obsessiva.

Eles tinham menos de uma hora.

Dois outros policiais já estavam vasculhando a bagunça, um notebook recuperado já fora ensacado e estava pronto para ser transportado.

– Esta pilha contém quase todas as matérias de jornal sobre os assassinatos do caso Boneco de Pano – disse um deles. – Na mesa está tudo o que encontramos até agora relacionado a Alexei Green. Esse Keaton é completamente obcecado com a figura de Green, vem colecionando coisas dele há anos.

Blake passou para a pilha de artigos e CDs, com anotações manuscritas identificando as várias entrevistas e palestras de Green em conferências.

Ele pegou um diário e o abriu. A primeira página tinha apenas o título "Sessão Um", seguido pelo que parecia ser uma transcrição palavra por palavra do primeiro encontro de Keaton com o psiquiatra.

O oficial responsável pela operação estava lendo por cima do ombro de Blake.

– Parece que esse Keaton era só outro recruta então.

– Não pode ser – sussurrou Blake olhando mais uma vez para a mente que se derramava em tinta ao redor deles.

Houve um estrondo quando um dos policiais esbarrou em uma pilha precária de livros, espalhando-os pelo chão. Com muita calma, ele se inclinou para olhar mais de perto o que descobrira.

– Chefe?

– O que foi?

– Quer chamar os rapazes do esquadrão antibombas para cá?

O líder da equipe pareceu preocupado.

– Não sei. Quero?

– Não parece ativo... é caseiro, mas ainda assim... sim, acho que sim.

– Merda... Todo mundo para fora! – ordenou.

– Eu vou ficar – disse Blake a ele.

– Ativo ou não, ao primeiro sinal de um explosivo, devo colocar todos em segurança.

– Se Keaton for o nosso homem... – começou Blake.

– Ele não é!

– Mas, *se* for, *precisamos* do que está aqui embaixo. Tire seus homens. Leve esses computadores para os caras da informática e traga o esquadrão antibombas para cá... *por favor*.

O oficial pareceu dividido, mas então recolheu o notebook recuperado e seguiu os homens que subiam as escadas, deixando Blake sozinho ali para percorrer os pensamentos de Keaton.

Ele pegou depressa o diário de volta, abriu-o na Sessão Um e passou os olhos pela página. Ciente de sua limitação de tempo, pulou logo para a nona sessão de Keaton com o psiquiatra, perdendo rapidamente a esperança de que eles de fato houvessem encontrado Azazel.

Sessão Nove

Quinta-feira, 1º de julho de 2014
14h22

— ... e o mundo apenas seguiu em frente, como se nada tivesse acontecido – disse Lucas, perdido nos próprios pensamentos. – A mim, não restou *nada*. Volto para uma casa vazia, um museu de tudo o que eles eram, todas as noites. Não posso jogar nada disso fora. É tudo o que me resta deles, mas sinto que estou me afogando em lembranças toda vez que entro... Ainda sinto o cheiro do perfume da minha esposa... Você está bem?

Green se levantou rapidamente de onde estava sentado para se servir um copo d'água.

– Sim. Tudo bem... Tudo bem – disse, mas então seu rosto se contraiu e ele começou a chorar. – Sinto *tanto*. Isso é tão pouco profissional. Eu só preciso de um momento.

– Foi algo que eu disse? – perguntou Lucas, preocupado, vendo Green se recompor.

Do lado de fora, a chuva ficou mais forte. Ele tinha a sensação de ter chovido o dia todo.

– Talvez isso não seja uma boa ideia – disse Lucas, ficando de pé. – Parece que só o que consigo fazer é aborrecer todo mundo.

– Não é você, Lucas – apressou-se a dizer Green. – Sou eu e os meus problemas.

– Por quê? – perguntou Lucas de um jeito inocente. – Você também... perdeu alguém?

– Vamos nos concentrar em você, certo?

– Pode me contar.

– Não, não posso – disse Green com firmeza.

Lucas se levantou e começou a seguir para a porta.

– Lucas!

– Você é puro papo-furado! Abro meu coração para você duas vezes por semana, mas não há confiança entre nós – disse ele ao psiquiatra, magoado.

– Lucas, espere! Está bem. Está bem. Sim! – disse Green. – Você está certo. Peço desculpas. *Há* confiança entre nós e, *sim*, perdi alguém muito, muito especial para mim.

Keaton fechou os olhos, exalou um alívio vitorioso, deixando a sombra do sorriso em seu rosto desaparecer antes de retornar lentamente ao sofá. Ele se demorou, parando acima de Green enquanto o psiquiatra frio e controlado enfim desmoronava.

Keaton se inclinou para se dirigir ao homem perturbado, passando-lhe um punhado dos lenços de papel "de tamanho masculino" que o psiquiatra mantinha em sua mesa.

– Por favor... me fale sobre ela.

Blake folheou urgentemente as páginas até encontrar o registro final – a 11ª sessão de Alexei Green e Lucas Keaton.

Sessão Onze

Quinta-feira, 10 de julho de 2014
18h10

– Por que *diabo* fomos nós os punidos? – perguntou Keaton, andando pela sala enquanto Green ouvia. – *Ainda* estamos sendo punidos! Somos pessoas boas. Minha família, sua linda Abby, eram pessoas boas!

Ele suspirou pesadamente enquanto olhava pela janela, a suave luz do pôr do sol aquecendo seu rosto.

– Esses assassinatos do caso Boneco de Pano – começou Keaton casualmente –, presumo que você esteja acompanhando, certo?

– Não estamos todos? – respondeu Green totalmente esgotado pela conversa.

Não conseguia dormir bem havia mais de uma semana.

– Você é capaz de nomear as vítimas? Na verdade, vamos fazer disso um desafio. É capaz de nomeá-los em ordem?

– Por quê, Lucas?

– Apenas... faça o que estou pedindo.

Green deixou escapar um gemido exasperado.

– Está certo. Bem, houve o prefeito Turnble, claro, e depois o irmão de Khalid. Alguma coisa Rana? ... Vijay Rana. Jarred Garland e no outro dia foi Andrew Ford... Mais uma vez, por quê?

– Imortalizados. Um político frouxo, o irmão de um serial killer de crianças, um jornalista ganancioso e oportunista e, finalmente, um alcoólatra repugnante, um lixo humano. Nomes indignos gravados na história apenas porque eles morreram de um modo "interessante".

– Estou cansado, Lucas. Aonde você quer chegar?

– Eu tenho uma confissão a fazer – anunciou Keaton sem se virar. – Fiz algumas pesquisas sobre os ataques de Oslo e Utøya.

– Por que você faria isso? – perguntou Green. – Não entendo por que você...

– Pesquisei principalmente as notícias – continuou Keaton, falando mais alto que Green, dominando a conversa. – "Setenta e sete mortos", "múltiplas vítimas", "várias vítimas". Quer saber quantas citavam Abby pelo nome?

Green não respondeu.

– Nenhuma. Não encontrei *nenhuma* matéria que tenha se dado ao trabalho de contar que sua noiva foi tirada de você.

Green começou a chorar e Keaton voltou a se sentar ao seu lado.

– Todas aquelas pessoas lá fora continuam seguindo com sua vida enquanto a nossa desmoronou... e eles nem se importaram em descobrir o nome deles! – gritou Keaton com fervor, as lágrimas escorrendo pelo rosto. – *Nenhuma* delas sofreu como nós... Nenhuma delas.

Keaton parou por um momento para ler a expressão no rosto de Green.

– Não sou muito atraente, Alexei. Sei disso. Tenho sucesso, mas as pessoas não escutam quando eu falo... não de fato. Nem todo o preparo e a manipulação no mundo vão levá-los a fazer o que preciso que façam. Preciso que eles se entreguem a mim... à *nossa* causa, inteiramente.

– Marionetes? – perguntou Green, levantando os olhos e recordando a conversa anterior sobre a inutilidade de achar que um objeto inanimado é responsável por suas ações.

– Marionetes – afirmou Keaton em um tom encorajador. – Preciso de alguém que possa inspirá-las, alguém a quem admirem, alguém para *liderá-las...* Preciso de você.

– O que está dizendo? – perguntou Green.

Keaton colocou a mão em seu ombro.

– O que estou dizendo é: e se houvesse uma forma de consertar as coisas? Uma forma de fazer essas massas obcecadas por elas mesmas entenderem o que aconteceu conosco. Um modo de garantir que cada *maldita* pessoa do planeta saiba os nomes da minha família, conheça o rosto da sua linda Abby e saiba exatamente o que ela significou para você.

Houve uma longa pausa enquanto Green assimilava o que Keaton estava lhe dizendo.

Lentamente, ele colocou a mão em cima da dele e se virou para encará-lo.

– Eu diria para você me falar mais a respeito.

Capítulo 38

Terça-feira, 22 de dezembro de 2015
16h14

Baxter recebeu uma chamada urgente pelo rádio pedindo que ela voltasse para a unidade de comando/sala de descanso de Bob. Quando chegou, lhe entregaram o telefone.

– Baxter – disse, ao atender.

– É Vanita. É só uma ligação de cortesia para atualizá-la. Cerca de uma hora atrás, a equipe da Central de Peritos em Imagens separou uma das imagens do Sky Garden e desde então vêm comparando com as imagens das câmeras de vigilância de Nova York.

– Por que só estou sabendo disso agora? – perguntou Baxter.

– Porque nada além dos limites desta Agência diz respeito a você neste momento. Tanto o MI5 quanto o Comando Antiterrorista têm todos os detalhes. Como eu disse, essa é apenas uma ligação de cortesia. Então, mandei o Blake...

– Para onde você mandou Blake? – interrompeu Baxter no momento em que Rouche entrava na sala. – Espere. Vou colocá-la no viva-voz.

– Mandei Blake para o endereço – continuou Vanita – e ele confirmou: Lucas Theodor Keaton, 48. Estou enviando os detalhes para vocês agora. Preparem-se para se decepcionar... Senhoras e senhores, conheçam nosso Azazel.

Eles se aglomeraram ao redor do computador enquanto um dos técnicos abria o e-mail. O rosto sem graça de Keaton os encarou da tela, os cabelos arrumados em um estilo sensato, com entradas que se esperaria de um homem da idade dele.

– É ele? – perguntou Baxter.

– É ele. A empresa de Keaton desenvolveu as mensagens ocultas *e* forneceu os telefones celulares. Inúmeros voos indo e vindo do aeroporto JFK neste último ano, a frequência cada vez maior. Ele voltou para cá pela última vez na noite de terça-feira – acrescentou Vanita.

O outro telefone tocou. Rouche correu para atender e iniciou uma conversa sussurrada.

– Por recomendação de Blake, os serviços de segurança estão priorizando alvos com conotações religiosas. Parece que esse Keaton pode ter algum tipo de inclinação espiritual, o que certamente explicaria a igreja de Nova York – disse Vanita.

– Certo – respondeu Baxter, distraída.

– Vou deixá-la voltar ao trabalho – falou Vanita e desligou.

Rouche arrancou um mapa da parede e passou o dedo com urgência pelo papel.

– O que é isso? – perguntou Baxter.

– Três das nossas marionetes desaparecidas acabam de ser vistas a uns 400 metros uma da outra.

– Já enviaram as unidades armadas, certo?

– Sim – respondeu Rouche, batendo com o dedo em um local quase no centro exato dos lugares onde haviam avistado as três. – Elas estão indo para a estação Baker Street. Vou para lá.

– Não – disse Baxter. – Eles podem cuidar disso. Preciso de você aqui comigo.

– Posso chegar lá antes deles.

– Precisamos ficar juntos!

– Baxter – disse Rouche com um suspiro, sentindo um retumbar sob os pés enquanto outro trem diminuía de velocidade para parar na plataforma que seguia para o norte. – Confie em mim em relação a isso. Preciso estar lá. Fica a três estações de distância. Voltarei a tempo.

Ele pegou o casaco. Baxter o segurou pela manga.

– Você não vai! – disse a ele.

– Eu não trabalho para você – lembrou-lhe Rouche, desvencilhando-se.

– Rouche! – gritou Baxter quando ele já saía.

E o seguiu pelas escadas em direção à outra plataforma. Rouche entrou em um vagão pouco antes de as portas se fecharam e Baxter chegou à plataforma instantes depois.

– Rouche! – gritou ela de novo quando o trem já começava a se mover. Do outro lado do vidro, ele acenou como que se desculpando. Ela jogou o casaco no chão, frustrada. – Rouche! Merda!

Baxter havia instruído os oficiais técnicos a divulgarem os detalhes de Keaton e a fotografia dele para as equipes enquanto ela lia sobre a história trágica do homem e os documentos que Blake enviara junto. Uma versão original da foto da família havia sido incluída, os rostos sorridentes alegremente inconscientes da desgraça que se abateria.

– Ele é Rouche – murmurou para si mesma, balançando a cabeça.

Ou melhor, o que Rouche poderia ter se tornado.

A história dos dois homens era surpreendentemente semelhante, até mesmo a inclinação religiosa, mas enquanto Keaton permitira que seu ódio e sua tristeza o consumissem, Rouche canalizara toda aquela energia negativa para ajudar as pessoas.

Baxter sorriu. Talvez algo mais do que a mera coincidência o tivesse levado de volta até ali no fim das contas.

Rouche desceu do trem na plataforma de Baker Street. Fotografias dos três suspeitos lhe haviam sido enviadas no caminho. Ele estava com o celular à mão para consultá-las enquanto seguia as placas pretas e amarelas de "Saída" para a superfície.

– Baxter, você ainda está me ouvindo?

– Estou.

Ela não parecia feliz com ele.

– Acabei de chegar à Baker Street, estou indo interceptar os alvos na entrada principal. Vou trabalhar diretamente com a Central de Análise Pericial de Imagens (CAPI), mas a manterei atualizada.

– Ótimo.

Ele subiu correndo a escada rolante da esquerda, passou pela catraca de saída e deixou a multidão de passageiros levá-lo para a calçada.

A saída da estação era um caos, com um vendedor de jornal, um cantor de rua e um morador de rua de aparência desalentada com um cão que parecia ainda mais desalentado, todos competindo por espaço na entrada movimentada.

Rouche foi até a amurada que contornava a rua congestionada e trocou o canal do rádio, o fone de ouvido captando o final de uma transmissão para a unidade do FBI.

– Rouche falando. Estou em posição na entrada. Perdi alguma coisa?

– O suspeito Brookes foi apreendido – informou uma voz feminina.

– Agora faltam nove – sussurrou Baxter para si mesma.

Ele examinou as fotos no celular para ver qual dos rostos poderia esquecer agora. Então olhou para o interminável desfile de pessoas que se aproximavam das duas direções, as feições obscurecidas sob gorros, capuzes e guarda-chuvas, enquanto ela continuava a falar no rádio:

– As unidades armadas ainda estão a um minuto de distância. Os suspeitos restantes vão chegar onde você está em breve.

Rouche examinou os rostos que passavam por retalhos esporádicos de luz. E reconheceu um deles.

– O mais gordo à vista – anunciou.

– Richard Oldham – corrigiu a voz no fone de ouvido.

Rouche passou os dedos ao redor do cabo da arma.

– A caminho para interceptar.

Ele parou por uma fração de segundo, esperando por uma brecha no tráfego humano quando viu um segundo rosto familiar vindo da direção oposta.

– Merda! Outro à vista agora também – disse Rouche. E ficou olhando para os dois homens em aparente rota de colisão. – A que distância estão meus reforços?

– Quarenta e cinco segundos.

– Se eu for para cima de um deles, perco o outro – disse ele, agora já nem precisando mais virar a cabeça para ver os dois.

– Quarenta segundos.

Estava claro que os dois homens nunca haviam se encontrado. Eles chegaram a poucos metros um do outro sem sequer uma segunda olhada antes de passar pela entrada da estação.

– Eu os estou acompanhando – ele informou à oficial da CAPI no fone de ouvido enquanto abria caminho aos empurrões pelo rebanho que sujava o chão amarelado com a lama da neve derretida, esforçando-se para manter os dois homens à vista enquanto eles seguiam para a esquerda.

– Descendo para a linha Bakerloo, direção Piccadilly – atualizou Rouche. E acelerou o passo enquanto descia a escada rolante. – O trem está chegando!

As pessoas ao seu redor também haviam escutado o trem. O som de passos apressados o cercou quando as portas se abriram, liberando uma multidão contra a corrente. Rouche voltou a abrir caminho aos empurrões e chegou à plataforma no momento em que as portas já se fechavam, mas ficou aliviado ao encontrar os dois homens ainda de pé ali.

– Os alvos não entraram no trem – murmurou ele quando as pessoas começaram a preencher todos os espaços concebíveis ao longo da plataforma. – Fiquem alertas: um dos suspeitos está carregando uma mochila grande.

Ele estava curioso para saber por que ambos os homens haviam atrasado deliberadamente a viagem. Só então notou uma mulher desgrenhada sentada em um dos bancos, que também não fizera nenhum esforço para embarcar no trem.

– Diga aos meus reforços para ficarem fora de vista – alertou Rouche, atraindo um olhar estranho do turista japonês ao seu lado. – Você tem a identificação de uma mulher, na casa dos 40 anos, casaco azul, jeans preto, sentada na extremidade da plataforma?

– Espere um segundo – respondeu a oficial da CAPI em seu ouvido.

Enquanto Rouche esperava, a mulher pegou a sacola plástica que estava ao seu lado e se levantou para ficar na beira da plataforma. Ele olhou para trás e viu que os dois suspeitos também pareciam ter a intenção de embarcar no próximo trem.

– Eles estão prestes a entrar em um trem. Diga à equipe para seguir em frente.

Rouche mal havia acabado de falar quando um enxame de oficiais armados cercou os dois homens e os prendeu no chão. Quando ele voltou a olhar para a mulher de casaco azul, ela estava se afastando em direção ao final da plataforma.

O trem chegou ruidosamente no momento em que um membro da equipe abria com todo o cuidado o zíper da pesada mochila que o suspeito estava carregando.

Rouche se esforçou para ver acima da multidão.

Ele checou o relógio: 16h54.

Precisava voltar para Baxter.

Incapaz de alcançar a tempo a parte traseira do trem, Rouche atravessou a parede de pessoas aglomeradas nas portas duplas mais próximas, que trepidaram e abriram e fecharam duas vezes antes de enfim se fecharem de vez depois de ele entrar. Ignorando as línguas estaladas em reprovação e os olhos revirados, tão tipicamente britânicos, Rouche empurrou as pessoas à sua frente até chegar ao meio do vagão, que estava mais vazio.

– O que havia na mochila? – perguntou à oficial da CAPI em seu ouvido.

Depois de uma breve pausa, ela respondeu:

– Explosivos de algum tipo... Já foram desarmados... A unidade de descarte está a dois minutos de distância.

Rouche trocou momentaneamente o canal no rádio.

– Baxter, estou voltando para você.

– Tanto faz.

– Faltam sete... *e* acabamos de conseguir uma de quatro – avisou ele referindo-se o mais discretamente possível aos explosivos, incapaz de dizer algo mais no vagão lotado.

– Podem ser duas de quatro em um minuto – respondeu ela. – Aparentemente os caras do MI5 chegaram correndo aqui há alguns instantes. Apenas volte logo para cá.

Ele mudou a frequência do rádio mais uma vez e pegou o final de uma transmissão.

– ... um suspeito. – Houve uma pausa. – Agente Rouche, copiou a última mensagem?

– Negativo. Repita, por favor.

– Confirmado: a mulher de casaco azul *é* outra suspeita.

– Entendido – respondeu Rouche passando pela parede de passageiros.

Ele chegou ao fim do vagão e olhou para o seguinte, esperando localizar a mulher, mas não conseguiu ver nada além das pessoas encostadas na outra porta.

– A próxima estação é... Regent's Park. Saída pela... – anunciou uma voz automatizada.

Todos se inclinaram juntos quando o trem desacelerou. Multidões densas passaram pelas janelas enquanto o trem parava abruptamente.

Rouche saiu tropeçando para a plataforma e lutou para abrir caminho entre a onda de pessoas para conseguir subir a bordo do vagão mais distante.

– Com licença. Com licença... Desculpe – murmurou ele enquanto se espremia entre os passageiros.

Rouche levantou os olhos para o mapa do metrô enquanto atravessava o trem. Havia apenas uma estação entre eles e Piccadilly Circus.

Ele checou novamente o relógio: 16h57.

– Desculpe... Com licença. – Ele estava no meio do vagão quando viu o casaco azul familiar. A mulher desalinhada estava sentada com as mãos protegendo a sacola no colo. – Olhando para o alvo.

– Onde está você, Rouche? – sussurrou Baxter baixinho enquanto observava um fluxo constante de pessoas se derramando sobre a plataforma já lotada.

Os números laranja no visor acima contavam os segundos para as 17h.

– Equipe 3: verificação de rádio – bradou ela com confiança no rádio, apesar de seu coração disparar em seu peito.

– Ouvindo você alto e claro. Desligo.

Houve um estrondo em algum lugar no meio da multidão.

– Equipe 3 comigo! – ordenou Baxter enquanto corria na direção da agitação.

Um homem de negócios aturdido segurava uma sacola rasgada enquanto tentava recolher suas compras de Natal antes que qualquer item mais frágil pudesse ser pisoteado no chão.

Baxter suspirou de alívio, os nervos já em frangalhos.

– Alarme falso. Recuar.

De volta ao seu posto, Baxter recebeu uma atualização de um de seus policiais: um dispositivo explosivo, correspondente aos usados na Times

Square, tinha sido recuperado em um abrigo para sem-tetos em Clapham e o dono da bolsa era um dos que haviam sido presos durante a noite.

Duas de quatro.

Rouche estava a apenas cinco passos da mulher sentada quando seu ouvido se encheu com a distorção de som e a voz da oficial da CAPI retornou.

– Agente Rouche, fique alerta: acredita-se que um suspeito adicional tenha embarcado em seu trem na última estação. Reforço a caminho.

– Mande detalhes – respondeu Rouche, antes de abrir caminho até a mulher de casaco azul.

Ele a arrancou do assento, empurrou o rosto dela contra o chão e prendeu seus braços atrás das costas. Alguns passageiros chocados tentaram intervir.

– Está tudo bem! Está tudo bem! Sou da CIA – disse Rouche a eles, sacando seu distintivo. – E você está presa! – gritou ele para a mulher que se contorcia.

Os bons samaritanos voltaram para seus assentos comentando com quem estava ao redor que provavelmente era melhor se afastar o mais para longe possível no espaço lotado.

Rouche havia conseguido algemar uma das mãos da mulher no momento em que o trem parou em Oxford Circus. Ele manteve um olho na prisioneira enquanto examinava a multidão que passava em busca de algum sinal do reforço que esperava. Dezenas de pessoas desceram na estação, mas foram instantaneamente substituídas por outras, enchendo o vagão na frente e atrás dele.

Rouche fechou a segunda algema e manteve a mulher deitada antes de arrancar a sacola plástica de debaixo dela. Ele manteve uma das mãos pressionadas contra as costas da mulher e, com a outra, tirava o cutelo de açougueiro manchado de dentro da sacola. Estava prestes a colocar o utensílio no chão ao seu lado quando percebeu que havia muitas crianças entre os rostos assustados que o observavam.

– Está tudo bem. Estou com a CIA – repetiu para os recém-chegados. Rouche pensou por um momento, então apontou para o homem musculoso que acabara de se sentar atrás dele. – Posso pedir você emprestado?

– A mim? – perguntou o homem, hesitante.

Ele coçou a barba como se ainda estivesse se acostumando com ela e ficou de pé.

Rouche colocou a arma de trabalho no chão enquanto enrolava novamente o cutelo na sacola e o estendia.

– Preciso que segure isso para mim – disse Rouche.

Seu ajudante pareceu desconfortável.

– Basta segurar e se certificar de não tocar no que está dentro.

O homem barbado pegou a sacola, ainda hesitante, e sentou-se ao lado deles, segurando o plástico verde no colo exatamente como a mulher havia feito.

Quando as portas se fecharam mais uma vez, Rouche viu dois policiais armados correndo para a plataforma, mas já era tarde demais.

O trem começou a se afastar.

– Agente Rouche! Agente Rouche! – chamou a voz em seu fone de ouvido, mais alto que antes... em pânico.

– Acabei de conter a mulher. Estou prestes a começar a procurar por...

– Agente Rouche! Mais três suspeitos acabaram de embarcar em seu trem! Repito: *três* suspeitos adicionais.

– Entendido – disse Rouche lentamente, olhando para o vagão cheio de rostos. – Preciso que mande uma mensagem para a inspetora-chefe Baxter agora mesmo: o trem é o alvo, não a estação.

Ele sentiu o celular vibrando freneticamente no bolso do paletó enquanto eles enviavam os detalhes.

– O trem é o alvo – repetiu Rouche, pegando sua arma.

Sem que Rouche visse, uma imagem clara do homem musculoso acabara de ser baixada no celular.

Sem que Rouche visse, o homem se levantara e estava atrás dele.

Sem que Rouche visse, foi o cutelo manchado que acertou o primeiro golpe violento.

Capítulo 39

Terça-feira, 22 de dezembro de 2015
17h

– Tire essas pessoas daqui! – gritou Baxter acima do anúncio de emergência pré-gravado.

Ela reagiu imediatamente à mensagem retransmitida por Rouche. No entanto, a enorme quantidade de pessoas que engarrafavam a escada tentando subir levou a evacuação a um impasse total, enquanto a tela laranja continuava contando acima de sua cabeça: 17:00:34.

– Inspetora-chefe Baxter – zumbiu uma voz com urgência em seu ouvido. – Ainda não consegui contato com o agente Rouche.

– Continue tentando – respondeu ela, enquanto segurava pelo braço um funcionário que passava. – Precisamos fechar a estação! Você *tem* que impedir as pessoas de entrarem.

O homem assentiu e saiu apressado no momento em que o rádio de Baxter disparava novamente.

– O que foi? – gritou ela frustrada.

– Desculpe. Estou encaminhando você a um detetive chamado Lewis, que está com a equipe de imagens.

– Agora?! – perguntou Baxter enquanto a voz masculina automatizada anunciava a chegada iminente do trem.

– Acabamos de ver Lucas Keaton em uma imagem do circuito interno de TV de cinco minutos atrás. Estamos tentando obter informações atualizadas agora.

– Isso é uma boa notícia... Onde?

– Ele está... na estação... Está aí embaixo com você!

Baxter olhou preocupada para a multidão, tentando visualizar a foto que havia compartilhado com a equipe.

– Descrição – pediu.

– Está usando um casaco escuro, um pulôver escuro.

Todo mundo estava com um casaco escuro e um pulôver escuro.

Ela estava prestes a apertar o botão de transmissão para retransmitir essa última informação quando um barulho penetrante atravessou sua orelha. Baxter arrancou o fone instintivamente e reparou que os colegas reagiam de maneira semelhante, trocando olhares ansiosos enquanto o rádio transmitia fragmentos de gritos distantes, deformados e distorcidos, um coro mutilado de vozes.

– Rouche? – murmurou Baxter, mas só recebeu como resposta cliques estáticos. – Rouche, consegue me ouvir?

Houve um estrondo nos trilhos.

Baxter se virou de costas para a multidão e olhou para a boca escura do túnel, os barulhos horríveis ainda saindo do fone de ouvido em sua mão como um prelúdio arrepiante para um horror desconhecido.

Lentamente, ela se aproximou da beirada da plataforma. Uma delicada teia de aranha acima de sua cabeça começou a tremer em antecipação.

Um novo estrondo emanou da escuridão, um som galopante, um monstro avançando e provocando vibrações sob os pés. A brisa morna que o precedeu tinha um cheiro rançoso e metálico, como um hálito tingido de sangue. Então dois olhos brilhantes atravessaram a escuridão e o trem avançou na direção deles.

Os cabelos compridos de Baxter voaram por seu rosto enquanto a primeira janela manchada surgia cintilando, um véu sujo avermelhado ocultando o que havia lá dentro.

Os gritos começaram quando as pessoas entraram em pânico e passaram a subir umas sobre as outras em uma tentativa desesperada de fuga, bloqueando também a escada que descia para as plataformas da linha Piccadilly. Imagens de pesadelo passavam de relance, as cenas dentro dos vagões bem iluminados demorando-se mais à vista conforme o trem diminuía de velocidade: pessoas correndo para as portas, corpos pressionados contra o vidro, um rosto gritando por ajuda, mãos cobertas de sangue erguendo-se para o céu, chamando por um deus que nunca viria acudi-los.

Baxter percebeu que o pequeno fone que ela estava segurando tinha ficado em silêncio e o colocou de volta no ouvido, hesitante, no momento em que um conjunto de portas duplas parava à sua frente. Mais além das janelas borradas, as luzes do vagão piscavam intermitentemente por trás das luminárias rachadas. Já não conseguia mais ouvir o barulho da multidão em fuga atrás dela, só um conjunto de bipes alegres assegurando que aquela era apenas uma parada como qualquer outra.

As portas de metal se abriram...

Enquanto centenas de passageiros em pânico saíam do trem apenas para se verem ainda presos, agora na estação, um corpo desabou na plataforma, aos pés de Baxter – a expressão vidrada nos olhos do homem confirmou que ele já não podia mais ser salvo. Um estalo elétrico acompanhou a queda das luzes quando ela entrou no vagão, esforçando-se para compreender a devastação.

Houve tiros em algum lugar ao longo da plataforma e, em seguida, o ruído surdo de pés descalços correndo na direção dela.

Baxter girou o corpo, ergueu os braços na defensiva e, por pura sorte, conseguiu segurar a mão da mulher que tentava esfaqueá-la. As duas caíram no chão do vagão e a ponta da faca manchada cortou o lábio de Baxter no impacto.

A mulher enlouquecida estava em cima dela, a blusa aberta revelando as cicatrizes por baixo, e colocou todo o peso do corpo sobre a faca. Baxter gritou enquanto lutava para manter a mulher afastada, os braços tremendo com o esforço.

A faca se aproximou mais alguns centímetros, raspando em seus dentes da frente quando ela afastou a cabeça para se desviar. Baxter se lembrou do conselho de Rouche no presídio, estendeu a mão cegamente e a enfiou em um dos olhos da mulher que a atacava.

A mulher gritou e recuou. Baxter a chutou e cambaleou para trás. A mulher se debateu como um animal ferido por um momento antes de tentar uma nova investida.

Soaram então dois tiros, muito mais próximos, abrindo duas feridas no tórax da mulher, desfigurando a tatuagem já cicatrizada que o adornava. Ela soltou a faca, caiu lentamente de joelhos e tombou para a frente.

– Você está bem, chefe?

Baxter assentiu, ficou de pé e levou a mão ao lábio que latejava.

– Rouche! – gritou ela, checando os rostos enquanto andava entre os feridos.

– Inspetora-chefe Baxter! – disse uma voz em seu ouvido.

– Rouche!

– Inspetora-chefe Baxter! – chamou a voz com mais urgência.

Ela levou um dedo ao ouvido.

– Pode falar – respondeu enquanto continuava a procurar.

Mais dois tiros foram disparados bem perto.

Ela se encolheu por causa do barulho e não ouviu a transmissão.

– Repita.

– Inspetora-chefe Baxter, perdemos Lucas Keaton de vista.

Rouche arquejou em busca de ar.

Estava preso no chão de um vagão mais para o final do trem e podia sentir o próprio sangue quente escorrendo pelo pescoço, por causa do ferimento profundo em seu ombro. Estava sob o peso morto de seu agressor musculoso, em quem havia atirado cinco vezes para cessar o massacre indiscriminado. Ficara imobilizado pela dor lancinante no peito, enquanto as pessoas que ele havia conseguido salvar, em pânico, o atropelavam no desespero de escapar. Algo rangia dentro dele toda vez que respirava.

Rouche sentiu passos pesados ressoando no chão.

– Tudo limpo! – gritou alguém.

Os passos se aproximaram mais.

Rouche tentou gritar, mas tudo o que conseguiu foi soltar um suspiro inaudível... Tentou mais uma vez.

Ele ouviu as botas passarem por cima dele e começarem a se afastar.

– Por favor!

Toda vez que exalava, precisava se esforçar ainda mais para trazer o ar de volta aos pulmões.

– Oi... Olá. Está tudo bem. Segure a minha mão – Rouche ouviu uma das vozes dizer. – Feche os olhos para mim, certo?

– Temos alguém preso aqui debaixo! – gritou outra voz. – Preciso de ajuda!

Rouche se encheu de esperança e não conseguiu entender o que estava acontecendo quando a voz anunciou:

– Muito bem. Eu a peguei. Estou com ela. Vamos.

Ele ouviu o som dos passos ficar diferente quando saíram para o chão da plataforma, deixando-o sozinho com os mortos mais uma vez.

– Baxter! – tentou gritar, mal conseguindo ouvir o próprio pedido de socorro.

Sua respiração estava ficando cada vez mais superficial, seus músculos se exaurindo sob o peso que o pressionava enquanto ele se rendia ao fato de que sangraria até a morte naquele chão sujo de vinil muito antes que alguém o encontrasse.

Havia fracassado.

Baxter correu de volta para a plataforma e examinou o mar de gente lutando para abrir caminho acima do solo. O medo se espalhou pela multidão como rastilho de pólvora, cada pessoa agora cega pelo instinto de autopreservação, cada uma consumida pelo pânico, todas alheias ao efeito prejudicial que suas ações estavam tendo... todas menos uma.

Quando um grupo de pessoas passou tropeçando, Baxter avistou um rosto do outro lado – os olhos do homem não estavam voltados para cima, em direção à segurança, como os outros, mas observavam o trem e a polícia, que procurava por sobreviventes.

Seus olhos se encontraram através da aglomeração.

Era Keaton.

Ela não o havia reconhecido por causa da fotografia, mas, sim, pela ferida feita obviamente por uma chave que rasgava o lado direito de seu rosto, onde ela, sem saber, o confrontara no esconderijo de Phillip East, no Brooklyn.

Baxter abriu a boca para transmitir a localização dele.

Então Keaton se foi, engolido pela multidão que ondulava ao seu redor.

– Equipe 3, continue a busca – ordenou a voz de Baxter através do fone de ouvido de Rouche, arrastando-o de volta à consciência. – Equipes 1 e 2, seu alvo é Lucas Keaton. Se posicionem nas saídas. Não podemos deixá-lo sair da estação.

O nome foi como uma injeção de adrenalina no corpo de Rouche, suspendendo a dor pelo tempo necessário para ele puxar lentamente o braço preso debaixo do homem pesado e passar os dedos ao redor do poste de metal que se projetava do chão do vagão. Rouche sentiu o tórax rasgando com o esforço, mas cerrou os dentes e se soltou, chutando o corpo flácido do homem barbado enquanto respirava em agonia, mas eufórico.

A mulher algemada no chão não havia sobrevivido ao estouro das pessoas tentando escapar.

Rouche alcançou sua arma de trabalho e cambaleou até ficar de pé, ofegando por causa do imenso esforço necessário para tão pouco.

Ele se permitiu um aceno de cabeça em direção ao céu.

Não tinha fracassado.

Estava precisamente onde tinha que estar.

Capítulo 40

Terça-feira, 22 de dezembro de 2015
17h04

— Polícia! Saiam da frente! — gritou Baxter, enquanto a multidão se movia centímetro a centímetro em direção à escada bloqueada.

Ela olhou ao redor em busca de Keaton. Depois de um momento, encontrou-o. Ele já estava ao pé da escada, olhando ansioso para trás, procurando por ela.

Quando Keaton começou sua corrida já no nível da rua, Baxter conseguiu ver que ele estava segurando alguma coisa.

— Olhos em Keaton! — gritou para o rádio. — Escada da Bakerloo, subindo. Fiquem atentos: o suspeito tem algo na mão. Tratem como um explosivo até confirmarmos o contrário.

Um espaço se abriu na frente dela. Baxter passou empurrando e conseguiu avançar vários metros em apenas alguns segundos.

— Desarme-o por qualquer meio necessário.

— Baxter, consegue me ouvir? — A voz de Rouche saiu em um chiado enquanto ele subia pela escada de emergência na extremidade da plataforma, o microfone destruído apitando inutilmente para ele.

Ainda conseguiu ouvir o restante das transmissões da equipe enquanto se juntava às hordas que corriam em direção ao ar fresco. Rouche segurou o ombro ferido e lutou contra a corrente para tentar descobrir de onde aquele fluxo interminável de pessoas estava emergindo. A multidão se movendo em pânico.

Houve um estalo alto de distorção em seu ouvido.

Um instante depois, ele viu uma forma escura no chão à frente. E conseguiu distinguir, tremeluzindo entre as pernas que se moviam apressadas, a forma do corpo de um oficial com armadura da polícia, caído de bruços no topo das escadas rolantes.

— Merda! — Rouche olhou para trás, para o mar de pessoas que desaparecia pelas saídas ao redor dele.

Com um pouco mais de espaço para se mexer, quem estava evacuando o local agora acelerava o passo em direção à noite que esperava a todos.

Estavam ficando sem tempo.

Rouche passou correndo pelo meio da multidão, abrindo caminho enquanto procurava desesperadamente por Keaton.

– Policial ferido! Policial ferido! No topo da escada rolante da Bakerloo – avisou Baxter no rádio e só notou que era o agente especial Chase quando se aproximou para checar seu pulso.

Não havia pulso.

Em cada uma das saídas, um único agente do FBI encarava a tarefa impossível de localizar um único rosto entre o exército de pessoas que avançava em direção a eles. Enquanto isso, a equipe do metrô de Londres se esforçava para conter um enxame de passageiros irritados do lado de fora da estação.

Das centenas de pessoas correndo para longe de Baxter, apenas uma olhou para trás.

– Keaton a 10 metros da Saída 3! – Ela atualizou a equipe. – Não... o... deixem sair!

Ela começou a empurrar para seguir em frente e sentiu uma imensa onda de alívio quando viu Rouche além das catracas liberadas indo direto para Keaton.

– Rouche! – chamou.

Ele estava longe demais para ouvi-la.

Rouche havia visto o homem com a cicatriz olhando para trás a cada poucos segundos.

O homem, no entanto, não reparara em Rouche.

Seguindo as placas para Regent Street, St. James' e Eros, Rouche estava apenas alguns metros atrás de Keaton, quando começaram a atravessar a saída em direção à tempestade em formação.

– Keaton! – tentou gritar Rouche, apontando para ele, seu sussurro rouco quase inaudível. – É Keaton!

O agente não o escutara, mas Keaton, sim, e olhou para trás para descobrir a que distância estavam seus perseguidores.

Rouche viu de relance o artefato preto na mão de Keaton quando o homem baixou a cabeça e passou a centímetros do agente do FBI. Keaton começou a correr no momento em que emergiu na noite gelada.

Rouche subiu as escadas para se juntar ao caos na rua, as asas de metal da estátua de Eros contra a icônica sinalização em néon. As pessoas deixando a estação haviam se espalhado para a rua, levando o coração da cidade a uma paralisação completa, com os faróis dos carros estendendo-se até onde os olhos podiam ver, em todas as direções.

Sob o céu sem estrelas, a neve azul caía sem parar, iluminada pelas luzes dos veículos dos serviços de emergência. A queda súbita de temperatura queimou os pulmões dele. Rouche teve um ataque de tosse agudo e curto que o fez cuspir um sangue aguado na mão. Foi então que avistou Keaton correndo para o sudeste ao longo da Regent Street.

Rouche foi atrás dele, seguindo pela calçada movimentada, ziguezagueando entre casacos gigantescos e braços cheios de sacolas de compras, o sangue morno escorrendo por sua manga e deixando uma trilha sinuosa para Baxter seguir.

Baxter esperou por uma pausa nas transmissões frenéticas.

Parecia que todas as sirenes da cidade uivavam e o fone de ouvido dela estalava com atualizações apressadas do Comando Antiterrorista enquanto eles se aproximavam de outro suspeito com bomba.

– Solicitando apoio aéreo – arquejou Baxter no rádio. – Inspetora-chefe Baxter em perseguição a... Lucas Keaton... ao longo da Regent Street... em direção ao parque.

Quase 20 metros atrás, ela alcançou o cruzamento com a Pall Mall, quase colidindo com uma lambreta que se desviava do tráfego parado. Ela continuou ao longo de Waterloo Place, as figuras de bronze que residem ali emergindo ameaçadoramente da nevasca.

Baxter correu entre elas, o rádio zumbindo em seu ouvido, lutando para se fazer ouvir acima do uivo do vento enquanto ela alcançava os degraus que desciam em direção ao vazio e escuro St. James' Park.

– Perdi o suspeito de vista – anunciou uma das várias vozes em seu ouvido enquanto ela escutava a operação deles. – Alguém o vê? Alguém vê o suspeito?

– Confirmado: canto nordeste da praça... sem mira.

* * *

Rouche não conseguia respirar e estava perdendo terreno, a silhueta espectral de Keaton tremeluzindo nos limites de sua visão.

De repente, o rugido das pás de um helicóptero cortou o ar da noite e um holofote o cegou antes de se aproximar da entrada do parque, iluminando o monumento que se mantinha de guarda – um anjo caído em bronze enegrecido. Azazel.

E então o helicóptero se foi, o círculo de luz perseguindo Keaton cegamente enquanto Rouche deixava pegadas escuras na neve congelada e limpa. À sua frente, os salgueiros pesados de neve se inclinavam para a água gelada, como se o lago os tivesse atraído apenas para congelá-los quando estivessem bebendo dele.

A cidade havia desaparecido, como se só existisse a tempestade além das fronteiras do parque. Quando chegaram a um espaço aberto, Rouche soltou o pente da arma e recarregou.

Ele parou e mirou, o lago congelado refletindo os holofotes de volta ao céu.

Keaton não era mais do que uma sombra, ficando menor a cada segundo que passava.

Rouche tentou ignorar a dor no tórax e estendeu o braço, mirando bem no meio das costas da figura. Ele sentiu com prazer o vento contra o rosto, julgou sua velocidade e direção, ajustou a mira de acordo e esperou até que o holofote banhasse seu alvo de luz.

Ele exalou para firmar os membros e então muito, muito delicadamente apertou o gatilho.

– Disparo!
– Civil ferido! Alvo ferido... Sem contato visual. Repito: não tenho mais contato visual.

Baxter estava distraída tanto pelas transmissões do Comando Antiterrorista caçando sua presa quanto pelo rastro de sangue vermelho-vivo que manchava o solo quando o estampido do tiro atravessou a tempestade de neve. Ela podia ver Rouche parado adiante, mas Keaton havia sido engolido pelo branco absoluto.

Com a garganta ardendo, ela prendeu a respiração e continuou atrás deles.

* * *

Keaton caiu no chão instantaneamente, emoldurado pelo círculo instável de luz.

Rouche caminhou até o homem ferido, que tentava alcançar desesperadamente o dispositivo a alguns metros de distância; o corpo de Keaton, de bruços, se erguia a cada respiração longa e arquejante com nuvens de fumaça.

– Rouche! – gritou Baxter de longe, a voz quase inaudível.

Ele olhou para cima e a viu correndo em direção a eles.

Enquanto Keaton tentava se arrastar até a pequena caixa preta, Rouche se abaixou para pegá-la e descobriu que era um celular.

Um pouco desconcertado, ele abriu o aparelho para olhar a tela. Um instante depois, Rouche jogou o celular longe e se virou para Keaton com uma expressão assassina.

A 2 metros de distância, o vídeo enviado, destinado a ser visto por dezenas de milhões de pessoas em todo o mundo, rodava enquanto floco após floco de neve caía no chão.

Durante os 46 segundos do vídeo, Keaton, choroso mas nada arrependido, reivindicava a responsabilidade por tudo, o tempo todo segurando fotografias da família onde se via anotados grosseiramente os nomes da esposa e dos filhos e as datas em que morreram... Nem uma vez ele fez qualquer menção a Alexei Green ou à amada noiva perdida do psiquiatra.

– Rouche! Precisamos dele! Precisamos dele! – gritou Baxter enquanto observava o parceiro pressionar a arma contra a têmpora do homem rendido.

Uma atuação sob os holofotes em um palco escuro.

– Onde está? – Baxter o ouviu gritar por cima do barulho do helicóptero em algum lugar acima, sugerindo que o dispositivo recuperado não era o que eles esperavam.

Estava quase alcançando-os.

– Tiros disparados! Tiros disparados! – O fone de ouvido dela zumbiu. – Suspeito no chão.

Rouche atingiu Keaton violentamente com a arma pesada, mas o homem apenas sorriu para ele com os dentes ensanguentados enquanto a neve ficava vermelha embaixo dele.

– Rouche! – gritou Baxter, correndo até eles.

Ela caiu de joelhos, afundando na neve fofa, então afastou as roupas de Keaton, enquanto procurava desesperadamente pela origem da perda de sangue. Seus dedos encontraram a ferida aberta sob o ombro dele antes de seus olhos. Baxter deslizou a manga do próprio casaco por cima da mão e pressionou profundamente a ferida com ela.

– Qual é o alvo?! – perguntou Rouche ao homem.

Baxter podia ver o desespero absoluto no rosto do colega, a consciência de que sua única chance de se redimir escorria por entre seus dedos.

– Ele não pode nos dizer nada se estiver morto, Rouche! Me ajude.

Sentada no chão molhado dos banheiros imundos do metrô, a última marionete remanescente de Green começou a chorar ouvindo o zumbido implacável do helicóptero sobrevoando a superfície.

O homem nunca se sentira tão sozinho.

Podia ouvi-los acima dele, correndo perto da entrada como se estivessem se posicionando. Os passos pesados como as patas de um cão de caça cuja presa havia sido enterrada.

Ele gritou de frustração e puxou o colete pesado que lhe fora confiado, os fios e componentes eletrônicos pressionando desconfortavelmente suas costas.

Apesar de tudo o que o Dr. Green lhe contara, de tudo o que lhe ensinara, ele se deixara ser conduzido a uma rua deserta e, como um animal tímido, se recolhera ao único refúgio de que dispunha... havia mordido a isca deles.

– Aiden Fallon! – bradou uma voz amplificada, carregada de distorção e malícia. – Você está completamente cercado.

Aiden colocou as mãos sobre as orelhas, mas não conseguiu bloquear a voz.

– Retire o colete e saia devagar ou não teremos outra escolha a não ser forçar a detonação. Você tem trinta segundos.

Aiden olhou ao redor do cômodo rançoso que serviria como sua tumba, um memorial apropriado para alguém que havia fracassado tanto. Só queria poder ver o Dr. Green uma última vez, para lhe dizer que ele era o melhor amigo que já tivera e que sentia muito por decepcioná-lo.

– Quinze segundos!

Aiden se levantou lentamente, secando as mãos na calça.

– Dez segundos!

Ele viu o próprio reflexo no espelho sujo. Era mesmo um homem patético. Aiden manteve contato visual com o gêmeo refletido e um sorriso se formou em seu rosto enquanto ele puxava o cordão curto pendurado no peito... e sentia o fogo engolfá-lo.

– Rouche, me ajude aqui! – pediu Baxter, estremecendo e empurrando mais da manga do casaco na ferida letal.

Houve uma explosão em algum lugar.

Rouche cambaleou para longe de Baxter e do prisioneiro moribundo para olhar acima das árvores. Os holofotes os abandonaram quando o helicóptero se desviou na direção de um brilho alaranjado no céu. A expressão em seu rosto era de confusão e descrença, ele parecia incapaz de compreender que haviam fracassado, que ele nunca tivera qualquer propósito maior... que realmente não havia plano maior.

Tudo o que qualquer um deles podia fazer era observar o céu cair e pegar flocos de neve.

– Rouche! – chamou Baxter enquanto lutava para conter o sangramento sob suas mãos. Os sons em seu fone de ouvido soavam distorcidos com transmissões sobrepostas. – Rouche! Ainda não sabemos o que aconteceu.

– O que mais poderíamos ter feito? – perguntou ele, ainda de costas para ela.

Baxter não conseguia saber direito se ele estava falando com ela ou com *outra pessoa*.

E ficou observando ansiosa enquanto ele levantava e baixava a arma que tinha na mão.

– Rouche – voltou a chamar o mais calmamente possível acima da confusão que estalava em seu ouvido, a manga encharcada e fria com o sangue de Keaton. – Preciso que você saia daqui... por mim... *por favor*.

Ele se voltou para ela com os olhos marejados.

– Apenas vá, Rouche... Vá embora – implorou Baxter.

Ela desviou os olhos, nervosa, para a arma na mão dele.

Não podia perdê-lo, não podia perder outro amigo para o inegável fascínio de uma vingança gloriosa e violenta.

– Você vai me matar, *Rouche*? – perguntou Keaton em um chiado fraco, depois de ouvir Baxter usar o nome do colega.

– Cale a boca! – sibilou Baxter.

Ela precisava chamar uma ambulância, mas a chance de conseguir mexer as mãos era a mesma de conseguir interromper o tráfego urgente no rádio.

– Acha *mesmo* que eu me importo? – continuou Keaton, a fala um pouco arrastada por causa da perda de sangue. – Já consegui o que precisava neste mundo. Não há mais nada aqui para mim.

– Eu disse para calar a boca! – retrucou Baxter, mas Rouche já estava voltando para onde eles estavam.

– Minha família está com Deus e para onde quer que eu esteja indo, só pode ser melhor do que aqui – falou Keaton.

Ele levantou os olhos, em expectativa, enquanto Rouche se ajoelhava ao seu lado.

Baxter sentiu que a situação se deteriorava rapidamente e arriscou retirar a mão do tórax de Keaton para apertar o botão de transmissão em seu rádio.

– Inspetora-chefe Baxter solicitando uma ambulância de emergência para o St. James' Park. Câmbio.

Ela olhou para Rouche, implorando a ele com os olhos, enquanto voltava com a mão ao tórax do homem ferido.

– Eu me pergunto se Ele está aqui... – balbuciou Keaton ao notar a cruz de prata pendurada no pescoço de Rouche – ... nesse momento... nos ouvindo – falou, observando o céu noturno em busca de algum sinal. – Eu me pergunto se Ele *finalmente* está prestando atenção!

Rouche não pôde deixar de lembrar a tradução literal do nome de Azazel: *Força sobre Deus.*

E se forçou a afastar isso da mente.

– Um ano e meio... – disse Keaton tossindo, meio rindo, meio chorando. Ele ajustou a posição na neve para ficar mais confortável. – Durante um ano e meio visitei o quarto no hospital e me sentei ao lado do meu filho, mais ou menos como você está fazendo agora. Durante um ano e meio, rezei em silêncio, pedindo ajuda... mas nunca veio. Entenda, Ele não ouve quando você sussurra, mas Ele pode me ouvir agora.

Rouche observava com uma expressão desapaixonada o homem a seus pés.

Eles estavam sozinhos, o parque silencioso a não ser pelo minúsculo zumbido do fone de ouvido de Baxter, da respiração ofegante de Keaton e do vento.

– Rouche? – sussurrou Baxter, incapaz de decifrar a expressão nos olhos do colega.

Rouche levantou a mão lentamente e soltou o cordão com o crucifixo de metal que estava ao redor do seu pescoço, a cruz prateada girando na corrente enquanto ele a segurava.

– Rouche? – repetiu Baxter. – Rouche!

Ele olhou para ela.

– Ainda não sabemos o que aconteceu, mas o que quer que seja, *nada* disso é culpa sua. Você *sabe* disso, não é? – perguntou ela.

Para sua surpresa, ele sorriu como se um peso imenso houvesse sido tirado de seus ombros.

– Eu sei.

Ele deixou o colar deslizar por entre os dedos e cair na neve descolorida.

– Tudo bem agora? – perguntou Baxter, voltando os olhos para Keaton.

Rouche assentiu.

– Chame ajuda – pediu ela com um suspiro aliviado ao ver o amigo provando, mais uma vez, como era forte.

Rouche olhou para o homem uma última vez, tirou o celular do bolso e ficou de pé com dificuldade.

Quando ele já começava a se afastar, trechos das transmissões do MI5 encheram os ouvidos de Baxter.

– Rouche, acho que está tudo bem! – gritou ela, animada, o sangramento entre os dedos diminuindo. – Estão dizendo que o pegaram! Estão dizendo que foi contido! Apenas um morto... o homem com a bomba!

Incapaz de se conter, Baxter lançou um sorriso triunfante para Keaton.

– Ouviu isso, seu *filho da puta*? – sussurrou. – Pegaram ele. Ele está morto.

Keaton jogou a cabeça para trás e fechou os olhos, derrotado, e o hábito o levou a recitar as palavras que havia ouvido em tantas ocasiões durante seu tempo amaldiçoado nesta Terra.

– Acho que Deus simplesmente precisava de outro anjo.

Rouche ficou no meio do caminho.

Baxter nem percebeu que havia tirado as mãos ensanguentadas do tórax dele, os olhos embaçados de lágrimas – só conseguia pensar no lindo rosto de Curtis.

Ela não chegou a ouvir o barulho da neve sob os passos.

Não sentiu o sangue quente espirrar em seu rosto no momento do tiro abafado, não entendeu por que o corpo tremia tão violentamente... quando mais três balas o atravessaram.

Rouche estava em pé ao lado de Keaton, com lágrimas escorrendo pelo rosto.

Ela olhou para ele sem expressão quando ele puxou o gatilho novamente... e de novo... e de novo... até reduzir o cadáver a um amontoado de carne sobre a neve suja, à não existência, até a arma disparar no vazio, já sem munição.

– Deus não existe – sussurrou Rouche.

Baxter ficou sentada ali, olhando boquiaberta para o amigo, que deu alguns passos instáveis e desabou no chão.

Um suspiro de alívio escapou dos pulmões rompidos de Rouche.

Podia ouvir Baxter chamando seu nome enquanto se aproximava.

Mas ele apenas sorriu tristemente, levantou a cabeça para os céus que caíam...

... e colocou a língua para fora.

Epílogo

Quarta-feira, 6 de janeiro de 2016
9h56

— Deus... não... existe.

O agente Sinclair passou apressado pela janela espelhada enquanto saía da sala de interrogatório.

— Bom trabalho. Obrigado pela sua *cooperação*, inspetora-chefe. Agora terminamos — disse Atkins com um suspiro, enxugando a testa suada enquanto recolhia suas coisas.

Baxter acenou com sarcasmo, dispensando-o, enquanto o homem saía apressado atrás do agente enfurecido do FBI, certamente se preparando para se dedicar a uma hora de bajulação desavergonhada. Precisava dar um jeito de diminuir o estrago.

— A chefe, diplomática como sempre — zombou Saunders, sorrindo para Vanita e para o homem no canto, enquanto um americano de aparência importante saía da apertada sala de observação.

Vanita gemeu.

— Por que ela não consegue ser civilizada? Apenas por vinte *malditos* minutos? Será que estou mesmo pedindo *demais*?

— Aparentemente, sim — falou Saunders dando de ombros.

O homem no canto concordou com a cabeça.

— *Você*, não comece. Nem deveria estar aqui — disse Vanita, massageando a testa por causa da dor de cabeça que ameaçava se instalar.

Baxter dispensou bruscamente a psiquiatra que prestava serviços para a Polícia Metropolitana, assegurando que estava bem e que não tinha interesse em "falar sobre qualquer coisa".

Aparentemente se esquecendo de que poderia haver, como de fato havia, pessoas ainda observando, Baxter colocou a cabeça entre as mãos e caiu sobre a mesa.

— E aonde você pensa que vai? — perguntou Saunders ao homem do canto, que não estava mais no canto, e sim deixando a sala.

— Quero vê-la — respondeu o homem simplesmente.

– Não tenho certeza se você está entendendo *exatamente* o que significa "estar preso" – disse Saunders.

O homem olhou para Vanita, que parecia quase tão cansada e resignada quanto Baxter.

– Fizemos um acordo – ele lembrou a ela.

– Tudo bem – disse Vanita, dispensando-o com um aceno de mão. – Esta confusão toda não pode mesmo piorar.

O homem abriu um sorriso animado, virou-se e saiu para o corredor.

– Vamos todos ser demitidos por isso – comentou Saunders, vendo-o sair.

Vanita assentiu.

– Sim. Sim, nós vamos.

Baxter ouviu passos se aproximando – não eram nem a marcha militar do americano nem o arrastar preguiçoso de Atkins.

Ela gemeu, ainda com o rosto entre as mãos.

Uma cadeira de metal foi arrastada pelo chão, então Baxter sentiu a mesa frágil balançar quando o mais recente aborrecimento sentou-se à sua frente. Ela deixou escapar um suspiro exasperado e levantou a cabeça. Então exalou o ar com força, como se tivesse recebido um chute na barriga.

O homem imponente sorria constrangido para ela e inclinou deliberadamente a cadeira para trás, para o caso de Baxter decidir avançar para cima dele, os cabelos escuros e ondulados mais compridos do que ela jamais vira, mas os olhos azuis brilhantes inalterados – capazes de olhar através dela, assim como fizeram quando ele saíra de sua vida.

Baxter ficou apenas olhando fixamente para ele, incapaz de sequer processar mais um ataque devastador às suas emoções.

– Então... Oi! – arriscou ele, casualmente, como se os dois tivessem se visto no dia anterior.

Ele pousou as mãos algemadas na mesa entre os dois enquanto tentava pensar em algo profundo para dizer, algo que tornasse trivial o ano e meio de silêncio, algo que restaurasse a confiança dela nele.

No final, Wolf se decidiu e disse:

– Surpresa!

Agradecimentos

Ainda não estou inteiramente certo do que estou fazendo, mas tenho a sorte de ter uma longa lista de pessoas muito legais que me apoiam. Elas são...

Minha família – Ma, Ossie, Melo, B, Bob, KP, Sarah e Belles.

Da C+W – Minha maravilhosa agente Susan Armstrong, Emma, Jake, Alexander, Dorcas e Tracy. E Alexandra, que faz tanta falta.

Da Orion – Meu editor, Sam Eades, por me aturar, a nuvem de fumaça de café que é Ben Willis, Laura Collins, a melhor preparadora de originais em atividade, Claire Keep, Katie Espiner, Sarah Benton, Laura Swainbank, Lauren Woosey e o resto da equipe da Hachette no Reino Unido e em todo o mundo.

Por último, mas não menos importante, um agradecimento sincero a todos os leitores por me manterem trabalhando e por seu interminável entusiasmo por esses personagens e por suas vidas confusas que eu tenho tanto prazer em destruir. Não sou chegado a mídias sociais e menos ainda a resenhas, mas aparentemente vocês estão por aí. Então, obrigado!

AUTOR: PERGUNTAS E RESPOSTAS

1. Baxter assume o centro do palco neste romance. Como ela mudou desde os acontecimentos em *Boneco de Pano*?

Marionete começa quase dezoito meses após os assassinatos do caso Boneco de Pano. Naquela época, Baxter se esforçou bravamente para seguir em frente com sua vida pessoal e com sua carreira – embora se torne evidente que essas tentativas de esquecer Wolf são, de fato, impulsionadas pelo vazio que ele deixou em sua vida. Ela continua tão irritável e contundente como sempre e, ainda assim, sua amizade com Edmunds de alguma forma floresceu e se transformou em algo especial.

2. Fale-nos sobre Rouche. Foi difícil introduzir um novo personagem principal? Como o personagem foi desenvolvido?

Escrevendo *Marionete*, percebi que estes, na verdade, são livros de Baxter. Ela é o verdadeiro personagem principal. *Boneco de Pano* era a história de Wolf e *Marionete* pode ser movido por Rouche e seus segredos, mas Baxter é a constante. É ela quem está sendo arrastada pela vida desses personagens que estão implodindo.

Rouche em si é um protagonista muito diferente de Wolf. Ele é afável e relaxado, espiritualizado e altruísta... e talvez só um pouco esquisito.

3. Grande parte da ação se passa em Nova York, com aqueles cenários dramáticos. Você fez muita pesquisa? Visitou a cidade?

Estive em Nova York no passado, mas era importante para mim passar a sensação de que Baxter era uma turista em um lugar desconhecido. Para ser sincero, quando comecei a pensar em escrever uma continuação para *Boneco de Pano*, decidi desde o início tornar minha vida o mais difícil possível: queria saber se poderia abandonar meu personagem principal, fazer uma transferência impactante da ação para Nova York e ainda escrever um livro que fosse melhor do que o primeiro.

4. Foi difícil escrever uma história ligada a *Boneco de Pano*, mas também alcançar novos leitores?

Muito difícil. Eu estou escrevendo estes (primeiros?) três livros do *Boneco de Pano* como uma trilogia. Eles estão todos interligados e se sobrepõem, fazendo referência uns aos outros. Não há como contornar o fato de que as pessoas vão aproveitar muito mais este livro se lerem *Boneco de Pano*, mas *Marionete* também funciona como uma história independente. É um equilíbrio difícil trazer novos leitores, lembrar leitores mais distraídos de certas coisas de *Boneco de Pano* e, ao mesmo tempo, não afastar os fãs que já conhecem muito bem esses personagens. Esse é, evidentemente, o dilema enfrentado por todas as sequências já feitas, seja qual for o meio.

5. O humor tem um papel importante em *Boneco de Pano*. Como você tece esse humor em *Marionete*?

Exatamente da mesma forma. Eu diria que há ainda mais humor em *Marionete*, mas acredito que teria mesmo que haver para equilibrar o aspecto sombrio e o desespero. Realmente passei esses personagens pelo moedor de carne neste livro, mas isso torna as faíscas de cordialidade genuína, de camaradagem e de afeto ainda mais marcantes.

6. Você escreve de um modo cinematográfico. Se inspira no cinema e na TV?

Sim, e não acho que esses livros funcionariam de outra forma. Não gosto de me preocupar com as restrições da realidade e acho que, embora terríveis, esses são momentos de "carnificina de filmes B". O objetivo desses livros é entreter, e não perturbar ou chatear ninguém.

7. Como a vida mudou para você desde *Boneco de Pano*? Quais são os pontos altos de ser um autor de sucesso? Alguma desvantagem?

A vida tem sido ótima, obrigado. Resposta clichê, mas conheci muitas pessoas realmente incríveis desde que tudo isso começou e estou falando sério – sinceramente só houve uma pessoa que achei meio babaca... Bem, talvez duas. Definitivamente não mais do que três. Mas isso está muito bom para um ano e meio na carreira de escritor. Eu viajo, o que é fantástico. A desvantagem é que, depois de eu ser colocado em um avião, hospedado em um hotel, de receber alimento e água, as pessoas tendem a esperar que eu fale em público de alguma forma no final, o que nunca deixa de me parecer irracional.

8. Você começou o terceiro livro? Sabe como a série vai terminar?

Eu comecei o terceiro livro. Como mencionei anteriormente, planejei esses livros como uma trilogia, portanto tenho uma boa ideia de como quero que termine. Depois da trilogia, quem sabe?

CONHEÇA OS LIVROS DE DANIEL COLE

Boneco de pano

Marionete

Para saber mais sobre os títulos e autores da Editora Arqueiro, visite o nosso site. Além de informações sobre os próximos lançamentos, você terá acesso a conteúdos exclusivos e poderá participar de promoções e sorteios.

editoraarqueiro.com.br